MANUELA INUSA
Erdbeerversprechen

Autorin

Manuela Inusa wurde 1981 in Hamburg geboren und wollte schon als Kind Autorin werden. Kurz vor ihrem dreißigsten Geburtstag sagte die gelernte Fremdsprachenkorrespondentin sich: »Jetzt oder nie!« Nach einigen Erfolgen im Selfpublishing erscheinen ihre aktuellen Romane bei Blanvalet und verzaubern ihre Leser. Die Autorin lebt mit ihrem Ehemann und ihren beiden Kindern in einem idyllischen Haus auf dem Land. In ihrer Freizeit liest sie am liebsten Thriller und reist gerne, vorzugsweise nach England und in die USA. Sie hat eine Vorliebe für englische Popmusik, Crime-Serien, Duftkerzen und Tee.

Von Manuela Inusa bereits erschienen
Jane Austen bleibt zum Frühstück
Auch donnerstags geschehen Wunder

Die Valerie Lane
1 Der kleine Teeladen zum Glück
2 Die Chocolaterie der Träume
3 Der zauberhafte Trödelladen
4 Das wunderbare Wollparadies
5 Der fabelhafte Geschenkeladen
6 Die kleine Straße der großen Herzen

Kalifornische Träume
1 Wintervanille
2 Orangenträume
3 Mandelglück

Besuchen Sie uns auch auf www.instagram.com/blanvalet.verlag
und www.facebook.com/blanvalet.

MANUELA INUSA

Erdbeerversprechen

ROMAN

blanvalet

Sollte diese Publikation Links auf Webseiten Dritter enthalten, so übernehmen wir für deren Inhalte keine Haftung, da wir uns diese nicht zu eigen machen, sondern lediglich auf deren Stand zum Zeitpunkt der Erstveröffentlichung verweisen.

Penguin Random House Verlagsgruppe FSC® N001967

1. Auflage
Copyright © 2021 der Originalausgabe by Blanvalet Verlag,
in der Penguin Random House Verlagsgruppe GmbH,
Neumarkter Str. 28, 81673 München
Redaktion: Daniela Bühl
Umschlaggestaltung: © Johannes Wiebel | punchdesign,
unter Verwendung von Motiven von Shutterstock.com
(Ann W. Kosche; Moon Light PhotoStudio; Dmitrij Skorobogatov;
g215; Laura Stone; pbk-pg; Sundry Photography;
aspen rock; Charcompix)
LH · Herstellung: sam
Satz: KompetenzCenter, Mönchengladbach
Druck und Bindung: GGP Media GmbH, Pößneck
Printed in Germany
ISBN: 978-3-7341-0976-8

www.blanvalet.de

Für Oma Lisa, die mir vor langer Zeit
das Erdbeermarmeladekochen beigebracht hat

Prolog

März 2006

»Du darfst die Augen jetzt aufmachen«, hörte sie Tom sagen.

Amandas Herz pochte wie wild, und es überkam sie eine Aufregung, wie sie sie bisher nur dreimal im Leben verspürt hatte. Als der Mann ihrer Träume zwei Jahre zuvor mitten auf dem Collegecampus auf die Knie gegangen war und ihr einen Antrag gemacht hatte. Als er sie im Sommer darauf zur Frau genommen hatte. Und als ihr gemeinsames Töchterchen vor neun Monaten zur Welt gekommen war. Jedes Mal hatte sie gewusst, dass es lebensverändernde Momente waren, und genau das verspürte sie auch jetzt, als sie die Augen endlich wieder öffnete.

Als Erstes sah sie Tom, der die kleine Jane auf dem Arm hielt und der sie hierhergeführt hatte, wo immer sie sich auch befanden. Irgendwann hinter Carmel-by-the-Sea hatte er ihr gesagt, dass sie die Augen schließen sollte. Ihr Blick wanderte weiter, an ihrem Mann und ihrem Baby vorbei, zu den Weiten der Felder, die vor ihnen lagen.

»Was ist das?«, fragte sie Tom, der sie strahlend ansah. Sie glaubte sogar, ihn noch nie so breit lächeln gesehen zu haben.

»Das ist unsere Zukunft«, antwortete er.

Stirnrunzelnd sagte sie: »Das musst du mir genauer erklären.«

Tom schmunzelte und gab Jane einen Nasenstupser, bevor er sie sachte in die Luft warf und wieder auffing, woraufhin die Kleine anfing zu lachen. Er wiederholte das Ganze, und Jane hatte ihren Spaß. Amanda aber wurde langsam ungeduldig.

»Tom?«

Er hörte mit dem Fangspiel auf, setzte Jane auf seine Schultern und drehte sich in Richtung des Feldes, das vollkommen leer war und Amanda vor ein Rätsel stellte.

»Du kennst meine Lieblingsfrüchte?«, fragte Tom sie überflüssigerweise.

Sie musste lachen. »Jeder, der dich kennt, weiß, was deine Lieblingsfrüchte sind.« Das war auch nicht schwer zu entschlüsseln, da es in wirklich allem seine Lieblingssorte war. Kuchen, Eiscreme, Marmelade – da gab es für Tom nur eine Option: Erdbeeren! »Und was hast du nun vor? Kann man hier irgendwo Erdbeeren pflücken?«, erkundigte sie sich, während sie gleichzeitig grübelte, ob es überhaupt möglich war, hier Anfang März schon reife Früchte zu finden. Im Treibhaus vielleicht, aber auch davon sah sie weit und breit keins.

»Amy, streng doch mal dein süßes kleines Gehirn an«, neckte er sie nun.

»Hey!«, schimpfte sie und stieß mit ihrer Schulter gegen seine, woraufhin Jane wieder ausgelassen lachte. »Ich hab ein ziemlich großes Gehirn«, erinnerte sie ihn für den Fall, dass er es vergessen haben sollte. »Oder weißt du etwa nicht mehr, dass ich als eine der fünf Jahrgangsbesten das College abgeschlossen habe?«

»Ach, stimmt. Ja, das war mir kurz entfallen.« Er grinste

sie an. »Okay, wenn du also so schlau bist, solltest du noch mal scharf nachdenken. Wir stehen hier vor einem riesigen Feld, das ich uns gekauft habe. Was könnte ich also vorhaben, hier anzubauen?«

Ihr fiel die Kinnlade herunter. »Du hast was? Dieses Grundstück für uns gekauft? Bist du denn verrückt geworden? Wie sollen wir uns das nur leisten, ich meine ...«

»Schhhh!«, machte Tom, beugte sich gemeinsam mit Jane zu ihr herunter und schloss ihre Lippen mit seinen.

»Aber Tom ...«, sagte sie, obwohl dieser Kuss ihr ein wohliges Kribbeln hinterlassen hatte. »Das ist eine Sache, die wir hätten besprechen müssen. Du kannst doch nicht einfach so ein Erdbeerfeld kaufen!«

»Noch ist es kein Erdbeerfeld. Hier wurden bisher Zwiebeln angebaut. Aber bereits nächstes Jahr um diese Zeit könnten wir unsere ersten Früchte wachsen sehen.«

»Na, dann hoffe ich, dass deine Erdbeeren nicht nach Zwiebeln schmecken.« Sie zog eine Grimasse.

Tom lachte, und Jane lachte mit. Die Kleine sah zu süß aus mit den zwei Zöpfchen, die Amanda ihr mit Schmetterlingshaargummis gebunden hatte. Ihre braunen Äuglein glitzerten in der Frühlingssonne.

»Nun nimm die Sache bitte mal ernst, Amy«, sagte Tom, noch immer lächelnd, doch sie konnte in seiner Stimme hören, dass dies wohl doch keine unüberlegte, spontan entschiedene, verrückte Sache war. Tom schien diesen Plan schon vor längerer Zeit ausgeheckt zu haben.

»Du willst also wirklich unter die Erdbeerfarmer gehen?«, fragte sie ihn.

»Ja, genau. Ich dachte mir, das wäre etwas Schönes, was man sich aufbauen könnte. Wir könnten uns hier ein Haus hinstellen und sobald wie möglich herziehen. Oder willst du etwa ewig bei deinen Eltern wohnen bleiben?« Die Einliegerwohnung war eigentlich nur als Zwischenlösung gedacht gewesen, doch jetzt lebten sie bereits seit gut einem Dreivierteljahr dort. Direkt nach dem Studium in Stanford waren sie dort eingezogen. Gleich nachdem Amanda sich das Abschlusszertifikat mit dem kugelrunden Bauch von der Bühne abgeholt hatte.

»Ich fände es toll, endlich etwas Eigenes zu haben«, sagte sie ihrem Mann. »Ein Heim, in dem Jane aufwachsen kann. Und wie schön es wäre, wenn sie das auf dem Land tun könnte. Hier hätte sie die Möglichkeit, sich ganz frei zu entfalten.«

Tom schien sich zu freuen, dass ihr seine Idee zu gefallen begann. »So hatte ich mir das gedacht. Ich baue Erdbeeren an, und du kümmerst dich um den Verkauf und die Buchhaltung.« Sie hatte am College mehrere Wirtschaftskurse belegt, das würde sie sicherlich hinbekommen. »Du könntest auch Marmelade kochen, und wir könnten einen von diesen kleinen Holzständen aufstellen und unsere Erdbeeren direkt an vorbeifahrende Kunden verkaufen. Jane müsste nicht in den Kindergarten gehen, weil wir immer ein Auge auf sie hätten. Wie hört sich das für dich an?«, fragte Tom und sah dabei so hoffnungsvoll aus, dass sie sich, wenigstens in diesem Moment, überhaupt keine Gedanken mehr darüber machen wollte, wie um alles in der Welt sie eine Erdbeerfarm finanzieren oder sich ein Eigenheim bauen sollten. Stattdessen wollte sie einfach nur mit Tom zusammen träumen.

»Das hört sich perfekt an«, erwiderte sie und schenkte ihrem wunderbaren Mann ein Lächeln. Dann nahm sie ihm Jane ab und deutete mit dem Finger zum Horizont, bis wohin sich das Feld zu ziehen schien. »Guck mal, Jane, das alles wird allein uns gehören. Unser neues Zuhause. Wie findest du das?«

Jane freute sich und klatschte in die Hände, was sie erst vor Kurzem gelernt hatte und nun jederzeit mit Begeisterung tat.

»Ich glaube, es gefällt ihr hier«, sagte Tom.

»Das glaube ich auch.«

»Und gefällt es dir ebenso?«, wollte er wissen.

Sie setzte sich Jane auf die Hüfte, damit sie eine Hand frei hatte, mit der sie nun seine Taille umfasste. Sie schmiegte sich an ihn. »Ich liebe es, Tom. Ich glaube, wir werden hier sehr glücklich werden.«

Tom nickte zustimmend und sah aufs weite Feld hinaus. Und Amanda schloss erneut die Augen, lächelte selig und atmete den Duft der zukünftigen Erdbeeren ein, den sie sich einbildete, schon jetzt riechen zu können.

Kapitel 1

Amanda

Sie wanderte über ihre Farm und sah den Erntehelfern beim Pflücken zu. Es war Ende April, die Saison hatte vor wenigen Wochen begonnen, doch nichts war, wie es mal gewesen war. Die letzten zwei Jahre hatten ihnen schwer zugesetzt. Zuerst Toms Krankheit und danach das weltweite Virus, das auch Kalifornien nicht verschont hatte ... all das hatte sie ziemlich weit zurückgeworfen. Im vergangenen Herbst hatte Amanda aus Kostengründen nicht einmal die Erdbeerpflanzen herausreißen können, um für die nächste Saison neue zu pflanzen, wie sie es die letzten dreizehn Jahre stets getan hatten. Denn nur so konnte man sichergehen, dass die folgende Ernte große und pralle Früchte hervorbringen würde. Leider musste Amanda sich in diesem Jahr nun mit sehr viel kleineren und auch nicht so schön geformten Erdbeeren zufriedengeben, was natürlich finanzielle Einbußen mit sich brachte. Glücklicherweise betrieb sie eine Bio-Farm, und die meisten Kunden betrachteten es als völlig akzeptabel, wenn ein paar der Beeren nicht ganz so perfekt aussahen, doch eben nicht alle. Und deshalb musste sie in diesem Frühjahr die Preise anpassen und konnte für eine Palette mit acht Ein-Pfund-Schalen nicht mehr vierzehn, sondern nur noch zwölf Dollar verlangen. Das war nur verständlich, da die Erdbeeren an Supermärkte in ganz Kalifornien und sogar nach Oregon und Washington gingen – und wer wollte schon mickrige Erdbeeren haben?

Anders war es am Stand. Kunden aus der Umgebung, die persönlich vorbeikamen oder auch Reisende, die ihren kleinen Tisch am Straßenrand entdeckten, zahlten die gewohnten vier Dollar pro Schale. Das würde sich natürlich bald ändern, und zwar zur Hauptsaison im Juni und Juli, wenn alle Farmer ihre Erdbeeren zu Spottpreisen herauswarfen. Dann könnte sie gerade mal die Hälfte dafür nehmen, doch daran wollte sie noch überhaupt nicht denken. Die Sorgen um die Existenz der Farm raubten ihr schon nachts den Schlaf, wenigstens tagsüber wollte sie versuchen, positiv zu bleiben. Vielleicht würde sich ja eine Lösung finden, irgendeine.

Sie ging den Weg zwischen zwei Feldern entlang, auf dem ihre Erntehelfer in dem alten Pick-up-Truck zu den hinteren Bereichen fahren konnten. Mit diesem Wagen mit der großen Ladefläche wurden auch die vollen Erdbeerkisten zur Sortierstation gebracht. Erdbeeren – die Pflanzen, die mit botanischem Namen Fragaria hießen und die eigentlich zu den Rosengewächsen gehörten, waren zu Amandas Lebensinhalt geworden. Sie ging in die Hocke, pflückte sich eine reife rote Beere und biss davon ab. Mhmmm – sie waren immer wieder köstlich.

»*Buenos días, Señora* Parker!«, hörte sie Esmeralda rufen, eine Mexikanerin mittleren Alters, die bereits seit ihrer ersten Ernte auf der Farm half. Ein ganzer Teil ihrer in Kalifornien ansässigen Familie arbeitete inzwischen hier und seit letztem Jahr auch ihr Sohn Romeo, der seinen Schulabschluss in der Tasche hatte und noch am Überlegen war, was er mit seinem Leben anstellen sollte. Das hatte er Amanda erzählt, als sie ihn gefragt hatte, ob er sich denn nicht lieber fürs College bewerben wolle, statt Erdbeeren zu pflücken. Das Pflücken war harte Arbeit. Zehn Stunden am Tag, an sechs Tagen in der Woche, von Anfang April bis in den Herbst hinein, gebeugt über den Pflanzen stehen, Erdbeeren an ihren Stielen abknicken und in die Holzkisten legen, die auf Schubkarren durch die Reihen gezogen wurden. Die vollen Kisten zur Sortierstation in der Nähe des Haupthauses bringen, wo sie von zwei fleißigen Sortiererinnen ausgelesen, abgewogen und in Ein-Pfund-Schalen verpackt wurden. Das alles in der glühenden Sonne und mit Rückenschmerzen, die jeder von ihnen hatte, der eine mehr, der andere weniger, es kam ganz darauf an, wie viele Lebensjahre man der Farmarbeit schon nachging.

Ein einziges Mal hatten sie auf der Plantage einheimische Arbeiter gehabt, zwei Amerikanerinnen, die aber bereits nach zwei Wochen gestöhnt und gekündigt hatten. Ansonsten hatten Tom und Amanda immer nur Mexikaner beschäftigt gehabt, denen die harte Arbeit nichts ausmachte und die sich nie beklagten, die einfach nur froh waren, gutes Geld zu verdienen. Und obendrein ließ Amanda die Leute immer noch so viele Erdbeeren mit nach Hause nehmen, wie sie essen konnten, natürlich nur die aussortierten, die missgeformten oder die mit kleinen Druckstellen. Die, die sie auch zum Marmeladekochen benutzte oder zum Sirupmachen. Die, die genauso gut schmeckten wie die anderen Früchte, die aber keiner kaufen wollte. Einmal hatte sie Esmeralda zu Jane sagen hören, dass diese *verkrüppelten* Erdbeeren, wie Jane sie nannte, in diesem Land genauso behandelt würden wie die Mexikaner. Sie wären Objekte zweiter Klasse, würden anders gesehen, anders behandelt werden, obwohl sie doch überhaupt nicht minder wert waren. Amanda hatte einen Kloß im Hals gehabt, als sie die beiden belauscht hatte. Danach hatte sie – mit Toms Einverständnis – allen Arbeitern eine Lohnerhöhung von fünfzig Cent die Stunde gegeben.

Schon immer hatten sie es anders gehandhabt als die Mehrheit der Farmer, die ihre Erntehelfer pro gepflückter Palette Erdbeeren bezahlten. Tom war der Meinung gewesen, das würde unter den Pflückern nur für Konkurrenzkampf sorgen. Er wollte nicht, dass seine Erdbeeren im Akkord gepflückt wurden, sondern mit Sorgfalt und Liebe. Das machte in seinen Augen den großen Unterschied, und die Konsumenten würden es spüren, wenn sie in eine der Früchte bissen. Sie würden sie wieder kaufen. Und das hatten sie. Jahrelang war die Farm besser gelaufen, als sie es sich je hätten erträumen können, doch dann war das Drama über sie hereingebrochen. Seit Tom nicht mehr da war, um alles zu überwachen, und nachdem sich im letzten Jahr auch noch mehrere Erntehelfer mit dem Virus infiziert hatten und sie alle gleich dreimal in Quarantäne gehen mussten, was einige Einbußen mit sich brachte, hatte Amanda Schwierigkeiten, die Plantage überhaupt am Laufen zu halten. Die Arbeiter zu bezahlen. Die hohen Wasserkosten zu begleichen. Jane das zu bieten, was sie brauchte. Toms Erbe in Ehren zu halten.

Sie seufzte. In Momenten wie diesen fehlte er ihr noch mehr als sonst. Bevor ihr wieder einmal Tränen in die Augen schießen würden und sich ihre Kehle zuschnüren konnte, rief sie Esmeralda zu: »Mir geht es ganz gut, danke. Und dir?«

»Bestens, *Señora*«, antwortete Esmeralda, der sie schon

eine Million Mal gesagt hatte, dass sie sie ruhig auch beim Vornamen ansprechen konnte. Die Mexikanerin knickte noch ein paar Beeren gekonnt an ihrem Stiel ab und legte sie behutsam in die flache Kiste zu ihrer Linken, dann stellte sie sich aufrecht. »Meine Tochter Dilara ist dieses Jahr Klassenbeste.« Stolz strahlte sie sie an. Dilara war in Janes Alter, wenn Amanda sich nicht irrte. Sie war noch ein Kleinkind gewesen, als Esmeralda bei ihnen angefangen hatte. Damals hatte sie die Kleine in die Obhut ihrer Schwägerin Ricarda gegeben, wenn sie arbeiten kam, bevor diese ebenfalls als Pflückerin bei ihnen einstieg.

Amanda seufzte erneut. Klassenbeste. Das konnte man von Jane wahrlich nicht behaupten.

»Das ist fantastisch.« Sie schenkte Esmeralda ein Lächeln und spazierte weiter. Nach etwa zehn Minuten ging sie zurück zum Haupthaus, in dem sie mit Tom hatte alt werden wollen. Das Haus war wunderschön geworden, viel mehr noch, als sie sich damals erhofft hatte. Von außen war es weiß und hellgrau gehalten, mit weißen Säulen, die es elegant und heimelig zugleich wirken ließen. Drum herum hatte sie mit den Jahren immer mehr Blumen gepflanzt, sodass es jetzt so aussah, als würde es in einem Meer aus lila Hortensien, weißen Rosen und jeder Menge anderer Lieblingsblumen versinken. Und innen war es sogar noch viel schöner. Während sich unten das Familienleben abspielte – Wohnzimmer, Esszimmer, Küche und Janes Zimmer –, befand sich oben mit dem Schlafzimmer und einem kleinen idyllischen Raum, den sie als Bibliothek und Büro benutzte, Amandas Reich. Tom hatte ihr in diesem Haus alles bauen lassen, was sie sich immer gewünscht hatte, wie einen Kamin, vor dem sie an kalten Wintertagen mit einem guten Buch entspannen konnte, eine Sitzecke vor dem Schlafzimmerfenster, von wo aus sie auf das Meer blicken konnte, und eine Einbauküche nach neuesten Standards, in der sie für ihre Familie leckere Gerichte kreieren und ihre Marmelade kochen konnte. Sie hatte dieses Haus vom ersten Tag an geliebt, und sie verband unendlich viele schöne Erinnerungen damit.

Sie sah zur Straße, da Jane demnächst von der Schule nach Hause kommen musste. Vielleicht hatte sie Hunger oder brauchte Hilfe bei den Hausaufgaben. Fast hätte sie gelacht, so absurd war die Vorstellung, ihre Tochter würde sie dabei tatsächlich um Unterstützung bitten. Jane beachtete sie ja kaum noch. Als würde sie gar nicht mehr existieren. Als wäre sie zusammen mit Tom gestorben.

Sie sah Jane auf ihrem Fahrrad anfahren, absteigen, es in die Einfahrt schmeißen, und ins Haus gehen.

»Jane!«, rief sie ihr zu. »Wie war dein Tag?«

Keine Antwort. Wie immer.

Jetzt konnte sie die Tränen nicht mehr zurückhalten, also ließ sie einfach zu, dass sie ihr die Wangen hinunterliefen. Nach einer Minute jedoch wischte sie sie sich mit dem Ärmel weg und ging hinüber zur Sortierstation. Falls Palma und Catalina ihr ansahen, dass sie geweint hatte, so sprachen sie sie zumindest nicht darauf an. Sie machten wie gewohnt mit ihrer Arbeit weiter und unterhielten sich dabei.

Amanda nahm die beiden riesigen Eimer mit aussortierten Erdbeeren je in eine Hand und brachte sie ins Haus. Dann würde sie halt schon wieder Marmelade kochen, zu etwas anderem war sie ja eh nicht zu gebrauchen. Nicht mehr. Und vielleicht nie wieder.

Kapitel 2

Jane

Den Kopf auf die Hand gestützt saß sie am Cafeteria-Tisch und sah Calvin dabei zu, wie er seine Instantnudeln umrührte. Er brachte sie sich fast jeden Tag mit und bat die Dame an der Essensausgabe um heißes Wasser. Die sah ihn immer ganz mitleidig an und füllte ihm seinen Plastikbecher Yum-Yum-Nudeln bis oben hin auf.

»Bist du sicher, dass du nicht die Hälfte von meinem Sandwich haben willst?«, fragte sie ihn.

»Ich kann dir doch nicht immer alles wegessen, J. P.«

Das war noch so eine Angewohnheit von Cal, der seit dem ersten Jahr der Junior Highschool ihr bester Freund war. Er sprach alle Leute bei ihren Initialen an, sogar die Lehrer, was die meisten von ihnen gar nicht lustig fanden.

»Du würdest es mir nicht wegessen. Ich hab überhaupt keinen Hunger, ehrlich.«

»Du musst mehr essen, Kleines.«

»Ach, ich müsste auch mehr lernen und öfter meine Haare kämmen, da hab ich aber gar keine Lust zu«, erwiderte Jane und zuckte die Achseln. Ihr war bewusst, wie sie heute wieder herumlief. Sie hatte verschlafen – zum siebten Mal in diesem Monat – und war – ebenfalls zum siebten Mal – zu spät zum Unterricht erschienen. Sie wusste auch nicht, warum es ihr an Schultagen so schwerfiel, morgens aufzustehen. Und sie hörte ihren blöden Wecker ja auch immer, doch sie stellte ihn halt einfach aus und schlief weiter. Irgendwann kam dann ihre Mutter wie eine Furie ins Zimmer gestürmt, riss ihr die Bettdecke vom Körper und schrie, dass sie nicht schon wieder zu spät kommen dürfe. Weil sie schon schlecht genug in der Schule sei und am Ende noch die zehnte Klasse wiederholen müsse. Sie wusste ja, dass ihre Mom recht hatte, und trotzdem hasste sie sie jeden Tag aufs Neue für ihre Militärmethoden. Sollte sie sich doch um ihren eigenen Kram kümmern. Warum konnte sie sie nicht einfach in Ruhe lassen?

Wie auch immer, sie war wieder mal spät dran gewesen, hatte sich schnell die alten Sachen vom Vortag angezogen, die noch auf dem Boden verteilt herumlagen, hatte sich, statt die Zähne zu putzen, nur schnell einen Kaugummi in den Mund gesteckt, und sich die Papiertüte mit ihrem Lunch, die ihre Mom ihr auf den Flurtisch gestellt hatte, geschnappt. Sie hatte sich aufs Fahrrad geschwungen und erst auf halbem Weg zur Schule gemerkt, dass sie vergessen hatte, sich die Haare zu kämmen.

Egal. Wer achtete schon auf ihre Haare? Die meisten Kids an der Montgomery High beachteten sie doch überhaupt nicht, wussten wahrscheinlich nicht einmal, dass sie existierte. Klar, vor anderthalb Jahren war sie kurz Gesprächsthema gewesen, ein paar der Cheerleaderinnen hatten ihr mitleidige Blicke zugeworfen, nur um sie eine Woche später schon wieder zu ignorieren. Wahrscheinlich kannte keine einzige von ihnen ihren Namen.

Damals hatte Jane noch Freundinnen gehabt, die sich aber

alle ganz schnell abwandten, als sie zum Zombie mutierte. Irgendwann war sogar ihre beste Freundin Brianna gegangen, mit einem traurigen Ausdruck in den Augen, der das Ende ihrer langjährigen Freundschaft bedauerte. Nur Calvin war geblieben.

Früher war Cal stets der Typ gewesen, der lieber mit Mädchen abhing als mit anderen Jungen, und der deswegen oft für schwul gehalten wurde, bevor er mit Tessie Fielding ging und alle Gerüchte aus der Welt schaffte. Als er dann kurz nach ihrem schweren Verlust lieber bei Jane war, um sie zu trösten, statt mit Tessie zum weihnachtlichen Schulball zu gehen, machte diese mit ihm Schluss. Es schien Cal nicht allzu viel auszumachen. Er wollte für sie da sein, und das war er. Er war der Einzige, auf den sie sich verlassen konnte. Ihr einziger wahrer Freund, sie wüsste überhaupt nicht, was sie ohne ihn machen sollte.

Jetzt sah sie ihn über den Tisch hinweg an, seine dunklen Haare fielen ihm ins Gesicht, seine Kleidung war so düster wie ihre. Aus Solidarität hatte er nach dem Tod ihres Dads angefangen, gemeinsam mit ihr Schwarz zu tragen, und auch als sie nicht damit aufgehört, sondern sich in diesen Zombie verwandelt hatte, war er mitgegangen.

Sie liebte Cal über alles, platonisch natürlich, er war der einzige Mensch auf der Welt, der sie verstand.

»Nun nimm endlich das blöde Sandwich«, sagte sie und schob es ihm rüber.

Er griff danach und schlang es hinunter, als hätte er seit Tagen nichts gegessen, während seine Nudeln langsam die weiche Konsistenz annahmen, die es benötigte, um sie essen zu können. Jane fragte sich, wie Cal sie überhaupt noch zu sich nehmen konnte – hingen sie ihm nicht langsam zum Hals heraus?

»Danke«, sagte er. »Das war echt lecker. Ich wünschte, meine Mom würde mir Schulsandwiches machen.«

»Ich geb dir gerne meine Mom«, sagte sie.

»Hattet ihr wieder Streit?«

»Ach, immer dasselbe. Sie wollte mich gestern ausquetschen, wollte wissen, wie es in der Schule läuft und so.«

»Und was hast du gesagt?«

»Na, von der Sechs in Spanisch hab ich ihr jedenfalls nichts gesagt.«

»Und was machst du wegen der Unterschrift?«

»Die hab ich inzwischen ziemlich gut drauf.«

»J. P., wenn das irgendwann rauskommt ... Was, wenn mal irgendein Lehrer deine Mom zu sich bestellt?«

»Das wird nicht passieren. Sie haben Angst davor, sie zu treffen. Genauso wie sie sich davor fürchten, mich näher wegen der Umstände anzusprechen, die für meine schlechten Noten verantwortlich sind. Sie wissen doch alle, was passiert ist. Sie lassen es durchgehen. Ich krieg nicht mal Briefe mit, weil ich ständig zu spät bin.«

»Du tust ihnen eben leid, J. P.«

»Ihr Mitleid können sie sich sonst wo hinstecken.«

»Ich sehe schon, du bist heute nicht allzu gut drauf. Wollen wir später einen *The-Walking-Dead*-Marathon machen?«

»Klar, da bin ich immer dabei. Funktioniert euer Netflix wieder?«

»Nope. Noch immer kein Zugang.«

Cals alleinerziehende Mutter hatte vor ein paar Monaten ihren Job im Kaufhaus verloren und konnte die Rechnungen nicht mehr zahlen. Deshalb gab es auch nur noch japanische Instantnudelsuppen zum Lunch – die gab's für einen Dollar den Becher. Seit sie pleite waren, ging Cals Mom nur noch im Dollar Tree einkaufen.

Cal rollte ein paar Nudeln auf seine Gabel und schlürfte sie aus der Suppe, dass es spritzte.

»Dann komm eben mit zu mir«, schlug Jane vor.

»Ist das okay für deine Mom?«

»Ich denk schon. Sie ist doch froh, wenn ich überhaupt noch Freunde hab. Sie glaubt nämlich, ich mutiere zur totalen Einsiedlerin.«

»Dann wollen wir ihr mal beweisen, dass das nicht der Fall ist, oder?« Er lächelte sie an.

»Du hast da irgend so eine Alge zwischen den Zähnen«, sagte sie, und Cal versuchte, sie sich mit dem Finger wegzuwischen. »Nein, nicht da. Warte...« Sie langte über den Tisch und kratzte ihrem Freund das grüne Ding aus der Zahnritze. Als wäre es das Normalste der Welt.

»Oh Gott, ihr seid wie so'n altes Ehepaar«, hörte sie hinter sich und musste sich nicht umdrehen, um zu wissen, dass es Aiden war.

»Hey, A. D.«, grüßte Cal ihn.

»Alles klar?«, fragte Jane.

»Mir geht's bestens. Ich lass mir heute Nachmittag ein neues Tattoo stechen«, erzählte Aiden aufgeregt und setzte sich auf den Platz neben Calvin.

»Noch eins?« Jane betrachtete den Typen, den sie nicht unbedingt einen Freund nennen würde, der aber genauso ein Außenseiter war wie sie beide, weshalb sie manchmal mit ihm abhingen. Er bezeichnete sich selbst als Rocker, obwohl er eher wie ein Punk rüberkam, da er grün gefärbte Haare hatte und so viele Piercings und Tattoos, dass man sie nicht mehr zählen konnte.

»Yep!«, erwiderte er. »Das *Triad*, eins der Logos von Thirty Seconds to Mars. Ich will es mir, genau wie Jared Leto, auf den Unterarm stechen lassen.«

Jared Leto, der Sänger der Rockband, war Aidens absolutes Idol. Er sang selbst auch in einer Band, die nicht nur Thirty-Seconds-to-Mars-Songs, sondern auch die von einigen Neunzigerjahre-Bands wie den Red Hot Chili Peppers, den Foo Fighters oder Green Day coverte. Sie hatte Aiden schon oft sagen hören, dass er wünschte, er würde in den Neunzigern leben.

Das Einzige, was Jane über die Neunzigerjahre wusste, war, dass ihre Mom und ihr Dad sich da kennengelernt hatten. Auf der Junior Highschool. Allerdings hatten sie einander zu der Zeit völlig ignoriert und sich erst auf dem College unsterblich verliebt.

Sie wusste, dass Aiden glaubte, Cal und sie wären ebenfalls ineinander verknallt, würden es nur vor anderen nicht zeigen wollen. Aber so war es wirklich nicht, sie beide waren einfach nur die besten Freunde, die man sich vorstellen konnte.

Sie bemerkte jetzt erst, dass Aiden und Cal sich angeregt über Tattoos unterhielten und dass sie mal wieder vor sich hin geträumt hatte. Das tat sie oft, ganz unbewusst, so als würde sie sich selbst davonträumen wollen, weil die Realität einfach zu schwer zu ertragen war.

Sie hörte den Jungs zu, bis es zum Ende der Mittagspause klingelte.

»Bist du mit dem Fahrrad da?«, fragte Cal sie noch, bevor sie sich trennten, um in ihre verschiedenen Kurse zu gehen.

»Ja.«

»Ich auch«, sagte er, der manchmal auch mit dem Schulbus kam. »Dann treffen wir uns nach dem Unterricht und fahren zusammen zu dir?«

»Musst du nicht vorher zu Hause nachfragen, ob das klargeht?«

Er schüttelte den Kopf. »Meine Mom arbeitet doch ab heute Abend in dem Truck-Stop-Diner an der Hauptstraße. Die Nachtschicht. Sie schläft sicher tagsüber. Ich schreib ihr einfach eine Nachricht, das geht schon okay.«

»Na gut, wenn du meinst. Dann bis später.«

Während sie zu ihrem Schließfach ging, um ihre Bücher zu holen, dachte sie über das nach, was Cal über seine Mutter gesagt hatte. Hatte er ihr bereits von deren neuem Job erzählt und sie hatte nur mal wieder nicht zugehört, weil sie mit ihren Gedanken ganz woanders gewesen war? Sie wusste, dass Cal ihr so etwas nicht übel nahm, doch sie nahm sich vor, wenigstens ihm gegenüber aufmerksamer zu sein.

Als sie ihren Spind öffnete, lächelte ihr Dad ihr von dem Foto entgegen, das ihn zusammen mit ihr zeigte, als sie zwölf Jahre alt gewesen war. Als sie noch dieser liebenswerte, immer fröhliche Mensch gewesen war, an den sie sich kaum noch erinnern konnte. An ihren Dad allerdings konnte sie sich so gut erinnern, dass es wehtat. Sie wusste noch genau, wie sich sein Lachen anhörte, hatte seine Stimme im Ohr und wie er ihr vor dem Einschlafen *Your Song* vorsang. Ihr Dad war einfach der Beste gewesen – warum hatte er sie nur so früh verlassen müssen?

Im Englischunterricht versuchte sie sich auf Steinbeck und *Die Straße der Ölsardinen* zu konzentrieren, ihre Gedanken wanderten aber immer wieder zu ihrem vierzehnten Geburtstag zurück, dem letzten, den sie mit ihrem Dad zusammen verbringen durfte. Sie waren nach Monterey gefahren, dorthin, wo das Buch spielte, über das sie bis Ende des Monats einen Viertausendwörteraufsatz schreiben sollte, und hatten sich das Boot ihres Grandpas ausgeliehen. Nur ihr Dad, ihre Mom und sie, die Erdbeerfamilie, wie ihr Dad sie immer scherzhaft genannt hatte. Sie waren aufs Meer hinausgefahren, hatten sich die Sonne ins Gesicht scheinen lassen, Brie-Sandwiches gegessen und Dr. Pepper getrunken. Sie hatten Musik über Janes Smartphone laufen lassen und einen Buckelwal beobachtet, der so galant aus dem Wasser auftauchte und sich wieder hineingleiten ließ, als wäre er nicht schwerer als eine Sardine. Einen perfekteren Tag hatte es nie gegeben.

Ihre Gedanken fanden zurück zu ihrem Buch, und sie machte sich schwer seufzend daran, wenigstens ein paar Worte niederzuschreiben, da sie die Lehrerin wirklich mochte. Miss Fisher, eine erst Mitte zwanzigjährige Brünette, die immer ungeschminkt aus dem Haus zu gehen schien, was sie in Janes Augen irgendwie sympathisch machte. Wenigstens schwamm sie nicht mit dem Schwarm.

Als sie nun zu ihr aufblickte, bemerkte Jane, wie Miss Fisher sie eingehend betrachtete. Dabei hatte sie denselben Ausdruck in den Augen wie alle anderen. Eine Mischung aus Mitleid und Sorge, wahrscheinlich hofften sie alle, dass sie die Highschool trotz allem irgendwie überstehen würde. Ohne allzu viele andere mit sich in den Abgrund zu ziehen.

Nach der Schule wartete Cal schon wie abgesprochen mit dem Fahrrad auf dem Parkplatz. Während viele der anderen Kids eigene Autos hatten oder von ihren Eltern abgeholt wurden, war Jane meistens mit dem Rad unterwegs. Es war nicht so, dass ihre Mom sie nicht einsammeln würde, sie war aber viel lieber für sich und konnte gut auf die Unterhaltungen verzichten, in die ihre Mom sie immer wieder verwickeln wollte.

Sie verstand es ja. Sie machte sich Sorgen um sie. Trotzdem war ihre Mutter der letzte Mensch, dem sie ihre Gedanken anvertrauen würde. Das lag zum einen daran, dass sie eben ihre Mutter war, und zum anderen daran, dass Jane ihr noch immer nicht verzeihen konnte, nicht ihr Bestes gegeben zu haben, als ihr Dad damals im Sterben lag. Sie hätte seinen Tod verhindern können, und die Tatsache, dass sie es nicht getan hatte, war nicht wiedergutzumachen. Niemals.

Sie steckte den Schlüssel ins Fahrradschloss und rollte das alte rote Gestell zu Calvin. Wortlos fuhren sie los, ließen sich den Fahrtwind ins Gesicht wehen, und Jane wusste, dass auch ihr sechzehnter Geburtstag in sechs Wochen nichts daran ändern würde. Sie würde ganz bestimmt kein Auto bekommen, weshalb sie nicht einmal damit begonnen hatte, ihren Führerschein zu machen. Sie war glücklich auf ihrem Fahrrad, gemeinsam mit Calvin, dessen Mom sich genauso wenig einen Zweitwagen leisten konnte wie ihre.

Nach zwanzig Minuten erreichten sie die Farm, die sich etwas außerhalb von Carmel befand, und legten ihre Räder in die Einfahrt. Als sie das Haus betraten, sah Jane sich suchend nach ihrer Mom um, entdeckte sie aber nirgends. Bestimmt war sie draußen bei den Erntehelfern oder oben im Büro, um sich um Rechnungen oder sonst irgendwas zu kümmern.

»Hast du Lust auf Pommes?«, fragte sie, und Cals Augen strahlten, als er nickte.

»Immer. Da brauchst du nicht zu fragen.«

Sie holte die letzte Tüte Tiefkühlpommes aus dem Fach und schüttete sie auf ein Backblech. Als sie im Ofen waren, bereitete sie für sich und Cal zwei Erdbeer-Bananen-Smoothies mit frischer Minze – ihre eigene Erfindung – zu und stellte ihm einen hin. Zusammen saßen sie am Tresen, tranken ihre Smoothies und schwiegen. Das war das Schöne mit Cal, er musste nicht die Stille mit Worten füllen wie die meisten anderen Menschen. Mit ihm konnte man einfach nur dasitzen und nichts sagen.

Als die Pommes fertig waren, gab sie sie auf einen großen Teller, den sie zwischen sich und ihn stellte. Dann füllte sie zwei kleine Schälchen, eins mit Ketchup für Cal und eins mit Erdbeermarmelade für sich. Da tunkte sie die knusprigen Pommes rein, wie ihr Dad es ihr gezeigt hatte, als sie noch ganz klein gewesen war. Cal hatte diese Variante schon vor langer Zeit für eklig befunden, doch sie fühlte sich ihrem Vater jedes Mal, wenn sie eine Fritte mit Erdbeermarmelade aß, ganz nah.

Cal stupste sie mit der Schulter an, als wollte er ihr sagen, dass er verstand, warum sie so etwas Widerwärtiges aß, und sie war einfach nur dankbar, ihn zu haben.

Kapitel 3

Carter

»Brauchen wir Marmelade?«, hörte er seine ältere Tochter Samantha rufen, die vor dem langen Regal mit den Brotaufstrichen stand.

»Nein, wir haben noch genug«, antwortete Carter. »Die Marshmallowcreme ist aber alle, und du weißt, dass deine Schwester keinen Tag ohne auskommt.« Er grinste Astor, seine jüngere, erst neunjährige Tochter an, die ihren Welpenblick aufsetzte.

»Oh ja, bitte. Ohne Marshmallowcreme bin ich verloren.«

Samantha schmunzelte, nahm gleich zwei große Gläser und stellte sie in den Einkaufswagen. Dann zwinkerte sie ihrer kleinen Schwester zu. »Ich glaube, das sollte ein bis zwei Tage halten.«

»Haha«, machte Astor und lief zum Regal mit der Mayonnaise rüber. Carter sah ihr hinterher und merkte wieder, dass sie ihrer Mutter von Tag zu Tag ähnlicher sah. Samantha aber war ein Abbild von ihr. Wenn sie ein paar Meter entfernt stand und sich das blonde Haar gedankenverloren um den Finger wickelte, konnte man fast denken, Jodie stehe vor einem.

Er schüttelte diese Feststellung ab und lächelte seine Mädchen an. »Also? Was wollen wir uns heute zum Abendessen machen? Und bevor du etwas vorschlägst, Astor: Marshmallowcremesandwiches sind keine Option.«

»Okay, dann Pizza«, entgegnete die Kleine.

»Ist das okay für dich?«, fragte er Sam, und sie nickte.

»Klar, von mir aus. Was brauchen wir dafür?«

»Ich will Pilze drauf«, rief Astor. »Und Mais! Und Tomaten!«

»Und ich natürlich Peperoni«, sagte Carter.

»Ich bin mit allem einverstanden«, meinte Samantha, die der gefügigste Mensch war, den er kannte. Sie wollte es immer allen recht machen, dachte an alle anderen, bevor sie an sich selbst dachte. Sie ging für ein paar ältere Damen in der Nachbarschaft einkaufen, las Kindern im Krankenhaus Geschichten vor und half bei mehreren wohltätigen Projekten. Dazu lernte sie noch in jeder freien Minute für die Schule, trainierte fürs Cheerleading und passte auf Astor auf, wann immer er sie darum bat. Samantha war die perfekte Tochter. Manchmal machte er sich fast Sorgen um sie, weil sie so wenig Zeit für sich selbst zu haben schien. Doch das war es, was sie wollte, sie hatte es ihm bereits mehrmals gesagt, und er würde sie nicht aufhalten, Gutes zu tun.

Sie sammelten alle Zutaten für die Pizza zusammen, Astor griff auf dem Weg zur Kasse noch nach einer Packung Cap'n Crunch – ihre Lieblingsfrühstücksflocken –, und sie bezahlten ihre Einkäufe, die sie kurz darauf ins Auto luden. Carter setzte sich ans Steuer, drehte das Radio an, und sie sangen alle zusammen zu einem alten Bryan-Adams-Song mit, den er zu Hause schon so oft gehört hatte, dass sogar seine Töchter ihn auswendig kannten. Er mochte Musik, sie war immer Bestandteil seines Lebens gewesen. Früher einmal war er Gitarrist in einer Band gewesen, doch das war so lange her, dass er sich kaum noch daran erinnern konnte. So viele andere Dinge hatten dieses Kapitel seines Lebens beiseitegedrängt, sodass es nur noch ein ferner Punkt am Horizont war.

Zu Hause angekommen, bat Samantha, gleich in ihr Zimmer gehen zu dürfen, da sie noch jede Menge Hausaufgaben zu erledigen hatte und auch noch Flöte üben musste.

»Na sicher, geh nur. Astor und ich kümmern uns um die Einkäufe und das Essen. Wir rufen dich, wenn die Pizza fertig ist, ja?«

»Ich glaube, das ist nicht nötig. Die werde ich bestimmt bis in mein Zimmer riechen.« Sam lächelte ihn an, und ihr Lächeln war das Lächeln ihrer Mutter. Auch nach drei Jahren schmerzte es ihn noch so sehr, dass er schlucken musste. Doch er lächelte zurück, würde es nicht zeigen, würde vor seinen Töchtern nicht schlappmachen, wie er es ein ganzes Jahr nach Jodies Tod getan hatte. Ein viel zu langes Jahr. Aber das würde er Sam und Astor nie wieder antun, das hatte er sich geschworen. Das Leben ging weiter, er hatte diese beiden Kinder, die ihn brauchten, für die er funktionieren musste, und das würde er, manchmal besser, manchmal schlechter. Doch er würde immer für sie da sein. Der beste Vater sein, der er sein konnte, die Rolle beider Elternteile einnehmen, weil einer davon es nicht geschafft hatte, einfach nur das zu sein, was man von ihm erwartet hatte. Weil dieser Mensch mehr gewollt hatte, nicht zufrieden sein konnte mit dem, was er hatte. Doch auch diese Gedanken schob er schnell beiseite. Das war Vergangenheit. Was vor ihnen lag, war die Zukunft, und die würde er für seine beiden Mädchen so schön gestalten, wie er nur konnte.

»Wie wäre es mit selbst gemachtem Eis zum Nachtisch?«,

rief er Sam nach, die schon auf dem Weg in ihr Zimmer war.

Sie hatte ihr Smartphone in der Hand und tippte eifrig etwas hinein. Wahrscheinlich schrieb sie mit Jeremy, mit dem sie seit zwei Jahren fest zusammen war. »Gerne«, antwortete sie.

»Himbeere oder Zitrone?«

»Lass Astor entscheiden«, rief sie zurück und war in ihrem Reich verschwunden, einem sechzehn Quadratmeter großen Zimmer, das vor Rosa und Glitzer nur so strotzte. Erst letzte Woche hatte sie sich zwei neue Kissenbezüge für ihr kleines Sofa genäht, die sie mit rosa Strasssteinen verziert hatte. Astor war neidisch ohne Ende gewesen, und Sam hatte ihr versprochen, ihr zum Geburtstag auch welche zu machen, in Gelb, ihrer Lieblingsfarbe.

»Okay, Astor, da deine Schwester so nett ist, dich entscheiden zu lassen, was hättest du denn ger...«

»Zitrone!«, rief Astor sofort. »Die sind gelb«, ließ sie ihn wissen, als hätte er keine Ahnung.

Er musste lachen. »Recht herzlichen Dank, dass du mich aufklärst, Prinzessin.«

»Ach komm schon, Dad, Sam ist hier die Prinzessin. Ich bin einfach nur... ein Frosch.«

»Ein Frosch?« Belustigt sah er sie an.

»Ja, genau. Aber eines Tages küsst mich ein Prinz, und ich werde mindestens genauso umwerfend wie Sam.«

»Oh, daran habe ich absolut keinen Zweifel«, erwiderte er und meinte es so.

»Du bist der Beste, Dad«, sagte Astor und sah ihn mit ihren himmelblauen Augen an, was ihn dahinschmelzen ließ.

»Weißt du eigentlich, wie lieb ich dich hab?«, fragte er

und zerstrubbelte ihre Kurzhaarfrisur, die sie sich vor einigen Wochen selbst ausgesucht hatte, mit den Fingern.

Astor flüchtete vor ihm und kicherte. »Lass das, Dad!« Sie griff nach ihren Frühstücksflocken und stellte sie ins Regal. Dann holte sie die Eismaschine hervor, stellte sie vor ihm ab und sagte: »Hab dich auch lieb. Wenn du mir Zitroneneis machst, sogar noch mehr.«

Er schüttelte schmunzelnd den Kopf. »Na, dann wollen wir mal. Reich mir die Zitronen, kleiner Frosch.«

Astor warf ihm lachend zwei der gelben Früchte zu, und er war einfach nur froh, dass die schlimme Tragödie nicht bewirkt hatte, dass sie das Lachen verlernte.

Er nahm sich noch eine dritte Zitrone, jonglierte ein wenig mit ihnen und stellte dann den CD-Player an.

Astor fing gleich wieder an mitzusingen. Und während U2 *I Still Haven't Found What I'm Looking For* schmetterten, sorgte er dafür, dass seine Tochter ihr geliebtes Zitroneneis bekam. Denn das war wirklich das Mindeste, was er für sie tun konnte.

Kapitel 4

Samantha

Sie betrachtete sich im Spiegel. Die Skinny Jeans und das geblümte Oberteil standen ihr gut, es zeichnete sich jedoch ein kleiner Bauch ab, was wohl davon kam, dass sie gestern mit der Pizza und dem Eis ein wenig über die Stränge geschlagen hatte. Sie seufzte. Dann würde sie wohl heute besonders darauf achten müssen, den Bauch einzuziehen, denn Jeremy mochte es gar nicht, wenn sie zu viel aß, und auf die fragenden Blicke der anderen Cheerleaderinnen konnte sie auch gut verzichten.

Als es draußen hupte, griff Sam sich ihre Jeansjacke und den Rucksack, drückte ihrer kleinen Schwester einen Kuss auf die Stirn und rief ihrem Vater ein »Hab einen schönen Tag, Dad!« zu.

»Den wünsch ich dir auch. Denkst du dran, dass heute Donnerstag ist?«, rief er aus der Küche zurück, wo er sich noch schnell um den Abwasch kümmerte, bevor er Astor zur Schule fahren musste. Danach würde er zurück nach Hause kommen, wo er in der Garage und dem neuen kleinen Anbau daneben seine Werkstatt hatte.

»Natürlich!«, erwiderte sie, und schon war sie raus aus

dem Haus, in dem sie geboren worden war und in dem sie solch eine schöne Kindheit erlebt hatte. Ihre jungen Jahre waren ganz anders gewesen als die ihrer Schwester, das war ihr bewusst, und sie empfand unheimliches Mitleid mit Astor, die bereits mit sechs Jahren ihre Mutter verloren hatte. Mitten im ersten Schuljahr, wie sehr einen das prägen musste. Und genau deshalb tat sie ihr Bestes, um den Verlust irgendwie auszugleichen, und gab als Schwester alles und noch ein bisschen mehr, damit Astor, ihr absoluter Lieblingsmensch, nichts entbehren musste.

Sie wusste, dass ihr Dad genauso auf ihre Hilfe angewiesen war und wollte ihn keinesfalls enttäuschen. Er hatte es schwer genug gehabt. Das hatten sie alle.

»Hey, Honey«, sagte Jeremy, als sie neben ihm auf dem Beifahrersitz Platz nahm. Er fuhr einen BMW, ein Cabrio, das sein Dad ihm zum sechzehnten Geburtstag geschenkt hatte. Es war ein wenig protzig, aber das war Jeremy ja auch, auf eine gute Art selbstverständlich. Denn Jeremy war nicht nur einer der Star-Lacrosse-Spieler der Montgomery Lions, sondern auch einer der bestaussehenden Jungen an der Schule. Welches Glück für Sam, dass er sich ausgerechnet sie als Freundin ausgesucht hatte. Aber sie passten halt auch zusammen wie Donuts und Streusel. Und die zwei Jahre, die sie inzwischen miteinander gingen, hatten bewiesen, dass sie total auf einer Wellenlänge waren. Die Tatsache, dass sie beide planten, nach ihrem Highschoolabschluss in Berkeley zu studieren, machte die Sache perfekt.

Sie schenkte ihrem Freund ein breites Lächeln und fragte: »Bist du schon aufgeregt wegen des großen Spiels am Samstag?«

Sie wusste, dass Jeremy nichts lieber tat, als über Lacrosse zu reden, weshalb sie ihm hin und wieder diesen Gefallen tat. Dass am Wochenende ein bedeutendes Match gegen den Zweitplatzierten der kalifornischen Highschool League anstand, gab ihr die beste Gelegenheit dazu.

»Klar, und wie!«, sagte er und fuhr mit quietschenden Reifen los. Sie hoffte nur, dass ihr Dad das nicht mitbekommen hatte, ihm gegenüber erwähnte sie nämlich regelmäßig, wie verantwortungsbewusst Jeremy war. Auch wenn das nur teilweise stimmte. »Wenn wir die Dragons schlagen, sind wir Zweitplatzierter und können es bis zum Schuljahresende bis ganz an die Spitze schaffen.«

»Und das werdet ihr, da bin ich mir ganz sicher«, sagte sie, da alles andere inakzeptabel wäre.

Während der Fahrt redeten sie wie meistens über ziemlich belanglose Dinge. Jeremy erzählte vom Lacrosse – irgendwas von Offense und Defense – und davon, den neuesten *Fast & Furious*-Film im Kino sehen zu wollen, sie selbst berichtete von einem wohltätigen Projekt, an dem sie sich beteiligen wollte. Es ging dabei darum, einen Spielplatz in einer sozial schwachen Gegend zu restaurieren. Das Ganze sollte in den Sommerferien stattfinden, sie würde mit der Charity-Gruppe für eine Woche nach Santa Cruz fahren und dort in einem gemieteten Ferienhaus wohnen, das vom anstehenden Kuchenbasar finanziert werden sollte.

»Das wird sicher gut auf deiner Bewerbung für Berkeley aussehen«, sagte er, weil er dachte, dass sie sich nur deshalb so engagierte. Aber das war nicht der einzige Grund. Sie mochte es, etwas für andere zu tun, für Menschen, die es nicht so gut hatten wie sie.

An der Schule angekommen gab Jeremy ihr einen Kuss und schlenderte lässig zu seinen Freunden rüber, während Samantha sich zu Cassidy, Tammy und Holly gesellte. Ihr war natürlich bewusst, dass ihre Namen sich allesamt anhörten, als könnten sie Mitglieder einer Girlband sein. Doch irgendwie mochte sie diese Tatsache, sie mochte es, dass das Klischee voll auf sie zutraf. Sie alle vier waren im Cheerleading-Team. Im Herbst feuerten sie die Footballmannschaft an, im Winter die Basketballer und im Frühjahr die Lacrosse-Spieler, je nach Saison. Sam liebte ihre Rolle als Co-Captain, sie mochte ihre Clique, die ausschließlich aus hübschen schlanken Mädchen und Sportlern bestand, und manchmal stellte sie sich vor, ihr Leben wäre einer dieser Highschoolfilme, die einen zum Lachen brachten und in denen die Welt vollkommen in Ordnung war. Dann konnte sie sich einreden, dass ihre eigene Welt es auch war, und sie konnte ein Lächeln aufsetzen, obwohl ihr nicht immer danach war.

Lächeln, immer lächeln, ja, das konnte sie am besten.

In der Mittagspause saß ihre Clique wie immer zusammen an einem Tisch in der Cafeteria. Wie in jeder Schule in wohl jedem einzelnen Highschoolfilm gab es auch an der Montgomery High dieses typische Gruppendenken. Es gab ein paar Tische, an denen die coolen Kids saßen, dann welche, die die Wissenschaftler und die Nerds unter Beschlag genommen hatten. Es gab einen Tisch für die Punks, einen für die Rocker, einen für die Gothics, einen für die Emos, einen für die Blaskapelle, einen für die Öko-Freaks, einen für die Einhornfraktion und dann natürlich noch einen für die Zombies. Um die meisten dieser Gruppen machte jeder einen großen Bogen, vor allem die coolen Kids, zu denen die Cheerleader, die Sportler und die Reporter gehörten. Das war wohl eine der wenigen Ausnahmen an ihrer Schule: Die Leute, die für die *Gomery News* schrieben, waren hip. Wahrscheinlich lag es daran, dass das Team der Schülerzeitung nicht in Flickensakkos und mit Hornbrillen herumlief, sondern dass es aus wirklich angesagten Jungen und Mädchen bestand wie zum Beispiel Eleanor Harbor oder Sookie Collins, die beide ehemalige Cheerleaderinnen waren. Eleanor hatte wegen eines Knieleidens aufhören müssen, Sookie, weil sie fünf Kilo zugenommen und sich geweigert hatte, wieder abzunehmen, um der Norm zu entsprechen. Die beiden waren die Topreporterinnen der *Gomery* und hatten es drauf, jederzeit die heißesten Neuigkeiten aufzudecken und darüber zu berichten. Als Samantha nun zu den beiden hinüberblickte, die eifrig über irgendetwas diskutierten und sich dabei Notizen machten, hoffte sie nur, dass sie nicht irgendwann ihre Vergangenheit ausgraben und sie zur Schlagzeile der wöchentlichen *Gomery*-Ausgabe machen würden.

Sie erschrak, als sich plötzlich jemand auf den leeren Stuhl neben sie schmiss, musste aber lächeln, als sie erkannte, dass es Jeremy war.

»Richie, Joaquin und ich haben gerade beschlossen, heute Abend ins Kino zu gehen«, informierte er sie. »Bist du dabei?«

»Es ist Donnerstag, Jeremy. Da kann ich abends nicht, das weißt du doch«, sagte sie so leise wie möglich und hoffte nur, dass ihre Freundinnen nicht mithörten. Ein Blick zu ihnen sagte ihr aber, dass sie noch immer mit Tammys neuer Nagellackfarbe – »Billiges Flittchen« – beschäftigt waren. Cassidy und Holly betrachteten Tammys Nägel nun bestimmt schon seit fünf Minuten.

Jeremy ließ ein leises Stöhnen aus. »Kannst du nicht mal eine Ausnahme machen?«

»Das geht nicht, Jeremy, tut mir leid. Aber du könntest doch ein anderes Mal ins Kino gehen und stattdessen heute Abend zu mir kommen. Wir könnten zusammen lernen oder einen Film auf Netflix gucken.«

»Nee, eher nicht. Ich hab Bock auf Kino.«

»Hab ich da gerade Kino gehört?« Cassidy blickte neugierig auf.

Jeremy sah Cassidy direkt in die Augen. »Ja. Die Jungs und ich wollen uns den neuen *Fast & Furious* ansehen. Interesse mitzukommen?«

»Und ob! Heute Abend hab ich noch nichts vor.«

Falls Cassidy ihren stirnrunzelnden Blick sah, ließ sie sich jedenfalls nichts anmerken.

»Wann und wo?«

Jeremy nannte Cassidy die Uhrzeit und den Treffpunkt, und Holly lud sich selbst ebenfalls zu dem Treffen ein. Nur Tammy sah Samantha verwirrt an.

»Warum gehst du nicht mit?«, fragte sie sie über den Tisch hinweg.

»Ich hab meinem Dad versprochen, auf meine kleine Schwester aufzupassen. Er hat etwas Wichtiges vor«, antwortete sie, schielte dabei zu Jeremy und hoffte nur, dass er keine Details ausplaudern würde. Tammy war zwar ihre Freundin, aber genau wie Cassidy und Holly wusste sie nichts von den wöchentlichen Gruppentherapietreffen ihres Dads – und das sollte so bleiben.

Doch Jeremy lächelte sie nur an, als hätte er sie gerade nicht vor den Kopf gestoßen, und sagte: »Dann ein anderes Mal, Schatz, ja?«

Sie nickte und ließ sich von ihm einen Kuss geben in der Sekunde, in der die Schulglocke läutete.

Sie blieb noch einen Augenblick sitzen, trank den letzten Schluck ihres Mineralwassers aus und nahm wahr, wie jedes Mädchen im Umkreis von zehn Metern Jeremy hinterherblickte. Kein Wunder, sein dunkelblondes Haar saß mal wieder perfekt, unter seiner Jeans zeichnete sich ein süßer kleiner Knackarsch ab, und als er sich nun noch einmal zu ihr umdrehte, zeigte er ihr sein schönstes Lächeln. Dieses Lächeln gehörte allein ihr. Und sie wusste wieder, wie glücklich sie sich schätzen konnte.

Kapitel 5

Amanda

»Und Sie denken wirklich nicht, dass Sie da was machen können?«, fragte sie und sah den Bankkaufmann flehend an, der ihr an seinem Bürotisch gegenübersaß.

Der ältere Mann mit den weißen Haaren und dem penibel gestutzten Schnurrbart schüttelte den Kopf und erwiderte: »Es tut mir leid, aber Sie haben bereits eine Hypothek aufs Haus, eine zweite kann ich Ihnen in Ihrer derzeitigen Lage nicht gewähren.«

Amanda spürte, wie ihre Kehle sich zuschnürte. »Aber … wenn Sie mir keinen Kredit geben, dann muss ich meine Farm aufgeben. Das Lebenswerk meines Mannes«, sagte sie verzweifelt und war den Tränen nahe.

Sie konnte nicht sagen, ob das, was sie in seinem Gesicht kurz aufblitzen sah, Mitleid war oder etwas anderes, und sie fragte sich, ob ein jüngerer Bankangestellter ebenso kaltherzig gewesen wäre oder ob es eben Regeln waren, die jeder in diesem Institut befolgen musste. Wie auch immer, der Weißhaarige blieb bei seiner Meinung.

»Mrs. Parker, hören Sie, es liegt nicht in meiner Macht. Womöglich … käme ja ein privates Darlehen infrage. Sie könnten im Familienkreis nachfragen, ob Ihnen eventuell jemand...«

Sie hörte sich gar nicht weiter an, was der Mann zu sagen hatte, sondern erhob sich von ihrem Stuhl und sagte bedauernd: »Sehr schade, dass Sie mir nicht helfen wollen.«

»Ich *kann* Ihnen nicht helfen, Mrs. Parker.«

»Ja, klar, wenn Sie meinen«, murmelte sie und verließ den Raum ohne ein weiteres Wort oder ein Händeschütteln. Sie wollte einfach nur raus, an die frische Luft, denn wie so oft in letzter Zeit hatte sie das Gefühl, nicht mehr atmen zu können.

Seit Toms Tod hatte sie nicht mehr richtig durchgeatmet. Denn es fühlte sich an, als wäre irgendetwas blockiert, da, wo sonst die Luft ihre Lunge durchströmte. Als würde eine Sperre ihr den Weg verweigern.

Die meiste Zeit fühlte sie sich wie in Trance. Als hätte ihr Verstand zwar begriffen, dass Tom für immer fort war, doch als würde ihr Herz es nicht wahrhaben wollen und noch immer darauf warten, dass er einfach um die Ecke bog, sie anlächelte und sie in seine starken Arme nahm. Als wäre alles nur ein Traum, aus dem sie jeden Moment erwachen könnte.

Auch jetzt brauchte sie ein paar Minuten, um sich wieder zu fangen. Um wieder atmen zu können. Mit gebeugtem Körper, die Hände auf die Oberschenkel gestützt, stand sie da und rang nach Luft. Als sie das Gefühl hatte, es würde langsam wieder gehen, richtete sie sich auf und tat einen Schritt, dann noch einen, bis sie ihr Auto erreichte und sich erschöpft auf den Fahrersitz warf.

Sie schloss die Augen und wünschte sich zum hunderttausendsten Mal, die Dinge wären anders gekommen. Tom wäre noch am Leben. Aber das war er nicht.

Und ihr Leben ging weiter. Musste es. Irgendwie.

Sie sah auf die Uhr, und weil Donnerstag war und sie nicht wusste, was sie sonst anderes tun könnte, fuhr sie schon früher zu ihrer Mutter, mit der sie sich einmal die Woche zum Mittagessen traf.

Als diese ihr schon nach dem ersten Klopfen öffnete, und zwar wie immer mit einem Riesenlächeln im Gesicht, musste Amanda unwillkürlich mitlächeln.

»Amy, du bist heute aber früh dran!«, rief ihre Mutter freudig aus.

»Ich hatte einen Termin und war früher fertig«, sagte sie nur vage und trat ein in das Haus, in dem sie ihr halbes Leben verbracht hatte. Sie würde ihrer Mom bestimmt nicht erzählen, wo genau sie gewesen war. In der Höhle des Löwen nämlich – und der Löwe hatte sie aufgefressen.

»Wie schön, dass du schon da bist. Dann bleibt uns mehr Zeit zum Quatschen.« Oh ja, das tat Patricia Odell gerne, es war sogar ihr liebstes Hobby.

»Wer ist da, Patty?«, hörte sie ihren Vater rufen, der kurz darauf in der Wohnzimmertür erschien. Überrascht sah er erst sie an und dann auf seine Uhr. »Es ist erst zehn vor zwölf!«

»Hi, Dad. Wie geht's?«, begrüßte sie ihn.

»Gut, gut, danke. Und dir?«

»Ganz okay. Ich schlage mich so durch.«

»Und wieso genau bist du noch mal früher hier?«, wollte er wissen.

»Ich hatte einen Termin.«

»Bei uns in Monterey?«

»Ja, genau.«

»Was war das denn für ein Termin?«

Gott, ihr Vater war ja schlimmer als ihre Mutter!

»Ich müsste mal kurz ins Bad«, sagte sie schnell und verschwand in der kleinen Gästetoilette am Ende des Flurs.

Sie lehnte sich von innen gegen die Tür und zwang sich, ruhig zu atmen. Dabei konnte sie ihre Mom sagen hören: »Nun dräng sie doch nicht, dir zu erzählen, wo sie war, John. Vermutlich war sie beim Frauenarzt und hat sich eine Spirale einsetzen lassen oder was die jungen Leute heute zur Verhütung benutzen.«

»Wozu braucht sie denn was zur Verhütung? Sie hat seit anderthalb Jahren keinen Mann angeguckt.«

»Sie trauert noch um Tom, das musst du verstehen.«

»Das tue ich. Ich frage mich nur, was sie wohl für Termine hat hier bei uns in Monterey«, wunderte sich ihr Dad und versuchte dabei nicht einmal, seine Stimme zu senken.

»Das geht dich überhaupt nichts an, du neugieriges Wiesel«, entgegnete ihre Mom mit einem Kichern, dann gab es eine kleine Pause, in der sich ihre Eltern ziemlich sicher küssten, wie sie es so oft taten, selbst nach vierzig Ehejahren noch.

Amanda musste sich zusammenreißen, um nicht laut zu schluchzen. Vierzig Jahre als Mann und Frau, wie sehr sie sich solch eine Liebe auch gewünscht hätte. Doch ihr und Tom waren lediglich fünfzehn gegönnt gewesen.

»Ich geh dann mal in die Küche und bereite das Essen vor«, hörte sie ihre Mutter sagen und ihren Vater daraufhin etwas erwidern, das nur undeutlich zu ihr durchkam. Sie drehte den Wasserhahn auf und wusch sich das Gesicht mit kaltem Wasser. Make-up gab es keines, das verwischen konnte, da sie nie ein Fan davon gewesen war, sich zu schminken und damit zu jemandem zu machen, der sie nicht war.

Sie trat ans Fenster, von wo aus man einen wahnsinnig

tollen Blick auf die Bucht hatte. Das weite Meer schimmerte im Sonnenschein, Segelboote und Möwen, die darüber hinwegflogen, ließen es ganz malerisch aussehen.

Sie warf noch einen Blick auf die Idylle, wappnete sich und trat hinaus in den Flur, der inzwischen leer war. Ihre Mom fand sie in der Küche beim Kartoffelschälen vor. Ihr Dad war nirgends in Sicht.

»Dein Vater lässt sich entschuldigen. Er will sich die Anglermeisterschaften im Fernsehen angucken.« Patty verdrehte die Augen. Amanda musste lachen. Sie wusste, wie sehr ihr Vater ihrer Mutter mit dem Angeln auf den Geist ging. Seit er vor sieben Jahren in Rente gegangen war, verbrachte er die meiste Zeit damit, entweder selbst zu angeln oder sich den »Sport« im Fernsehen anzusehen. Vor drei Jahren hatte er sogar all seine Ersparnisse zusammengesammelt und sich den Traum von einem Boot erfüllt. Ein voll ausgestattetes Motorboot, mit dem er weit aufs Meer hinausfahren und seine Angel ins Wasser werfen konnte. Einmal hatte er Amanda verraten, dass er das nur aus Spaß an der Sache tat, aber niemals einen Köder an den Haken hängte. Er wollte keine Fische töten, sondern einfach nur entspannen. Diese verrückte Tatsache brachte seine Frau nur noch mehr auf die Palme. »Wenn er wenigstens was zu essen mit nach Hause bringen würde«, pflegte sie zu sagen, und John schüttelte dann stets belustigt den Kopf und meinte: »Dann könnte ich doch nicht mehr deine leckeren Tofu-Gerichte genießen.« Ihre Eltern waren wirklich süß miteinander, sie kannte kein Paar, das sich so gerne neckte wie die beiden.

»Kein Problem. Was gibt es zu essen? Kann ich dir helfen?«

»Es gibt Kartoffelpüree mit Zucchinigemüse und Linsenmedaillons«, ließ ihre Mom sie wissen.

»Hört sich gar nicht mal so schlecht an«, meinte sie achselzuckend und setzte sich an den Küchentisch. Seit der Doktor ihrem Vater eine spezielle Diät verordnet hatte, die seinen Blutdruck senken sollte, hatte es weit schlimmere Gerichte gegeben.

»Die Medaillons sind wirklich köstlich, du wirst sehen. Du kannst die Karotten dafür schälen und raspeln. Hast du Lust?«

»Klar.«

Ihre Mutter reichte ihr ein Schneidebrett, drei große Karotten, einen Sparschäler und eine Gemüsereibe, und sie machte sich an die Arbeit.

»Was macht Jane so? Sie hat sich schon eine ganze Weile nicht gemeldet«, erkundigte sich Patty.

»Nimm es nicht persönlich. Sie ist in einer schwierigen Phase«, erzählte sie ihr das, was sie auch schon die letzten Male erzählt hatte.

Ihre Mom sah sie eingehend an.

»Was ist?«, fragte sie stirnrunzelnd.

»Wie sieht es denn mit *dir* aus? Nimmst *du* es persönlich?«

»Ich versuche, das nicht zu tun. Ist aber gar nicht so einfach.«

»Sie ist ein Teenager, Amy. Und sie hat ihren Vater verloren, vor nicht allzu langer Zeit«, sagte ihre Mutter, als wüsste sie es nicht.

Das machte sie ungewollt wütend.

»Das ist mir wohl bewusst, Mom, ich habe nämlich gleichzeitig meinen Ehemann verloren. Den wichtigsten Menschen in meinem Leben.«

»Jane ist der wichtigste Mensch in deinem Leben«, stellte ihre Mutter klar.

»Ja ...« Sie seufzte. »Du weißt doch, wie ich es meinte.«

Ihre Mom legte die Kartoffel und das Schälmesser ab und setzte sich zu ihr. »Ach Kind, ich wünschte, es würde dir langsam ein wenig besser gehen«, sagte sie und klang dabei ehrlich besorgt.

Amanda spürte, wie ihr Tränen in die Augen schossen. »Ich kann mir nicht vorstellen, dass es mir je besser gehen wird.«

»Das kann ich verstehen.« Ihre Mom legte ihr eine Hand auf den Arm. »Es ist ja auch erst anderthalb Jahre her.«

»Es fühlt sich an, als wäre es erst gestern gewesen.« Sie sah ihre Mutter an, die mit ihren dreiundsiebzig Jahren so viel Jugend und Fröhlichkeit ausstrahlte. Sie hatte sie spät bekommen, mit Mitte dreißig, was daran lag, dass sie ihre große Liebe erst mit zweiunddreißig gefunden hatte. Ganz im Gegensatz zu ihr selbst. Amanda war ihrem alten Junior-High-Mitschüler Tom schon in der zweiten Woche am College wiederbegegnet, sie hatten sich auf den ersten Blick ineinander verliebt und an einem Karaoke-Abend zueinandergefunden, nachdem er *More Than a Feeling* für sie gesungen hatte. Einem ersten richtigen Date folgte noch am selben Abend ein erster Kuss, und zwei Monate später zogen sie aus ihren Zimmern im Studentenwohnheim aus und nahmen sich eine kleine Wohnung, in der sie von einer gemeinsamen Zukunft träumten. Damals wollte Tom noch Finanzberater werden, und sie selbst wollte irgendwas im Bereich Wirtschaftsanalyse machen. Doch noch bevor sie das College abschlossen, war Amanda schwanger, und sie legte ihre Pläne erst einmal auf Eis. Tom hingegen suchte sich einen Job in Monterey, bei einem privaten Kreditanbieter, was ihm allerdings keinen Spaß bereitete. Dann hatte er die Idee mit der Erdbeerfarm, und die Dinge nahmen ihren Lauf.

Sie fragte sich, ob Tom ihr wohl in dieser beinahe aussichtslosen Situation einen Kredit gegeben hätte. Wahrscheinlich schon, da diese Kredithaie doch so gut wie jedem ein Darlehen gewährten, selbstverständlich zu einem unverschämt hohen Zinssatz. Was wohl auch der Grund war, weshalb Tom nach nicht einmal einem Jahr genug hatte. Er wollte nicht dabei zusehen, wie ehrliche Menschen zu Grunde gingen.

»Amy?«, hörte sie eine Stimme.

Sie rüttelte sich wach und sah ihrer Mutter ins Gesicht, die ziemlich sicher irgendetwas zu ihr gesagt hatte.

»Tut mir leid, ich war in Gedanken woanders.«

»Willst du nicht aufhören, die arme Karotte noch weiter zu schälen? Gleich ist nichts mehr übrig von ihr.«

»Oh. Tut mir leid«, sagte sie und legte das mickrige Ding hin, das nur noch ein dünner Streifen war.

»Dir muss nichts leidtun, mein Schatz. Was ich dir allerdings wirklich noch einmal ans Herz legen möchte, ist ...«

Sie wusste, was folgen sollte. »Ich werde keine Therapie machen!«, sagte sie bestimmt.

»Ich bin mir aber sicher, dass es dir helfen würde. Vielleicht ist der Moment erreicht, wo du dir eingestehen solltest, dass du allein nicht mehr weiterkommst.«

Nur der Gedanke daran, bei einem Psychoheini auf der Couch zu sitzen und ihr Innerstes zu entblößen, ließ sie zusammenzucken.

»Das ist einfach nichts für mich, Mom. Das hab ich dir jetzt schon so oft gesagt.«

»Nenn mir einen plausiblen Grund.« Ihre Mom sah ihr erwartungsvoll in die Augen.

Sie brauchte eine Weile, bis sie antworten konnte, da ihre Kehle schon wieder enger wurde und ihr Herz zu stechen begann.

»Ich will einfach nicht... will meine Erinnerungen nicht teilen. Will sie für mich behalten, verstehst du das denn nicht? Weil sie das Einzige sind, was ich noch habe.«

Nun hatte nicht nur sie Tränen in den Augen, sondern auch ihre Mutter. Und die sagte kein Wort mehr, sondern nickte nur und drückte ihren Arm noch ein wenig fester.

Kapitel 6

Carter

»... und seitdem kann ich einfach nicht mehr schlafen«, schloss Belinda und sah völlig zerschmettert aus. Sie hatte so leere Augen, die Arme. Während die meisten von ihnen oftmals mit den Tränen zu kämpfen hatten, wenn sie ihre Geschichte erzählten, sah die junge Frau einfach nur erschöpft aus. Und müde.

Carter überlegte. Machte es vielleicht doch einen Unterschied, ob man seinen Lebenspartner verloren hatte oder eben ein Familienmitglied, wie Belinda, die ihnen heute von ihrem verstorbenen Vater erzählt hatte? Dieser hatte sie nach einem Streit jahrelang kaum beachtet, sie hatten sich nicht voneinander verabschieden können, bevor er ging. Und das war es wohl, was am meisten an Belinda zerrte, das hatte Carter heraushören können, als sie sich nun bei ihrem vierten Treffen bereit dazu gefühlt hatte, ihre Gedanken zu offenbaren. Das war etwas, das jeder unterschiedlich anging. Niemand wurde gedrängt, sich mitzuteilen. Kelly, der Gruppentherapeutin, war es sehr wichtig, das zu übermitteln. Sie war da, hörte zu und der Rest von ihnen auch. Verlorene Seelen, denen es nicht besser ging als dir selbst. Eine Gruppe von Frauen und Männern, von denen jeder Einzelne einen geliebten Menschen verloren hatte. Der eine litt mehr, der andere weniger, doch jeder war aus demselben Grund hier: Weil er es allein nicht schaffen konnte.

Carter hatte erst bei seinem zwölften Treffen von seiner verstorbenen Frau gesprochen. Zwölf Wochen, in denen er geschwiegen und den anderen zugehört hatte. In denen er langsam begriffen hatte, dass er mit seinem Schmerz nicht allein war. Seitdem hatte er immer wieder von ihr erzählt, von Jodie, der Liebe seines Lebens. Und es hatte gutgetan. Es hatte gemacht, dass er sie nicht vergaß. Dass er ihr langsam, ganz langsam verzieh. Dann, mit der Zeit, war es leichter geworden, und nachdem er nun zwei Jahre an den Treffen der Trauergruppe teilnahm, von denen er nur selten eins verpasst hatte, konnte er ehrlich sagen, er war geheilt. Natürlich würde er Jodie immer lieben und vermissen, doch der ungeheure Schmerz war vergangen, die Tage waren wieder mit Sonnenschein gefüllt, die schlaflosen Nächte waren vorüber.

Er sah Belinda an, die noch in ihrem Schmerz gefangen war, und lächelte leicht. »Es ging uns allen einmal so, weißt du?«, sagte er. »Du musst nur ein wenig Geduld haben, irgendwann wirst auch du wieder schlafen können.«

»Da bin ich mir nicht sicher«, erwiderte die junge Frau, die kaum älter als dreiundzwanzig sein konnte. Sie hatte braunes, kinnlanges Haar und trug ein dunkelrotes Cordkleid.

»Glaub mir, es wird besser«, sagte er ihr zuversichtlich.

Sie nickte, und ihr Mund verzog sich beinahe sogar zu einem Lächeln. Dann atmete sie tief ein und wieder aus, als würde sie die Last der ganzen Welt auf ihren Schultern tragen.

Er wünschte so, er könnte ihr helfen. Aber er hatte gelernt, dass man sich in dieser Situation, in der sie alle sich befanden, nur selbst helfen konnte. Der erste und wahrscheinlich schwerste Schritt war, dass man einen Weg aus seinem Selbstmitleid herausfand. Erst dann konnte man es schaffen, nach vorne zu blicken. Und dabei durfte man keine Wunder erwarten, man musste einen Schritt nach dem andern tun und durfte dabei nicht vergessen zu atmen. Und hin und wieder zu lächeln. Mit den Menschen, die noch da waren. Man durfte sie in all dem Schmerz nicht vergessen und auch nicht, dass man gebraucht wurde. Besonders er hatte das leider eine Weile ausgeblendet und seine Töchter beinahe sich selbst überlassen in ihrem Kummer, was ihm heute schrecklich leidtat. Gott sei Dank war er aufgewacht und hatte erkannt, dass er jetzt nicht nur Witwer, sondern dass er auch alleinerziehender Vater war – vor allem das! Er hatte sich also zusammengerissen und war der wichtigsten Aufgabe seines Lebens nachgekommen.

Kelly lächelte zufrieden und sagte, dass es neun Uhr und für heute genug sei. Sie dankte allen fürs Kommen und erinnerte sie an die leckeren, selbst gebackenen Cranberrymuffins, die Hilda mitgebracht hatte.

Carter betrachtete Kelly. Sie war groß, ungefähr eins achtzig, um die vierzig Jahre alt und hatte langes rotbraunes Haar. Sie war, wie sie ihnen erzählt hatte, in ihrem früheren Leben Steuerfachangestellte gewesen, hatte sich aber umorientiert, nachdem der Mann ihrer Schwester vor zehn Jahren bei einem Skiunfall gestorben war und sie sich völlig hilflos gefühlt hatte. Da hatte sie ein paar Kurse am Abendcollege belegt und sich zur Trauertherapeutin ausbilden lassen. Und dieser Job erfüllte sie voll und ganz, das musste sie Carter nicht erzählen, das erkannte er auch so. Man sah

Kelly an, dass sie mit jeder Faser ihres Seins liebte, was sie tat, so traurig ihre Arbeit auch war. Doch auf diese Weise konnte sie Menschen in ihren schwersten Stunden helfen, und das war wohl das Erfüllendste, was Carter sich nur vorstellen konnte.

Er erhob sich und ging rüber zu dem länglichen Tisch, der ihnen als Büfett diente. Hier stellten die Teilnehmer immer die mitgebrachten Sachen ab, mal waren es ein paar Donuts, Kekse oder eben ein Korb mit Cranberrymuffins. Ahmet, ein älterer Türke, der seine Tochter durch ihre Drogensucht verloren hatte, brachte sogar hin und wieder ein paar Leckereien aus dem Restaurant mit, das er betrieb. Falafel oder Börek, und auch heute stand ein Teller mit köstlich aussehenden Teigröllchen bereit, die mit Schafskäse gefüllt waren, wie Ahmet ihm jetzt erklärte.

»Die sind lecker«, sagte er. »Tunk sie in die Joghurtsoße ein, hier!« Er hielt ihm eine kleine Schale mit einer weißen Soße hin, und da wollte Carter nicht unhöflich sein und probierte. Die Sigara Börek schmeckten ihm so gut, dass er gleich mehrere davon aß, sich zum Nachtisch einen Muffin gönnte und dazu einen Becher Kaffee trank, den Kelly stets kannenweise beisteuerte. Er wusste, dass ihn Kaffee manchmal daran hinderte einzuschlafen, doch heute war er mehr als erledigt und hatte diesbezüglich keine Bedenken. Er hatte den ganzen Tag an einem Tisch geschreinert, den eine ältere Dame, Mrs. Halifax, bei ihm in Auftrag gegeben hatte. Sie hatte ihn am Vortag angerufen und gefragt, ob er den Tisch bereits am Samstagvormittag fertig haben könnte, da sie ihn gerne bei ihrer Feier am Abend einweihen würde. Sie veranstalte eine kleine, aber feine Geburtstagsparty für ihren Ehemann Milton und würde ihn gerne damit überraschen. Als Carter bezweifelt hatte, es so kurzfristig zu schaffen, hatte sie ihm hundert Dollar extra geboten, und da Astor dringend neue Schuhe und Sam einen neuen Schulrucksack brauchte, hatte er zugesagt. Es war nämlich gar nicht so leicht, als Alleinverdiener die Hypothek vom Haus abzubezahlen, dazu immer für genügend Essen zu sorgen und seinen Töchtern all die kleinen Dinge zu ermöglichen, um die sie baten. Sie waren bescheiden, das musste er ihnen lassen. Sam gab sich mit einem preiswerten Smartphone zufrieden, obwohl all ihre Freunde ein iPhone hatten, und Astor war glücklich, wenn sie einfach nur ihr geliebtes selbst gemachtes Eis bekam. Aber ihre Schuhe waren inzwischen so eng, dass ihre großen Zehen vorne anstießen, und er konnte nicht zulassen, dass sie auch nur eine weitere Woche in ihnen herumlief.

Vater sein bedeutete eben auch, selbst zurückzustecken. Und ihm machte es nichts aus, seit Jahren in denselben ausgewaschenen Jeans und den alten T-Shirts herumzulaufen. Er war der rustikale Typ Mann, seine braunen Lieblingsstiefel waren zwölf Jahre alt, und die Haare ließ er sich alle paar Monate beim 9,99-Dollar-Friseur schneiden. Ihm war nichts wichtiger als seine Töchter, dafür verzichtete er gern auf gewisse Extras wie einen großen Flatscreen oder einen neuen Wagen, der nicht schon völlig verbeult war. Vielleicht sogar besser so, dass er eh schon aussah, wie er aussah, denn auf dem alten Pick-up-Truck lieferte er die selbst geschreinerten Möbel an seine Kunden aus, und so musste er sich wenigstens keine Sorgen um Kratzer im Lack oder Ähnliches machen.

Ja, früher einmal war das anders gewesen, da hatten ihm Statussymbole etwas bedeutet. Doch damals war *er* ein anderer gewesen, inzwischen hatte er gelernt, was im Leben wirklich wichtig war.

Kelly stellte sich zu ihm. »Zu schade, dass sie nicht noch bleiben wollte«, sagte sie.

Carter sah sich kurz um, um zu sehen, von wem Kelly sprach. Alle heute Anwesenden waren noch da und fielen über das Essen her. Nur eine fehlte: Belinda.

»Gib ihr noch Zeit«, sagte er und fand es fast lustig, dass er derjenige war, der Kelly so etwas sagen musste.

»Ja, du hast recht. Es ist doch schon ein toller Fortschritt, dass sie sich uns heute geöffnet hat.«

Er nickte und fühlte sich wie immer ein wenig unbehaglich in Kellys Nähe. Seit sie ihm vor einigen Monaten das eindeutige Angebot gemacht hatte, mal mit ihm ausgehen zu wollen, wusste er nicht mehr, wie er mit ihr umgehen sollte. Er war noch lange nicht bereit dafür, wieder zu daten.

»Ich muss mich dann auch verabschieden«, sagte er also, und das stimmte. Seine Mädchen waren allein zu Hause, und auch wenn er wusste, dass Sam alles im Griff hatte, wollte er sie nicht zu lange warten lassen.

»Mach's gut, Carter. Bis nächste Woche.« Kelly lächelte ihn an, ein wenig zu freundlich, wie er fand, und er machte schnell, dass er nach draußen kam. Auf dem Weg zur Tür sagte er Hilda noch, wie lecker er ihre Muffins fand, und sie drückte ihm einen für den Weg in die Hand. Er aß ihn während der Fahrt und war pappsatt, als er zwanzig Minuten später nach Hause kam.

Das Haus war still, als er es betrat. Er klopfte an Sams Tür und fand sie vor ihrem Laptop vor, lernend, wie fast immer.

»Hey«, sagte er.

Sam blickte auf. »Hey. Wie war es?«

»Wie immer. Und bei euch? Ist alles gut gegangen?«

»Ja, na klar. Wir haben stundenlang gepuzzelt. Und ich

hab Mac&Cheese gemacht, nicht die aus der Packung, sondern mit richtigem Käse. Ich hab dir einen Teller aufbewahrt, er steht im Kühlschrank, falls du Hunger hast.«

»Eigentlich hab ich schon ...«, begann er, änderte aber seine Meinung, als er den leichten Anflug von Enttäuschung in Sams Gesicht sah. »Ach, ein bisschen was geht noch rein, vor allem, wenn es so was Leckeres wie selbst gemachte Mac&Cheese ist.«

Sam lächelte. »Okay. Soll ich sie dir warm machen?«

»Nein, nein, lern du nur weiter. Und bleib nicht mehr so lange auf, ja?«

»Ich will nur noch mal die neuen Spanischvokabeln durchgehen.«

Liebevoll sah er seine Tochter an. »Du bist ein gutes Kind, weißt du?«

Sam lachte. »Weil ich Spanischvokabeln lerne?«

»Nein, natürlich, weil du Mac&Cheese gekocht hast.« Er zwinkerte ihr lachend zu. »Aber mal im Ernst, du bist fleißig, kümmerst dich um alles, und du passt jeden Donnerstag auf Astor auf, obwohl du sicher manchmal auch was Besseres zu tun hättest.«

»Ich mach das gerne für dich, Dad.«

»Ich weiß. Und dafür bin ich dir sehr dankbar.«

Sam stand auf und gab ihm eine Umarmung. »Ich hab dich lieb, Dad.«

»Ich hab dich auch lieb, Prinzessin.« So hatte er sie als kleines Mädchen oft genannt, weil sie schon immer etwas ganz Besonderes gewesen war.

»Gute Nacht.«

»Schlaf gut. Ach so, was ich dir noch sagen wollte. Am Samstag gehen Astor, du und ich shoppen, was hältst du davon?«

»Am Samstag ist doch das große Spiel, da muss ich die Lions anfeuern.«

»Ach, stimmt. Das große Spiel. Ist Jeremy schon aufgeregt?«

»Er redet von nichts anderem.« Sam verzog das Gesicht zu einer Grimasse.

»Haha. Na gut, dann Sonntag?«

»Gerne. Ich brauch aber nichts, Dad.«

»Du brauchst einen neuen Rucksack für die Schule, oder etwa nicht?«

»Oh. Vielleicht geht es auch noch eine Weile mit dem alten.«

Carter runzelte die Stirn und blickte zu dem pinkfarbenen Rucksack hin, der auf dem Bett lag. Er zerfiel beinahe.

»Keine Widerrede. Wir machen uns einen richtig schönen Tag. Vielleicht gehen wir danach auch noch ins Kino?«

Seine Tochter nickte und schenkte ihm ein Lächeln, welches ihm nur wieder einmal die Bestätigung gab, dass es das alles wert war.

Er strich Sam eine Haarsträhne aus dem Gesicht, und es bedurfte keiner weiteren Worte. Sie wussten beide, wie glücklich sie sich schätzen konnten, wenigstens noch einander zu haben.

Kapitel 7

Jane

Freitagvormittag an der Montgomery High. Sie betrachtete wie jeden Tag das Bild ihres Dads in ihrem Spind, starrte es ein paar Sekunden an, bevor sie ihr Biologiebuch herausnahm und die metallene Tür schloss. Sie drehte sich um und stieß mit einem Typen aus dem Lacrosse-Team zusammen, Jeremy Blunt, den sie nicht ausstehen konnte, da er arroganter nicht hätte sein können. Er war einer von den Beliebten, und so verhielt er sich auch. Als würde ihm die ganze Welt zu Füßen liegen.

»Pass doch auf, du Freak!«, hörte Jane ihn sagen und seine Freunde im Hintergrund lachen. Er sah sie an, als hätte sie die Cholera.

»Halte bloß Abstand von der, sonst steckst du dich noch mit dem Zombievirus an«, sagte einer seiner Kumpels, und alles lachte nur noch lauter. Jetzt blieben auch ein paar der vorbeilaufenden Schüler stehen, um das Spektakel zu beobachten.

Das Zombiemädchen hatte den Star-Attackman infiziert.

»Ach, lasst mich doch in Ruhe, ihr Idioten!«, brachte sie heraus und lief weinend davon. Sie wollte gar nicht heulen, aber die Tränen rannen aus ihren Augen, ohne dass sie etwas dagegen tun konnte.

Kurz darauf wurde sie am Arm gepackt. Calvin hielt sie auf und sah ihr besorgt ins Gesicht. »Was ist passiert?«, fragte er, doch er brauchte gar nicht auf ihre Antwort zu warten. Ein Blick zu der lachenden Meute sagte ihm alles, was er wissen musste.

»Lass mich los, Cal, ich will hier einfach nur weg«, sagte sie mit gebrochener Stimme.

Er lockerte seinen Griff, und sie machte sich frei. Sie eilte davon, doch als sie Cals Stimme hörte, machte sie Halt und drehte sich noch einmal um. Ihr bester Freund stand nun den Lacrosse-Spielern gegenüber und schrie ihnen in ihre Gesichter: »Macht Spaß, sich über die Schwachen lustig zu machen, hä?«

»Was willst du denn?«, fragte Jeremy und kam ein paar Schritte auf Cal zu. »Willst du dich in meine Angelegenheiten einmischen? Wir können das gerne nach der Schule draußen austragen.«

»Nein, danke, ich schlage mich nicht mit Behinderten.«

»Nennst du mich behindert?«, fragte Jeremy und trat noch einen Schritt näher, sodass ihn und Cal nur noch ein paar Zentimeter trennten.

»Ich weiß nicht, wie ich Hirnamputierte sonst bezeichnen sollte«, meinte Cal abschätzig.

Jeremy starrte ihn jetzt mit bösen, funkelnden Augen an. »Nach Schulschluss auf dem Parkplatz. Und wenn du nicht kommst, werde ich dich finden, du kleine Kakerlake. Und ich werde dich zerquetschen, bis nichts mehr von dir übrig ist.«

Calvin sah ihn mit einem abfälligen Grinsen an, drehte sich um und machte 'nen Abgang.

»Was hast du dir da nur eingebrockt, Cal?«, fragte Jane, als er sie erreicht hatte und sie nebeneinander den Gang entlangliefen. Ihre Beine zitterten wie Espenlaub.

»Ach, vor Jeremy hab ich keine Angst. Der tut nur so obercool, das hat er schon immer.«

»Kennst du ihn etwa näher?«

Er zuckte mit den Schultern. »Wir waren beste Freunde in der Grundschule.«

Sie konnte Cal nur anstarren. Das hatte sie wirklich nicht gewusst. Sie hatten unterschiedliche Grundschulen besucht, und er hatte es nie auch nur mit einem Wort erwähnt.

»Ich muss hier rein«, sagte er nun, als sie bei der Tür zum Mathekurs ankamen. »Kann ich dich allein lassen?«

»Ja klar. Treffen wir uns zum Lunch?«

»Treffen wir uns jemals nicht?«, fragte er und lächelte sie an, bevor er im Klassenzimmer verschwand.

Schnellen Schrittes und ohne sich umzublicken, huschte sie zum Biokurs und setzte sich in die hinterste Reihe. Ihr Herz pochte noch immer wie verrückt. Eigentlich hätte sie sich langsam an die abschätzigen Blicke und die erniedrigenden Worte der anderen gewöhnen müssen, doch konnte man das jemals? Zumindest tat es noch immer weh, und sie hoffte nur, dass der Tag ganz schnell zu Ende ging.

In der Mittagspause saßen Cal und Aiden bereits am Tisch, als Jane die Cafeteria betrat. Sie sah sie von Weitem, stellte sich schnell an die Essensausgabe, um sich einen Teller Spaghetti mit Tomatensoße zu holen, und ging dann rüber zu den beiden. Cal betrachtete gerade Aidens neues Tattoo, das der stolz präsentierte.

»Wow, das sieht echt cool aus«, sagte sie und meinte es so.

»Danke, danke. Ich finde es auch mega.«

»Wie teuer war das?«, erkundigte sie sich.

»Hundertfünfzig.«

Sie überlegte. Sie hatte noch hundertzwanzig Dollar in der alten Bonbondose, die sie aus dem Disneyland hatte. Ihr Dad hatte ihr die süßen Drops gekauft, als sie vor vier Jahren einen Wochenendausflug dorthin unternommen hatten. Nur sie beide. Das war, als ihre Mom und ihre Grandma zusammen ein Wellnesswochenende in Big Sur machen wollten. Seit die Bonbons aufgelutscht waren, benutzte sie die Dose als Spartopf.

»Und wie lange hat das gedauert?«, wollte sie wissen.

»Gut drei Stunden«, erzählte Aiden.

Sie betrachtete das Dreieck auf seinem Unterarm mit dem Balken in der Mitte und fragte spontan: »Und du kennst jemanden, der einem ein Tattoo macht, ohne dass man einen Ausweis oder eine Bescheinigung der Eltern oder so was vorzeigen muss?«

Aiden lächelte breit. »Ich bin der lebende Beweis.«

Calvin sah sie stirnrunzelnd an. »Was hast du vor, J. P.?«

»Ich will mir auch eins stechen lassen«, sagte sie entschlossen. Sie hatte schon länger darüber nachgedacht, und nach dem, was heute Morgen auf dem Schulflur passiert war, war sie sich sicherer denn je. Sie würde sich ein Tattoo zulegen! Bestimmt würde sie das stärker machen.

»Das ist doch verrückt. Deine Mom wird ausrasten.«

Sie nickte und lächelte. Oh ja, das wäre noch ein netter kleiner Nebeneffekt.

»Du solltest dir das wirklich noch mal gründlich überlegen, J. P.«

»Das hab ich bereits. Aiden? Kannst du mir bitte die Nummer von dem Typen geben?«

Aiden nahm ihr ihr Smartphone ab, tippte etwas hinein und schien sich mächtig zu freuen. Wahrscheinlich, weil sie sich dann so richtig über das Thema austauschen könnten.

Er gab ihr das Handy zurück. »Er heißt Thunder, und er ist wirklich gut. Sag ihm, dass ich dich schicke, dann gibt er dir vielleicht einen Rabatt.«

»Okay. Danke.« Sie strahlte Cal an, der weniger begeistert war, das konnte sie ihm ansehen. Doch es war ihre Entscheidung, es war ihre Haut, in der sie sich schon so lange nicht mehr wohlfühlte. Vielleicht würde ein Tattoo das ja ändern. Und sie wusste schon genau, was sie sich stechen lassen wollte.

Nach der Mittagspause hatte sie keine Lust mehr auf Unterricht. Der Tag war völlig hinüber. Sie würde sich bestimmt sowieso nicht auf den Geschichtsstoff konzentrieren können. Und deshalb nahm sie ihren Rucksack und ihren Zeichenblock und setzte sich damit auf die Tribüne des Lacrosse-Platzes. Dort verbrachte sie die nächsten Stunden, hörte Musik über ihr Smartphone und zeichnete ein paar Entwürfe für ihr Tattoo. Als sie damit fertig und zufrieden war, schlug sie eine neue Seite auf und setzte den Stift an. Sie schrieb öfter mal ihre Gedanken auf in Form von Gedichten, und auch jetzt machte ihre Hand sich selbstständig, ohne dass sie viel überlegen musste.

<u>Warum?</u>
Ich sitze hier und denke an dich
Im Innern weine ich bitterlich
Will es nicht zeigen, meine Gefühle verstecken
Will die Schmerzen nicht wieder aufwecken
Ich sehe dich vor mir, wie du in eine Erdbeere beißt

Und ich will doch nur, dass du eines weißt
Du bist immer in meinem Herzen
Bis abbrennen alle Kerzen
Bis die Welt untergeht
Bis mich irgendwer versteht
Ich fühl mich so allein
Ohne dich will ich nicht sein
Du fehlst mir so sehr
Zu leben fällt mir schwer
Wollen wir nicht wieder zusammen Erdbeeren essen?
Ich werde dich niemals, niemals, niemals vergessen

Eine kleine Träne lief ihr übers Gesicht und fiel auf das Blatt Papier. Sie wischte den Tropfen mit dem Ärmel ihrer schwarzen Kapuzen-Sweatjacke weg. Und dann hörte sie durch ihre Musik hindurch Stimmen. Sie blickte zum Feld und sah die Cheerleaderinnen trainieren. Sie hatte sie gar nicht kommen sehen und wusste nicht, wie lange sie schon da waren, doch sie wusste eines: Sie machten sie krank. Besonders eine von ihnen. Samantha Green, die ebenso wie sie einen Elternteil verloren hatte, und zwar ihre Mutter vor ein paar Jahren.

Wie konnte das Mädchen so fröhlich, so unbeschwert sein? In ihren pinken Outfits mit ihren gelenkigen, superschlanken blonden Freundinnen, die alle geklont zu sein schienen. Wie schaffte Samantha es, sich jeden Morgen aufzuraffen und sich das seidige lange Haar zu kämmen? Wie schaffte sie es weiterzuleben?

Samantha nahm ihren Blick wahr, und sie starrten sich mehrere Sekunden lang an, bevor ein paar der Lacrosse-Spieler auf dem Feld erschienen und Samantha etwas zuriefen. Sie sah plötzlich ganz blass und besorgt aus und lief mit den Jungen davon, ihre Freundinnen im Schlepptau.

Jane runzelte die Stirn, und dann schielte sie auf ihr Handy, kapierte, dass der Unterricht zu Ende war, und erinnerte sich wieder an Jeremys Drohung. Jeremy, der mit Samantha zusammen war, die gerade völlig panisch davongeeilt war.

Sie erhob sich, packte schnell ihre Sachen zusammen und rannte der Truppe der Beliebten hinterher. Zum Parkplatz hinüber, wo sie schon von Weitem sehen konnte, was im Gange war. Wo der arme Cal gerade einen heftigen Faustschlag ins Gesicht einstecken musste.

Kapitel 8

Samantha

Gerade noch hatte sie die Pompons geschwungen. Hatte einen neuen Tanz einstudiert. Hatte diesem Mädchen namens Jane dabei zugesehen, wie sie irgendwas in ihr Heft kritzelte und dabei ganz weit weg zu sein schien – sie hatte nicht einmal bemerkt, dass die Cheerleader trainierten, zumindest hatte sie nicht aufgeblickt. Dann jedoch hatte sie sie plötzlich angesehen, angestarrt, und das war wirklich seltsam gewesen.

Sie hatten etwas gemeinsam, hatten beide einen Elternteil durch einen tragischen Tod verloren, und doch hatten sie nie zueinandergefunden, sich nie angefreundet. Wäre Jane nicht so ein Grufti gewesen, hätte es vielleicht anders ausgesehen, aber mit der konnte man sich echt nicht blicken lassen. Sam war kein Snob, sie hatte nichts gegen irgendwen, doch sie war Bestandteil der beliebtesten Clique der Schule, da war so was einfach ein No-Go.

Sie hatten einander also angestarrt, und dann waren plötzlich Richie und Gareth angerannt gekommen und hatten ihr zugerufen, dass Jeremy sich auf dem Parkplatz prügelte und dass sie schnell dorthin kommen sollte.

Er hatte seine Drohung also wahr gemacht.

Sie war dabei gewesen, als ihr Freund sich am Morgen mit diesem Typen angelegt hatte, mit dem Jane immer abhing. Sie kannte seinen Namen nicht, aber sie war sogar ein wenig beeindruckt gewesen, dass dieser lange Lulatsch den Mut gehabt hatte, sich vor Jeremy und seine Lacrosse-Freunde zu stellen und sie auszuschimpfen. Und obwohl sie vor anderen niemals etwas infrage stellen würde, was Jeremy tat, fand sie doch, dass es zu viel gewesen war. Nicht fair gewesen war, wie Jeremy Jane niedergemacht hatte. Sie war ja kein Zombie aus purer Freude, sie war einer geworden, weil ihr Dad gestorben war, oder? Sam konnte sich nämlich daran erinnern, wie sie früher einmal gewesen war. Als sie sich noch farbenfroh gekleidet und als sie noch gelacht hatte. Als sie ein ganz normales Leben geführt hatte, als ihre Welt noch in Ordnung gewesen war.

Sie fühlte mit Jane. Und sie wusste, dass das auch ihr hätte passieren können, wäre sie nicht solch eine starke Persönlichkeit und würde sie nicht ihr Bestes geben, der heitere, schöne und beliebte Mensch zu sein, der sie immer gewesen war. Manchmal fiel es ihr zwar verdammt schwer, doch sie wusste, sie musste tapfer sein, und wenn es auch nur für ihre Mutter war, die sich das von ihr gewünscht hätte.

Sie würde sich niemals so gehen lassen, so jemand war sie nicht, so jemand würde niemals einen Jungen wie Jeremy Blunt zum festen Freund haben.

Sie war sofort mitgekommen, zum Parkplatz gelaufen, wo Jeremy gerade Janes Freund eine verpasste. Autsch, das tat sicher weh. Und seine Nase sah übel aus. Das Blut spritzte, und Jane, die plötzlich neben ihr auftauchte, hielt sich die Hände vor den Mund.

Die beiden Reporterinnen waren auch da. Eleanor und

Sookie, die immer gleich an Ort und Stelle zu sein schienen, wenn etwas los war. Eleanor schoss ein paar Fotos mit dem Smartphone, und Sookie, die ganz sicher schon wieder ein paar Kilo zugenommen hatte, machte eifrig Notizen.

Sie sah Jeremy an, der auf den anderen Jungen herabsah, der nach einem weiteren Schlag auf dem Boden lag, und dann siegessicher in die Kamera lächelte. Und zum ersten Mal schämte Sam sich für ihren Freund. Warum musste er so etwas tun? Warum musste er sich so aufplustern? Es wusste doch jeder, dass er cool war, was brachte es, dass er einen viel schwächeren Jungen zusammenschlug, der doch nur seine Freundin verteidigt hatte?

Jane und dieser Typ waren doch zusammen, oder? Zumindest glaubte sie das, da die beiden seit Jahren unzertrennlich waren und immer im Partnerlook herumliefen. Schwarz auf Schwarz, um genau zu sein.

Sie fragte sich, ob Jeremy sie ebenfalls so verteidigt hätte, war sich aber sicher, dass er es hätte. Und obwohl sie noch immer ein wenig enttäuscht von ihm war, weil er gestern Abend ohne sie ins Kino gegangen war, setzte sie jetzt ein Lächeln auf, als er auf sie zukam. Er hatte keinen Kratzer abbekommen.

»Hey, Süße«, sagte er und legte ihr einen Arm um die Schulter. Sie entfernten sich ein paar Schritte von dem Jungen am Boden und Jane, die jetzt zu ihm lief und sich über ihn beugte. »Hast du das gesehen? Der Typ hatte keine Chance.«

»Nein, die hatte er wohl nicht«, murmelte Sam, ihre Augen noch immer auf Jane geheftet, die ihr jetzt einen abschätzigen Blick zuwarf. Jeremy hatte sich wohl mehr Begeisterung erhofft, denn er sah sie stirnrunzelnd an. Schnell fügte sie, leise, damit Jane es nicht hören konnte, hinzu:

»Gegen dich hat doch keiner eine Chance, Babe. Du bist halt der Coolste.« Sie schenkte ihm erneut ein Lächeln und hoffte, er würde sich damit zufriedengeben. Das tat er. Er drückte ihr einen Kuss auf den Mund und rief dann seinen Freunden zu, dass sie jetzt alle zum Lacrosse-Platz gehen sollten.

Sam schüttelte jedes Schuldgefühl ab – immerhin hatte sie ja gar nichts getan – und ging mit Jeremy und den anderen davon. Sich noch einmal zu Jane umzudrehen wagte sie allerdings nicht, und es war auch nicht nötig, denn sie konnte ihre verachtenden Blicke sogar im Rücken spüren.

Glücklich war sie nicht. Jeremy entwickelte sich zum richtigen Proleten, und das gefiel ihr nicht sonderlich. Wollte sie wirklich mit so jemandem ihre Zukunft verbringen? Früher hatte sie sich immer vorgestellt, dass sie sich mal in einen Jungen verlieben würde, der so war wie ihr Dad. Lieb, zu allen freundlich, friedlich und einfühlsam. Einfach ein echter Schatz. Und sie fragte sich in diesem Moment, wie sie überhaupt bei jemandem wie Jeremy gelandet war. Und ob er schon immer so gewesen war. Was ihre Mom davon halten würde, die doch nie jemand anderen als ihren Dad geliebt hatte. Ob sie diese Beziehung gutheißen würde?

Und vor allem fragte Sam sich, ob sie selbst diese Beziehung noch weiter aufrechterhalten wollte.

Doch dann sah Jeremy sie mit diesem besonderen Blick an und sagte: »Kommst du heute Abend zu mir? Ich hab sturmfreie Bude, und von mir aus können wir auch eine von deinen Netflix-Serien gucken. Was immer du willst.« Und da schmolz ihr Herz wieder dahin, und sie schüttelte alle Zweifel ab.

Sie gab Jeremy einen Kuss und sagte: »Gerne. Ich habe meiner Nachbarin Mrs. Haymond versprochen, für sie einkaufen zu gehen, und ich muss noch ein paar andere Sachen erledigen, aber danach eile ich sofort zu dir, okay?«

»Ich werde auf dich warten. Und vielleicht ist heute Abend ja *der Abend*?« Erwartungsvoll sah er sie an.

Sie lächelte und nickte, denn das hatte sie so unglaublich gut drauf.

Als sie nach Hause kam, stand ihr Dad in der Küche und machte eine Lasagne. Er blickte auf und begrüßte sie: »Hi, mein Schatz. Wie war dein Tag?«

Sie lächelte und sagte: »Der war gut, danke. Und deiner?« Dabei hoffte sie, er sah ihr nicht an, dass ihr Tag nicht ganz so gut gewesen war. Nach der Prügelei hatten sie Jane und ihren niedergeschlagenen Freund ja einfach zurückgelassen und sich wieder aufs Lacrosse-Feld begeben. Jeremy hatte ihr beim Training zugeschaut und sie danach zu Hause abgesetzt. Dabei hatte sie ihm ansehen können, dass er für heute Abend große Erwartungen hatte. Sie hatte ihm einen Abschiedskuss gegeben und ihm ein »Bis später!« zugerufen, dann war sie ins Haus gegangen, ohne sich noch einmal umzudrehen.

»Mein Tag war ziemlich anstrengend. Ich muss ja bis morgen früh den Tisch für Mrs. Halifax fertigbekommen und werde auch nach dem Essen noch mal in die Werkstatt müssen«, erzählte ihr Dad ihr.

»Oh. Soll ich auf Astor aufpassen?«, fragte sie.

»Nein, nein, das ist nicht nötig. Ich bin ja gleich nebenan, sie kann in ihrem Zimmer spielen oder im Wohnzimmer fernsehen.«

Sie spürte einen Anflug von Enttäuschung und wusste nicht, woher der rührte.

»Okay, dann geh ich jetzt kurz zu Mrs. Haymond rüber

und hol mir die heutige Einkaufsliste ab. Brauchen wir auch noch etwas aus dem Supermarkt?«

»Lieb, dass du fragst. Wir haben aber schon neulich alles besorgt, der Kühlschrank ist voll. Es sei denn, du möchtest irgendwas haben.«

»Nein, alles gut«, erwiderte sie, brachte ihren Rucksack in ihr Zimmer und zog sich die Cheerleading-Uniform aus. Sie sprang schnell unter die Dusche, schlüpfte in ein schlichtes hellrosa Kleid und in ihre Ballerinas und wollte sich gerade auf zu Mrs. Haymond machen, als sie Astor durch ihre halb offene Tür in ihrem Zimmer sitzen sah. Sie hockte am Boden über ihrem 1000-Teile-Puzzle, das sie gestern zusammen begonnen hatten. Es sollte, wenn es fertig war, ein hübsches Blumenbild mit Schmetterlingen zeigen. Sie hatten am Vorabend über zwei Stunden daran gesessen und gerade mal den Rand und ein paar Rosen geschafft, und sie fragte sich, wie Astor es allein hinbekommen sollte.

»Hey, Sis, alles gut bei dir?«, fragte sie und trat ins Zimmer.

Astor blickte auf und sah sie ganz verzweifelt an. »Ich werde niemals weiterkommen, das ist einfach sooo schwer.«

Sofort hatte Sam Mitleid mit ihrer kleinen Schwester. »Versuch es immer weiter. Irgendwann wirst du es bestimmt fertigschaffen.«

»Nein, das glaub ich nicht. Kannst du mir nicht wieder helfen? Das hat gestern so viel Spaß gemacht.«

Sam seufzte. »Ich hab noch echt viel zu tun. Zuerst muss ich für Mrs. Haymond einkaufen gehen, dann muss ich Hausaufgaben machen, und später wollte ich mich eigentlich mit Jeremy treffen.«

»Schon okay«, sagte Astor und zog ein trauriges Gesicht. »Ich versteh das. Ist natürlich alles wichtiger als ich.«

»Ach komm, Astor. Das ist nicht fair. Ich hab doch sonst immer Zeit für dich.«

»Nein, nicht immer. Eigentlich hast du ganz schön selten Zeit für mich«, entgegnete Astor. Und sie hatte recht. Sam hatte einfach so viele Aufgaben zu erledigen, da kam ihre kleine Schwester oft zu kurz.

»Ich sag dir was. Du versuchst es weiterhin allein, und falls du gar nicht klarkommst, helfe ich dir nachher ein bisschen, ja?«

Schon sah Astor viel fröhlicher aus und nickte zufrieden.

»Soll ich mitkommen zum Einkaufen?«

»Wenn du willst.«

Astor erhob sich und folgte ihr zur Haustür. Sam sagte ihrem Dad kurz Bescheid, dass sie ihre Schwester mit zu Safeway nahm, und sie schwangen sich auf ihre Fahrräder. Auf der anderen Straßenseite machten sie Halt und klingelten bei der alten Mrs. Haymond, die ihnen strahlend öffnete.

»Ach, ihr beiden Lieben, ich bin euch so dankbar für eure Hilfe«, sagte sie und reichte Sam ihre Einkaufsliste, auf der nur zwölf Dinge standen, und einen Fünfzigdollarschein. »Kauft euch gerne eine Kleinigkeit, etwas zum Naschen, das habt ihr euch verdient.« Die alte Dame zeigte ihnen ihre verbliebenen zwei Zähne. Sam sah Astor an, dass sie sich das Lachen verkneifen musste. Anscheinend hatte Mrs. Haymond heute ihre dritten Zähne vergessen.

»Das ist wirklich nett, Mrs. Haymond«, sagte Sam ihr. »Wir sind in einer Stunde wieder da.«

Die Gute blieb an der Tür stehen und winkte ihnen nach.

»Sie sah echt lustig aus«, meinte Astor, als sie an der ersten Ampel Halt machten.

»Sie ist alt, da kann man schon mal vergessen, sich die Zähne einzusetzen.«

»Wieso hat sie denn eigentlich gar keine Zähne mehr? Granny hat noch welche.«

»Granny hat auch kaum noch welche und muss eine Zahnprothese tragen, genau wie Mrs. Haymond«, klärte sie ihre Schwester auf. »Sie vergisst nur nie, sie einzusetzen.« Sie musste an ihre Grandma Liv denken, die Mutter ihres Dads, die niemals ohne Zähne herumlaufen würde. Oder ohne Perücke. Sie setzte viel auf ihr Aussehen, sehr viel. Sam und Astor hatten noch eine andere Großmutter, Grandma Marcia, die sie aber seit dem Tod ihrer Mom nicht mehr gesehen hatten. Sie wohnte in Kansas und hatte einfach aufgehört, sie zu besuchen. Manchmal rief sie an, doch diese Telefongespräche waren immer sehr unterkühlt, als hätten sie oder Astor ihr etwas getan, dabei war Sam sich überhaupt keiner Schuld bewusst. Vielleicht hatte die Frau ja aber mit dem Tod ihrer Tochter auch nur das Interesse an ihren Enkelinnen verloren. Genauso wie Tante Brenda es verloren zu haben schien. Sam wusste nicht, was los war, und ihr Dad hatte ihr auch nichts Konkretes sagen können, als sie ihn einmal danach gefragt hatte.

»Echt?«, meinte Astor jetzt. »Dann werde ich Granny mal fragen, ob sie mir ihre Prothese zeigt.«

»Das würde ich an deiner Stelle lieber nicht tun.« Sie lachte.

»Na gut.« Astor überlegte. »Was wollen wir uns kaufen? Mrs. Haymond hat gesagt, wir dürfen uns was zum Naschen aussuchen.«

Die Ampel sprang auf Grün, und sie konnten weiterfahren. »Das überlasse ich dir«, rief Sam Astor zu. »Such dir was aus. Aber iss es erst nach dem Dinner. Sonst passt nichts mehr von Dads Lasagne in dein kleines Bäuchlein.«

»Die macht er heute mit Spinat und Pilzen«, rief Astor

zurück und verzog das Gesicht. »Er will mal was Neues ausprobieren, hat er gesagt.«

»Das hört sich doch lecker an.«

»Finde ich nicht. Ich mag keinen Spinat.«

Sie erreichten die nächste Ampel und blieben erneut stehen.

»Mom hat Spinat geliebt«, erzählte sie Astor.

»Wirklich? Das wusste ich nicht.«

Die arme Kleine wusste so vieles von ihrer Mutter nicht. Sie war einfach zu jung gewesen, um sich an solche Dinge zu erinnern.

»Ja. Sie hat sich immer eine Spinatpizza ausgesucht, wenn wir welche bestellt haben.«

Astor sah plötzlich ganz traurig aus. »Ich vermisse Mommy.«

Sam hatte sofort einen Kloß im Hals. »Ja, ich weiß. Ich vermisse sie auch.«

Die Ampel sprang auf Grün, und sie fuhren wortlos zum Supermarkt. Als sie ihre Fahrräder angeschlossen hatten, nahm Sam Astors Hand und sagte zu ihr: »Weißt du was? Wenn du willst, bleibe ich heute Abend zu Hause, und wir machen mit dem Puzzle weiter.«

»Ehrlich?« Astor strahlte sie breit an. »Und was ist mit Jeremy?«

»Der wird das schon verstehen«, antwortete sie, obwohl sie sich da nicht so sicher war. Doch gerade wusste sie nur eins, nämlich, dass kein Mensch auf der Welt ihr wichtiger war als ihre kleine Schwester, und dass sie den Abend gemeinsam mit ihr verbringen wollte. Und ein wenig war sie auch erleichtert, dass sie nicht zu Jeremy musste, der einfach Erwartungen hatte, die sie noch nicht bereit war zu erfüllen.

Kapitel 9

Amanda

Sie stand an der Supermarktkasse und träumte vor sich hin, als sie eine Stimme hörte.

»Hey, Amy, alles okay?«

Sie rüttelte sich wach und sah Sonya, der Supermarktkassiererin, ins Gesicht. Sie kannte sie schon seit Ewigkeiten, denn Sonya war, als sie noch ein kleines Mädchen gewesen war, ihre Babysitterin gewesen.

»Alles okay«, antwortete sie.

»Sieht mir aber nicht danach aus. Ich muss gestehen, ich bin ein bisschen besorgt um dich. Du siehst blass aus.«

»Ich bin nur müde. Ich schlafe zurzeit nicht sehr gut.« Und das war noch untertrieben. Sie machte nachts kaum ein Auge zu, so sehr belastete sie ihre finanzielle Situation. Ständig musste sie daran denken, dass sie ihre Erntehelfer bald nicht mehr würde bezahlen können und dass sie vielleicht sogar die Farm aufgeben müsste. Und was würde dann aus ihr werden? Aus ihr und Jane?

»Trink vor dem Zubettgehen einen Becher warme Milch mit Honig, das hilft bei mir immer«, riet Sonya ihr.

Wenn das so einfach wäre …

Sie lächelte Sonya an. »Ich werde es versuchen.«

»Ihr scheint zurzeit aber auf Frühstücksflocken zu stehen, was?«, fragte die Kassiererin lachend.

Amanda sah auf ihren Einkauf hinunter, der über das Fließband fuhr. Sie sammelte die Kingsizepackungen ein und stellte sie in ihre mitgebrachten XXL-Tragetaschen.

»Du weißt doch, Kinder mögen zum Frühstück kaum was anderes.« Das war nur die halbe Wahrheit. Jane aß Frühstücksflocken zwar wirklich gerne, und das nicht nur zum Frühstück, doch das war nicht der Grund dafür, dass Amanda gleich eine ganze Ladung Froot Loops, Apple Jacks und Strawberry Krispies kaufte. Der eigentliche Grund, weshalb sie sich extra auf zum fünfzehn Meilen entfernten Walmart gemacht hatte, war, dass die Frühstücksflocken gerade im Angebot waren und sie sparen musste, wo sie nur konnte.

Sie wünschte Sonya einen schönen Abend, lud die zwanzig Kellogg's-Packungen in ihren Kofferraum und setzte sich hinters Steuer. Sie atmete aus. So weit war es also schon gekommen, sie mussten hamstern, knausern, jeden Cent zweimal umdrehen. Ihren Eltern durfte sie das gar nicht erst erzählen, die würden sich gleich furchtbare Sorgen machen und ihr unter die Arme greifen wollen. Und das gedachte sie auf jeden Fall zu verhindern. Denn sie musste es allein schaffen, musste auch ohne Tom klarkommen können. Für ihre Tochter sorgen können. Jane, die sie mit ihrer finanziellen Lage erst recht nicht vertraut machen würde.

Sie schaltete das Radio an. Es lief gerade ein alter Song, den sie sehr mochte. *Please Forgive Me* von Bryan Adams, der sie sofort wieder an Tom erinnerte, weil sie ihn in den guten alten Zeiten oft zusammen gehört hatten. Und jetzt merkte sie erst, wie sehr dieser Song passte, wie gut er das ausdrückte, was sie fühlte. Denn sie konnte nun mal nicht aufhören, Tom zu lieben, und sie hoffte, er verzieh ihr, dass sie es nicht schaffte, ohne ihn weiterzumachen. Sie sang die Zeilen mit, obwohl sie nicht einmal gewusst hatte, dass sie den Text auswendig konnte.

»*Please forgive me, I know not what I do, please forgive me, I can't stop loving you...*«

Sie saß in ihrem Auto auf dem Supermarktparkplatz und sang sich die Seele aus dem Leib, und dabei flossen ihr die Tränen unaufhaltsam. Irgendwann bemerkte Amanda, dass eine Frau im Nebenauto sie schockiert anstarrte. Sofort wurde sie still und wischte sich die Tränen weg. Die Situation war ihr äußerst peinlich, auch wenn sie die Frau nicht kannte und sie vielleicht sogar nie wiedersehen würde. Doch sie schämte sich plötzlich selbst dafür, wer sie geworden war. Eine Frau, die am helllichten Tag in ihrem Wagen saß und um ihre große Liebe weinte, die doch schon vor achtzehn Monaten gestorben war. Die Liebe war tot, Tom war tot, und ein Teil von ihr war es ebenfalls. Doch so war das nun mal, das war es, was das Schicksal für sie bestimmt hatte. Etwas anderes hatte das Leben ihr nicht mehr zu bieten, und deshalb sollte sie verflucht noch mal anfangen, irgendwie damit klarzukommen. Etwas anderes blieb ihr doch überhaupt nicht übrig.

Sie stellte das Radio aus und fuhr vom Parkplatz, ohne noch mal in Richtung der Frau zu gucken, die sich denken musste, sie hätte gerade eine Verrückte beobachtet.

Auf dem Rückweg beschloss Amanda spontan, bei Sally vorbeizuschauen. Sally war ihre beste Freundin seit Jugendtagen und besaß einen kleinen Blumenladen in Monterey, wo sie ja auf dem Weg nach Hause quasi durchfahren würde.

Zuerst überlegte sie, auch bei ihren Eltern Halt zu machen, aber das wäre zu viel des Guten. Öfter als einmal in der Woche konnte sie ihre Mutter und deren lieb gemeinte, aber doch ziemlich vehemente Ratschläge wirklich nicht ertragen.

Sie fuhr ihren Ford auf den Parkplatz des kleinen offenen Einkaufszentrums, wie sie in Kalifornien so häufig vorkamen, und lief über den Platz, auf dem ein Springbrunnen stand, von dem das Wasser sachte herabplätscherte. Als sie näher hinsah, konnte sie erkennen, dass sich darin Schildkröten befanden. Sie konnte sich nicht erinnern, dass sie dort zuvor schon welche gesehen hatte und freute sich richtig über deren Anwesenheit. Spontan setzte sie sich auf den Rand des steinernen Brunnens und beobachtete die niedlichen kleinen Tiere dabei, wie sie schwammen. Eine der Schildkröten versuchte, auf eine andere zu steigen, und Amanda musste lachen. Sie waren einfach zu süß.

Sie löste sich von ihnen und ging auf Sally's Flowers zu. Beim Betreten des hübschen kleinen Ladens ertönte eine Melodie. Es war der Titelsong der Serie *O. C., California*, die Sally schon immer geliebt hatte. Als sie jünger waren, hatten sie sie sich oft zusammen angesehen und dabei von Seth und Ryan geschwärmt. Sally war total verknallt in den blonden Ryan gewesen, und sie hatte Glück gehabt, nur wenige Jahre später ihren eigenen Traummann zu finden, der der Serienfigur sogar in einigem ähnlich war. Neil war ebenfalls gut gebaut und temperamentvoll, wobei er sich aber nicht wie Ryan ständig auf irgendwelche Prügeleien einließ. Ganz im Gegenteil, er war der vernünftigste Mensch, den man sich vorstellen konnte, und er hatte Tom und ihr während ihrer Anfangsphase auf der Farm in vielerlei Hinsicht geholfen. Als Bauleiter hatte er nicht nur ihr Haus gebaut, er hatte auch, besonders was die Lagerhalle und den

Vertrieb anging, viele gute und vor allem kostengünstige Ideen eingebracht. Neil und Tom waren beste Freunde geworden, und Neil hatte es ziemlich schlimm mitgenommen, als Tom ... plötzlich nicht mehr da gewesen war.

»Amy! Welch schöne Überraschung!«, rief Sally ihr zu. Sie stand gerade hinter dem Tresen und band einen wunderschönen Blumenstrauß, der ganz in Weiß und Orange gehalten war. »Wie komme ich denn zu der Ehre, dass du mich völlig ohne Vorankündigung besuchen kommst?«

»Ich war in der Nähe und dachte, ich schaue mal vorbei.«

»Und in der Nähe heißt was?«, fragte Sally, kam kurz um den Tresen herum, um sie zu umarmen und nahm dann eine weiße Lilie in die Hand. Sie hielt sie neben eine orangefarbene Rose, dann neben ein paar Margeriten und überlegte, während sie auf ihrer Unterlippe kaute, wie sie es beim Grübeln so oft tat. Dann probierte sie es mittig zwischen zwei orangefarbenen Gerbera und nickte zufrieden.

»Das sieht wirklich toll aus«, versuchte Amanda vom Thema abzulenken.

Doch ihre Freundin ließ sich nicht abschütteln. »Nun sag mir schon die Wahrheit.«

»Ich war bei Walmart. Sie haben Frühstücksflocken im Angebot.«

»Aaah. Und da hast du natürlich zugeschlagen und gleich zehn Packungen gekauft?«

»Zwanzig«, sagte sie so leise, dass man es kaum verstehen konnte.

Sally blickte von ihrem Blumengebinde auf. »Steht es inzwischen so schlecht um euch?«

»Die Farm frisst all meine Ersparnisse auf. Ich weiß auch nicht, was ich noch machen könnte, um wieder mehr Einnahmen zu haben.«

»Wie wäre es denn, wenn du neben den Erdbeeren noch was anderes anbaust? Oder wenn du neben der Marmelade und dem Sirup noch ein paar weitere Produkte herstellst?«

Das waren alles gut gemeinte Vorschläge, aber daran hatte Amanda natürlich selbst schon gedacht. Und nichts davon kam infrage. Um noch eine weitere Frucht oder ein Gemüse anzubauen, fehlten ihr der Platz und das Kapital. Und noch ein weiteres Produkt herzustellen könnte sie nicht aus der Misere holen, in der sie steckte. Dazu hing sie einfach schon zu tief drin.

»Das sind leider keine Optionen«, sagte sie ihrer Freundin also.

Sally sah sie mit einem mitleidigen Blick an. »Und wenn du einen Kredit aufnimmst?«

»Ich hab's schon versucht. Die Bank will mir keinen gewähren.«

»Mist! Hmmm... Es gibt da natürlich immer noch die Möglichkeit, dir was von deinen Eltern zu leihen. Die würden dir bestimmt helfen.«

»Das werde ich unter keinen Umständen tun«, stellte sie klar.

»Oder *wir* könnten dir unter die Arme greifen. Um wie viel geht es hier denn genau?«

»Das ist lieb von dir, Sal, aber ich will wirklich erst mal alles versuchen, um es allein zu schaffen.«

»Sieht für mich so aus, als hättest du das längst«, meinte Sally, die nie ein Blatt vor den Mund nahm.

Sie sah sie warnend an. Wenn ihre Freundin so weitermachte, würde Amanda ungemütlich werden. Denn sie hatte ihren Stolz.

»Du und dein blöder Stolz«, sagte Sally, weil sie sie einfach zu gut kannte.

Eine Kundin betrat den Laden und kam zum Bezahlen auf den Tresen zu, weshalb Amanda nicht mehr zum Antworten kam, was vielleicht auch besser war.

Als die Frau mit einem Lächeln und einem Topf wunderschöner rosa Hyazinthen wieder weg war, sah Sally sie eingehend an. »Du gefällst mir zurzeit gar nicht«, sagte sie.

»Ich habe mir diese finanziellen Stolpersteine nicht ausgesucht, Sal.«

»Das meine ich nicht. Ich finde, du wirkst sehr unausgeglichen. Sind es ehrlich nur die finanziellen Sorgen?«

»Nur? Na, du bist gut. Steck du mal in meiner Lage. Ich weiß nicht mal, wie ich am Sonntag meine Erntehelfer entlohnen soll.«

»Mein Angebot steht, Amy. Und im Übrigen sehe ich dir genau an, dass da noch was anderes ist. Versuch gar nicht erst, es vor mir zu verheimlichen.«

Sie seufzte schwer. »Ja, da ist noch so einiges anderes. Jane behandelt mich wie Dreck, meine Mutter geht mir auf die Nerven, und ich vermisse Tom so sehr, dass es kaum zu ertragen ist. Heute habe ich einen unserer früheren Lieblingssongs gehört und dabei geweint wie ein Schlosshund.« Dass sie dabei laut mitgesungen und die Blicke anderer auf sich gezogen hatte, ließ sie lieber weg.

»Ach, Süße. Das tut mir so leid, dass es bei dir so mies läuft. Willst du nicht vielleicht mal zusammen mit Jane bei uns zum Essen vorbeikommen? Wir könnten einen Spieleabend veranstalten, so wie früher.«

»Ich glaube nicht, dass Jane da Lust zu hat. Sie interessiert sich für überhaupt nichts mehr und am allerwenigsten für Aktivitäten, die mich einschließen.«

»Vielleicht ruf ich sie dann einfach selbst mal an und frag, ob sie mitmachen möchte.«

»Du kannst es gerne versuchen«, sagte sie, obwohl sie nicht glaubte, dass es irgendetwas brachte.

Sally wickelte ein Band um die Blumenstiele und schnürte es fest. Dann stellte sie den fertigen Strauß ins Wasser und wandte sich wieder ihr zu. »Weshalb nervt dich deine Mom?«

»Ach, die meint ständig, ich soll eine Therapie beginnen. Um besser mit Toms Tod fertigzuwerden.«

»Sorry, aber da bin ich sogar mal auf ihrer Seite«, sagte ihre beste Freundin ihr.

Amanda schüttelte den Kopf. »Nein, das ist nichts für mich. Wirklich nicht. Ich finde schon die Vorstellung schrecklich, einem Fremden gegenüberzusitzen, der mich anstarrt und sich Notizen macht, während ich ihm von meinen Gefühlen erzähle.«

»Okay, das klingt wirklich grausig. Aber es gibt da doch noch andere Möglichkeiten. Hast du zum Beispiel mal über eine Gruppentherapie nachgedacht?« Sally band sich ihr schulterlanges rotes Haar zu einem Pferdeschwanz.

»Ich soll gleich vor einer ganzen Gruppe Fremder meine Gefühle offenbaren? Das wäre ja noch viel grauenvoller.«

»Karen aus der Eisdiele besucht einmal in der Woche das Gemeindezentrum, um an einer Trauergruppe teilzunehmen. Sie sagt, sie hat ihr sehr geholfen, mit dem Tod ihres Sohnes fertigzuwerden.«

»Ich weiß nicht... Ich glaube nicht, dass das das Richtige für mich ist.«

»Aber Süße, du musst dir endlich helfen lassen. Es ist anderthalb Jahre her, und du trauerst wie am ersten Tag. Gib der Sache doch wenigstens eine Chance. Du wirst da zu nichts gezwungen. Karen sagt, man kann selbst entscheiden, wann und inwieweit man sich den anderen mitteilt, oder ob man das überhaupt tun will. Guck es dir doch wenigstens mal an. Wenn es gar nichts für dich ist und du dich unwohl fühlst, musst du ja kein zweites Mal hingehen.«

Sie lächelte ihre Freundin an. Sie meinte es doch nur gut. »Okay, vielleicht. Ich kann ja mal beim Gemeindezentrum vorbeifahren und mir ein paar Infos holen.«

»Das ist die richtige Einstellung.« Sally sah sie liebevoll an. »Ich fände es wirklich schön, wenn du nicht mehr allein wärst mit deinem Schmerz.«

»Ich hab doch dich«, sagte sie.

»Ich habe aber nicht dasselbe durchgemacht wie du, nicht einmal annähernd. Manchmal ist es gut, sich unter Gleichgesinnte zu begeben.«

Sally sagte das so, als würde sie an einer *Star-Trek*-Convention teilnehmen wollen. Aber sie verstand schon, was sie meinte. Sie versprach also, sich zu informieren und Sonntagabend zum Dinner vorbeizukommen, ob nun mit Jane oder ohne.

»Ich muss mich dann mal auf den Weg machen«, sagte sie. »Grüß Neil und Davie von mir.«

»Danke, das mache ich. Davie nervt uns zurzeit jeden Tag damit, dass er einen Hund haben will. Mach dich also auf was gefasst.«

Ach, dachte sie, wenn das alle Sorgen waren, die Sally hatte, dann sah ihr Leben doch ziemlich rosig aus.

Sie umarmten sich noch einmal, und Amanda fuhr los. Sie machte einen kleinen Umweg und hielt vor dem Gemeindezentrum, doch schon, als sie das längliche Backsteingebäude betrat, überkam sie ein mulmiges Gefühl. Weil sie es ihrer Freundin versprochen hatte und auch, um ihrer Mutter etwas Positives zu berichten, nahm sie sich einen Flyer.

Hast du einen geliebten Menschen verloren?
Du bist nicht allein.
Komm vorbei und werde Teil unserer Trauergruppe.
Immer donnerstags um 19:00 Uhr in Raum 5.
Kuchenspenden sind willkommen.

Oh Gott, das klang einfach schrecklich. Die Vorstellung, bei Kaffee und Kuchen einem Haufen fremder Menschen von Tom zu erzählen, ließ sie erschaudern. Sie steckte den Flyer in die Handtasche und verschwand schnell wieder. Auf dem Heimweg fuhr sie an einem großen Schild vorbei, das dort am Nachmittag noch nicht gestanden hatte. Es machte Werbung für die Wiley-Farm, die ankündigte, dass man dort von nun an Erdbeeren selbst pflücken konnte.

Amanda spürte Wut aufsteigen. Das machten so viele Farmer der Gegend. Und sie wusste, dass es gute Einnahmen mit sich brachte, denn besonders an den Wochenenden liebten die Leute es, aufs Land zu fahren und Früchte selbst zu ernten. Nicht nur schmeckten sie dann gleich doppelt so gut, sondern es gab ihnen auch die Gelegenheit, einen kleinen Ausflug zu machen, Zeit mit der Familie zu verbringen. Sie selbst war früher des Öfteren zusammen mit Tom und Jane rausgefahren, um eine Apfelplantage oder auch eine Blaubeerfarm zu besuchen, wo man sein Obst selbst pflücken konnte. Und was sie jetzt so wütend machte, war die Tatsache, dass noch eine Farm der Gegend mit dem Trend ging, und dass so etwas auf ihrer eigenen Farm leider nicht möglich war, weil sie die vorgeschriebenen Bedingungen nicht erfüllte.

Sie fuhr weiter und versuchte krampfhaft zu überlegen, was sie heute zum Abendessen zubereiten sollte – und plötzlich dämmerte es ihr!

Tom hatte so oft gesagt: »Was nicht passt, wird passend gemacht!« Warum ließ sie sich also weiter abhalten von blöden Vorschriften? Vielleicht gab es da ja doch eine Möglichkeit, selbst auch mit dem Trend zu gehen. Vielleicht war es ihre letzte und einzige Chance, die Farm zu retten.

Kapitel 10

Carter

Er stand über seinem Arbeitstisch und schliff das Tischbein glatt, das er bereits zurechtgesägt hatte. Zwei Beine musste er noch schleifen, dann konnte er sie an der Tischplatte befestigen. Er wusste, er würde bis spät abends beschäftigt sein und war froh über die Schallisolierung, die er gleich zu Anfang mitbedacht hatte, als er die Werkstatt vor zwei Jahren gebaut hatte. Zuvor hatte Carter in einer großen Schreinerei in Monterey gearbeitet, doch als Jodie gestorben war und er plötzlich mit den Mädchen allein dagestanden hatte, hatte er seinen Job bei Meyer&Hardey gekündigt und sich selbstständig gemacht. Sein guter Ruf war ihm vorausgeeilt, und er hatte schon in den ersten Wochen so viele Aufträge reinbekommen, dass er genug verdiente, um alle Rechnungen bezahlen zu können. Für viel mehr reichte es nicht, und sie mussten in vielerlei Hinsicht sparsam sein, doch er wollte sich nicht beklagen, sie kamen über die Runden, und er war dankbar. Ja, er konnte es wirklich nicht anders sagen. Er war dankbar für jeden Tag, an dem er arbeiten durfte, da ihn das Skizzieren, das Schreinern, das Sägen, das Hämmern und das Schleifen ablenkten. Er war dankbar dafür, dass er seine Mädchen versorgen konnte. Dankbar, dass er sie hatte, dass sie gesund und die besten Töchter waren, die er sich nur vorstellen konnte. Er war echt gesegnet, auch wenn einer der ihm wichtigsten Menschen nicht mehr da war.

Jodie.

Sie hatten sich schon auf der Highschool hoffnungslos ineinander verliebt, und bereits in der zehnten Klasse hatte Carter gewusst, dass er den Rest seines Lebens mit Jodie verbringen wollte. Nach dem Abschluss hatte er in der Schreinerei angefangen und weiterhin bei seinen Eltern gewohnt, um Jodie mit seinem Verdienten das College zu ermöglichen. Sie war nach Berkeley gegangen, und manchmal war sie an den Wochenenden nach Hause gekommen, doch sie hatte so viele Kurse und so viel zu lernen gehabt, dass letztlich meistens er zu ihr nach Berkeley hochgefahren war. Sie hatten das Studentenstädtchen erkundet, Ausflüge nach San Francisco unternommen und die gemeinsame Zeit genossen. Vier Jahre waren lang, doch irgendwie gingen sie vorbei, und Jodie absolvierte das College mit Bestnoten. Als sie ihren Abschluss in Amerikanischer und Europäischer Geschichte sowie in Amerikanischer Literatur in der Tasche hatte, begann sie an der Highschool in Monterey zu unterrichten. Sie suchten sich ein gemeinsames Heim und fanden es in einem hübschen Haus mit drei Schlafzimmern und einem Vorgarten in Carmel-by-the-Sea, das sich nicht weit von Monterey befand und das es Carter auf den ersten Blick angetan hatte. Carmel hatte einen direkten Strand und viele tolle Gegenden, in denen man ungestört joggen konnte. Außerdem kam auch er gut zur Arbeit und zu seinen Eltern, was ihm sehr wichtig war. Zudem hatte Carmel gute Schulen und war ein sicheres Plätzchen, an dem man Kinder großziehen konnte, und Kinder wollten sie haben, unbedingt, das hatte von Anfang an festgestanden. Als Jodie nach drei Lehramtsjahren schwanger wurde, waren sie beide außer sich vor Freude. Schon bald darauf waren sie zu dritt, und die kleine Samantha verzauberte sie vom Tag ihrer Geburt an. Als sieben Jahre später ihre Schwester Astor geboren wurde, machte es das Familienglück perfekt. Carter war der glücklichste Mann der Welt, stolzer Vater und liebender Ehemann, und nie im Leben hätte er der Idylle misstraut, nicht eine einzige Sekunde lang.

Er hätte es besser wissen müssen.

Das Leben war eben kein Märchen. Es war nicht perfekt, nicht einmal annähernd. Das war ihm vor drei Jahren bewusst geworden, als seine heile Welt über ihm einstürzte und nichts als Trümmer hinterließ.

»Huhu! Hallo, Carter!«, hörte er jemanden rufen und sah auf. Vor ihm stand Mrs. Halifax, die er gar nicht eintreten bemerkt hatte. Ein Blick auf die Uhr verriet ihm, dass es bereits halb acht war.

»Mrs. Halifax, hallo«, begrüßte er seine Kundin. »Sie kommen mich noch so spät besuchen? Gibt es eine Planänderung?«

Die elegante Dame um die siebzig, die ihr Haar in einer blonden Hochsteckfrisur trug und stets ein schickes Kostüm anhatte, lächelte ihm zu. »Nein, nein«, beruhigte sie ihn schnell. »Ich war nur neugierig und wollte sehen, ob Sie gut vorankommen.«

»Aber sicher. Der Tisch wird rechtzeitig fertig und morgen Vormittag bei Ihnen sein, machen Sie sich keine Gedanken.«

»Das tue ich nicht. Ich habe großes Vertrauen in Sie, das wissen Sie doch.«

Ja, das wusste er. Die Halifax-Familie hatte schon früher einige Möbel bei ihm in Auftrag gegeben, und als er

Meyer&Hardey verließ, waren sie mit ihm mitgegangen. Seitdem hatte er bereits eine Schlafzimmerkommode, vier Stühle und eine Hollywoodschaukel für sie anfertigen dürfen. Dieser Tisch jetzt übertraf aber alles. Mrs. Halifax wollte ihn ihrem Mann Milton zum fünfundsiebzigsten Geburtstag schenken und hatte sich eine Tischplatte mit eingravierten Elefanten gewünscht, Miltons Lieblingstiere. Früher waren die beiden öfter auf Safari in Afrika gewesen, hatte die ältere Dame ihm erzählt, und wenn sie und ihr Mann inzwischen nicht schon so gebrechlich wären, würden sie auch weiterhin in ihren Jeeps durch die Savanne düsen.

Die Frau war wirklich eine Nummer für sich, und jetzt sah sie Carter erwartungsvoll an. »Darf ich mal sehen?«

»Aber natürlich«, erwiderte er, legte die Schleifmaschine beiseite und ging durch die Tür in den Anbau. Dort lagerte er die fertigen Möbelstücke, und dort stand auch die Tischplatte und wartete darauf, ihre Beine angeschraubt zu bekommen. Er hob die zweieinhalb Meter lange Vierzig-Kilo-Platte hoch, als wäre sie eine Feder und trug sie in die Werkstatt, darauf bedacht, die Ecken nirgends anzustoßen.

»Oh, Carter!«, hörte er Mrs. Halifax schon von Weitem rufen. »Sie ist bezaubernd.« Sie kam näher und betrachtete die Schnitzereien, fuhr mit der Hand darüber und strahlte bis über beide Ohren. »Mein Milton wird außer sich sein vor Freude.«

»Er kann sich wirklich glücklich schätzen, eine Frau zu haben, die ihm solche Wünsche erfüllt«, sagte er und stellte die Platte ab, da sie langsam doch ein bisschen unhandlich wurde. Er war gut gebaut, hatte mit den Jahren durch seine Arbeit Muskeln angesetzt, doch damit prahlte er nicht. Neulich hatte er einen Film gesehen, in dem ein Schreiner in seinem Garten an einem Möbelstück gewerkelt und dabei jedem seinen nackten Oberkörper präsentiert hatte, und hatte lachen müssen. Das war so ein Klischee! Niemals würde er es bedienen, ganz im Gegenteil. Er trug meist so weite, verwaschene T-Shirts, dass man darunter überhaupt nichts erkennen konnte. Er hätte genauso gut einen Bierbauch haben können.

»Ach, das beruht auf Gegenseitigkeit«, sagte seine Kundin nun. »Milton ist ebenso gut zu mir. Jeden Samstag bringt er mir einen Strauß meiner Lieblingsblumen mit, und das seit beinahe fünfzig Jahren.«

»Fünfzig Jahre!« Carter blickte sie bewundernd an. Das war eine lange Zeit.

»Oh ja. Wir feiern 2022 Goldene Hochzeit.«

»Da gratuliere ich«, sagte er und berührte ganz unbewusst seinen Ehering, den er noch immer trug. »Das ist wirklich unglaublich.« Er konnte sich kaum vorstellen, dass diese Frau und ihr Mann schon länger verheiratet waren, als er am Leben war. Länger, als er je verheiratet sein würde.

»Oh, entschuldigen Sie bitte«, meinte Mrs. Halifax, starrte zwei Sekunden lang auf seinen Ring und sah ihn dann mit einem Anflug von Mitleid in den Augen an. »Das war sehr taktlos von mir.«

»Nein, nein, schon gut«, erwiderte er. »Sie können ja nichts dafür, dass mir so etwas nicht gegönnt sein sollte.«

»Ach, mein Guter«, sagte sie und legte ihm eine Hand auf den verschwitzten, braun gebrannten Arm. »Seien Sie nicht so traurig. Wer weiß, vielleicht wird Ihnen die Liebe ja ein zweites Mal begegnen.«

Das konnte er sich beim besten Willen nicht vorstellen. Zumal er selbst auch schon oft darüber nachgedacht hatte, wieder zu daten. Vielleicht hatte er ja Glück und fand eine Frau, mit der er sich verstand, die ihn wieder glücklich machen konnte. Doch es würde nicht dasselbe sein wie mit Jodie. Und das Schlimme war, dass er glaubte, nie wieder einem Menschen voll und ganz vertrauen zu können.

»Ehrlich gesagt glaube ich nicht, dass man der wahren Liebe zweimal im Leben begegnet, Mrs. Halifax.«

»Nun hören Sie aber auf! Wie alt sind Sie, Carter?«

»Zweiundvierzig.«

»Das ist viel zu jung, um die Liebe schon aufzugeben. Denken Sie doch auch an Ihre Töchter, die könnten eine Frau in ihrem Leben gut gebrauchen, oder?«

Ja, da hatte die Dame recht. Vor allem graute es ihm schon jetzt davor, dass Astor ihre erste Periode bekam oder dass sie ihn mit Fragen zu Frauenproblemen löcherte, auf die er keine Antworten hatte. Aber dazu hatte seine Kleine ja immer noch ihre ältere Schwester, sie würden das Ding schon schaukeln.

»Mal sehen. Vielleicht ergibt sich ja irgendwann was«, meinte er nun, damit Mrs. Halifax von dem Thema abließ.

»Das ist die richtige Einstellung. Bleiben Sie positiv, und ich prophezeie Ihnen, in ein paar Jahren sprechen wir darüber, was *Sie* Ihrer Freundin oder Frau für Geschenke machen.«

»Haha.« Jetzt musste er doch lachen. Die Gute war ja zuversichtlich.

»Dad?«, hörte er es plötzlich und sah zu der Tür, die vom Haus direkt in die Garage führte. Samantha steckte ihren Kopf herein und begrüßte Mrs. Halifax, als sie sie erkannte.

»Du meine Güte! Du bist ja eine richtige Schönheit geworden!«, rief die Frau aus, und Sam errötete leicht.

»Danke sehr.«

»Dafür musst du dich nicht bedanken. Das ist nur die Wahrheit. Ich sage immer die Wahrheit, und ich will, dass du weißt, dass dein Vater der wohl beste Schreiner in ganz Kalifornien, ja, womöglich sogar in den gesamten Vereinigten Staaten von Amerika ist.«

Nun merkte er, wie er selbst errötete. Komplimente war er nicht gewohnt. Er versuchte doch nur, stets sein Bestes zu geben, und dabei ging es ihm ganz bestimmt nicht um Lob, sondern darum, seine Familie versorgen zu können. Doch er musste zugeben, dass es guttat, so etwas zu empfangen.

»Nun hören Sie aber auf, Mrs. Halifax, Sie machen uns ja ganz verlegen.«

Die Frau kicherte und winkte ab. »Ich sage nur die Wahrheit«, wiederholte sie.

Carter sah hinüber zu Sam, die jetzt im Türrahmen stand und so aussah, als hätte sie etwas auf dem Herzen.

»Was gibt es denn, Sam?«, erkundigte er sich.

»Ich wollte nur fragen, ob ich mich vielleicht doch noch für ein, zwei Stunden mit Jeremy treffen kann? Ich hab den Abwasch gemacht und mit Astor gepuzzelt. Sie sieht sich jetzt zum hundertsten Mal *Frozen* an und sieht so müde aus, dass ich vermute, sie schläft ziemlich bald ein.«

Er sah auf seine Uhr. Es war erst zehn vor acht, also nickte er. »Na klar. Sei aber um elf zu Hause, ja?« So gerne er sein kleines Mädchen vor allen Jungen beschützen wollte, wusste er doch, dass Sam eben gar kein kleines Mädchen mehr war und sich so langsam zur jungen Frau entwickelte. Sie war sechzehn. Er wollte ihr einen festen Freund nicht verbieten, auch wenn er nicht wusste, wie Jodie die Sache betrachtet hätte. Doch Jodie war nicht mehr da, und er musste solche Entscheidungen allein treffen. Ja, und eines hatte ihn die Erfahrung gelehrt: Verbotene Dinge taten die Menschen erst recht, und dann so, als gäbe es keine Konsequenzen!

»Danke, Dad«, sagte Sam und lächelte mit glitzernden Augen.

Als sie wieder im Haus verschwunden war, sah Mrs. Halifax ihn an und meinte: »Sie machen alles richtig, Carter. Machen Sie sich nicht so viele Sorgen.«

War er so durchsichtig? Er seufzte. Mrs. Halifax hatte gut reden. Wie sollte er sich aber keine Sorgen machen, wenn Sam doch einer der zwei wichtigsten Menschen in seinem Leben war und alle Verantwortung auf seinen Schultern lastete?

Er konnte einfach nur hoffen, dass seine Tochter wusste, was sie tat und dass sie auf ihr Bauchgefühl hörte bei allem, was sie machte, so wie er selbst es schon immer gehalten hatte. Bisher war er damit ziemlich gut durchs Leben gekommen, und er wünschte Sam dasselbe.

Kapitel 11

Samantha

Eigentlich hatte sie nicht vorgehabt, doch noch zu Jeremy zu fahren. Nach dem Abendessen – die Pilz-Spinat-Lasagne war super gewesen – hatte Sam sich mit Astor in deren Zimmer gesetzt und sich über die Holzplatte gebeugt, die ihr Dad für ihre Schwester angefertigt hatte, um darauf zu puzzeln. Sie hatten ein ganzes Stück geschafft, dann hatte jedoch Jeremy angerufen und gefragt, wann sie kam. Und da war ihr erst bewusst geworden, dass sie ihm noch gar nicht für den Abend abgesagt hatte.

»Ich glaube nicht, dass ich es schaffe«, sagte sie zu ihm. »Ich muss mal wieder babysitten.«

Als Astor sie stirnrunzelnd anblickte und schon protestieren wollte, legte sie sich einen Finger auf den Mund und hoffte, ihre kleine Schwester würde sie nicht verraten.

»Mann, Sam, so langsam kann ich das echt nicht mehr hören.«

»Tut mir ja ehrlich leid, aber ...«

»Dann geh ich halt mit den anderen in den Stardust Diner. Cassidy hat gefragt, ob ich mitkommen will.«

Sie spürte Wut in sich aufsteigen. Ihr gefiel gar nicht, wie

Cassidy sich in letzter Zeit an Jeremy ranschmiss. Was hatte sie nur vor? Immerhin war sie ihre Freundin, da sollte der Boyfriend der anderen doch tabu sein, oder?

»Vielleicht kann ich ja doch ... Ich geh meinen Dad fragen, okay?«

»Okay. Ruf mich dann zurück.«

Als Allererstes hatte sie Astor gefragt, ob es okay für sie wäre, wenn sie doch noch ausgehen würde. Astor sagte, dass sie langsam sowieso zu müde zum Puzzeln wurde und sich viel lieber noch mal *Frozen* ansehen wollte. Sam lächelte ihre Schwester an, weil sie sich sicher war, dass sie das nur sagte, um ihr das Date zu ermöglichen, dann ging sie rüber zur Garage, wo sie ihren Dad mit Mrs. Halifax anfand, für die er gerade einen Tisch baute. Er war einverstanden, und obwohl sie eigentlich noch ein wenig hatte lernen wollen, weil sie wegen des Lacrosse-Spiels morgen nicht dazu kommen würde, rief sie Jeremy zurück und sagte ihm, dass sie dabei war. Dass sie aber viel lieber auch in den Stardust Diner gehen würde, immerhin war Freitagabend, da musste man doch unter Leute! Sie hoffte, Jeremy ließ von seinem Plan ab, den Abend allein mit ihr verbringen zu wollen, und als er schließlich einwilligte, atmete sie erleichtert aus.

Eine halbe Stunde später hielt Jeremy vor dem Haus und hupte. Sie lief in dem roten Kleid, in das sie geschlüpft war, durch den Vorgarten und warf sich auf den Beifahrersitz.

»Hi, Jeremy«, sagte sie und ließ sich von ihm küssen.

»Hey, Sam. Du siehst gut aus. Das Kleid steht dir.«

»Danke«, erwiderte sie und freute sich. Es war ein Kleid ihrer Mutter, das sie einige Tage zuvor in einer der Kisten gefunden hatte, die ihr Dad für Astor und sie auf dem Dachboden lagerte. Manchmal schlich sie sich da hoch und verbrachte ein bisschen Zeit mit den alten Sachen ihrer Mom.

In diesen Momenten ließ sie sogar ein paar Tränen zu, bevor sie sie wieder abwischte, ein Lächeln aufsetzte und da weitermachte, wo immer sie gebraucht wurde.

Sie musste zugeben, dass sie froh war, ihren Dad in der Werkstatt zu wissen. Sie fürchtete sich ein wenig vor seiner Reaktion, sollte er sie in dem Kleid sehen. Bisher hatte sie sich nicht getraut, irgendetwas von ihrer Mom anzuziehen, doch sie hatte einfach nichts Passendes für den Abend gefunden, etwas, das Jeremy noch nicht kannte. Etwas, das ihr so richtig gut stand und Cassidy ein für alle Mal zeigen sollte, dass Jeremy ihr gehörte und sie die Finger von ihm zu lassen hatte. Etwas, in dem sie sich gut und stark fühlte und das ihr hoffentlich den Mut verlieh, Jeremy eine Abfuhr zu geben, falls er doch wieder auf den Gedanken kommen sollte, diesen Abend zu einem ganz besonderen zu machen.

Sie fuhren in den Diner, wo bereits Richie, Joaquin und Gareth zusammen mit Holly, Tammy und Cassidy an zwei zusammengeschobenen Tischen saßen. Sam wunderte sich ein wenig, warum ihre Freundinnen sie nicht gefragt hatten, ob sie mitkommen wollte, doch wahrscheinlich hatten sie entweder gedacht, sie würde den Abend mit Jeremy allein verbringen wollen, oder Cassidy hatte dafür gesorgt, dass sie fernblieb. Sie nahm sich vor, demnächst mal ein ernstes Wort mit ihr zu sprechen.

»Hey, ihr beiden!«, begrüßte Joaquin sie und Jeremy, als sie dazustießen. Er war wohl der größte Spieler der Lacrossemannschaft und mit seinen sechzehn Jahren bereits einen Meter zweiundneunzig. Er überragte alle anderen am Tisch. Richie dagegen war zwar weitaus kleiner, aber er war von allen der Bestaussehende, fand Sam, was sie Jeremy gegenüber selbstverständlich niemals erwähnen würde. Doch Richies dunkle Haut, die süßen Wangengrübchen und sein strahlendes Lächeln ließen so ziemlich jedes Mädchen dahinschmelzen. Dazu versprühte er mit seiner lockeren und immer freundlichen Art einfach nur Positivität. Im Gegensatz zu Jeremy, der leider oftmals schlecht drauf war, vor allem wenn er beim Lacrosse seiner Ansicht nach versagt hatte oder wenn sein Vater ihm auf die Nerven ging, weil er sich im Unterricht mehr reinhängen sollte. Und dann wurde er immer mürrischer, weil Sam noch immer nicht weitergegangen war als Küssen und ein bisschen mehr. Er verstand einfach nicht, dass sie noch nicht so weit war, oder er wollte es nicht verstehen.

»Hey«, begrüßte sie die Truppe. Sie quetschte sich zwischen Holly und Tammy auf die rote Sitzbank, Jeremy nahm ihr gegenüber auf dem freien Stuhl neben Gareth Platz. Gareth war mal wieder am Handy und simste ziemlich sicher mit seiner Freundin Zoey, die Hausarrest hatte und sich darüber ärgerte, dass er ohne sie ausging. Zoey hatte ständig Hausarrest. Sams Blick fiel auf Tammys Teller voll Cheese Fries, und sie merkte, dass sie trotz der Lasagne noch Hunger hatte. Sie hatte ja auch nur eine winzige Portion gegessen, um die Pizza und das Eis vom Vortag auszugleichen.

»Also, was gibt's?«, fragte Jeremy in die Runde.

»Den neuen *Gomery*-Artikel, in dem es um dich, den Superstar der Schule, geht, der einen hilflosen Schwächling fertigmacht, hast du sicher schon gelesen, oder?«, sagte Gareth und sah kurz mal von seinem Smartphone auf.

Sam sah zu Jeremy. Nein, das hatte er nicht, da war sie sich ziemlich sicher, denn sonst hätte er während der Fahrt von nichts anderem geredet. Und sie selbst hatte von dem Beitrag auch noch nichts gewusst. Obwohl sie sich hätte denken können, dass bereits einer online war, immerhin waren Eleanor sowie Sookie bei der Prügelei anwesend gewesen.

»Erzähl keinen Scheiß!«, rief Jeremy mit großen Augen aus. Und als Gareth ihm das Display seines Smartphones zeigte, sprang Jeremy auf wie ein Affe, um seinen Sieg zu feiern. Nicht nur hatte er den Kampf gewonnen, er war auch noch Titelheld eines Artikels in der Sonderausgabe der Schülerzeitung.

»Du bist der Held des Tages«, schwärmte Cassidy, und Sam sah sie mit funkelnden Augen an und warf ihr ein paar Blitze zu. Doch Cassidy ignorierte sie völlig.

»Geiles Foto, das sie von mir ausgesucht haben«, sagte Jeremy und hielt ihr das Handy hin. Sookie musste allein im letzten Jahr Hunderte Bilder von ihm geschossen haben, die sich im Archiv der Schülerzeitung befanden und auf die sie jederzeit zurückgreifen konnten. Dieses zeigte Jeremy in seiner Lacrosse-Kluft, den Helm unter dem einen Arm, den anderen siegreich in die Höhe gerissen. Darunter wurde haargenau berichtet, was sich heute Nachmittag auf dem Parkplatz der Montgomery High zugetragen hatte, und darauf folgte ein Bild von Calvin Redshaw, wie der Junge anscheinend hieß, der geschlagen auf dem Boden lag. Mit einer blutenden Nase und einem zermatschten Auge, das morgen sicher grün und blau sein würde.

Sam musste den Blick abwenden. Sie verstand wirklich nicht, was so toll daran sein sollte, dass Jeremy den armen Calvin niedergemacht hatte. Und zum Glück war sie nicht allein mit dieser Ansicht. Denn zumindest Richie sprach jetzt das aus, was sie dachte.

»Hey, Alter, nun spiel dich mal nicht so auf! Den Schlaffi hätte jeder fertigmachen können.«

»Darum geht es nicht«, meinte Jeremy. »Es geht darum, dass ich meine Ehre verteidigt habe.«

Richie sah ihn ein wenig abschätzig an. »Dich hat ein

Mädchen angerempelt, das du daraufhin zur Sau gemacht und zum Weinen gebracht hast. Dieser Kerl hier, Calvin, wollte nur seine Freundin beschützen. Findest du wirklich, der hat das verdient?« Er deutete auf das Handy, und jeder wusste, dass er von dem demolierten Gesicht sprach.

»Ich finde schon. Ist irgendwer anderer Meinung?« Jeremy blickte in die Runde, sah jedem Einzelnen ins Gesicht, und jeder wusste, dass man sich lieber nicht gegen Jeremy Blunt, den beliebtesten Jungen der Schule, stellen sollte.

»Nein, natürlich nicht«, meinte Gareth und nahm sein Handy wieder entgegen.

»Nein, nein«, sagte Tammy schnell und nahm sich eine lange, mit geschmolzenem Käse, Jalapeños und Röstzwiebeln beladene Fritte, in die sie genüsslich hineinbiss. Sie bemerkte Sams Blick und schob ihr den Teller entgegen, damit auch sie sich eine nehmen konnte. Sie aß und war ganz froh, den Mund voll zu haben, um nichts antworten zu müssen.

»Ich fand den Auftritt cool«, meinte Joaquin. »Ich hoffe nur, Coach Heffner bekommt keinen Wind davon. Nicht dass er dich fürs nächste Spiel sperrt.«

Jeremy schenkte seinem Freund ein Stirnrunzeln, das wohl aussagen sollte: »Was erzählst du da für einen Quatsch? Der Coach würde den Teufel tun und mich sperren.« Und damit hatte Jeremy höchstwahrscheinlich recht. Coach Heffner würde seinen besten Attackman nicht sperren, egal, was er auch angestellt hatte. Weil er einfach zu wichtig für die Spielsaison war.

»Ich finde, du hättest gar nicht anders handeln können«, ließ Cassidy Jeremy wissen, und Sam hätte ihr am liebsten den Teller Pommes ins Gesicht geklatscht.

»Und was meinst du, Sam?«, fragte Jeremy und sah sie

jetzt direkt an. Was blieb ihr anderes übrig, als ihm zuzustimmen?

Sie nickte eifrig, schluckte runter und sagte: »Ich bin auf deiner Seite, Schatz.«

Provozierend guckte Jeremy jetzt Richie an. »Siehst du? Jeder stimmt mir zu. Außer dir. Haben wir beide hier ein Problem?«

Richie zuckte die Schultern. »Nein, kein Problem. Ich meinte ja nur ...«

»Dann behalt deine Meinung nächstes Mal besser für dich«, sagte Jeremy und rief die Kellnerin herbei, um sich einen Burger und Zwiebelringe zu bestellen. Er sah kurz zu ihr rüber und sagte dann: »Du willst ja sicher nichts, du hast ja schon gegessen, oder?« Sein Blick war eindeutig, und sie schüttelte den Kopf.

»Genau. Ich bin pappsatt«, erwiderte sie und bestellte stattdessen nur eine Cola light. Doch ein paar Mal, als Jeremy abgelenkt war, schnappte sie sich eine Fritte von Tammy und genoss den köstlichen Geschmack von Ungesundem. Das hatte sie heute bitter nötig. Allerdings konnte sie da noch nicht ahnen, wie der Abend enden würde. Hätte sie es gewusst, hätte sie sich selbst Cheese Fries bestellt und einen großen Erdbeermilchshake und ein Stück Apple Pie mit dazu.

Als Jeremy sie um kurz nach zehn zu Hause ablieferte, kämpfte Sam mit den Tränen und verfluchte sich selbst dafür, dass sie sich dazu entschieden hatte, doch noch auszugehen. Und sie hoffte nur, dass ihr Dad sie so nicht sah, denn dann müsste sie ihm erklären, warum das wunderschöne Kleid ihrer Mutter einen zerrissenen Träger hatte. Weshalb Jeremy sie von nun an nicht mehr abholen kommen würde und dass er sie wieder zur Schule fahren musste. Doch darüber wollte sie überhaupt nicht reden, nicht heute Abend und am liebsten niemals.

Als Jeremy mit quietschenden Reifen davonfuhr, fühlte sie sich elender als je zuvor. Nur die Zeit nach dem Tod ihrer Mom war schlimmer gewesen, aber da hatte sie wenigstens nur einen Menschen verloren. Jetzt waren es jedoch schon zwei geliebte Menschen, die nicht mehr Teil ihres Lebens waren, und das war wirklich mehr, als sie gerade verkraften konnte.

Kapitel 12

Jane

Juli, 2014

»Daddy, guck mal, der da! Wie er mit seiner Nase den anderen anstupst.« Die neunjährige Jane deutete mit dem Zeigefinger auf einen der Seelöwen und lachte.

»Ja, er scheint mit ihr flirten zu wollen«, erwiderte ihr Vater.

»Woher weißt du denn, dass es ein Mädchen ist?«

»Na, ich bin Experte in Sachen Seelöwen. Wusstest du das etwa noch nicht?«

Jane kicherte und ließ sich in vollkommenem Vertrauen gegen ihren Dad fallen, der sie auffing und seine Arme um sie schlang. So standen sie bei Sonnenuntergang am Pier 39 und beobachteten die niedlichen Tiere, die sich auf ihren Stegen aalten und dabei ganz lustige Geräusche von sich gaben. Ein paar jaulten, einige aber tuteten oder schienen etwas zu rufen, das nur das Meer verstehen konnte.

Jane sah dem Seelöwen, der eben noch geflirtet hatte, dabei zu, wie er sich ins Wasser gleiten ließ. »Du hattest recht, Daddy, es ist wirklich schön hier«, sagte sie.

»Na, siehst du. Ich hab mir doch gedacht, dass es dir gefällt.«

Die Idee, gemeinsam nach San Francisco zu fahren, hatte ihr Dad ganz spontan gehabt. Die Schwestern ihrer Mom, Ella und Myra, waren zu Besuch auf der Farm, und da hatte er gemeint, sie sollten die drei vielleicht besser allein lassen und einen Ausflug unternehmen, denn das hatten sie schon eine ganze Weile nicht. Zeit nur zu zweit verbracht. Jane war sofort dabei gewesen, sie hatten ein paar Sachen gepackt, sich im Internet ein Hotel für zwei Nächte ausgesucht und sich aufgemacht.

Der beste Ausflug aller Zeiten!

Jane kam aus dem Staunen gar nicht mehr heraus. All die hohen Gebäude, das Fahren in der Cable Car, die vielen Menschen ... und jetzt die tollen Seelöwen. Sie konnte sich nicht daran erinnern, je einen schöneren Tag erlebt zu haben.

Sie zog ihren Dad zu sich herunter und küsste ihn auf die Wange.

»Oh. Wofür war der denn?«, fragte er.

»Für das Eis, das du mir jetzt kaufen wirst«, sagte sie und grinste ihn breit an.

Er grinste zurück. »Eis hört sich perfekt an«, antwortete er und nahm ihre Hand. Und zusammen gingen sie im Abendrot über den Steg, während die Seelöwen ihnen nachjaulten, dass sie gerne einmal wiederkommen sollten.

Es war erst kurz nach sechs, als sie am Samstagmorgen über die Farm spazierte. So schwer sie an Schultagen aus dem Bett kam, stand sie an den Wochenenden manchmal schon ganz früh auf und genoss die Stille der Welt. Genoss es, durch die Erdbeerfelder zu spazieren, dem Vogelgezwitscher zuzuhören und mitzuerleben, wie der Tag erwachte. Und in letzter Zeit genoss Jane auch noch etwas anderes, und zwar die Gegenwart einer bestimmten Person, die sie hoffte, heute vielleicht wieder anzutreffen.

Sie setzte sich auf den alten lang gelegten Baumstamm neben der großen Halle, in der am Ende jedes Tages Abertausende Erdbeeren lagerten und darauf warteten, noch am Abend oder auch am nächsten Morgen abgeholt zu werden. Die Halle war eiskalt, darin waren gerade einmal zwei Grad; auf diese Weise sollte sichergestellt werden, dass die Erdbeeren nicht verfaulten, was besonders im Sommer sonst eingetreten wäre. Sie setzte sich nun also auf ihren Lieblingsplatz und schlug ihren Zeichenblock auf. Sie wusste genau, was sie zeichnen wollte, es war das, was sie meistens zeichnete: ihren Dad. Der Block war voll mit Porträts von ihm, denn sie hoffte, wenn sie ihn immer wieder bildlich darstellte, würde sie nicht irgendwann vergessen, wie er aussah.

Sie vollendete die Zeichnung gerade noch mit ein paar letzten Akzenten in den Haaren und den Lachfalten, als sie Stimmen hörte und die ersten Erntehelfer in der Ferne eintreffen sah. Sie begannen ihre Arbeit um sieben Uhr, und auch heute durfte Jane freudig feststellen, dass ein ganz bestimmter Helfer mit dabei war: Romeo, den sie, seit er nach seinem Highschoolabschluss im vergangenen Jahr auf der Farm angefangen hatte, zu schätzen gelernt hatte. Tatsächlich war er einer der wenigen Menschen, mit denen sie sich überhaupt noch umgab. Sie hatte einfach nicht das Bedürfnis auf tiefschürfende Gespräche, und auf das Mitleid in den Gesichtern der Leute, wenn sie mit ihr redeten, konnte sie auch gut verzichten. Romeo aber war anders. Er war wirklich nett, sah in ihr nicht das arme Mädchen, das seinen Vater verloren und das sich in einen Zombie verwandelt hatte, sondern die Künstlerin, die sie war. Manchmal zeigte sie ihm ihre Zeichnungen und bekam dafür regelmäßig Komplimente, was sie ehrlich freute.

Als er sie jetzt entdeckte, winkte er und kam auf sie zu. »Hey, Jane«, sagte er. »Wie geht's dir?«

»Wie immer«, entgegnete sie und zuckte die Achseln. »Und dir?«

»Ziemlich gut. Woran arbeitest du?«

Sie hielt ihm das soeben vollendete Porträt ihres Vaters hin.

»Wow, das ist wirklich gut. Was hast du noch gezeichnet?«

Sie war sich nicht sicher, ob sie es ihm zeigen sollte, tat es dann aber doch einfach. Ein Bild von ihm, das sie aus dem Kopf angefertigt hatte.

»Oh mein Gott, du hast *mich* gezeichnet?« Mit großen Augen sah er sie an, und ihr Herz pochte ein wenig schneller. Es war nicht so, dass sie in Romeo verliebt wäre, doch seine Meinung bedeutete ihr viel. »Wie hast du das denn hinbekommen ohne eine Vorlage?«, fragte er.

»Ich hab ein gutes Gedächtnis.«

Er schüttelte fassungslos den Kopf. »Scheint mir auch so. Das ist unglaublich gut, Jane.«

»Willst du es haben? Ich schenke es dir.«

»Ehrlich?« Er sah ihr in die Augen und strahlte richtig.

Der Sonnenstrahl, der ihre dunkle Welt hin und wieder erhellte.

»Klar.« Sie riss das Blatt heraus und reichte es ihm. Er betrachtete es noch einmal eingehend, rollte es dann vorsichtig zusammen und steckte es in seine Umhängetasche. »Danke. Ich muss jetzt leider an die Arbeit. Vielleicht sehen wir uns ja später noch mal.«

Sie nickte und sah Romeo dabei zu, wie er zurück zu den

anderen ging und seine Tasche auf einem der Tische vor der Lagerhalle ablegte. Dann nahm er sich seine Schubkarre mit den noch leeren Kisten darauf und ging zusammen mit seiner Mutter und den anderen die Wege entlang zu einer Ecke des Feldes, die wohl heute leer gepflückt werden sollte. Die Arbeiter hatten da so ein System, das Jane noch nie verstanden hatte. Aber das war auch egal. Sie hatte sich nie sonderlich für den Erdbeeranbau interessiert und würde auch ganz bestimmt nicht eines Tages die Farm übernehmen, obwohl das ihrem Dad sicher gefallen hätte. Viel sicherer aber war, dass er gewollt hätte, dass sie glücklich wurde. Wo sie dieses Glück finden sollte oder mit wem, das wusste sie allerdings noch nicht. Es war ja auch unheimlich schwer, sich über so etwas Gedanken zu machen, wenn man die meiste Zeit des Tages damit verbrachte, dieses verdammte Leben zu verfluchen.

Irgendwann sammelte sie ihre Sachen zusammen und ging zurück zum Haus. Dabei bückte sie sich hin und wieder, um sich ein paar Erdbeeren zu pflücken. Da sie ökologisch angebaut wurden, konnte man sie sich getrost in den Mund stecken, ohne sie vorher zu waschen. Sie waren süß und erinnerten sie sofort an vergangene Tage. An bessere Tage und Zeiten, in denen ihr Dad noch am Leben gewesen war, bevor dieser verfluchte Krebs ihn aufgefressen hatte.

Inoperabler Lungenkrebs. Ein Tumor in der Größe einer Pflaume. Die Diagnose hatte er vor gut drei Jahren erhalten, und damals hatte sie noch nicht verstanden, was er aus ihrem einst so fröhlichen, immer gut gelaunten, mit Zuversicht in die Zukunft schauenden Vater machen würde.

Die Chemotherapie war schlimm gewesen. Nach und nach waren ihm die Haare ausgefallen, und er hatte sich eine Glatze scheren müssen, um nicht wie ein gerupftes

Huhn auszusehen. Doch ihr Dad war tapfer, dachte nicht mal eine Sekunde darüber nach aufzugeben, und die Chemo half. Der Tumor verkleinerte sich, und es sah alles danach aus, dass er sich von dieser verfluchten Krankheit wieder erholen würde. Er wurde wieder stärker, und bald war er fast der Alte. Doch eines Tages ging er wegen eines Kontrollbesuchs zu seinem Arzt, und der sagte ihm, dass der Krebs zurück war und er wieder eine Chemotherapie benötigte. Ihr Dad allerdings, und das verstand sie bis heute nicht, weigerte sich, diese Prozedur noch einmal zu unterlaufen. Er wollte nicht noch einmal seine Haare verlieren, wollte nicht wieder bettlägerig werden und machte einfach weiter, als wenn gar nichts wäre. Und ihre Mom machte dabei mit.

Ihre bescheuerte Mom! Wenn sie ihrem Dad damals gut zugeredet hätte, wäre vielleicht alles anders gelaufen. Wäre er vielleicht noch am Leben. Doch das hatte sie nicht. Sie hatte es einfach so hingenommen, und auf Jane hatte er nicht hören wollen. Sie war ja nur ein Kind, das keine Ahnung hatte.

Doch sie hatte Ahnung gehabt! Hatte gewusst, dass sie ihren Vater nicht verlieren wollte. Und dann hatten die Dinge ihren Lauf genommen, und er war gestorben, mit nur siebenunddreißig Jahren. Was für eine Tragödie. Welch unnötiger Schmerz, der doch hätte verhindert werden können.

Als sie ins Haus eintrat, hörte sie ihre Mutter in der Küche herumwerkeln. Sie schlich sich an ihr vorbei und ging in ihr Zimmer, wo sie ihre Kopfhörer aufsetzte und den Lieblingssong ihres Dads anmachte. *Your Song*, den er ihr so oft vorm Einschlafen vorgesungen hatte. Sie erinnerte sich noch so gut an seine Stimme. Jetzt jedoch hörte sie ihn nicht in der alten Elton-John-Version, die ihr Vater so gern mochte, sondern in der von Lady Gaga.

Jane liebte Lady Gaga! Was für eine starke, selbstbewusste Frau, die aller Welt zeigte, wer man sein konnte, wenn man nur wollte. Songwriterin, Sängerin, Schauspielerin, Vorbild. Am meisten mochte sie an ihr die vielen Tattoos. Und der Wunsch nach einem eigenen wuchs immer mehr.

Kapitel 13

Amanda

Sie tauchte die Schöpfkelle in die Schüssel und gab den flüssigen Teig in das geöffnete Waffeleisen, bevor sie es wieder schloss. Rechts neben ihr stapelten sich bereits die fertigen Waffeln und verströmten einen unglaublichen Duft. Sie brach eins der kleinen Herzen heraus und biss ab. Sie schmeckten sogar noch besser als sie rochen, und vor allem hatte sie sie mit viel Liebe gemacht. Tom hatte samstags immer gerne Waffeln gefrühstückt, und sie hatte es sehr lange nicht über sich bringen können, welche zuzubereiten. Doch heute war Amanda einfach danach gewesen, vor allem, weil sie auch gerne mal wieder eine Kleinigkeit nach draußen zu ihren fleißigen Helfern bringen wollte, in denen sie stets dankbare Abnehmer fand.

Vor etwa einer halben Stunde hatte sie geglaubt, die Haustür zu hören und schon gedacht, Jane wäre ohne ein Wort gegangen, doch als sie in den Flur trat, konnte sie sie in ihrem Zimmer hören und hatte sich wieder zurück in die Küche begeben.

Als aller Teig verbraucht war, deckte sie den Küchentisch mit zwei Tellern, einem Glas Erdbeermarmelade und dem guten Ahornsirup. Sie presste ein paar Orangen aus und stellte zwei Gläser Saft dazu. Dann ging sie hinaus in den Garten, schnitt ein Dutzend Tulpen ab und trat gerade zurück ins Haus, als Jane ihr entgegenkam.

»Oh, sehr gut, dass du wach bist. Ich habe Frühstück gemacht«, sagte sie und lächelte ihre Tochter an.

Die bedachte sie allerdings wie immer nur mit einem gelangweilten Blick. »Ich hab keinen Hunger.«

»Wie schade. Ich habe extra Waffeln gemacht. Die haben wir doch früher so oft zusammen gefrühstückt.«

»Es ist aber nicht mehr wie früher, Mom.«

»Das weiß ich doch. Ich dachte nur, wir sollten mal wieder ein bisschen mehr Zeit zusammen verbringen. Das fände ich sehr schön.«

»Ich bin mit Cal verabredet. Wir wollen in die Mall, ein bisschen shoppen. Ich bräuchte dringend ein paar neue Hosen, meine sind mir alle zu eng.«

Ja, ihr war auch aufgefallen, dass Jane in den letzten Monaten richtige weibliche Kurven bekommen hatte. Sie seufzte und ging zu ihrer Handtasche, die an einem Garderobenhaken hing. Sie gab Jane drei Zwanzigdollarscheine und sagte: »Hier, bitte schön.«

Doch Jane stöhnte sogleich. »Mom, das reicht höchstens für eine oder zwei!«

»Dann musst du versuchen, irgendwo ein paar Angebote zu ergattern. Mehr kann ich dir gerade leider nicht geben.« Eigentlich war es weit mehr, als sie zurzeit überhaupt erübrigen konnte.

Jane verdrehte die Augen. »Hättest du nicht den ganzen Supermarkt mit Frühstücksflocken leer gekauft, hätten wir auch Geld für Klamotten.«

Sie seufzte erneut. Es würde nichts bringen, es Jane zu

erklären. Egal, was sie ihr jetzt sagte, sie würde es in den falschen Hals kriegen, also sagte sie gar nichts.

Sie sah ihrer Tochter dabei zu, wie sie in ihre schwarzen Boots stieg und die schwarze, übergroße Lederjacke vom Haken nahm, um sie sich überzuziehen. Sie hatte einmal Tom gehört und war Jane heilig.

»Willst du nicht wenigstens ein Glas frisch gepressten Orangensaft trinken?«

»Nein, danke.«

»Und was ist mit einer Waffel für den Weg? Du musst doch was essen.«

»Ich hol mir später was mit Cal.«

»Na gut.«

Jane starrte sie nun provokativ an. »Was ist denn, Mom?«, fragte sie genervt.

»Gar nichts. Ich mache mir nur Sorgen um dich.«

»Musst du nicht. Mir geht's gut. Alles ist super.« Mit diesen Worten ging Jane aus dem Haus, stieg auf ihr Fahrrad und radelte davon.

Amanda schloss die Tür. Ihr war zum Weinen. Wann war ihre süße kleine Tochter nur so gemein geworden? Sie verstand ja, dass der Tod ihres Vaters an ihr nagte, und sie verstand auch, dass sie in der Pubertät und gerade nichts einfach war. Aber musste sie es denn ständig an ihr auslassen? Sie hatte ihr doch nichts getan! Oder? Hatte sie sie unbewusst beleidigt, gedemütigt oder Ähnliches?

Oft hatte sie versucht, nach einer Ursache für Janes Verhalten zu suchen, doch sie landete immer nur wieder an dem Tag, der alles veränderte. Der Tag, an dem Tom von ihnen ging.

Sie seufzte wohl zum zehnten Mal an diesem Morgen, ging zurück in die Küche und setzte sich allein an den Tisch.

Sie trank erst ihr eigenes Glas Saft und dann auch noch das von Jane aus. Dann aß sie ohne großen Appetit eine Waffel, bevor sie den Tisch abdeckte und das wenige Geschirr in die Spüle stellte. Sie würde es nachher abwaschen, wenn sich der einsame Teller vom Mittagessen dazugesellte.

Eine ganze Weile blieb sie am Fenster stehen und starrte aufs weite Feld hinaus. Toms Traum war damals vor fünfzehn Jahren auch zu ihrem geworden. Wie glücklich sie auf dieser Farm gewesen waren, wie viele wundervolle Momente sie ihnen beschert hatte. Gut eine Viertelstunde konnte sie sich überhaupt nicht vom Fleck bewegen, dann jedoch tat sie einen Schritt und sammelte alle Wäsche ein, die irgendwo herumlag. Als sie mit dem Wäschekorb durch Janes Zimmer ging, sah sie ein Buch auf deren Schreibtisch liegen. *Die Straße der Ölsardinen* von John Steinbeck. Bestimmt musste Jane es für den Englischkurs lesen, von sich aus hätte sie sich garantiert kein solches Buch zugelegt oder überhaupt irgendeins. Amanda stellte den Korb ab und schlug den dünnen Roman auf. Sie erinnerte sich, es selbst zu Schulzeiten gelesen zu haben, wusste aber kaum noch etwas vom Inhalt, geschweige denn, ob es ihr gefallen hatte. Sie beschloss, es mit nach draußen zu nehmen, wo sie sich, sobald sie die Waschmaschine angestellt hatte, an ihren Verkaufstisch setzen und darauf hoffen würde, dass heute ein paar Kunden vorbeikamen, um frische Erdbeeren oder auch ein Glas Marmelade zu kaufen. Sie steckte es sich hinten in den Hosenbund und nahm den Korb wieder unter den Arm. Hier sammelte sie einen Pulli ein, auf dem Boden in der Zimmerecke ein paar T-Shirts, und über der Stuhllehne hing eine Hose. Natürlich waren all diese Dinge in Schwarz oder Dunkelgrau gehalten, und als Amanda die Jeans vor sich in die Höhe hielt, erkannte auch sie, dass sie Jane längst viel zu klein sein musste. Und sie bedauerte zutiefst, dass sie ihr nicht mehr Geld hatte geben können. Allerdings war Jane beinahe sechzehn und konnte sich jederzeit einen Job suchen, um ihr Taschengeld aufzubessern. Viele ihrer Klassenkameraden hatten Jobs, arbeiteten an der Supermarktkasse oder führten Hunde Gassi – sie sah sie täglich. Das jedoch Jane gegenüber anzusprechen würde sicher nur wieder in einem Streit enden, also ließ sie es lieber bleiben. Sie war ja froh, dass ihre Tochter ansonsten recht anspruchslos war. Um etwas Großes wie teure Markenschuhe, ein iPhone oder ein neues Fahrrad hatte sie sie noch nie gebeten. Wofür sie sehr dankbar war, denn nicht einmal sie selbst besaß ein teures Handy, ihr Ford Explorer war geleast, und sie war einfach nur froh, dass sie das Haus selbst gebaut und den Kredit dafür bereits vor einigen Jahren abbezahlt hatten. So konnte man ihr wenigstens nicht ihr Heim nehmen. Allerdings stand das Haus auf demselben Grundstück wie die Farm, und sollte sie diese verkaufen müssen, würde sie auch das Haus verlieren. Doch noch würde sie das alles nicht aufgeben, Toms Lebenswerk, ihr Zuhause. Und als sie nun mit zwei Tellern voller Waffeln hinausging, konnte sie an kaum etwas anderes denken als an diese Idee, die sich gestern Abend bei ihr eingeschlichen hatte und sie nicht wieder losließ. Sie würde gut recherchieren müssen, was alles dafür nötig wäre, aber vielleicht war es eine Option. Sie hoffte es sehr.

Sie wurde freudig von den Farmarbeitern begrüßt. Esmeralda, die gebeugt über den Erdbeerpflanzen stand und so schnell pflückte, dass man kaum mitzählen konnte, hielt sofort inne und nahm ihr die Teller ab.

»Wie nett von Ihnen, *Señora* Parker. Seht, was die *Señora* uns Leckeres bringt!«, rief sie den anderen zu, und gleich kamen alle herbei und nahmen sich mit freudigen Gesichtern und dankenden Worten Waffeln von den Tellern.

Im Nu war alles leergeputzt, und Amanda freute sich, dass sie wenigstens ihren Helfern eine Freude hatte machen können. Sie sah sie sich einen nach dem anderen an. Da waren Esmeralda, die Mitte vierzig und wohl die zuverlässigste Arbeiterin war, die sie je gehabt hatte. Sie war Alleinverdienerin, seit ihr Mann Iván beim Bau wegen unzureichender Sicherheitsmaßnahmen von einem Haus gefallen war und sich die Wirbelsäule verletzt hatte. Er saß jetzt im Rollstuhl, hatte sie erzählt, und er hatte seinen Arbeitgeber noch nicht einmal verklagen können, weil er bei dem Job nicht offiziell gemeldet war. Schwarzarbeit. Amanda wusste, dass die in Kalifornien viel betrieben wurde, vor allem nutzte man gerne Mexikaner oder andere Lateinamerikaner aus, die keine Chance hatten, sich gegen schlechte Arbeitsbedingungen zu wehren. Tom und sie hatten es immer anders gehalten, hatten ihre Leute fair behandelt, weshalb viele von ihnen auch Jahr für Jahr wiederkamen und Bestleistung brachten.

Iván hatte eine Abfindung von dreitausend Dollar bekommen, damit er es ruhen ließ, hatte Esmeralda erzählt, und er hatte es ruhen lassen. Leider musste Esmeralda nun doppelt so viel arbeiten und hatte neben der Tätigkeit auf der Erdbeerfarm das ganze Jahr über irgendwelche Jobs als Erntehelferin. Sie ging bereits so gebeugt wie eine Achtzigjährige. Doch all das nahm sie in Kauf, um ihre Familie ernähren zu können: ihren Mann, ihre beiden Töchter Mirella und Dilara und ihren Sohn Romeo, der ja nun ebenfalls auf der Farm mitarbeitete. Im Laufe der Jahre hatte Esmeralda außerdem ihren Bruder Sergio, ihre Schwägerin Ricarda und ihre Nichte Felicitas dazugeholt, und Amanda hatte jeden von ihnen gerne eingestellt, da auf Esmeralda Verlass war.

Sie war nicht enttäuscht worden, und inzwischen hatte sie Sergio sogar zum Vorarbeiter befördert.

Dann waren da noch zehn andere Erntehelfer, die meisten von ihnen zwischen zwanzig und dreißig Jahre alt, am auffälligsten war wohl Chino, ein unglaublich gut aussehender, aber sehr temperamentvoller junger Mann. Amanda hatte schon mehrmals mitbekommen, dass es Streitigkeiten zwischen ihm und einigen der anderen gegeben hatte, und sie hatte Sergio neulich darauf angesprochen. Der hatte ihr gesagt, dass Chino ein schweres Leben gehabt hatte und gerne mal ein wenig streitlustig wurde, dass er aber im Grunde ein guter Junge war. Er hatte ihr versprochen, ein Auge auf ihn zu haben und ihr sofort Bescheid zu sagen, falls irgendetwas vorfallen sollte.

Ja, das waren sie, ihre fünfzehn Angestellten. Vor wenigen Jahren waren es noch knapp doppelt so viele gewesen, denn fünfundzwanzig bis dreißig Erntehelfer waren für eine Farm dieser Größe – nämlich zwanzig Acres – eigentlich nötig. Doch wie hätte sie die alle entlohnen sollen? Sie konnte kaum noch das Geld für diese fünfzehn aufbringen, die schon morgen wieder nach ihrem Gehalt verlangen würden.

Sie verabschiedete sich und ging rüber zur Sortierstation. Von dort holte sie sich zwei Paletten Erdbeeren und brachte sie zu dem kleinen Verkaufsstand, den sie in ihrer Einfahrt, direkt am Straßenrand, aufgebaut hatte. Ein großer Schirm schützte die Früchte und natürlich auch sie vor der Sonne. Tom hatte ihr vor Jahren ein Schild gebastelt, das mit einem dicken roten Pfeil auf den Verkauf hinwies, und es etwa zweihundert Meter entfernt an der Hauptstraße in den Boden gehämmert. Es war zwar schon ziemlich verblichen, doch es stand noch immer da.

Nun stellte sie die Ein-Pfund-Schalen mit den reifen tiefroten Früchten auf den hölzernen Verkaufstisch und das Preisschild daneben. Amanda baute ausschließlich Erdbeeren der Sorte Albion an, da diese an der kalifornischen Küste rund um Monterey so wunderbar wuchsen und weil sie selbst während der Erntezeit noch nachblühten, was bedeutete, dass man beinahe ein halbes Jahr lang ernten konnte. Außerdem waren sie fester und robuster als zum Beispiel die Sorten Seascape oder Chandler, was natürlich ein großer Vorteil war, denn so konnte man sie auch an Supermärkte verkaufen, die natürlich sehr auf lange Haltbarkeit bedacht waren.

Erdbeeren waren allgemein unglaublich pflegeleicht, alles, was sie brauchten, waren Sonne und Wasser, wobei das Wasser in Kalifornien in den letzten Jahren zur Mangelware geworden war und es Amandas finanzielle Situation auch nicht besser machte, dass man die Felder drei- bis viermal am Tag – je nach Temperatur – für fünfzehn Minuten bewässern musste.

Sie holte noch zwei Kartons aus dem Haus. Einen mit selbst gemachter Marmelade und einen mit dem süßen Erdbeersirup, der köstlich zu Pfannkuchen oder auf Vanilleeis schmeckte. Als sie auch diese aufgestellt hatte, setzte sie sich mit dem Buch an den Tisch und begann zu lesen. Nur fünf Minuten später sah sie einen Wagen ranfahren und parken. Ein Mann stieg aus. Er war höchstens ein paar Jahre älter als sie, trug einen Dreitagebart, Jeans und ein verwaschenes Ramones-T-Shirt. Und er lächelte sie strahlend an.

»Guten Morgen«, rief sie ihm zu und beobachtete ihn dabei, wie er auf den Stand zukam und sich dabei bewegte wie eine Mischung aus einem Holzfäller und einem Rockstar. Sein schokoladenbraunes Haar fiel ihm unter der Baseballkappe ins Gesicht, doch das machte ihn nur umso attraktiver.

Sie merkte, wie ihre Wangen rot wurden. Solche Gedanken bezüglich eines Mannes, der nicht Tom war, hatte sie schon lange nicht gehabt. Sehr lange sogar.

»Guten Morgen«, erwiderte der Typ nun. »Wie läuft das Geschäft?«

»Sehr gut, danke«, sagte sie und fragte sich gleichzeitig, warum sie den Fremden anlog.

»Freut mich, das zu hören. Was verkaufen Sie denn hier Leckeres?« Er begutachtete die Produkte, die den Tisch zierten, und deutete auf die Flaschen. »Ist das etwa Erdbeersirup?«

»Ja, genau. Selbst gemachter.«

»Hört sich großartig an. Und sehr süß.« Er verzog das Gesicht, und sie musste lachen.

»Das ist er auch«, musste sie zugeben.

»Perfekt! Davon nehme ich eine Flasche. Meine kleine Tochter wird den lieben.«

Er hatte eine Tochter? Das machte ihn in Amandas Augen gleich noch ein wenig sympathischer.

»Ganz bestimmt«, meinte sie. Jane hatte ihn früher auch sehr geliebt.

»Der ist sicher lecker auf Eis, kann ich mir vorstellen.« Er lächelte sie an. »Selbst gemachtem.«

Sie lächelte zurück. Der Mann war perfekt.

Er entschied sich noch für zwei Schalen Erdbeeren und ein Glas Marmelade, weil er die selbst gern aß, wie er ihr erzählte. Sie unterhielten sich ein paar Minuten, er bezahlte und wünschte ihr noch einen schönen Tag. Dann fuhr er davon. Sie starrte ihm nach und war sich sicher, sie sah ihn nie wieder. So war das doch immer, oder? Die Guten waren bereits vergeben, waren glücklich verheiratet und hatten kleine Töchter, denen sie Eis selbst machten.

Sie seufzte, vielleicht zum hundertsten Mal an diesem Morgen, und widmete sich wieder dem Buch, das sie sicher am Ende des Tages durchgelesen haben würde, denn so ein Tag am Erdbeerstand mit alle halbe Stunde mal einem Kunden war wohl das Langweiligste, was man sich vorstellen konnte.

Kapitel 14

Carter

»Magst du mal bei deiner Schwester reinschauen und ihr sagen, dass das Frühstück gleich fertig ist?«, bat er Astor und wendete einen Pancake. Auf dem Tisch standen bereits Teller, Butter, Ahornsirup, der neue Erdbeersirup und die frischen Erdbeeren bereit, die er in Stücke geschnitten und gezuckert hatte, was gar nicht nötig gewesen wäre, wie er im Nachhinein herausgefunden hatte, als er davon probiert hatte. Die Früchte waren an sich schon zuckersüß, knackig und die besten Erdbeeren, die er seit Langem gegessen hatte. Carter hatte sie von einer Farm, die er im Vorbeifahren entdeckt hatte, als er sich nach dem Aufstehen dazu entschieden hatte, heute statt joggen zu gehen mal wieder ein bisschen herumzufahren. Den Tisch für Mrs. Halifax hatte er am Abend noch fertiggestellt. Die Beine hatte er angeleimt und mit Schrauben stabilisiert, denn doppelt hält besser, und er konnte sich ein wenig Zeit für sich erlauben, bevor er Frühstück für seine Töchter machte. Und so war er schon gegen sieben losgefahren und hatte sich treiben lassen, während er ein paar seiner liebsten Songs gehört hatte. Zuerst war er die Straße am Strand entlanggefahren und hatte den

Möwen dabei zugesehen, wie sie über dem Meer kreisten. Er hatte sogar ein paar Seehunde erhascht, die sich auf einem Felsen in der Morgensonne aalten. Dann war er ein bisschen durch die Landschaft gefahren, hatte bei *Paradise* von Bruce Springsteen an alte Zeiten gedacht und sich ein bisschen selbst bemitleidet, und dann hatte er, bevor er allzu sehr bedauern konnte, was aus ihm geworden war, den Erdbeerstand entdeckt.

Sicherlich hatte er ihn im Vorbeifahren schon mal gesehen, in dieser Gegend gab es an jeder Ecke irgendeinen Verkaufsstand, der saisonales Obst oder Gemüse anbot, und natürlich hatte er auch dann und wann gehalten und etwas gekauft, doch an diesen bestimmten Stand hatte er sich nicht erinnern können. Heute allerdings war er spontan rechts rangefahren und sofort von der netten Verkäuferin begrüßt worden, die ein bezauberndes Lächeln und hübsches dunkles Haar hatte. Sie war optisch das totale Gegenteil von Jodie, die elegant und blond und so wunderschön gewesen war. Nicht, dass diese Frau es nicht war, sie war sogar sehr attraktiv, doch es tat ihm gut, sich auch mal nach weiblichen Wesen umzublicken, die eben kein Abbild seiner verstorbenen Frau waren. Wenn er sich denn überhaupt mal umblickte. Zu dieser frühen Morgenstunde tat er es aber gerne.

Die Verkäuferin, die sich als Eigentümerin dieser Farm entpuppte, war nett, beriet ihn und lachte sogar mit ihm. Kurz hatte er das Gefühl, sie von irgendwoher zu kennen. Vielleicht hatte sie ein Kind in Astors oder Samanthas Alter, vielleicht war es aber auch einfach nur dieses Gefühl, das man manchmal mit fremden Menschen hatte. Man glaubte, sie bereits zu kennen, weil es einfach harmonierte. Doch dann hatte er ihren Ehering gesehen und war fast erleichtert gewesen, dass sie nicht zu haben war. Das machte vieles leichter. So konnte er einfach nur nach Hause fahren und Pancakes machen, die Astor sich samstagmorgens immer zum Frühstück wünschte. Doch er fand es trotzdem nett, einen Menschen gefunden zu haben, der so freundlich war und einen ehrlich anlächelte. Viele Leute setzten doch einfach nur ein Lächeln auf, wann immer sie dachten, dass es nötig wäre. Diese Frau aber lächelte aus dem Herzen heraus, das war nicht zu übersehen. Er nahm sich vor, von nun an öfter zu der Farm zu fahren, um frische Erdbeeren zu besorgen, vor allem auch, weil er gerne lokale Farmer unterstützte. Sie waren besonders nach dem letzten schwierigen Jahr darauf angewiesen, und so wusste man wenigstens, wo sein Essen herkam.

»Okay«, sagte Astor, hüpfte vom Küchentresen und verschwand den Flur hinunter.

Keine zwei Minuten später kam sie aufgebracht zurück.

»Was ist los?«, fragte er. Dass Astor aufgebracht war, hatte nichts zu bedeuten, denn das war sie sogar, wenn sich ein Marienkäfer im Fliegennetz verfangen hatte oder wenn ihr die gelbe Tusche ausgegangen war.

»Daddy, komm mal schnell mit. Irgendwas ist mit Sam los«, sagte Astor nun jedoch, und sofort war er besorgt.

Er eilte seiner kleinen Tochter hinterher, nur um seine große in ihrem Bett vorzufinden. Sie hatte sich die Decke über den Kopf gezogen, was gar nicht normal war für einen Samstagmorgen um halb zehn, vor allem wenn ein bedeutendes Lacrosse-Spiel anstand. Üblicherweise würde sie schon in ihrer Cheerleading-Uniform und perfekt gestylt irgendwelche Übungen einstudieren und wäre bester Laune.

Er ging neben ihrem Bett in die Hocke und versuchte, ihr die Decke wegzuziehen. Zuerst zerrte sie ebenfalls an ihrem

Ende und grummelte: »Lass mich in Ruhe, Astor.« Doch als sie seine Stimme vernahm, ließ sie ihn gewähren.

»Ist alles in Ordnung, Sam? Geht es dir nicht gut?«

»Nein«, war alles, was sie antwortete.

»Bist du krank?«

»Ja.«

»Was hast du denn?«

»Mir geht's nicht gut.«

Hm. So kamen sie nicht weiter.

»Kann ich irgendetwas für dich tun?«

»Nein.« Sie schnappte nach der Decke und zog sie sich wieder über den Kopf.

Er stand auf und sah besorgt auf Sam hinunter. So kannte er sie ehrlich nicht. Natürlich hatte jeder mal einen schlechten Tag, aber auch, dass sie so wortkarg war, war neu. Außerdem sah sie wirklich nicht sehr gut aus, und er bezweifelte, dass sie tatsächlich krank war. Viel mehr wirkte ihr Gesicht aufgedunsen, so, als hätte sie die ganze Nacht geweint.

»Also, das Frühstück ist fertig«, ließ er sie wissen.

»Ich hab keinen Hunger.«

Er seufzte, schüttelte den Kopf und sah zu Astor, die im Türrahmen stand und die Welt nicht mehr verstand. Deshalb nahm er sie jetzt an der Hand, verließ Sams Zimmer und ging gemeinsam mit ihr zurück in die Küche.

»Ich hoffe, wenigstens du hast Appetit auf Pancakes? Falls nicht, habe ich nämlich viel zu viele gemacht. Die muss ich dann alle allein aufessen, und du musst mich zum Freibad rollen.« Er hatte Astor versprochen, mit ihr schwimmen zu gehen.

Doch seine Kleine lachte zum Glück und sagte: »Ich hab sogar richtig großen Appetit.« Sie setzte sich an den Tisch und beäugte die Sirupflasche. »Was ist das?«

»Das ist leckerer Erdbeersirup. Die Frau vom Erdbeerstand, wo ich ihn gekauft habe, hat mir gesagt, er sei selbst gemacht und supersüß.«

»Perfekt für mich«, meinte Astor und hatte die Flasche schon geöffnet und einen großen Teil des Inhalts über ihren Pfannkuchenstapel gegossen.

Er musste schmunzeln. »Das hab ich ihr auch gesagt.«

»Du hast mit ihr über mich geredet?«, fragte seine Tochter, während sie mit der Gabel ein großes Stück abtrennte und es sich in den Mund stopfte. Er nickte, und sie zeigte einen Daumen nach oben. »Voll lecker.«

»Na, super. Das freut mich. Und die nette Frau wird es sicher auch freuen, wenn ich ihr bei meinem nächsten Besuch davon berichte.«

»Wie heißt sie denn?«

»Das weiß ich leider gar nicht. Mrs. Strawberry?«

Astor kicherte. »Du bist lustig.«

»Hat irgendwer etwas anderes behauptet?«, fragte er stirnrunzelnd, die Arme in die Hüften gestemmt.

Astor zuckte die Achseln. »Ich glaube nicht.«

Sie ließ sich das Frühstück schmecken, und auch Carter baute sich einen Berg aus Pfannkuchen, Sirup und frischen Erdbeeren.

»Das ist ja wirklich lecker«, verkündete er, als er probiert hatte.

»Sag ich doch.«

Er sah Astor eingehend an. »Hast du irgendeine Ahnung, was mit deiner Schwester los ist?«, fragte er wie nebenbei.

Sie schüttelte mit vollem Mund den Kopf. Ein bisschen Sirup lief ihr das Kinn hinunter, und er wischte ihn mit einer Serviette weg.

»Glaubst du, sie ist wirklich krank?«

»Was denn sonst?«

»Ich weiß auch nicht. Ich finde es nur ein bisschen merkwürdig, dass sie sich uns gar nicht mitteilt. Ich meine, wenn sie krank ist, könnte ich ihr ja einen Tee machen oder ihr ein Erkältungsmittel besorgen.«

»Bestimmt hat sie nur ihre Tage«, schätzte Astor, und ihm wurde gleich wieder mulmig.

Das mochte sein, doch so richtig glauben konnte er es nicht. Nun, er konnte nichts tun als abzuwarten, dass sie zu ihm kam und sich ihm anvertraute, oder? Bis dahin musste er akzeptieren, dass auch Sam einmal mies drauf sein konnte.

Als sie aber eine Stunde später zum Schwimmbad aufbrechen wollten und Sam noch immer nicht aus ihrem Zimmer gekommen war, klopfte er noch einmal an.

»Sam? Darf ich reinkommen?«

»Ja«, hörte er es leise von drinnen.

Er öffnete die Tür einen Spalt. »Astor und ich wollen jetzt schwimmen fahren. Können wir dich allein lassen?«

»Ja, klar«, murmelte Sam, die in unveränderter Position in ihrem Bett lag. Nur das Federbett bedeckte nicht mehr ihr Gesicht.

Er trat ein. »Süße ... muss ich mir Sorgen um dich machen?«

»Nein, Dad, alles okay.«

»Das scheint mir aber gar nicht so. Du hast doch heute ein wichtiges Spiel, oder?«

»Ich lass es ausfallen.«

Das hatte er wirklich noch nie von Sam gehört, und seine Sorge wuchs.

»Aber die anderen Cheerleaderinnen brauchen dich doch. Immerhin bist du ihr Co-Captain.«

»Die werden es auch mal ohne mich schaffen. Ich hab Cassidy bereits geschrieben, dass ich krank bin und heute nicht dabei sein werde.«

»Bist du es denn wirklich? Krank?«

»Mach dir keine Sorgen, Dad.« Jetzt blickte Sam, die ihren Kopf in dem Kissen vergraben hatte, auf und setzte genau so ein falsches Lächeln auf, wie es all die Leute taten, über die er noch vor wenigen Stunden nachgedacht hatte, als er unterwegs gewesen war. Auch noch, nachdem er den Erdbeerstand längst hinter sich gelassen hatte. Das ehrliche Lächeln dieser Farmerin hatte sich bei ihm eingebrannt, irgendwo tief drinnen, in seinem Gehirn oder seinem Herzen.

Er presste die Lippen zusammen und nickte dann. »Okay. Wir fahren dann los. Wenn was ist, bin ich übers Handy erreichbar.«

»Viel Spaß!«, grummelte Sam noch und vergrub ihren Kopf unter der Decke.

»Vielleicht magst du ja heute Abend mal wieder einen Filmeabend mit mir veranstalten. Astor will bei Nicole übernachten.«

»Ja, vielleicht«, hörte er es undeutlich.

»Okay, dann schreib mir doch nachher, was du gerne essen willst. Ich bringe uns was mit.«

»Mhm.«

Er fühlte sich hilflos. Natürlich hatte er von anderen Teenagern gehört, die sich öfter so verhielten. Aber Sam war eben niemals einer von ihnen gewesen. Sie war doch sonst der Sonnenschein in Person.

»Bis später dann. Ich hab dich lieb.«

Er glaubte, ein Schluchzen zu hören und wollte erst zu ihr gehen, doch er wusste, dass er seiner Tochter die Privatsphäre geben musste, die sie anscheinend gerade benötigte. Sie wusste, er war jederzeit für sie da, wenn sie ihn brauchte. Das hatte er ihr sicher eine Million Mal gesagt. Er schloss also ihre Tür wieder und wurde nun selbst einer dieser Menschen, die ein falsches Lächeln aufsetzten, als er zurück zu Astor ging, die bereits an der Haustür auf ihn wartete und ihn erwartungsvoll anstrahlte. Dann wollte er mal versuchen, wenigstens einer Tochter einen schönen Tag zu bereiten.

Er sagte Astor, dass sie in den Pick-up steigen sollte und lud den Tisch hinten auf die Ladefläche, da sie ihn vor dem Schwimmen noch ausliefern würden. Da er wegen der Mädchen einen Viersitzer benötigte, hatte sein Landrover leider eine sehr kleine Ladefläche. Mit einer Kommode oder ein paar Stühlen funktionierte das auch ganz gut, doch bei dem doch sehr großen Tisch überlegte er kurz, ob er den Anhänger brauchen würde. Dann jedoch stellte er ihn hochkant, lehnte ihn ans Autodach, band ihn fest und überprüfte noch einmal, ob er den Weg zu Mrs. Halifax heil überstehen würde. Die wartete sicher schon wie auf Kohlen, um ihn aufzustellen und ihrem Milton den schönsten Geburtstag aller Zeiten zu bescheren.

Als Carter dann im Auto saß, fiel ihm ein, dass Astor auch bald Geburtstag hatte. In zwei Wochen schon. »Du musst dir noch mal überlegen, was du dir zum Geburtstag wünschst«, sagte er ihr, und sie grinste ihn breit an.

»Ich hab alles, was ich brauche, Daddy.«

Und in diesem einen kleinen Moment war er der glücklichste Mann auf Erden.

Kapitel 15
Jane

Als sie am späten Morgen bei Cal geklingelt hatte, hatte er ihr gleich geöffnet und sich einen Finger auf die Lippen gelegt. »Pssst, meine Mom schläft«, hatte er geflüstert und dabei in Richtung Wohnzimmer gesehen.

Jane hatte genickt und war eingetreten in das Haus, das in den letzten Jahren zu so etwas wie ihrem zweiten Zuhause geworden war. Es war nicht halb so schön oder halb so aufgeräumt wie ihres, jedoch fand sie das manchmal sogar beruhigend. Dass eben nicht alles in bester Ordnung war, sondern ein großes Durcheinander, so wie das Gefühlschaos in ihrem Innern.

Als sie den Flur entlanggegangen war, hatte sie Cals Mutter Lorelai auf der Couch im Wohnzimmer liegen gesehen. Sie trug noch immer ihre Kellnerinnenuniform, und einer ihrer Arme hing herunter und berührte den Boden. Stirnrunzelnd hatte sie Cal angesehen. Er hatte nur die Achseln gezuckt und gesagt: »Sie ist heute Morgen um halb sieben von ihrer Nachtschicht im Diner gekommen, hat sich da hin gepackt und ist sofort eingepennt.«

Sofort wohl nicht, dachte Jane. Denn auf dem Tisch standen zwei Bierflaschen, die Mary vorher noch geleert hatte, wie es aussah.

»Bist du da etwa schon wach gewesen? Um halb sieben?«, erkundigte sie sich. Sie wusste, dass Cal sonst am Wochenende gerne mal bis mittags schlief.

»Ja. Konnte nicht so gut schlafen letzte Nacht. Mir tat alles weh.«

»Kann ich mir vorstellen.« Sie betrachtete Cal nun genauer. Sein gestern schon mies aussehendes Auge war heute blau und total angeschwollen. Dafür sah man von dem Schlag auf die Nase kaum noch etwas.

Sie gingen in Cals Zimmer, dessen Wände vollbehangen waren mit Postern ferner Orte. Am besten gefiel ihr das von Los Angeles, die Skyline vor den Bergen bei Sonnenuntergang. Obwohl sie in Kalifornien lebte, war sie noch nie dort gewesen. Sie war einmal in Anaheim gewesen, wo sich Disneyland befand, und natürlich in San Francisco, was aber beides schon ewig her war. Doch das war mehr als das, was Cal bisher gesehen hatte, der war nämlich über Carmel und Monterey noch nie hinausgekommen, wenn man mal von dem Ausflug zu einer Orangenplantage in Bakersfield in der siebten und zum Museum für afroamerikanische Geschichte in Fresno in der neunten Klasse absah. Manchmal starrten sie gemeinsam auf die Poster und planten zukünftige Trips, die sie irgendwann machen wollten. Jane wollte nach L. A. und nach Chicago, Cal nach Las Vegas, New York City und zu den Niagarafällen. Und natürlich wollten sie zusammen am Strand von Miami chillen und die Leute beobachten, wie sie in den Hotels mit den leuchtenden Schriftzügen an der Ocean Avenue ein- und ausgingen. Dabei wollten sie tonnenweise Eis essen und dann einfach nur stundenlang den Himmel beobachten und in den Wolken irgendwelche

Figuren entdecken. Das war ein Spiel, das sie gern spielten. Einmal hatte Jane sogar ihren Dad in einer kleinen, weit entfernten Wolke erkannt.

»Hast du den Artikel in der *Gomery* gelesen?«, fragte Cal.

Sie sah ihn verwirrt an. Wieso glaubte er, dass sie plötzlich angefangen hätte, sich für das Klatschblatt der Schule zu interessieren? Es gab nichts, das sie weniger interessierte, als wer gerade mit wem Schluss gemacht hatte oder wer neu ins Cheerleading-Team aufgenommen wurde.

»Ja, ja, ich weiß, du gibst nichts auf Klatsch und Tratsch. Ich dachte nur, du würdest vielleicht doch mal einen Blick drauf werfen wollen, weil es darin doch um mich geht. Es ist sogar ein Foto von mir abgebildet. Zwei, besser gesagt.«

Jetzt machte sie doch große Augen, und da sie selbst die App nicht auf dem Smartphone hatte, sagte sie: »Zeig her!«

Cal rutschte auf dem Bett rüber zu ihr und setzte sich genau wie sie mit angewinkelten Beinen ans Kopfende. Er rief die Seite auf und hielt ihr sein Handy hin.

Sie nahm es ihm aus der Hand. Er hatte recht, es ging um ihn. Genauer gesagt ging es um die Prügelei gestern auf dem Schulparkplatz. Und es waren tatsächlich Fotos abgebildet. Eins von Jeremy in seiner Lacrosse-Kluft, Cals Bild aus dem letzten Jahrbuch und dann noch eins, wie er blutend auf dem Boden lag.

»Sind die bescheuert? Wieso posten die denn so was? Das ist so unfair, dass dich jetzt auch noch die ganze Schule so sieht«, regte sie sich sofort auf.

»Sieh es mal so, ich bin der Titelheld des Tages.«

»Cal«, entgegnete sie und betrachtete ihn, als hätte er die Welt nicht verstanden. »Du bist hier nicht der Held, sondern der totale Loser.«

»Wenigstens bin ich mal in der Zeitung, das war ich noch nie.« Er grinste und versuchte, es scherzhaft zu sehen, sie konnte das aber nicht. Sie war noch immer so sauer auf die blöden Lacrosse-Spieler, allen voran Jeremy Blunt, und die hirnamputierten Cheerleaderinnen, die einfach nur dumm herumgestanden hatten. Auch hatte sie einen Hass auf Eleanor und Sookie, weil sie ihren besten Freund so demütigten.

»Also, ich finde, du solltest damit zu Principal Curry gehen und ihm von dem Vorfall erzählen. Und auch davon, dass so schamlos darüber berichtet wird. Dann bekommen Jeremy und die blöden Reporterinnen vielleicht endlich mal das, was sie verdienen.« Sie kochte vor Wut.

Cal legte eine Hand auf ihre. »Beruhig dich, J. P.«

Sie versuchte tief durchzuatmen, versuchte leiser zu reden, damit sie Lorelai nicht weckte.

»Gehst du nun zu Curry?«, fragte sie dann, schon ein wenig ruhiger.

»Zum Rektor? Damit Jeremy mich gleich noch mal fertigmacht? Oder einer seiner Lacrosse-Kumpels? Die haben alle einen doppelt so dicken Bizeps wie ich.«

Jetzt musste *sie* grinsen. »Eher dreimal so dick.«

Cal lachte. »Du sagst es.«

»Trotzdem, Cal.« Sie wurde wieder ernster. »Irgendwas müssen wir doch tun. Oder?«

»Ich denke, wir sollten uns lieber von denen fernhalten und hoffen, dass sie uns von nun an einfach nur wieder ignorieren.«

Sie seufzte schwer. Vielleicht hatte er recht. Womöglich war das wirklich die beste Option, zumindest wenn man da ohne gebrochene Knochen rauskommen wollte.

»Was wollen wir machen?«, fragte Cal dann, und sie entschieden sich dazu zu lesen. Sie lasen gerne zusammen, in der Stille, richtige Bücher, gute Bücher, nicht solche, wie sie sie für den Englischkurs lesen mussten. Vor ein paar Tagen hatte Jane mit *Unterwegs* von Jack Kerouac angefangen, ein Roman, den Cal ihr empfohlen und den er selbst schon so oft gelesen hatte, dass er ganz zerfleddert war. Es ging darin um jemanden, der durch ganz Amerika reiste, und man konnte sich mit ihm an all die fernen Orte träumen, die man selbst gerne mal sehen wollte. Cal las ein Buch, das sein Bruder Don ihm geschickt hatte, *Lean on Pete* von Willy Vlautin. Don war im zweiten Jahr auf dem College, sie hatte aber nicht das Gefühl, als würde Cal ihn sehr vermissen. Einmal hatte er ihr anvertraut, dass er ganz froh war, dass sein großer Bruder weg war, denn so war das Essen nicht mehr ganz so knapp.

Sie lasen also eine Weile, und irgendwann fragte Jane, ob sie in die Mall fahren wollten.

»Klar, warum nicht.«

»Wir könnten uns im Food Court was Mexikanisches oder etwas bei McDonald's holen.«

»Ich hab leider kein Geld«, sagte Cal wie so oft, und das, obwohl er doch mehreren kleinen Jobs nachging. Zum Beispiel mähte er den Rasen für einige Nachbarn, und dann gab er ein paar jüngeren Schülern Nachhilfe – er war ein Einser-Schüler in Englisch, Spanisch und Geografie –, doch irgendwie schienen er und seine Mom trotzdem immer pleite zu sein. Sie hoffte, dass die Situation sich nun, da Lorelai wieder Arbeit hatte, besserte.

Sie verließen also gegen Mittag das Haus und fuhren auf ihren Fahrrädern zur Mall, die heute unerwartet leer war.

»Es findet doch gerade das große Lacrosse-Spiel statt«, erinnerte Cal sie.

»Ach, das ist heute?«

»Japp.«

»Tut mir sooo leid, dass ich dich davon abgehalten habe hinzugehen. Bestimmt hättest du da gerne zugeguckt«, sagte sie sarkastisch.

»Ach, für dich verzichte ich gerne drauf«, erwiderte Cal und zwinkerte ihr mit seinem heilen Auge zu. Er tat ihr so leid, das blaue Auge musste verdammt wehtun. Und die Leute starrten ihn an, als wäre er ein Krimineller oder als hätte er irgendeine unheilbare Krankheit.

Wie immer wollte Cal zuallererst in die Buchhandlung. Er ging ein paar Regalreihen durch und tippte auf einen Roman von Cormac McCarthy. »Der hier hat eins der besten Bücher aller Zeiten geschrieben. *Die Straße*. Ist ein bisschen wie *The Walking Dead*, Ende der Welt und so, nur ohne Zombies. Es würde dir gefallen.«

»Klingt gut.«

»Es *ist* gut. Ich würde es dir geben, aber leider hat Don es mit zum College genommen und weiterverliehen. Wahrscheinlich werde ich es nie wiedersehen.« Er ging das Regal durch. »Leider scheinen sie es hier auch nicht zu haben.«

»Das macht doch nichts. Wir haben eh kein Geld für Bücher, oder? Außerdem habe ich gerade erst das andere coole Buch angefangen.«

»Hast recht. Aber irgendwann und irgendwo werde ich es für dich auftreiben, das musst du nämlich unbedingt gelesen haben.«

»Okay.« Sie lächelte ihn an. Wenn er sagte, dass sie es unbedingt lesen sollte, vertraute sie ihm da voll und ganz. Er kannte sie schließlich besser als jeder andere.

»Okay, sollen wir jetzt nach Hosen für dich suchen?«, fragte Cal, und sie machten sich auf.

Nachdem sie in einen Klamottenladen gegangen waren,

wo Jane ein paar Jeans anprobiert und sich für eine dunkelgraue entschieden hatte, sagte Cal: »So gerne ich dir auch beim Shoppen zusehe, muss ich gestehen, dass ich gleich verhungere, J. P.«

»Okay, dann lass uns zum Food Court gehen. Worauf hast du Lust?«

»Sollen wir uns Pommes teilen?«, fragte ihr Kumpel, und sie war sich sicher, dass er das nur vorschlug, weil Pommes die preisgünstigste Mahlzeit waren.

»Ich hab Geld von meiner Mom. Lass uns was Richtiges essen.«

»Das hast du aber für Jeanshosen bekommen, oder nicht?«

»Ja, schon. Aber die Jeans, die ich eben bei TJ Maxx gekauft hab, war reduziert und hat nur fünfzehn Dollar gekostet. Ich finde bestimmt noch eine zweite im Angebot.«

»Alles klar. Ich helfe dir suchen, wenn ich dafür einen Burrito bekomme«, bot Cal an.

»Burritos also – abgemacht!«

Sie gingen zu Taco Bell und bestellten sich zwei 7 Layer Burritos, ein paar Cheese Roll Ups für einen Dollar das Stück und Chips mit Salsa. Dazu nahmen sie einen Becher Mountain Dew, den sie sich teilten. Sie suchten sich einen Ecktisch, stellten das Tablett zwischen sich und langten zu.

»Was hat deine Mom eigentlich zu dem blauen Auge gesagt?«, erkundigte Jane sich mit vollem Mund.

»Noch gar nichts. Sie hat mich nämlich noch überhaupt nicht gesehen. Heute Morgen zumindest hat sie mich gar nicht wahrgenommen, als ich sie vom Flur aus gegrüßt hab. Sie war wohl einfach zu müde.«

»Oh Shit. Und was willst du ihr erzählen, wie das zustande gekommen ist?«

»Ich bin beim Fahrradfahren mit dem Gesicht in einen Ast reingefahren, der von einem Baum direkt in die Straße hing«, sagte er und hob die Schultern.

»Keine üble Story. Glaubst du, sie nimmt es dir ab?«

»Keine Ahnung.« Er legte seinen Burrito aufs Einwickelpapier und sah auf einmal ganz betrübt aus. »Ehrlich gesagt glaube ich, dass es ihr ziemlich egal sein wird. Sie wird sicher nur froh sein, dass keine Arztrechnungen zu bezahlen sind.«

Jetzt wurde auch Jane ernst. »Soweit hätte es aber kommen können, weißt du? Jeremy hätte dir richtig was brechen können.« Sie dachte daran zurück, wie er über ihm gestanden und auf ihn eingeschlagen hatte, ohne jedes Mitgefühl.

»Ja, ich weiß.«

Sie schwiegen eine Minute, dann sagte Cal: »Danke, dass du gleich da warst.«

»Natürlich, Cal. Zum Glück hab ich mitbekommen, dass da was abging.«

Cal nickte, nahm seinen Burrito wieder in die Hände und biss ab. »Das ist wirklich lecker«, sagte er.

»Finde ich auch.«

»Ich bin echt froh, dich zu haben, Jane.«

Sie blickte auf. So nannte er sie sonst nie.

»Ich bin auch froh, dich zu haben, Cal. Du bist der beste Freund, den man sich wünschen kann.«

Bildete sie es sich nur ein, oder sah Cal plötzlich wieder traurig aus?

Einen Moment später lächelte er aber schon wieder und meinte: »Isst du deinen Cheese Roll Up noch?« Er deutete auf die eingerollte Tortilla, in deren Mitte sich himmlischer geschmolzener Käse befand. Sie schob Cal ihren letzten rüber und erntete ein breites, dankbares Lächeln.

Oh, Cal, dachte sie. Wenn du dich über einen Ein-Dollar-Roll-Up so freust, muss es wirklich schlimm um dich stehen. Sie nahm sich vor, ihm von nun an immer auch etwas zu essen mit zur Schule zu nehmen und ihn öfter mal zum Dinner zu sich nach Hause einzuladen. Ihre Mom hätte bestimmt nichts dagegen. Nur ob *sie* die Story mit dem Ast und dem blauen Auge glauben würde? Vielleicht sollten sie lieber noch eine Weile warten, bis es etwas abgeschwollen war.

Sie lächelte zurück. Ja, Cal war wirklich der beste Freund, den man haben konnte. Er war immer für sie da, sogar an richtig miesen Tagen, er urteilte nie über sie, fragte sie nicht aus, wenn sie über ein Thema nicht reden wollte, er lieh ihr die spannendsten Bücher, trug Schwarz mit ihr und sah sie nie mit diesem mitleidigen Blick an, den sie abgrundtief verabscheute. Er sah sie, wie sie wirklich war. Sah in ihre Seele, und wenn er nur genau hinschaute, konnte er sich selbst dort drin erkennen, denn er war längst zu einem bedeutenden Teil von ihr geworden.

Niemals wollte sie mehr ohne ihn sein. Sie konnte sich überhaupt keinen Tag ohne Cal vorstellen.

»Na, was ist?«, fragte er nun. »Wollen wir weiter nach Jeans suchen?«

Sie standen auf, brachten ihr leeres Tablett weg, und Cal hielt ihr seine Hand hin, in die sie ihre legte, als wäre es das Normalste der Welt. Sie waren wirklich die besten Freunde, die allerbesten, und das durfte ruhig jeder wissen.

Kapitel 16

Samantha

März 2018

»Wie lange wirst du diesmal weg sein?«, fragte Sam ihre Mutter, die ihren Koffer packte, da sie wieder einmal zu ihrer Schwester Brenda nach Santa Barbara reisen wollte. Die hatte ein paar Probleme und brauchte ihre Hilfe, hatte ihre Mom ihr anvertraut. Sie war im letzten Monat zweimal bei ihr gewesen, jedes Mal für eine Nacht von Samstag auf Sonntag. Doch jetzt war Donnerstagabend, und ihre Mutter holte bereits Kleider und Hosen und T-Shirts aus dem Schrank.

»Ich fahre gleich morgen nach der Arbeit hin und bleibe bis Sonntag. Ihr werdet es sicher mal ein paar Tage ohne mich schaffen, oder? Euer Dad ist ja da und hat alles im Griff.«

Sam sah ihre Mom an und nickte. Natürlich würden sie klarkommen. Sie war immerhin schon dreizehn und konnte helfen.

»Mach dir keine Sorgen, wir schaffen das. Grüß Tante Brenda von mir, ich hoffe, es geht ihr bald besser.«

Was genau für Probleme ihre Tante hatte, wusste sie nicht, konnte sich aber denken, dass es um einen Mann ging. Bestimmt hatte sie Liebeskummer.

»Danke, die Grüße richte ich ihr aus«, erwiderte ihre Mom und lächelte sie an. »Schreib mir doch öfter mal eine Nachricht und erzähl mir, was ihr so macht. Wie es dir und Astor geht.«

Sam musste lachen. Sie schickte ihrer Mom mindestens drei Nachrichten am Tag – war das immer noch nicht genug?

»Okay. Und schick du mir wieder Fotos von allem, was du isst, ja?«

Das hatten sie sich so angewöhnt; ihre Mom schickte immer, wenn sie in einem Restaurant etwas bestellte oder wenn sie sich irgendwo in einem Café, einem Imbiss oder auch nur an einem Hot-Dog-Stand etwas kaufte, ein Bild von ihrem Essen.

»Na klar mache ich das. Ich will dich doch mit meinem ganzen leckeren Essen neidisch machen.« Sie zwinkerte ihr zu, und Sam konnte nur wieder lachen. Denn neidisch machen konnte ihre Mutter sie bestimmt nicht, zumindest nicht mit einigen der Sachen, die sie so verspeiste. Baby-Tintenfische, schwarz gefärbte Tagliatelle mit Trüffelsoße, Miesmuscheln und was sie sonst noch für merkwürdige Dinge genoss, wenn sie von zu Hause weg war. Früher war das nicht so häufig vorgekommen, dass sie sich aufgemacht hatte, da war sie höchstens einmal im Jahr ohne die Familie verreist. Ein Schwesternwochenende mit Brenda in New York oder der Junggesellinnenabschied einer Kollegin in Las Vegas. Und sie hatten auch immer alle zusammen etwas unternommen, hatten Ausflüge in den Yosemite Nationalpark oder in die Mojave-Wüste gemacht. Einmal hatten sie

ihr Auto vollgepackt und waren einfach losgefahren. Sie waren die kalifornische Küste Richtung Süden entlanggefahren und hatten überall Halt gemacht, wo es ihnen gefiel. Hatten sich ein Motelzimmer gesucht und die Nacht dort verbracht. Sie hatten eine ganze Woche lang jeden Abend in einem anderen Diner gegessen, hatten immer Cheese Fries – ihrer aller Lieblingsessen – bestellt und eine Liste angefertigt, auf der sie Punkte vergeben hatten. Die Fries bei Johnny Rocket in Los Angeles hatten ihnen einstimmig am besten geschmeckt. Sie waren fast bis zur mexikanischen Grenze gekommen und hatten den Spaß ihres Lebens gehabt.

Am selben Abend, an dem ihre Mutter nun packte, bekam Sam ihre erste Periode und lief stolz und freudig und auch ein wenig ängstlich zu ihrer Mom, die ihr zeigte, wie man eine Binde benutzte und sich dann mit ihr hinsetzte und ein langes Gespräch mit ihr führte.

»Du weißt, was das bedeutet, oder, mein Schatz? Du wirst zur Frau, du musst jetzt ganz besonders aufpassen, was Jungs betrifft.«

Sam starrte sie mit großen Augen an. »Mom! Ich will überhaupt keinen Freund haben. Jungs sind eklig.«

Ihre Mutter lachte. »Das wirst du bestimmt nicht mehr lange sagen«, war sie sich sicher.

Sam verzog das Gesicht, dachte an Mick Morris, der am Tag zuvor seinen hässlichen Hintern vor der ganzen Klasse entblößt hatte, oder an Adam Rappaport, der ständig popelte. Die Jungs in ihrem Alter kamen ihr allesamt vor wie kleine, zurückgebliebene Kinder, und sie konnte sich beim besten Willen nicht vorstellen, sich in einen von ihnen zu verlieben. Doch ihre Mom schien anderer Ansicht zu sein. Denn sie lächelte sie so an, als wüsste sie viel mehr als sie selbst. In diesem Moment wusste sie, dass ihre Mom ihr schrecklich fehlen würde, auch wenn es wieder nur ein paar Tage sein würden. Gerade jetzt brauchte sie eine Mutter, sie war dabei, zur Frau zu werden, das hatte sie doch gesagt.

»Ich werde dich vermissen«, sagte sie und umarmte ihre Mom, die ihr über den Kopf strich, wie sie es getan hatte, als sie noch ein kleines Mädchen gewesen war, und ihr dann die Stirn küsste. Für einen kurzen Augenblick glaubte Sam, Tränen in ihren Augen zu entdecken, doch dann wandte ihre Mom den Blick ab und schmiegte sich einfach nur an sie. Als wäre es das letzte Mal.

Nichts war, wie es mal gewesen war. Seit Tagen wurde Sam von jedem aus ihrer Clique schief angesehen. Als würde sie überhaupt nicht mehr dazugehören, und so war es wahrscheinlich auch. Sie wusste nicht, was Jeremy den anderen erzählt hatte, wusste nur, dass er sie seit Freitagabend ignorierte. Er hatte sie weder angerufen noch ihr eine Nachricht geschrieben, noch sprach er in der Schule auch nur ein einziges Wort mit ihr.

Als wäre *sie* diejenige, die etwas falsch gemacht hatte.

Drei Jahre lang hatte sie einen auf fröhlich gemacht, hatte all ihren Schmerz hinuntergeschluckt, ihren Kummer in eine Kiste verpackt und sie zu den anderen auf den Dachboden gestellt. Drei Jahre lang hatte sie nicht zugelassen, dass der Schmerz sie übermannte, sie niederdrückte, sie als nichts als ein Häufchen Elend zurückließ, doch jetzt war es wohl so weit, jetzt konnte sie nicht mehr auf heile Welt tun. Jetzt war es aus und vorbei.

Immer wieder musste sie an Freitagabend zurückdenken. Nach einer Stunde im Diner hatte sie sich von Jeremy überreden lassen, doch noch mit zu ihm zu kommen. Sie trug ja das Kleid ihrer Mutter, in dem sie sich stark fühlte und Jeremy einfach sagen würde, dass sie noch nicht so weit war. Er würde es sicher verstehen oder es zumindest akzeptieren müssen. Als sie dann aber bei ihm im Wohnzimmer auf der Couch saßen, er zwei Kerzen anzündete, Musik auflegte, sich zu ihr setzte, einen Arm um sie legte und sie an sich zog, war sie plötzlich wieder das Mädchen, das sie eigentlich gar nicht sein wollte. Das Mädchen, das einfach alles für ihren Freund tat, nur um nicht verlassen zu werden.

Weil verlassen werden so verdammt wehtat.

Jeremy küsste sie und zog ihr die Träger von den Schultern. Zog ihr das Kleid herunter und fummelte an ihrem BH herum, bis er zu Boden fiel. Er erhob sich, schlüpfte aus seinen Sachen und stand plötzlich vollkommen nackt vor ihr. Und da wusste sie, dass sie endlich etwas sagen musste.

»Jeremy, ich kann das nicht. Noch nicht. Ich bin noch nicht bereit dazu.«

Jeremy sah verständnislos zu ihr herunter. »Was soll das heißen? Ich dachte, heute Abend wäre es endlich so weit?«

»Das habe ich nie ... Nur du hast das gesagt, Jeremy.« Sie hob ihren BH auf und zog ihn sich wieder an, weil sie sich so hilflos und entblößt fühlte.

»Sam! Verdammt! Ich weiß nicht, worauf du noch warten willst!«

Sie sagte gar nichts, zog sich das Kleid wieder hoch und blickte zu Boden.

»Ich warte seit zwei Jahren darauf, dass du endlich mal bereit bist. Ich will nicht länger warten! Gareth und Zoey sind erst seit drei Monaten zusammen, und sie hat ihn schon rangelassen.«

»Ich bin aber nicht Zoey.« Sie war den Tränen nahe.

»Ich will nicht länger warten«, wiederholte Jeremy. »Ich bin ein Mann, ich habe Bedürfnisse.«

»Es tut mir leid«, sagte sie und wäre am liebsten aufgestanden und gegangen. Doch es war zehn Uhr und stockdunkel draußen. Wie sollte sie nach Hause kommen? Vielleicht könnte sie ihren Dad anrufen ...

»Was genau tut dir denn leid, Sam?«, fragte Jeremy und setzte sich wieder zu ihr. Noch immer splitterfasernackt.

»Dass ich noch nicht bereit bin, um ... mit dir zu schlafen.« Ein paar Tränen liefen ihr die Wangen runter.

»Ist okay«, sagte Jeremy und legte ihr eine Hand an die rechte Wange. »Wir können warten. Ich kann warten. Ich dachte nur, heute wäre die perfekte Gelegenheit. Wir sind allein, und du siehst so wunderschön aus ...« Er begann, sie wieder zu küssen, ihren Mund und ihren Hals ... er legte sie auf die Couch und versuchte, ihr das Kleid wieder auszuziehen – und dann reichte es ihr!

Sie zerrte sich los. Sprang auf. Schrie Jeremy an. »Ich! Habe! Gesagt! Ich! Bin! Noch! Nicht! So weit!«

Sprachlos starrte er sie an. Geschlagen hob er die Arme in die Luft, stand auf und zog sich an. Genervt, gedemütigt, unglaublich wütend.

Er sagte kein Wort mehr, öffnete nur die Haustür und ging zu seinem Auto. Sie folgte ihm und ließ sich von ihm nach Hause fahren. Irgendwann auf dem Weg meinte er: »Das wirst du noch bereuen, Samantha.« Dann sagte er gar nichts mehr.

Erst als sie in ihre Straße einbogen, bemerkte sie, dass einer der Träger ihres Kleides gerissen war. Und als sie aus dem Wagen stieg, wusste sie, dass es das gewesen war. Dass es aus war mit Jeremy. Weil sie keinen Sex haben wollte.

Sie wusste, sie hatte das Richtige getan. Nur warum fühlte es sich dann alles so falsch an?

Das war nun sechs Tage her, und seitdem hatte sich ihr ganzes Leben gewandelt. Ihre Freundinnen sprachen nur das Nötigste mit ihr. Jeremy tat so, als würde sie gar nicht existieren. Richie lächelte sie ein paarmal mitleidig an. In der Mittagspause saß sie allein. Und in der *Gomery* konnte jeder lesen, dass es aus war zwischen dem Cheerleading-Co-Captain und dem Star-Attackman. Ihr Leben war die Hölle. Wahrscheinlich war es das bereits seit drei Jahren, doch jetzt fühlte es sich endlich auch so an.

Als sie an diesem Donnerstag von der Schule nach Hause kam – sie fuhr Fahrrad, seit Jeremy sie nicht mehr mitnahm –, wartete Astor schon mit einem Schulprojekt auf sie, bei dem sie ihr helfen sollte. Sie musste einen Fisch aus Pappmaschee basteln. Als sie sich mit ihr an den Küchentisch setzte, nahm sie wieder diese Blicke von ihrem Dad wahr, der am Tresen stand und sich am Wasserhahn ein Glas vollfüllte. In seinen Augen konnte sie es alles sehen: Mitleid, Trauer, Vaterliebe, Bedauern, dass nur er übrig war und keine Mutter, die für sie da sein, die ihr mit guten Ratschlägen weiterhelfen konnte.

Sie hatte ihm nicht gesagt, dass es mit Jeremy aus war, hatte ihm nur erzählt, dass sie sich ein wenig gestritten hätten. Sie wusste nicht, ob er es ihr abnahm. Doch die Wahrheit wollte sie ihm nicht erzählen, denn dann hätte sie die ganze Wahrheit preisgeben müssen, und sie befürchtete, dass ihr Dad daraufhin unbedacht handeln könnte. Dass er Jeremy aufsuchen und ihn zusammenstauchen und alles nur noch schlimmer machen würde.

Sie würde schon allein klarkommen. Irgendwann würde

es bestimmt besser werden, würden die Leute wieder normal mit ihr umgehen, würde sie wieder bei den anderen sitzen und mit ihnen lachen können. Und bis dahin würde sie tapfer sein und ausharren und diese Demütigung irgendwie überstehen.

Sie fragte sich immer wieder, was Jeremy wohl den anderen erzählt hatte. Sicher hatte er zuvor vor seinen Freunden damit geprahlt, dass er Sam an dem Abend endlich flachlegen würde. Und dann war alles anders gekommen. Vielleicht hatte er ihnen ja erzählt, dass sie noch nicht so weit gewesen war, dass er aber nicht länger warten wollte und es deswegen aus zwischen ihnen war. Die Blicke der anderen und die tuschelnden Worte der Mädchen sagten ihr jedoch etwas anderes.

Sie hatte so oft mit angesehen, wie Jeremy und seine Freunde jemanden fertiggemacht hatten, und hatte nichts unternommen. Jetzt durfte sie am eigenen Leib spüren, wie sich das anfühlte. Das nannte man wohl ausgleichende Gerechtigkeit.

Und während sie jetzt mit Astor altes Zeitungspapier mit Leim vermischte, kamen ihr die Tränen.

»Vielleicht bleibe ich heute Abend einfach zu Hause«, hörte sie ihren Dad sagen.

Sie blickte auf, sah ihm in die Augen, schüttelte den Kopf. »Nein, Dad, es ist doch Donnerstag. Du musst hingehen. Mir geht's gut, ehrlich.«

Stirnrunzelnd sah er sie an.

»Okay, nicht wirklich«, gab sie zu. »Aber es wird mir wieder gut gehen. Ganz bestimmt.«

Er nickte. »Na gut. Ich lasse euch dann Geld für Pizza da, ja?«

Astor freute sich und machte weiter mit ihrem Fisch. Sam

schenkte ihrem Dad ein kleines zuversichtliches Lächeln. Sie wollte nicht, dass er sich Sorgen um sie machte. Er lächelte zurück.

Sie entschuldigte sich und ging ins Bad. Sah in den Spiegel, erkannte sich selbst kaum wieder. Wo war nur das fröhliche Mädchen hin, das ihr sonst immer entgegenlächelte?

Zuversicht. Das war wohl wirklich das, was sie gerade am nötigsten brauchte. Doch irgendwie war sie ihr abhandengekommen, und sie wusste nicht, wie sie sie wiederfinden sollte. Zum ersten Mal fühlte sie sich richtig verloren, und gerade mochte sie nicht mal mehr ein falsches Lächeln aufsetzen. Nicht für sich selbst oder für sonst irgendwen.

Kapitel 17

Amanda

Ihre Mutter war völlig aus dem Häuschen gewesen, als sie ihr bei ihrem heutigen Lunch-Treffen erzählt hatte, dass sie sich nicht nur Informationsmaterial einer Therapiegruppe besorgt hatte, sondern sogar vorhatte, heute Abend zu einem der Treffen zu gehen. Da ihr Vater wieder einmal aufs Meer hinausgefahren war und ihre Mom keines seiner gesunden Gerichte kochen musste, hatten sich die beiden Frauen spontan dazu entschlossen, in der neuen Pizzeria essen zu gehen, die Amanda noch nicht kannte. Sie hatten sich bei einer köstlichen Pizza mit Meeresfrüchten und einem Glas Rotwein erzählt, was die Woche so mit sich gebracht hatte, und Amanda war wieder einmal nur mit der halben Wahrheit herausgerückt. Dass sie sich vor zwei Tagen mit Jane gestritten hatte, weil sie vergessen hatte, ihr neues Shampoo zu besorgen, und sie seitdem nicht mehr miteinander sprachen, ließ sie weg. Auch, dass sie am Sonntag nicht in der Lage gewesen war, ihre Mitarbeiter voll zu entlohnen, behielt sie selbstverständlich für sich. Es hatte ihr schrecklich leidgetan, ihren Leuten mitzuteilen, dass sie knapp bei Kasse war und sie bitten zu müssen, von nun an nur noch an fünf Tagen die Woche zu kommen, im Wechsel natürlich. Es sollten schon immer zehn bis zwölf Helfer am Tag da sein, sonst würden sie am Abend nicht genug geerntet haben, und die Lieferanten könnten nicht die gesamte Ladung abholen. Sie fühlte sich furchtbar, ihren guten Arbeitern zu sagen, dass sie versuchen sollten, ein wenig schneller zu pflücken, denn das hatte sie nie gewollt, dieses Akkordpflücken, doch gerade ging es einfach nicht anders.

Sie hatten es verstanden. Sie hatten ihr versichert, dass sie es auch so schaffen würden, dass sie ihr treu bleiben, dass die Zeiten bestimmt wieder besser werden würden. Sie hatten sich mit achtzig Prozent ihres Lohns zufriedengegeben und ihr gesagt, dass sie sich für die restlichen zwanzig Zeit lassen konnte, bis die Wirtschaft sich erholt hatte. Doch sie hatte es in ihren Gesichtern gesehen. Sie waren besorgt, enttäuscht, einige von ihnen sogar sauer, besonders Chino, der aber wie alle anderen sein Geld nahm und sich verabschiedete. Sie konnte nur hoffen, nicht für immer. Doch am nächsten Tag war er wieder da gewesen und am Mittwoch auch wieder. Und das war auch der Tag gewesen, an dem sie sich endlich mit Sergio zusammengesetzt und ihm von ihrer Idee erzählt hatte.

»Wir könnten groß Werbung dafür machen, ich glaube fest daran, dass wir viele Familien anlocken könnten, besonders an den Wochenenden und später in den Sommerferien.« Die begannen Anfang Juni.

»Aber *Señora* Parker, geht das denn so einfach? Wo sollen die Leute denn pflücken? Mitten auf dem Feld zwischen uns Arbeitern?«

»Nein, nein. Ich habe mich bereits erkundigt und sogar schon die Anträge gestellt, um eine Genehmigung zu erhalten. Wir müssten dafür einen extra Bereich einrichten, ihn vom Rest der Farm abtrennen. Ich dachte mir, dass wir gleich hier neben dem Haupthaus einen solchen Bereich bilden könnten. Wir könnten Körbe an die Besucher verteilen, in die sie direkt hineinpflücken. Am Ende wiegen wir die Erdbeeren ab und berechnen pro Pfund vier bis fünf Dollar. Das ist zumindest der Preis, den ich bei den meisten anderen Bio-Farmen gesehen habe.« Sie war in den letzten Tagen herumgefahren und hatte sich umgesehen, hatte alles ausgerechnet, war zum Amt für Agrarwirtschaft gefahren und hatte sich über die nötigen Vorkehrungen informiert. Dabei hatte sie herausgefunden, dass sie zum Beispiel einen Besucherparkplatz und Gästetoiletten benötigte, was sich aber alles irgendwie einrichten ließ. Sie hatte an kaum etwas anderes mehr denken können, weshalb sie dann leider auch versäumt hatte, Dinge wie neues Shampoo, Joghurt oder Tiefkühlpommes zu besorgen, die Jane so gerne aß. Allerdings fand sie, dass ihre Tochter sich gar nicht zu beschweren brauchte, immerhin war sie alt genug und konnte den Einkauf ja auch mal übernehmen.

Sergio hatte sie lange angesehen, bevor er etwas erwidert hatte. Dann jedoch hatte sein Mund sich zu einem Lächeln verzogen, und er hatte gesagt: »Das könnte funktionieren. Wir müssten bei all der Konkurrenz nur besonders auf uns aufmerksam machen. Vielleicht könnten wir die Besucher mit irgendetwas anlocken, was sonst keiner anbietet.«

Sie freute sich richtig, dass ihr Vorarbeiter genau wie sie Blut leckte. »Hast du eine Idee?«

»Hmmm ... Was mögen Kinder?«

Sie überlegte. »Streichelzoos, Zuckerwatte, Eiscreme ...« Sie hatte tatsächlich eine Farm mit einem kleinen Streichelzoo entdeckt, und dann hatte sie gesehen, dass die meisten der Pick-your-own-Farmen sogar Eintritt verlangten, nur damit man zum Pflücken auf die Farm durfte. Allerdings hatten die dann auch so tolle andere Dinge im Angebot, wovon sie selbst noch weit entfernt war. Deshalb würde sie auf ein Eintrittsgeld verzichten, zumindest zu Beginn.

Bei dem letzten Wort nickte Sergio euphorisch. »Eiscreme mit frischen Erdbeeren.«

Sie war sich zwar sicher, dass auch andere Farmen das anboten, doch der Vorschlag gefiel ihr. Sie wusste zwar noch nicht, wie sie das bewerkstelligen sollte, vor allem, weil sie natürlich keinen Softeisautomaten oder Ähnliches hatte und so etwas sicher nicht kostengünstig war, doch der Ansatz war super. Da könnte man bestimmt was draus machen.

Sie begannen zu planen und hatten am Ende des Tages die Beete neben dem Haupthaus – ca. in der Größe eines Fußballfeldes – abgetrennt. Glücklicherweise nahmen ihre Pflücker sich immer erst die hinteren Felder vor, ehe sie sich nach vorne arbeiteten, und so waren diese Beete noch prall gefüllt.

Sie lächelte zufrieden. Jetzt brauchte sie nur noch die Genehmigung, zwanzig Parkplätze, wofür sich die alte ungenutzte Rasenfläche auf der anderen Seite des Hauses eignete, Gästetoiletten, die sie einfach von den Arbeitertoiletten abzweigen würde, ein paar weitere schöne Ideen, zwei oder drei Schilder und ein bisschen Hilfe, dann würde sie das Ding schon schaukeln.

Als sie jetzt beim Mittagessen ihrer Mutter davon erzählte, war diese gleich begeistert und bot ihre Unterstützung an.

»Danke, Mom, ich werde bestimmt darauf zurückkommen.«

»Ich finde es gut, dass du das nun auch anbieten möchtest. In der Hinsicht muss man sich wohl einfach anpassen, wenn man mit den anderen mithalten will.«

Besser hätte sie es selbst nicht ausdrücken können. Sie

trank einen Schluck Wein, der ihr guttat und der bewirkte, dass sie nicht mehr ganz so nervös war wegen des Treffens am Abend. Das war noch fünfeinhalb Stunden hin, und sie wünschte, es wäre nicht mehr so lang, denn sie befürchtete, dass sie einen Rückzieher machen könnte.

Sie erkundigte sich nun nach ihren Schwestern, mit denen ihre Mom beinahe täglich kommunizierte. Myra lebte in Toronto, nachdem sie vor einigen Jahren einen Kanadier namens Bobby kennengelernt und sich hoffnungslos in ihn verliebt hatte. Ihre jüngste Schwester Ella war aus beruflichen Gründen nach New York gezogen.

Ihre Mutter lachte. »Myra hat mir gestern Abend erzählt, ihr Bauch sei jetzt schon so dick, dass sie sich fühlt wie ein runder Luftballon, und dass sie überhaupt nichts mehr selbst schafft. Bobby muss ihr die Schuhe anziehen, den Haushalt erledigen und fünfmal am Tag für sie kochen, weil sie ständig Appetit verspürt.«

Amanda erinnerte sich an ihre eigene Schwangerschaft vor sechzehn Jahren zurück. Sie hatte damals einen regelrechten Heißhunger auf alles Frittierte gehabt. Vor allem Zwiebelringe hätte sie tonnenweise verdrücken können, und der arme Tom musste dann nachts die Auswirkungen ihres Blähbauchs ertragen. Sie musste lächeln. Es war so lange her.

»Und Ella ist viel beschäftigt wie immer«, fuhr ihre Mutter fort. »Sie hat vor, demnächst eine dritte Filiale aufzumachen.«

»Oh, wow. Das wusste ich noch nicht.« Sie hatte zwar auch Kontakt zu ihren Schwestern, skypte aber höchstens alle zwei Wochen mal mit ihnen. Sie war ja selbst viel beschäftigt. Doch sie freute sich für Ella, die so erfolgreich mit ihren eigenen Läden für Hundebedarf war. Sie verkaufte die verrücktesten Spielzeuge, die süßesten Jäckchen und das köstlichste Hundefutter, das hatte sie zumindest von Ella gehört und es auf Fotos gesehen. Ob ihre neun Jahre jüngere und schon immer etwas flippige Schwester den Geschmack des Hundefutters beurteilen konnte, weil sie es selbst probiert hatte, wusste sie nicht, konnte es sich aber gut vorstellen.

Ella und Myra waren damals ihre Brautjungfern gewesen am wohl schönsten Tag ihres Lebens, an dem ihr Traummann sie zur Frau nahm. Wieder musste sie lächeln, als sie daran zurückdachte, doch kurz darauf seufzte sie schwer. Die Erinnerungen taten einfach noch immer zu sehr weh.

»Ich finde es richtig, dass du dir endlich Hilfe gesucht hast, mein Kind«, hörte sie ihre Mutter sagen und riss sich aus ihren Gedanken.

»Ja, vielleicht. Ich sage dir jetzt aber, was ich auch schon Sally gesagt habe. Ich gehe da heute Abend hin und schaue mir an, ob es was für mich ist. Wenn ich aber feststelle, dass es das nicht ist, werde ich es bei dem einen Mal belassen, und ich möchte, dass ihr das dann auch akzeptiert.« Erwartungsvoll sah sie ihre Mutter an, die sogleich nickte.

»Ja, natürlich. Aber wenigstens gibst du dir endlich einen Ruck und gehst einen Schritt in die richtige Richtung.«

Na, wenn ihre Mutter meinte... Etwas Ähnliches hatte auch Sally gesagt, als sie am Sonntagabend bei ihr gegessen hatte, ohne Jane natürlich. Sie selbst war sich da noch nicht so sicher.

Nach dem Lunch, zu dem ihre Mom sie Gott sei Dank einlud, fragte diese, ob sie noch mit zu ihr kommen oder ob sie etwas mit ihr unternehmen wolle. Doch Amanda sagte, dass sie noch ein paar Besorgungen zu machen hatte, verabschiedete sich, fuhr zur Drogerie, kaufte Damen-Einwegrasierer, Rasiergel, eine wohlduftende Bodylotion, ein Haarfärbemittel – von allem die günstigste Marke –, das teure Shampoo für Jane und eine Tüte ihrer Lieblingschips als

Friedensangebot. Dann fuhr sie zurück zur Farm und nahm das Geld aus dem Topf am Stand, der als Kasse diente. Wenn sie unterwegs war, ließ sie meistens ein paar Schalen Erdbeeren auf dem Tisch stehen und vertraute darauf, dass ehrliche Kunden, die sie mitnahmen, auch dafür bezahlten. In dem Topf waren acht Dollar, zwei Schalen fehlten – das passte. Acht Dollar waren nicht viel, aber damit hatte sie zumindest das Geld für die Haarfarbe wieder, die sie so dringend nötig hatte. Die grauen Ansätze waren nämlich nicht mehr zu übersehen.

Sie beschloss, sich für eine Weile mit aufs Feld zu stellen, um Erdbeeren zu pflücken. Das tat sie sonst nicht, und sie merkte, wie besorgt ihre Erntehelfer sie ansahen, doch jede gepflückte Beere war von Bedeutung. Nach zwei Stunden tat ihr der Rücken weh, und sie empfand große Empathie für ihre fleißigen und immer bemühten Pflücker. Sie ging ins Haus und holte ihnen frische Limonade. Dann verbarrikadierte sie sich im Bad und schloss die Tür ab. Es war zwar außer ihr keiner da, doch Jane brachte manchmal unangekündigt Calvin mit nach Hause, und es musste ja nicht sein, dass er sie beim Beinerasieren ertappte. Das tat sie nämlich jetzt, während sie die Haarfarbe einwirken ließ. Sie hatte sich viel zu lange nicht um ihr Aussehen gekümmert, nicht nur ihre Haare bedurften Zuwendung, ihre Beine sahen aus wie die eines Grizzlybären, und unter den Achseln wucherten richtige Dschungel. Doch an diesem Abend, an dem sie endlich mal wieder unter Leute ging, wollte sie sich wenigstens auch wieder wie ein Mensch fühlen.

Als sie um sieben Minuten vor sieben vor dem Gemeindehaus stand, überkam sie ein Gefühl von Angst und Übelkeit. Wie war sie nur darauf gekommen, hier mitmachen zu wollen? Sich einer Gruppe anschließen zu wollen, in der von nichts als dem Tod gesprochen wurde? Eine schlechte Idee, eine ganz schlechte Idee.

Sie machte auf dem Absatz kehrt und ging zurück zum Wagen. Doch sie stieg nicht ein. Den Schlüssel in der Hand, schaffte sie es nicht, ihn ins Schloss zu stecken.

Wenn sie es jetzt nicht wagte, würde sie es niemals tun, wusste sie. Und deshalb nahm sie all ihren Mut zusammen, atmete ein paarmal tief durch und ging zur Eingangstür des Backsteingebäudes. Doch dann war es ihr unmöglich, die Schwingtür aufzudrücken, und sie legte den Kopf in den Nacken, schloss die Augen und betete zum lieben Gott, dass er ihr die Kraft schenken möge einzutreten.

Sie fokussierte wieder die Tür, biss sich auf die Unterlippe und überwand sich selbst. Und dann war es ganz anders, als sie gedacht hatte …

Sofort, als sie das Zimmer Nummer fünf betrat, fühlte sie sich willkommen. Eine große Frau namens Kelly kam auf sie zu und begrüßte sie. Sie stellte sich als Leiterin der Gruppe vor und sagte ihr, sie freue sich, dass sie heute zu ihnen gefunden hatte. Dann kamen noch ein paar andere Leute auf sie zu, Menschen jedes Alters, und sie konnte spüren, dass sie alle waren wie sie. Sie konnte in den Augen jedes Einzelnen denselben Schmerz sehen, den sie beim Blick in den Spiegel sah.

Nach und nach setzten sie sich in den Kreis, und dann sagte Kelly, dass sie beginnen wollten. Amanda nahm zwischen einem älteren Mann südländischer Herkunft und einer Frau mittleren Alters Platz. Zwei Stühle waren noch frei, doch keine Minute später betrat noch jemand den Raum und setzte sich. Er lächelte in die Runde, und Amanda blieb das Herz stehen.

Kapitel 18

Carter

Er starrte sie an, die Frau, an die er seit Tagen immer wieder denken musste. Er war nicht noch einmal zur Erdbeerfarm gefahren, einfach weil er das nicht wollte, weil es sich nicht richtig anfühlte, eine andere Frau in sein Leben zu lassen, auch wenn er das ja mit einem Besuch an ihrem Erdbeerstand gar nicht würde, das war ihm natürlich klar. Doch ihr Lächeln hatte es ihm angetan, mehr, als es sollte. Und nun war sie hier.

War das etwa ein Zeichen des Himmels? War es Schicksal, dass er sie hier wiedersehen sollte, ausgerechnet hier?

Er hatte sie schon draußen gesehen. War aus seinem Pick-up gestiegen, den er am hinteren Ende des Parkplatzes geparkt hatte, und hatte sie beobachtet. Es war ihr anscheinend schwergefallen, das Gebäude zu betreten, was er sehr gut nachvollziehen konnte, da es ihm bei seinem ersten Besuch vor zwei Jahren genauso ergangen war. Sie war zum Eingang und wieder zurück gegangen, hatte zum Himmel gesehen, und dann hatte sie es durch die Tür geschafft. Und obwohl er sie nicht kannte, nicht einmal ihren Namen wusste, war er doch stolz auf sie gewesen. Er hatte keine Ahnung, wen diese Frau verloren hatte, doch er wusste, dass sie nur zur Trauergruppe gehen konnte an einem Donnerstagabend um sieben, denn es war zu dieser Zeit die einzige Veranstaltung, die stattfand.

Er hatte ihr nachgesehen. Und dann war es ihm selbst schwergefallen hineinzugehen. Wegen ihr. Weil er auf einmal völlig nervös war, ihr wieder zu begegnen, und das in diesem Umfeld. Carter kam seit zwei Jahren jede Woche her, nur ein paar wenige Male hatte er ein Treffen ausfallen lassen, als Astor die Windpocken gehabt hatte oder Sam einen wichtigen Auftritt mit den Cheerleadern oder mit ihrer Musikgruppe, in der sie Flöte spielte. Doch sonst nahm er die Trauergruppe sehr ernst, sie gab ihm viel, und er war sich sicher, sie würde auch dieser Frau helfen, besser mit ihrem Verlust fertigzuwerden.

Nur warum fühlte er sich plötzlich wie ein Schulanfänger, der zum ersten Mal das Klassenzimmer betreten sollte?

Bestimmt fünf Minuten blieb er noch an der frischen Luft stehen und versuchte, einen klaren Kopf zu bewahren. Obwohl der schon gar nicht mehr so klar war, viel mehr herrschte ein kleines Chaos darin. Gedanken mischten sich mit Gefühlen, und die mischten sich mit Erwartungen.

Ob sie ihn wohl wiedererkennen würde? Sicherlich kamen täglich etliche Kunden an ihren Stand, um Erdbeeren zu kaufen, und sicher war sie zu jedem Einzelnen von ihnen genauso freundlich wie zu ihm. Was bildete er sich eigentlich darauf ein, dass sie ihn auf diese gewisse Weise angelächelt hatte? Das war ganz bestimmt nichts Besonderes. Garantiert würde sie sich überhaupt nicht an ihn erinnern. Und doch wollte er es als Zeichen werten, dass sie sich ausgerechnet – von allen Orten der Welt – an diesem wiederbegegnen sollten.

Vor dem Raum mit der Nummer fünf auf dem Schild blieb er noch einmal stehen, atmete tief durch und betrat ihn dann. So locker wie möglich, als wäre es ein Donnerstag wie jeder andere.

Da saß sie, zwischen Ahmet und Melissa, und sie sah so wunderschön aus in ihrem blauen Kleid und mit dem Pferdeschwanz, der sie jung und fröhlich wirken ließ. Doch in ihren Augen erkannte er etwas anderes. Etwas, das er neulich nicht bemerkt hatte. Wie hatte ihm das entgehen können, wo er doch sonst immer so gut darin war, Menschen zu lesen? Als er Bestandteil dieser Gruppe wurde, hatte er es gelernt. Er sah, wenn jemand zwar trauerte, sein normales Leben jedoch weiter aufrechterhielt. Sah, wenn der Verlust eines geliebten Menschen eine Person ein Stück weit kaputt machte und sie sich gehenließ. Und er erkannte ebenfalls, wenn der Tod jemanden völlig zerstörte und er ohne seinen Seelenverwandten selbst nicht mehr weiterleben wollte.

In ihr sah er von allem etwas.

Er nahm eine unglaubliche Traurigkeit wahr, wie sie ihm nur selten zuvor begegnet war, aber gleichzeitig auch eine Stärke und dass diese Frau trotz ihres immensen Verlustes und ihrer inneren Verzweiflung nicht aufgeben würde. Und daher war wohl auch ihr liebliches, trotz allem glückliches und lebensbejahendes Lächeln gekommen.

In dem Moment, in dem er sich gesetzt hatte, wusste er, dass auch sie ihn wiedererkannt hatte. Sie schenkte ihm auch jetzt wieder ein Lächeln. Ein erstauntes, aber irgendwie auch erfreutes kleines Lächeln. Und er atmete auf.

Die nächsten anderthalb Stunden ging es wie immer zu. Jeder, der wollte, erzählte ein bisschen was. Kelly bat die Neue, sich vorzustellen, und die Frau errötete ein wenig. Er konnte ihr anmerken, dass sie sich unwohl fühlte und nicht genau wusste, was sie sagen sollte. Dass sie überlegte, ob sie aufstehen oder sitzen bleiben sollte. Dann setzte sie sich einfach aufrecht und legte die linke Hand in die rechte. Sie spielte mit ihrem Ehering und sagte: »Hallo. Mein Name ist Amanda. Ich bin hier, weil ich jemanden verloren habe und meine Mutter mir ständig damit auf die Nerven geht, dass ich mir Hilfe suchen soll.« Sobald die Worte raus waren, kaute sie verlegen an ihrer Unterlippe herum.

Ein paar Leute lachten, Carter eingeschlossen. Kelly lächelte sie an und sagte: »Hallo, Amanda. Herzlich willkommen. Ich hoffe sehr, du bist nicht nur hier, weil deine Mutter dir auf die Nerven geht, sondern weil du wirklich hier sein willst. Wie du siehst, geht es bei uns ganz locker zu. Wer sich der Gruppe mitteilen möchte, kann dies tun, und wer lieber stiller Zuhörer sein mag, darf das ebenfalls. Wir erwarten nichts, verlangen nichts, wollen nur, dass wir uns alle wohlfühlen. Wollen füreinander da sein.«

»Das hört sich schön an«, hörte er Amanda äußern. Dann lächelten sie und Kelly einander noch einmal an, bevor Kelly fragte, wer als Nächstes ein paar Gedanken loswerden wollte. Sobald Melissa begann, von ihrem verstorbenen Mann zu erzählen, der sich vor ein paar Jahren das Leben genommen hatte, sah er, wie Amanda sich entspannte. Sie ließ locker, lehnte sich in ihrem Stuhl zurück und warf ihm einen Blick zu. Er erwiderte ihn und schenkte ihr ein Lächeln. Doch diesmal lächelte sie nicht zurück, sondern sah schnell weg, als wäre sie peinlich berührt.

Und dann war er an der Reihe. Heute teilte er etwas mit der Gruppe, das Astor am Tag zuvor gesagt hatte, als er sie am Abend ins Bett gebracht hatte. Nämlich, dass sie vergaß, wie sich die Stimme ihrer Mutter anhörte. Er hatte sein Smartphone hervorgeholt und ihr ein Video gezeigt, das er bei einem gemeinsamen Ausflug in den Zoo aufgenommen hatte. Darauf lachten Jodie und die fünfjährige Astor gemeinsam über einen Papageien, der alle möglichen lustigen Dinge nachplapperte. Dann sagte Jodie: »Er hat ein bisschen Ähnlichkeit mit dir«, und Astor stupste ihre Mommy an und kicherte ausgelassen.

»Ich weiß ja, wie sie sich auf Videos anhört«, hatte Astor daraufhin gesagt. »Das ist aber nicht dasselbe, als wenn sie wirklich da wäre und mit mir reden oder mir ein Gutenachtlied singen würde, Daddy.«

»Ich weiß, mein Schatz, ich weiß«, hatte er mit traurigem Blick erwidert. Er bedauerte es so sehr, dass seine Kleine ihre Mommy nie wieder singen hören würde.

Er nahm wahr, wie Amanda ihn anschaute. Mit einer Mischung aus Verständnis, aber auch Verwirrung. Sie sah zu seiner Hand hin, an der er noch immer seinen Ehering trug.

»Für Kinder ist es immer am härtesten«, sagte Hilda nun. Es standen wieder Muffins bereit, diesmal welche mit Zitrone und Mohn. Er konnte sich an keinen Donnerstag erinnern, an dem sie keine mitgebracht hatte. »Vor allem, wenn sie noch klein sind«, fuhr sie fort. »Es ist schwer für sie zu verstehen, dass die Mutter oder der Vater plötzlich nicht mehr da sind und vor allem, dass sie nie wiederkommen werden.«

Carter nickte. Da sagte Hilda etwas Wahres. Es hatte sehr lange gedauert, bis Astors kleines Herz aufgenommen hatte, dass ihre Mommy nie mehr zurückkehren würde. Samantha hatte es sofort verstanden, und sie hatte getrauert. Um die gemeinsame Zeit mit ihrer Mutter, die sie nun niemals haben würde. Und es brach ihm immer wieder das Herz, wenn er daran dachte, dass Jodie nicht bei Sams Abschlussfeier oder bei ihrer Hochzeit dabei sein würde. Dass sie ihre Enkel niemals im Arm halten würde.

Auch jetzt schnürte sich seine Kehle wieder zu, wenn er an seine armen Töchter dachte. Er würde gerne wissen, was Amanda passiert war. Und er hoffte sehr, dass sie wiederkommen und es ihnen eines Tages erzählen würde.

Die Sitzung war zu Ende. Kelly dankte allen für ihr Kommen und lud dazu ein, doch noch ein bisschen zu bleiben, einen Happen zu sich zu nehmen und sich untereinander auszutauschen. Carter wartete ab, was Amanda tun würde und rechnete schon damit, dass sie aufstehen und den Raum so schnell wie möglich verlassen würde, wie es die meisten Neulinge taten. Denn so ein Treffen war aufwühlend, man musste sich plötzlich nicht nur mit den eigenen Gefühlen, sondern auch mit denen anderer auseinandersetzen. Und vor allem erkannte man, dass man doch nicht allein dastand mit seinem Schmerz, und man fühlte sich ein wenig egoistisch, weil man es lange Zeit angenommen hatte.

Zumindest war es ihm damals so ergangen.

Doch sie eilte nicht davon. Ein wenig verloren sah sie sich um. Sie beide waren die Einzigen, die noch auf ihren Stühlen saßen, und um ihr die Angst zu nehmen, sagte Carter: »Hilda backt die besten Muffins überhaupt. Wollen wir uns einen holen gehen?«

Erleichtert lächelte sie ihn an und nickte. Sie standen auf und begaben sich zum Buffet. Er schenkte zwei Becher Kaffee ein und reichte ihr einen. Sie nahm ihn dankend an und biss in einen der köstlich aussehenden Muffins.

»Du hattest recht, die sind wirklich lecker«, sagte sie und folgte ihm ein paar Schritte in Richtung der Wand. »Wer hat die noch mal gebacken?«

»Das war Hilda.« Er deutete auf die mollige Frau mit dem grauen Dutt. Die sah in dem Augenblick zu ihnen rüber, und er rief ihr zu: »Wir loben nur gerade dein köstliches Gebäck.«

»Freut mich, dass es euch schmeckt«, erwiderte Hilda stolz.

Amanda schmunzelte und nahm einen Schluck Kaffee. Über ihrem Becher sah sie zu ihm auf. »Und du bist Carter?«

Er nickte. »Carter Green.« Er steckte sich das restliche Gebäck in den Mund und hielt ihr seine Hand entgegen.

Sie schüttelte sie, während sie Kaffeebecher und Muffin mit Hand und Arm balancierte, was ganz schön wackelig aussah. »Amanda Parker.«

Er fasste sich ein Herz. »Ich weiß ja nicht, ob du dich an mich erinnerst, Amanda, aber ich habe neulich bei dir Erdbeeren gekauft.«

Sie errötete wieder leicht und sagte: »Ich erinnere mich. Natürlich tue ich das.«

Er war überrascht, weil sie es mit solch einer Selbstverständlichkeit sagte, als wäre er von oben bis unten tätowiert, sodass man sich einfach an ihn erinnern musste. Dabei war er doch nur irgend so ein Nullachtfünfzehn-Typ.

»Oh«, war alles, was er herausbrachte.

»Haben dir meine Erdbeeren geschmeckt?«

»Sehr gut. Und der Sirup erst. Astor hat ihn verschlungen. Ich glaube, wenn ich sie gelassen hätte, dann hätte sie ihn direkt aus der Flasche getrunken.«

Sie lachte, und er lachte mit.

»Wir haben ihn auf Pancakes gegessen.«

»Eine gute Kombi.«

Irgendwie hatte er das Gefühl, als wenn er noch etwas sagen sollte. Also plapperte er drauflos. »Die Marmelade ist auch der Hammer. Ich glaube, ich kann ehrlich sagen, ich habe noch nie so eine gute Erdbeermarmelade gegessen, und ich habe wirklich schon viele probiert.« Seine Mutter schickte auch manchmal selbst gemachte aus den Erdbeeren in ihrem Garten. Die war aber nur halb so gut wie Amandas. »Ich esse sie beinahe jeden Morgen auf Toast.« Er wollte gerade noch sagen, dass sie fast alle war und er bestimmt demnächst wieder mal vorbeikommen würde, um Nachschub zu holen, als sie sich zu Wort meldete.

»Das freut mich. Meine Tochter isst sie mit Pommes.«

Er starrte sie ungläubig an. Erst dachte er, sich verhört zu haben, doch ihrem Schmunzeln und Nicken nach zu urteilen, hatte er das nicht.

»Mit Pommes? Wie darf ich mir das vorstellen? Sie tunkt sie da rein?«

»Genau. Mein ... jemand hat es ihr mal gezeigt, und seitdem ist es voll ihr Ding. Ketchup und Mayo hat sie längst abgehakt.« Plötzlich sah sie ganz traurig aus, und am liebsten hätte er ihre Hand genommen, was er selbstverständlich nicht tat.

Sie hatte also ebenfalls eine Tochter. Vielleicht hatte er gar nicht so danebengelegen damit, dass er sie von irgendwoher kannte. Vielleicht waren ihre Töchter im gleichen Alter. Er überlegte, ob er sie danach fragen sollte, auf welche Schule ihre Tochter ging, wollte aber nicht, dass es so rüberkam, als würde er sie ausquetschen wollen. Also sagte er gar nichts und wartete darauf, dass sie weiterredete. Doch der Moment war irgendwie verflogen, es hatte sich eine Spannung zwischen ihnen gebildet, die gar nicht mal daher zu rühren schien, dass einer von ihnen etwas Falsches gesagt hätte. Amanda war einfach noch nicht so weit, sich zu öffnen, das merkte er.

Also brachte er das Gespräch wieder auf ungefährliches Terrain zurück. »Ich werde bestimmt bald mal wieder vorbeischauen an deinem Stand.«

»Würde mich freuen. Vielleicht magst du demnächst auch

mal mit deiner Tochter kommen. Ich bin nämlich dabei, einen Teil meiner Farm in einen Pick-your-own-Bereich umzubauen. Ich habe da einige Ideen und hoffe, sie schon bald umsetzen zu können.« Sie sah ihm in die Augen und presste die Lippen zusammen. »Entschuldige bitte, ich wollte hier keine Werbung betreiben.«

»Nein, nein, so habe ich es auch nicht aufgefasst. Ich finde, das klingt großartig. Viel Erfolg bei deinem Vorhaben.«

»Danke.«

»Astor liebt es, Obst selbst zu pflücken. Eigentlich liebt sie es ganz allgemein, sich im Freien aufzuhalten und neue Dinge zu erkunden. Wir kommen bestimmt mal vorbei. Wann geht es denn los mit deinem U-Pick-Angebot?«

»Wenn alles gut geht, am achten Mai.«

Er lächelte sie an. »Sehr schön. Das ist nächste Woche Samstag, oder?«

Sie nickte.

»Dann kannst du mich ja nächsten Donnerstag noch mal daran erinnern. Ich hoffe doch, dich dann hier wiederzusehen?«

Sie brauchte eine kleine Weile, um zu antworten. Schien zu überlegen. Doch dann zeigte auch sie ein kleines Lächeln. »Ich denke schon.«

Er sah auf seine Uhr. »Ich muss mich jetzt leider verabschieden. Meine Töchter sind allein zu Haus. Die große passt auf die kleine auf, aber ihr geht es zurzeit nicht allzu gut.« Eigentlich wollte er nichts allzu Privates aus Sams Leben preisgeben, doch er wollte auch nicht, dass Amanda dachte, seine Tochter sei krank und er wäre einfach weggefahren. Also fügte er achselzuckend hinzu: »Liebeskummer.«

»Oje. Ein Teenager?«

Er nickte.

»Ich fühle mit dir.«

Hieß das, dass sie das auch kannte? Dass sie selbst einen Teenager zu Hause hatte? Er wollte so viel über sie erfahren, wusste aber, dass er geduldig sein musste. Das war die Regel Nummer eins in dieser Gruppe.

»Danke.« Er grinste und schenkte ihr noch ein Lächeln. Weil er gar nicht anders konnte, als sie immer wieder anzulächeln. Weil sie irgendetwas mit ihm machte. »Bis bald.«

»Bis bald«, sagte auch sie und lächelte ihm nach, als er den Raum verließ.

Wie gern wäre er noch geblieben. Doch er musste nach Hause, sehen, wie es Sam ging. Sie war jetzt wichtiger. Seine Töchter waren sowieso das Allerwichtigste. Immer. Trotzdem hoffte er, sie bald wiederzusehen. Amanda. Was für ein schöner Name. Und ihre Augen erst. Ihr Lächeln. Ihre Erscheinung. Hätte er es nicht besser gewusst, hätte er geglaubt, er habe sich verliebt. Doch das war unmöglich. Die Liebe war nicht für ihn bestimmt, und er würde ganz sicher niemals wieder jemanden so nah an sein Herz lassen. Weil er schreckliche Angst hatte, dass es bei jedem weiteren Sprung komplett entzweibrechen würde.

Kapitel 19

Jane

Schweißgebadet erwachte sie aus einem Traum. Diesen Traum hatte sie sicher schon eine Million Mal geträumt seit... seit dem Tag, der ihr Leben für immer verändert hatte. Darin sah sie ihren Dad inmitten der Erdbeerfelder stehen. Er hatte die Hände voll mit süßen roten Früchten und streckte sie ihr stolz entgegen, sagte ihr, dass sie kommen und sich eine nehmen sollte. Doch sosehr sie es auch versuchte, sosehr sie sich anstrengte, ihn zu erreichen, desto mehr entfernte sie sich von ihm. Dann sah sie ihn plötzlich nur noch verschwommen, ihr Dad löste sich auf und verpuffte. Schließlich war er fort, und was übrig war, war ein Schmerz, der kaum zu ertragen war. Er war wie eine Bombe, die in ihrem Innern explodierte. Sie spürte ihn sogar noch, wenn sie aufwachte. Bekam keine Luft, brauchte eine Weile, um zu begreifen, dass es nicht real war. Dass sie nicht in tausend kleine Stücke zersprungen war.

Die ersten Male, nachdem Jane diesen Albtraum gehabt hatte, hatte sie nach ihrer Mutter gerufen, und die war gekommen und hatte sie im Arm gehalten. Und zusammen hatten sie geweint.

Doch seit einer ganzen Weile schon machte sie solche Dinge lieber mit sich allein aus. Ihre Mom konnte ihr nicht helfen. Sie schien ja selbst innerlich zersprungen zu sein.

Jane wusste, dass ihre Mutter litt, vielleicht genauso sehr wie sie. Doch sie konnte ihr einfach keinen Trost spenden, konnte ihren Schmerz nicht mit ihr teilen. Wollte sich nicht von dem Menschen helfen lassen, der das alles verursacht hatte.

Warum hatte sie es nur zugelassen? Was war das für eine Liebe, die zuließ, dass der Tod einem den Menschen wegnahm, der einem alles bedeutete? Wenn das Liebe war, verstand sie die Liebe nicht und wollte sie auch nicht kennenlernen. Wollte niemals einem Jungen zu nahekommen, einfach aus Angst, dass er eines Tages wieder weg sein würde. Noch einmal könnte sie das nicht verkraften.

Sie schleppte sich ins Bad, schlüpfte aus ihren Schlafsachen und stieg unter die Dusche. Ließ sich das heiße Wasser übers Haar und übers Gesicht regnen und weinte bittere Tränen, die sich daruntermischten.

Als sie endlich aus der Dusche kam, waren ihre Hände ganz schrumpelig. Sie trocknete sich das nasse Haar ab, wickelte sich ein Handtuch um und ging in ihr Zimmer, um sich eine der neuen Jeans und ein frisches schwarzes Shirt aus dem Schrank anzuziehen. Sie hatte bemerkt, dass ihre Mom in ihrem Zimmer gewesen war, ihre herumliegenden Klamotten zusammengesammelt und sie gewaschen hatte. Sie war ihr nicht böse, dass sie ungefragt hereingekommen war, sie hatte nichts zu verbergen. Hatte überhaupt nichts mehr, was ihr noch irgendwas bedeutete. Außer Calvin. Und vielleicht ihre Zeichnungen.

Sie hatte eine kleine Schachtel gehabt, in der sie Dinge aufbewahrt hatte, die sie an ihren Dad erinnerten, doch die hatte sie vor ein paar Monaten samt ihrem Inhalt verbrannt. Sie hatte es einfach nicht mehr ertragen können, sich diese kleinen Souvenirs anzusehen, die aus ihrem Disneyland-Märchenleben stammten. Die kleine Bonbondose war alles, was übrig geblieben war.

Als sie aus ihrem Zimmer trat, hörte sie Musik, die aus der Küche zu kommen schien. Es war Sonntagvormittag, kurz vor elf. Ihre Mom war wie jeden Tag früh aufgestanden, um den beiden Lieferanten, die am Morgen kamen und Ware abholten, die Lagerhalle zu öffnen. Ein paar kamen auch am Abend. Sie glaubte, es kam ganz darauf an, wo sie die Ware hinfuhren. Sie ging nämlich auch in andere Bundesstaaten, und wenn sie ganz in den Norden gebracht wurde, hatte sie ja einen längeren Weg vor sich. Ihr Dad hatte ihr einmal erzählt, dass neunundneunzig Prozent aller US-Erdbeeren aus Kalifornien stammten.

Jane kannte den Song nicht, den ihre Mom mitsang. Er musste steinalt sein, aus den Neunzigern oder so.

Moment mal! Ihre Mom sang mit? Und als sie nun ihren Kopf in die Küche steckte, konnte sie sehen, wie sie sogar dazu tanzte und dabei total fröhlich wirkte.

»Mom?«, rief sie ein wenig schockiert, als hätte ihre Mutter irgendwas Verbotenes angestellt. Aber genau so fühlte es sich an.

Sie drehte sich um. Ihre braunen Haare hatte sie zu einem hohen, etwas unordentlichen Pferdeschwanz gebunden, sie trug eine hellblaue Jeans und eine gelbe Bluse ohne Ärmel. In ihrem Gesicht hatte sie ein breites Lächeln.

Und jetzt strahlte sie sie auch noch glücklich an. »Jane! Guten Morgen.«

Sie konnte sie nur sprachlos anstarren. Was zum Teufel war denn hier los?

»Geht es dir gut? Darf ich dir ein Frühstück machen?«

»Warum bist du denn so gut drauf?«, stellte sie die Gegenfrage.

»Oh. Ich weiß auch nicht. Es ist ein sonniger Tag? Und die Planung mit der U-Pick-Farm geht voran.«

Ach ja. Das war noch so eine Sache. Ihre Mom sprach kaum noch von etwas anderem als von diesem Selbstpflückzirkus. Und sie hatte sie nicht einmal gefragt, was sie davon hielt. Hätte sie das getan, dann hätte sie ihr gesagt, dass sie es für eine Schwachsinnsidee hielt. Sie mochte es ruhig und hatte echt keinen Bock darauf, dass hier bald ganze Familien mit ihren nervigen, kleinen, lauten Kindern herumlaufen sollten. Aber sie fragte ja keiner. Als ginge es sie überhaupt nichts an.

Genervt und mit vor der Brust verschränkten Armen lehnte sie sich an den Türrahmen. »Tolle Idee hattest du da.«

»Finde ich auch«, erwiderte ihre Mom, als würde sie den Sarkasmus in ihrer Stimme gar nicht hören.

»Wann fahren wir nachher zu Sally?«, erkundigte sie sich.

»Gegen halb fünf würde ich gern los, da ich ihr gesagt habe, dass wir um fünf da sind.«

Sie nickte. Wenn es sein musste. Im Grunde verspürte sie nicht die geringste Lust, Zeit mit ihrer Mutter und deren bester Freundin samt Familie zu verbringen, doch sie hatte bereits zugesagt. Sally hatte sie schon letzte Woche angerufen, und sie hatte sie abgewimmelt, weshalb ihre Mom am Sonntag allein hingefahren war. Jedes Mal konnte sie das allerdings nicht bringen, da Sally ihre Patentante war und sie sie eigentlich ganz gern mochte. Sie hatte sie schon eine Ewigkeit nicht mehr gesehen.

»Okay, dann bis später. Ich bin draußen«, sagte sie und

wollte gerade aus der Küche raus, als ihre Mutter sie aufhielt.

»Jane? Wartest du bitte kurz?«

Oh Mann, jetzt würde sie wieder wegen einem Frühstück ankommen, dachte sie noch, doch ihre Mom hatte etwas vollkommen anderes zu besprechen, wie sie sogleich erfahren sollte. Sie bat sie sogar ganz förmlich, sich zu setzen.

Jane hockte sich mit angezogenen Beinen auf einen der roten Stühle und sah ihre Mom stirnrunzelnd an.

»Da dieses Thema nachher sicher aufkommen wird, wollte ich dir vorher unbedingt noch etwas erzählen«, begann sie. Jane sah sie einmal tief einatmen, wie um sich vor etwas Schwierigem zu wappnen. »Ich war doch Donnerstagabend weg...«

War sie das? Das hatte sie nicht mal mitbekommen.

»...also, ich habe da mal etwas ausprobiert, worum deine Grandma mich schon länger gebeten hat. Ich habe an einer Trauergruppe teilgenommen. In Monterey.«

Ihr Herz pochte schneller. Was???

»Du hast was? Fremden Menschen von uns erzählt? Von Dad?«, schrie sie aufgebracht.

»Ich habe niemandem irgendetwas erzählt. Ich habe mich nur dazugesetzt und den anderen zugehört, wie sie etwas von den Menschen erzählt haben, die sie verloren haben.«

»Aber du wirst es tun, oder? Du wirst unsere Vergangenheit mit jedem teilen, der was davon hören will. Wirst die Dinge, die uns wichtig und heilig sind, vor aller Welt ausbreiten. Unsere Erinnerungen!« Sie hatte sich überhaupt nicht mehr unter Kontrolle, konnte kaum noch still sitzen. Am liebsten wäre sie aufgestanden und hätte irgendwas auf den Küchenboden geschmissen.

»Jane. Ich weiß noch nicht, was ich zukünftig tun werde.

Ich weiß nur, dass ich es schön fand, unter Menschen zu sein, die Ähnliches erlebt haben.«

Jetzt reichte es ihr endgültig. »Die Ähnliches erlebt haben? Du meinst, die auch dabei zugesehen haben, wie ihr Ehemann gestorben ist? Die sich einen Scheiß gekümmert und nicht das Geringste getan haben, um ihn zu retten?«

Jetzt hatte sie es endlich einmal ausgesprochen.

»Das denkst du von mir?« Ihre Mutter sah sie ehrlich entsetzt an.

»Ja, das tue ich. Und gerade kann ich dich echt nicht mehr ertragen.« Sie stand auf und stieß dabei den Stuhl um. Dann rannte sie davon.

Stundenlang saß sie auf dem Baumstamm neben der Halle und hörte Musik. Sie ärgerte sich, nicht das blöde Buch mitgenommen zu haben, das sie für die Schule lesen musste, denn das hätte sie inzwischen sicher durchgehabt. Ihre Mom hatte ihr neulich ganz stolz erzählt, dass sie es sich ausgeliehen und an einem Stück gelesen hatte, als sie draußen am Erdbeerstand gesessen hatte. Als ob es sie interessieren würde. Das Buch war zudem total langweilig. Wer las denn so was freiwillig?

Romeo kam auf sie zu, und sie lächelte ihn an.

»Hey«, sagte er.

»Hey. Ich hab gestern Ausschau nach dir gehalten, aber da hast du wohl gar nicht gearbeitet, oder?«, fragte sie.

»Samstags hab ich jetzt auch immer frei.«

Sie wusste, dass Mittwoch sein eigentlicher freier Tag war, aber der Samstag? »Ehrlich? Wieso das?«

»Hat deine Mom dir nichts davon erzählt?«

»Wovon?« Sie war ein wenig verwirrt.

»Wir arbeiten jetzt alle weniger.«

»Aber wie sollen dann genügend Erdbeeren gepflückt werden? Und reicht euch das überhaupt? Ich meine, zum Leben?«

Romeo kräuselte die Nase, sah zum Horizont. Dann meinte er: »Vielleicht solltest du lieber deine Mutter danach fragen.«

Oh ja, das würde sie garantiert machen. Denn es schienen hier Dinge vorzugehen, von denen sie absolut keine Ahnung hatte. Als würde ihre Mom sie aus allem raushalten wollen, als hätte sie überhaupt kein Wort mitzureden.

»Alles in Ordnung?«, fragte er.

»Ja klar. Und bei dir?«

»Alles super. Ich hab deine Zeichnung eingerahmt und in meinem Zimmer aufgehängt.«

»Oh, wow. Danke.« Sie wusste nicht, warum sie sich bedankte, freute sich einfach nur riesig, dass ihm die Zeichnung so gut zu gefallen schien.

Er lachte. »Danke wofür?«

»Dafür, dass du meine Arbeit zu schätzen weißt«, sagte sie, denn so war es ja auch.

»Gerne.« Er lächelte sie an, und in diesem Moment hätte sie am liebsten etwas Verbotenes getan. Wäre mit Romeo in die Lagerhalle gegangen und hätte sich von ihm verführen lassen. Ihre Mutter wäre völlig ausgeflippt. Doch sie wollte das, was sie hatten, nicht zerstören. Die Freundschaft oder wie auch immer man es nennen konnte. Außerdem sah Romeo in ihr bestimmt kein Mädchen, mit dem er etwas anfangen würde. Er sah viel zu gut aus. Wahrscheinlich stand er auf sexy Blondinen oder heiße Latinas, ziemlich sicher hatte er sogar eine Freundin.

Sein Haar hatte sich aus seinem Zopf gelöst, und er steckte es sich hinters Ohr. »Ich hol mir mal kurz ein Wasser«, sagte er und ging zur Halle, vor der die Wasserflaschen immer schön kühl lagerten. Als er zurückkam, hatte er bereits eine halbe ausgetrunken.

Er nahm die Flasche vom Mund und setzte sich zu ihr. Ein paar Minuten redeten sie über dies und das, dann musste er zurück aufs Feld, und Jane ging ins Haus, da sie wirklich noch ein paar Seiten lesen musste, um nicht schon wieder eine Sechs zu bekommen. Am Montag schrieben sie nämlich einen Aufsatz über *Die Straße der Ölsardinen*, und sie wusste noch nicht einmal, um was es darin ging, außer um Sardinen.

Kapitel 20

Amanda

Jane und sie hatten sich die ganze Autofahrt über angeschwiegen. Wenn sie ehrlich sein sollte, hatte sie auch nicht das Bedürfnis, mit ihrer Tochter zu reden. Noch immer war sie viel zu geschockt und auch verletzt wegen dem, was Jane ihr an den Kopf geworfen hatte. Nämlich, dass sie einfach dabei zugesehen hätte, wie Tom starb. Dass sie nichts unternommen hätte.

Oh, wenn Jane doch nur wüsste, was sie alles versucht hatte …

Es nahm sie mehr mit, als sie gedacht hätte. Am liebsten wäre sie nicht einmal mehr zu Sally gefahren, doch sie hatte Angst, dass es zu einem Streit kommen könnte, wenn sie zu Hause blieben. Und wenn Jane sich schon mal dazu bereiterklärte, Sally und ihre Familie zu besuchen, sollte sie diese seltene Gelegenheit doch nicht verstreichen lassen, oder?

Erst am Tag zuvor hatte ihre Mutter angerufen und gefragt, wann sie denn Jane mal wiedersehen würde. Als sie ihr geantwortet hatte, dass sie das nicht wisse, hatte ihre Mom sich selbst für Montag eingeladen. Um ihr bei den Vorbereitungen für die U-Pick-Farm zu helfen, wie sie sagte, doch Amanda wusste, dass sie eigentlich herausfinden wollte, ob bei ihnen zu Hause alles in Ordnung war. Ob Jane und sie klarkamen.

Das taten sie weiß Gott nicht, und sie hatte keine Ahnung, wie sie es je besser machen sollte. Doch sie nahm das Angebot ihrer Mutter an, da sie jede Hilfe gebrauchen konnte.

Sie kamen voran, sehr gut sogar. Sergio war unglaublich, er hatte nicht nur den kompletten Bereich zum Selbstpflücken abgesteckt, er hatte ihn auch mit kleinen bunten Fahnen markiert. Außerdem hatte er bei einem Bekannten günstige Bastkörbe besorgt, in die die Besucher ihre Erdbeeren legen konnten. Fünfhundert Stück an der Zahl, das sollte fürs Erste reichen. Amanda hatte beschlossen, dass die Leute pro Korb und nicht pro Pfund bezahlen sollten. Das war weniger aufwendig, da das Abwiegen wegfiel, und die Erdbeeren würden nicht so oft hin und her gefüllt werden und weniger Druckstellen erleiden. Es passten circa drei Pfund in einen Korb, und den würde sie für zwölf Dollar anbieten – inklusive des hübschen Korbes. Wer den Korb beim nächsten Mal wieder mitbrachte, durfte ihn sich für zehn Dollar füllen, hatte sie die geistreiche Idee gehabt. So würden die Besucher hoffentlich bald zurückkehren.

Auch Esmeralda war eine große Hilfe gewesen. Sie hatte ihr vorgeschlagen, einen Spielbereich für Kinder zu errichten, und sie hatten – mit Unterstützung von Sergio und Romeo – um die alte Schaukel von Jane einen Spielplatz gebaut, fast nur aus Sachen, die ihnen gratis zur Verfügung standen. Die beiden Männer hatten aus alten Kisten, Leitern und Reifen, die sie im Schuppen und in der Garage fanden, ein Klettergerüst gebaut. Und sie selbst hatte die alte Rutsche von Jane und einige Spielzeuge wie Plastikeimer, -schaufeln und -formen hervorgeholt. Zusammen hatten sie dann noch einen Sandkasten gebaut, den sie mit Sand aus dem Baumarkt gefüllt hatten. Der Spielplatz machte wirklich etwas her, Amanda war ziemlich stolz darauf und hatte schon alles in die Wege geleitet, damit noch vor der großen Feier am Samstag ein Prüfer vorbeikam und ihr die Genehmigung dafür erteilte. Jetzt mussten sie in der nächsten Woche nur noch die ungenutzte Rasenfläche in einen Parkplatz umgestalten und einen Verkaufsstand bauen. Vielleicht auch einen Extrastand für den Eisverkauf, zumindest für die Eröffnungsfeier. Sally hatte ihr versprochen, ihr heute ihre Eismaschine mitzugeben. Damit könnte sie Eis selbst machen und es mit frischen Erdbeeren anbieten, wie Sergio so schön vorgeschlagen hatte. Das war zwar nicht optimal, aber bevor sie sich einen teuren Eisautomaten anschaffte, wollte sie erst einmal sehen, wie das Geschäft überhaupt lief. Ob Besucher kamen.

Eigentlich hatte sie Jane fragen wollen, ob sie Lust hatte, die Werbeschilder zu gestalten. Doch daran war jetzt gar nicht mehr zu denken.

Als Sally sie zusammen mit Davie an der Haustür begrüßte, trat Jane ein, umarmte beide kurz und ging ohne ein weiteres Wort zum Wohnzimmer durch. Sally sah Amanda stirnrunzelnd an.

»Frag nicht«, sagte sie.

»Okay, okay. Dann komm herein. Ich mache gerade Pizza, und Davie hilft mir.«

»Du kannst schon kochen?«, fragte sie erstaunt und ging, sobald sie ebenfalls eingetreten war, vor ihm in die Hocke. Davie war vier und schon jetzt ein kleiner Charmeur. Er hatte das blonde Haar von Neil geerbt, der gerade den Flur runterkam.

»Ich kann schon richtig gut kochen, oder, Mommy?«

»Na klar kannst du das«, erwiderte Sally.

»Hi, Amy, wie geht's?«, fragte Neil.

»Alles okay.« Sie lächelte ihn an, merkte jedoch selbst, dass es kein ehrliches Lächeln war.

»Darf ich dann fragen, was mit Jane los ist?«, meinte er und deutete in Richtung Wohnzimmer. »Sie ist ja nie sehr gesprächig, aber so wortkarg hab ich sie noch nicht erlebt. Sie hat sich eine Wolldecke geschnappt und sich damit in den Lesesessel gelümmelt.«

»Ach...«, begann sie.

»... frag nicht«, beendete Sally ihren Satz.

»Oh. Na gut.« Neil zuckte die Achseln, nahm Davie Huckepack und brachte ihn in die Küche zurück.

»Willst du drüber reden?«, fragte Sally, die eine lustige, bunt gepunktete Schürze umgebunden hatte.

Sie schüttelte den Kopf.

»Okay, dann lass uns Pizza machen gehen.«

Sie folgte ihrer Freundin in die große, ganz in Grün gehaltene Küche, wo Davie gerade seinem Daddy erzählte, dass er Mais und Pilze und Paprika und Brokkoli und Zucchini und Käse und den anderen Käse und noch mal Pilze auf seiner Pizza haben wollte.

Sie musste schmunzeln. Davie war einfach zu niedlich. Und er war noch so schön pflegeleicht. Warum konnten sie denn nicht für immer klein und süß bleiben?

Als Davie mit Sallys Hilfe seine eigene Pizza belegt hatte, fragte er Amanda, was sie auf ihrer draufhaben wollte.

»Mach mir eine Mischung, ich mag alles«, entgegnete sie, und Davie schien die Antwort zu gefallen. »Mach mir bitte auch ordentlich Oliven drauf, ja? Und scharfe Peperoni.«

Sie wusste, dass es nur Gemüse im Angebot gab, da Sally seit ihrer Kindheit Vegetarierin war. Das machte ihr aber nichts aus, da sie selbst kein Fleisch und nur ab und zu mal Fisch aß. Genau wie Jane. Was die allerdings zurzeit gerne mochte, wusste sie nicht einmal. Sie hatte in letzter Zeit so gut wie nie zu Hause gegessen, und wenn doch, dann meist nur Froot Loops oder Ähnliches. Ob die wohl auch auf Pizza schmeckten?

Als Sally Davie bat, doch mal ins Wohnzimmer zu gehen und Jane nach ihren Vorlieben zu fragen, kam er schon nach einer Minute zurück. »Sie ist nicht da.«

»Was heißt, sie ist nicht da?«, fragte Amanda und ging selbst nachschauen. Der Kleine hatte recht, Jane war nicht da. Wahrscheinlich war sie nur im Bad, dachte sie, doch als ihre Tochter nach zehn Minuten noch immer nicht wiederaufgetaucht war, ging sie nachsehen.

Sie klopfte an die Badezimmertür, doch es kam keine Antwort. Dann ein Rumpeln, und Jane kam heraus.

»Was ist denn los? Darf man nicht mal mehr in Ruhe aufs Klo gehen?«, meckerte sie.

»Hast du geweint?«, fragte sie, weil Jane so aussah.

»Wieso sollte ich?«

Nicht jetzt, sagte sie sich und ließ ihre Tochter nur wissen, dass sie von Davie gesucht wurde, der wissen wollte, was sie auf ihrer Pizza haben wollte.

Jane ging den Flur entlang und bog ab in die Küche, und Amanda fragte sich nur wieder, ob es ein Fehler gewesen war, ihr von der Gruppentherapie zu erzählen.

Was hatte sie aber auch erwartet? Dass Jane sie dazu beglückwünschen und anbieten würde, beim nächsten Mal mitzukommen? Sie kannte sie doch gut genug, um zu wissen, dass sie es ganz schrecklich finden würde. Wie sowieso alles, was sie tat. So wenig sie von dem Menschen wusste, der ihre Tochter geworden war, wusste sie *das* doch genau.

Nichts konnte sie ihr recht machen, und manchmal fragte sie sich sogar, ob Jane sich wohl wünschte, dass sie an Toms Stelle gestorben wäre.

Seufzend ging sie ebenfalls zurück in die Küche, wo es schon ganz herrlich nach den ersten Pizzen roch, die bereits im Ofen waren. Sie hatten den Männern den Vortritt gelassen, dem kleinen und dem großen, immerhin brauchten sie die Pizza dringender wegen ihrer vielen Muskeln, wie Davie ihnen überzeugend erklärt hatte.

Mit Davie war Jane so anders. So menschlich. So lieb. Sie hatte sich neben den Kleinen platziert, der auf einem Hocker stand, um die Arbeitsplatte zu erreichen, und sie half ihm, machte Witze mit ihm und gab ihm sogar einen Kuss auf die Wange. Ob die Dinge wohl anders wären, wenn Jane selbst ein Geschwisterchen hätte? Sie und Tom hatten es versucht, jahrelang, doch es hatte nicht klappen wollen, und irgendwann hatten sie sich damit abgefunden und die Tatsache akzeptiert, dass sie nur zu dritt bleiben sollten. Dass das ihr Schicksal war.

Zumindest hatten sie das geglaubt.

Der Abend verlief gar nicht mal so schlimm, wie sie gedacht hatte. Sie aßen Pizza, Neil holte seine Gitarre hervor und spielte ein paar Songs, zu denen alle außer Jane mitsangen, doch sogar sie wippte zum Takt hin und her und schien endlich einmal wieder Spaß zu haben, wenigstens ein bisschen.

Irgendwann sagte Neil, dass es für Davie Zeit wäre, zu Bett zu gehen, und er fragte Jane, ob sie Lust hätte, mit nach oben zu kommen und ihm etwas vorzulesen.

Jane nickte, stand auf und folgte Vater und Sohn die Treppe hoch.

Amanda wusste, warum Neil ihre Tochter gefragt hatte.

Damit sie und Sally in Ruhe reden konnten. Und sofort fragte Sally auch schon: »Komm, erzähl mir, was los ist mit euch beiden.«

»Ich möchte eigentlich nicht drüber sprechen.«

»Warum nicht? Ich bin deine beste Freundin. Du hast mir schon alles Mögliche anvertraut. Als du mit sechzehn dachtest, du wärst von Keith Hannaghan schwanger, und als du diesen Typen gedatet hast, der... na, sagen wir es mal auf nette Weise... sein Zelt nicht aufgebaut bekommen hat.«

»Sally!« Nun musste sie doch lachen.

»Wie hieß der doch gleich?«

»Anthony irgendwas.« Das war so lange her, lange vor Tom.

»Genau. Also, was könnte peinlicher sein als das?«

»Nichts wahrscheinlich. Das zwischen Jane und mir ist aber nicht peinlich, es ist wirklich schlimm und macht mich richtig fertig.«

»Sie anscheinend auch. Habt ihr euch gestritten?«

Sie nickte. »Ziemlich übel sogar. Sie hat mir an den Kopf geworfen, ich hätte einfach zugelassen, dass Tom starb. Hätte mich einen Scheiß gekümmert und nichts unternommen. Als wäre es alles meine Schuld, verstehst du?«

»Aber... hast du ihr denn nie die ganze Wahrheit erzählt?«

Jetzt schüttelte sie den Kopf. »Ich wollte einfach nicht, dass sie so von Tom denkt, ihn so in Erinnerung behält. Als jemanden, der einfach aufgegeben hat.«

»Und dafür nimmst du die ganze Schuld auf dich?«

»So sieht es wohl aus.«

»Ach, Süße.« Sally nahm sie in den Arm, was sich einfach nur gut anfühlte. Wie eine Wolke, die einen umhüllte.

»Dann erzähl doch mal, wie es am Donnerstag war. Hat

es dir in der Gruppe gefallen?«, erkundigte sich Sally, und sie war froh, nicht mehr über das nachdenken zu müssen, was Jane gesagt hatte.

»Die Gruppe ist ganz wundervoll. Ehrlich. Ich habe mich dort richtig wohlgefühlt. Gar nicht wie eine Fremde. Sie haben mich alle total nett bei sich aufgenommen.«

»Das klingt wirklich schön, Amy. Ich freu mich für dich.«

»Ich freu mich auch, dass ich dort so etwas Unerwartetes gefunden habe. Und fast hätte ich mich nicht mal hineingetraut.«

»Das heißt also, du wirst wieder hingehen?«

»Das werde ich.« Sie sah sich ein wenig ängstlich um. »Nur Jane darf das nicht hören. Deswegen haben wir nämlich überhaupt so doll gestritten. Weil ich ihr von der Gruppe erzählt habe.«

»Warum hat sie denn so ein Problem damit?«

»Sie will halt nicht, dass ich Dinge ausplaudere, meinen Kummer und besonders meine Erinnerungen an Tom mit anderen teile. Ich glaube, sie frisst alles immer nur in sich hinein, das kann doch nicht gut sein.«

»Da kenne ich noch jemanden, der das getan hat und dem ich ständig gesagt habe, dass das nicht gesund ist.«

»Ja, ich weiß. Aber letztendlich hab ich doch auf dich gehört, oder? Und auf meine Mom.«

»Haha, ich kann mir vorstellen, dass sie mächtig stolz auf dich ist, weil du da jetzt hingehst.«

»Oh ja.«

»Wie geht es ihr denn sonst so? Und deinem Dad?«

»Ihnen geht's gut, danke der Nachfrage. Mein Dad geht angeln, und meine Mom kocht ihm Tofugerichte.«

»Oh, cool. Ich sollte mal mit zu ihnen zum Essen kommen. Wann gehst du noch mal immer hin? Donnerstags?«

»Ja, genau«, sagte sie und hörte Neil und Jane die Treppe herunterkommen.

Donnerstags. Jetzt würde sie an dem Tag immer gleich zwei Verabredungen haben. Sie musste an Carter denken, und in ihrem Innern verspürte sie gleich wieder diese Wärme. Bisher war er nicht mehr auf der Farm aufgetaucht, aber es waren ja nur noch vier Tage, bis sie ihn wiedersehen würde, das hoffte sie zumindest. Sehr.

Auf dem Nachhauseweg versuchte sie ihr Bestmögliches, sich von Janes Schweigen und von ihren bösen Blicken nicht die gute Laune verderben zu lassen.

»Ich hätte eine Bitte«, sagte sie schließlich, weil sie das Schweigen nicht mehr ertrug.

Jane reagierte überhaupt nicht, also redete sie einfach drauflos.

»Wir brauchen noch ein paar Schilder, die wir am Straßenrand aufstellen können. Ich dachte mir, dass du da vielleicht Lust zu hättest.«

»Ich soll Schilder am Straßenrand aufstellen?«, fragte Jane genervt.

»Nein, nein. Ich dachte eher daran, dass du sie gestalten könntest. Es sollte in großer Schrift drauf zu lesen sein, wo sich die Farm befindet und dass man dort Erdbeeren selbst pflücken kann. Vielleicht noch mit Öffnungszeiten. Du könntest auch ein paar Erdbeeren draufmalen oder so, das würde ich ganz dir überlassen.«

»Echt?« Jane sah fast ein wenig angetan aus.

»Echt! Du bist doch künstlerisch ziemlich begabt. Ich weiß, es sind nur Straßenschilder, keine Gemälde, ich dachte nur... hättest du Lust?«

»Ich kann's ja mal versuchen.«

»Sehr schön. Und dann wollte ich dich noch um einen Gefallen bitten. Ich kann nicht extra Aufpasser einstellen, die das Selbstpflücken betreuen, deshalb muss ich das wohl machen. Dann habe ich aber niemanden für den Stand, zum Körbeausteilen und Kassieren. Und zum Eisverkaufen.« Die Eismaschine stand auf dem Rücksitz, und sie wollte sie gleich morgen ausprobieren. Ihre Erntehelfer würden sicher gerne als Versuchskaninchen einspringen.

»Und das soll ich machen, oder wie?« Jane klang schon wieder ziemlich genervt.

»Natürlich nicht immer. Vielleicht können auch mal Felicitas oder Esmeralda einspringen. Aber besonders am Eröffnungstag bin ich da auf deine Hilfe angewiesen. Und wenn du es öfter übernimmst, erhöhe ich selbstverständlich dein Taschengeld.«

»Wenn's sein muss. Kann ich das dann wenigstens zusammen mit Calvin machen?«

Oh. Damit hätte sie nicht gerechnet. Doch sie wollte es gern erlauben, wenn ihre Tochter sich schon einverstanden erklärte.

»Klar. Ich weiß zwar nicht, ob ich ihm viel zahlen kann, aber...«

»Der gibt sich auch mit einem Eis oder ein paar Pommes zufrieden.« Jane schmunzelte. Ein schöner Anblick, dachte Amanda. »Ich wollte eh noch fragen, ob er öfter mal zum Essen vorbeikommen kann.«

Wow, so viele Überraschungen an diesem Abend. Die machten fast das Drama vom Vormittag wieder wett. Wenn Cal zum Essen zu ihnen kam, bedeutete das, dass Jane auch da sein würde, richtig? Dass sie alle zusammen am Tisch sitzen und essen und sich unterhalten würden?

Sie wollte nicht zu euphorisch wirken, um Jane nicht abzuschrecken, also sah sie weiter auf die Straße und sagte: »Ich habe nichts dagegen.«

»Okay.«

Wieder schwiegen sie. Kurz bevor sie die Erdbeerfarm erreichten, meinte Jane jedoch wie aus dem Nichts: »Du, Mom, sind wir pleite?«

Sie blickte sie an. »Wie kommst du darauf?«

»Na ja, weil du plötzlich dieses U-Pick-Ding durchziehen willst. Und ich hab gehört, dass die Pflücker von nun an weniger arbeiten sollen. Kannst du sie nicht mehr bezahlen?«

Sie seufzte wieder einmal. Denn sie wusste, dass sie Jane endlich die Wahrheit sagen musste. Sie hatte ein Recht darauf, schließlich war es auch ihr Leben. Und deshalb begann sie jetzt zu erzählen, von der wirtschaftlichen Krise seit dem letzten Jahr, von der Bank, die ihr keinen Kredit gewähren wollte und von dem Geld, das ihnen ausging. Von den Arbeitern, die sie nicht mehr voll bezahlen konnte und von der Idee mit dem Selbstpflückangebot, das ihre letzte Chance sein könnte.

Sie standen bereits mit dem Auto vor ihrem Haus, doch keiner stieg aus. Jane wirkte nachdenklich. »Wir werden das schon irgendwie schaffen«, sagte sie dann und sah in ihre Richtung.

Im Dunkeln wirkte ihre Tochter schon so unglaublich erwachsen, und in diesem Moment verhielt sie sich auch so.

»Glaubst du wirklich?«

»Ganz bestimmt, Mom. Wir müssen nur zusammenhalten. Die Farm war Dads wahr gewordener Traum, wir müssen alles tun, um sie am Leben zu erhalten.«

Sie hatte einen dicken Kloß im Hals, als sie antwortete: »Danke, Jane.«

Wie gerne hätte sie sie jetzt umarmt, doch sie wollte nicht zu viel verlangen. Für diesen Abend war es genug. Ein kleiner Lichtblick in der Dunkelheit.

»Dann freue ich mich auf deine Schilder«, sagte sie ihr und griff nach ihrer Hand. Und Jane ließ sie sie halten.

Kapitel 21

Samantha

Sie saß an dem Fenstertisch im Stardust Diner und hatte einen eigenen großen Teller Cheese Fries vor sich stehen, mit extra Jalapeños. Dazu einen leckeren Erdbeermilchshake. Und Jeremy saß neben ihr und lächelte sie an, während sie sich eine himmlische Fritte nach der anderen in den Mund steckte.

Und das Beste: Das alles war kein Traum!

Wie oft hatte sie davon geträumt, sie selbst sein zu dürfen, mal nicht auf Kalorien achten zu müssen und von Jeremy dafür auch noch das Okay zu bekommen. Wie oft hatte sie in den vergangenen neun Tagen davon geträumt, wieder mit ihren Freunden an einem Tisch zu sitzen, zu reden und zu lachen. Und jetzt war es wahr geworden – und selbst wenn sie sich in den Arm zwickte, wachte sie nicht auf.

Gegen Mittag hatte es an der Tür geklingelt. Wie jeden Tag der Woche war sie schwer aus dem Bett gekommen, und an diesem Sonntag hatte sie sogar noch um halb eins versteckt unter ihrer Decke gelegen und sich im Selbstmitleid gesuhlt. Als das Klingeln nicht aufgehört hatte, war sie selbst zur Tür gegangen. Von Astor und ihrem Dad keine Spur, wahrscheinlich unternahmen sie wieder irgendwas Nettes zusammen, Astor musste man immer beschäftigen, sie liebte es, sich draußen aufzuhalten. Sam dagegen hätte ihr Zimmer am liebsten nie wieder verlassen.

Doch als sie jetzt die Tür öffnete, stand Jeremy davor. Mit einem Lächeln im Gesicht und einem Blumenstrauß in der Hand.

Weiße Rosen, die liebte sie.

Im ersten Moment wusste sie nicht, was sie empfinden sollte. Scham, weil sie noch im Pyjama war und sich nicht einmal die Haare gekämmt, die Zähne geputzt oder das Gesicht gewaschen hatte? Wut, weil Jeremy sie die letzten neun Tage wie Dreck behandelt hatte und jetzt einfach hier auftauchte, als wäre nichts gewesen? Verwirrung – denn, warum war er überhaupt hier aufgetaucht? Erleichterung, weil ihre Beziehung vielleicht doch noch zu retten war? Hoffnung, weil sie ihr altes Leben womöglich wieder zurückbekommen würde? Oder einfach nur Freude, weil Jeremy mit den Blumen dastand und dabei so unglaublich gut aussah?

Weil er *da* war.

»Jeremy. Was machst du denn hier?«, fragte sie vorsichtig.

»Ich wollte dich besuchen. Fragen, ob du heute schon was vorhast. Und...« Er versuchte, einen Blick ins Haus zu werfen. »Bist du allein?«

Kurz kamen fiese Erinnerungen hoch. Wollte er etwa wieder allein mit ihr sein, weil...

»Keine Sorge, ich will nur reden«, nahm er ihr schnell ihre Bedenken.

Sie hielt ihm die Tür auf und ließ ihn eintreten. Verwuschelt, wie sie war, bat sie ihn ins Wohnzimmer und sagte ihm, dass er sich setzen könne, wohin er mochte. In ihr Zimmer jedoch würde sie ihn nicht bringen. Was auch immer er wollte, so schnell würde sie nicht vergessen, was er getan hatte. So einfach konnte sie ihm nicht verzeihen.

Er setzte sich auf einen der beiden Sessel. Sie waren braun und sollten unbedingt mal durch neue ersetzt werden. Aber das war jetzt nebensächlich.

»Worüber willst du mit mir reden?«, fragte sie und setzte sich auf die Lehne des anderen Sessels, der auf der gegenüberliegenden Seite des Tisches stand, ganz weit von Jeremy entfernt.

»Ich möchte mich entschuldigen. Es tut mir ehrlich leid, wie ich mich verhalten und dich die Woche über behandelt habe. Ich war wohl in meinem Stolz verletzt.« Er machte eine Pause und sah ihr in die Augen. »Kannst du mir verzeihen?«

Jetzt war sie ehrlich überrascht. Soweit sie sich zurückerinnern konnte, hatte Jeremy sich noch nie auf diese Weise entschuldigt. Bei irgendwem. Er hatte vielleicht mal ein »Sorry« ausgerufen, wenn er jemanden angerempelt oder sich bei einem Date verspätet hatte, das war's aber auch schon gewesen.

Sie wusste, wenn sie ihm jetzt ein »Nein« als Antwort geben würde, hätte sie ihre Chance auf ein Wiederaufleben ihrer Beziehung für immer vertan. Also sah sie ihn lange an, nickte dann und sagte: »Ich verzeihe dir.«

»Danke.«

»Ich kann aber nicht so einfach vergessen, was du letzten Freitag ... wie du dich mir gegenüber verhalten hast.«

»Wird nicht wieder vorkommen«, stellte er klar und machte mit einem Blick deutlich, dass sie nicht länger darauf herumhacken sollte.

»Okay.«

Er lächelte breit, stand dann auf und kam auf sie zu. »Schön, dass wir wieder zusammen sind. Ich hab dich vermisst.«

Hatte sie eine Wahl? Wollte sie irgendetwas anderes, als das Mädchen an der Seite dieses Jungen zu sein?

»Ich hab dich auch vermisst«, sagte sie und ließ sich von ihm küssen. Und da merkte sie erst, wie sehr ihr das alles wirklich gefehlt hatte. Jeremy, seine Küsse, mit ihm zusammen zu sein. Er war der eine Mensch in ihrem Leben, der immer da war. Seit zwei Jahren immer da war.

»Kommst du mit ins Kino? Gareth und Zoey haben gefragt, ob wir mitwollen. Oder hast du schon was anderes vor?«

Außer Lernen und Weinen hatte sie nichts geplant. Das Letztere fiel ja nun glücklicherweise weg, und das Lernen konnte warten.

»Kino klingt perfekt. Ich geh mich schnell fertig machen, ja?«

Jeremy nickte zufrieden. »Ich warte.«

Sie blieb noch einen Moment stehen, wollte ihm sagen, dass es nicht wieder so sein konnte wie vorher. Dass sie noch immer nicht bereit war und dass er das akzeptieren musste. Dass er sie nicht immer bevormunden sollte, weil sie ein eigenständiger Mensch mit einer eigenen Persönlichkeit war. Letztendlich sagte sie aber doch nichts, um die neu gewonnene und noch immer ziemlich zerbrechliche Harmonie nicht gleich wieder zu zerstören.

So schnell sie konnte lief sie in ihr Zimmer, schlüpfte in eine Jeans und Jeremys Lieblingsbluse, die das gleiche Türkis hatte wie ihre Augen, kämmte sich das Haar und ließ es sich offen über die Schultern fallen, so, wie Jeremy es am liebsten hatte. Im Bad putzte sie sich schnell noch die Zähne und schminkte sich gekonnt innerhalb weniger Minuten, und schon war sie bereit.

Jeremy wartete im Flur auf sie und hielt ihr mit einem Funkeln in den Augen eine Hand hin, in die sie ihre legte. Und dann machten sie sich auf zum Kino.

Im Kino saßen sie in der hintersten Reihe. Und während Gareth und Zoey wild herumknutschten und ihre Hände überall hatten, gab Jeremy sich mit einigen harmlosen Küssen zufrieden. Sam war erleichtert und hatte Hoffnung, dass nun alles besser werden würde.

Als sie danach in den Diner gegangen waren und Jeremy sie gefragt hatte, ob er für sie Cheese Fries bestellen sollte, hatte sie freudig genickt und auch noch einen Milchshake zur Bestellung hinzugefügt, nur um zu sehen, ob Jeremy daran etwas auszusetzen hatte. Doch er hatte gar nichts entgegnet und ihr auch keinen eindeutigen Blick zugeworfen wie sonst. Ein Blick, der aussagte: »Willst du das wirklich? Denk dran, dass du morgen noch in dein Cheerleading-Outfit passen musst. Denk dran, dass ich nur sehr schlanke Mädchen mag.«

Und hier saßen sie nun, und alles fühlte sich an wie immer, nur ein bisschen besser. Sie lachten über irgendwelche dummen Witze, die Gareth riss und hörten sich eine erstaunliche Geschichte an, die Zoey über ihre Nachbarn erzählte, bei denen die Polizei angerückt war, weil sie anscheinend auf einem angrenzenden Feld Mohn anbauten, aus dem sie Heroin herstellten.

»Na toll, da hattest du die beste Connection gleich nebenan und hast nicht mal was davon gewusst«, sagte Jeremy lachend und kopfschüttelnd, und Sam wusste nicht, ob er nur Spaß machte oder es ernst meinte.

Doch ihr war gerade alles egal. Sie genoss es einfach nur, nicht mehr ausgeschlossen zu werden. Dazu genoss sie ihre Cheese Fries, die so unglaublich gut schmeckten – vielleicht war es aber auch nur das Gefühl von Geborgenheit, das sie so wunderbar köstlich machten. Geborgen sein und geliebt werden, waren das nicht die Dinge, die jeder Mensch am meisten brauchte?

Am Montag in der Schule legte Jeremy wie früher einen Arm um ihre Schultern, als sie zusammen den Schulflur entlanggingen. Niemand wagte mehr, Sam schief anzusehen. Alle waren wieder nett zu ihr, immerhin war sie wieder mit Jeremy Blunt zusammen, dem Star des Lacrosse-Teams – jeder konnte es sehen. Und sie war stolz wie nie. Glücklich, erleichtert, ja, eine ganze Ladung an Sorgen war ihr von den Schultern gefallen.

Am Abend zuvor, als sie freudestrahlend nach Hause gekommen war, hatte ihr Dad, dem sie lediglich eine Nachricht geschickt hatte, um ihm mitzuteilen, dass sie ins Kino ging, sie neugierig betrachtet.

»Alles wieder in Ordnung mit Jeremy?«, hatte er sie gefragt, und sie hatte genickt und gesagt, dass alles wieder gut war. Sie war nur froh, dass sie ihm nichts von dem Vorfall bei Jeremy und der Trennung erzählt hatte, denn dann hätte er sich sicher nicht so für sie gefreut. Manchmal war es klüger, Dinge für sich zu behalten. So schützte man sich am besten.

Als sie sich in der Mittagspause zum ersten Mal nach einer Woche wieder zu den anderen an den Tisch setzte, war es fast, als wäre nie etwas geschehen. Als hätte sich alles nur in ihrer Einbildung abgespielt oder wäre ein böser Traum gewesen, aus dem sie jetzt erwacht war. Cassidy und Holly redeten mit ihr, als hätten sie es an jedem anderen Tag auch so gemacht, und die Jungs sahen in ihr einfach nur die Freundin ihres Anführers. Doch eine Person sah sie anders an als sonst, und das war Tammy. In ihren Augen entdeckte Sam etwas, das vorher nicht da gewesen war. Wenn sie es doch nur deuten könnte.

Kapitel 22

Carter

»Ach, du meine Güte, das soll *ich* sein?«, fragte er gespielt schockiert und schlug sich die Hände vors Gesicht.

Astor begann zu gackern. »So siehst du nun mal aus, Daddy. Ich kann doch nicht Prince Charming zeichnen, wenn die Aufgabe ist, *meinen Vater* bildlich darzustellen.«

Na, das war ja eine tolle Aufgabe, dachte er. Was hatte sich Astors Klassenlehrerin da nur wieder einfallen lassen? Herausgekommen war zumindest eine Figur mit einem doppelt so dicken Bauch, wie er ihn hatte, überdimensional großen Ohren und einem Lächeln, das dem von Ernie aus der Sesamstraße glich.

»Okay, Daddy. Jetzt muss ich dir noch ein paar Fragen stellen.«

»Wozu soll das Ganze noch mal gut sein?«, hakte er nach.

»Es geht um unsere Familiengeschichte. Wir müssen einen Elternteil beschreiben. Oder auch beide, ich will aber nur dich beschreiben. Und dann müssen wir bald auch noch einen Stammbaum anfertigen.«

Etwas, das Astor gesagt hatte, hatte ihn aufhorchen lassen.

»Weshalb willst du denn deine Mom nicht beschreiben, Süße?«, erkundigte er sich so behutsam wie möglich.

»Weil sie doch nicht mehr da ist. Ich kann ihr doch gar keine Fragen stellen.«

»Ich könnte sie dir beantworten.«

Astor kaute auf ihrem Bleistiftende herum. Dann schüttelte sie den Kopf. »Ich kann sie auch nicht zeichnen.«

»Du könntest sie von einem Foto abzeichnen.«

»Die Fotos sind aber alle alt. Wir wissen nicht, wie sie heute aussehen würde«, sagte seine kleine, viel zu schlaue Tochter. Und sie hatte recht. Jodie könnte zwanzig Kilo zugenommen, ihr blondes Haar rot gefärbt oder sich tätowieren lassen haben. Niemand konnte das wissen. Drei Jahre konnten einen Menschen völlig verändern, das wussten sie beide nur zu gut.

»Ach, ich glaube, so genau nimmt Mrs. Roth das nicht. Ich meine, sieh mich doch an! Ich sehe auf deinem Bild nicht halb so gut aus wie in echt«, wagte er noch einen letzten Versuch und gab sich Mühe, diesen scherzhaft rüberzubringen.

Astor kicherte wieder. »Oh, Daddy. Ich glaube, du bildest dir ein bisschen zu viel auf dein Aussehen ein.«

Er musste ebenfalls lachen und zuckte mit den Schultern. Dann stand er auf und ging zum Kühlschrank. »Möchtest du auch eine Schokomilch?«

»Haben wir keine Erdbeermilch?«, fragte sie.

Bei dem Wort *Erdbeeren* musste er wieder an *sie* denken. Wenn sie nicht gelogen hatte, würde er sie in nur zwei Stunden wiedersehen. Doch es hatten schon viele gesagt, dass sie wiederkommen würden und hatten es nicht getan. Allerdings war es diesmal anders. Denn er wusste zur Not ja, wo er sie finden konnte.

»Leider nicht, ich besorge aber welche. Oder wir machen

sie einfach selbst, aus frischen Erdbeeren. Was hältst du denn davon, wenn wir beide am Samstag mal zu einer Farm rausfahren und Erdbeeren selbst pflücken würden?« Er wusste nicht, warum er so nervös wurde, als er die Worte aussprach, doch so war es, und er konnte nichts dran ändern.

»Jaaa, das macht bestimmt voll Spaß.«

»Das glaube ich auch.«

»Wo ist denn die Erdbeerfarm?«

»Gar nicht so weit von hier. Ich war neulich schon mal da.«

»Du hast ohne mich Erdbeeren gepflückt?« Astor wirkte ein wenig beleidigt.

Schnell beruhigte er sie. »Nein, natürlich nicht. Ich habe dort nur frische Erdbeeren gekauft und den leckeren Sirup und die Marmelade auch, erinnerst du dich?«

»Ich erinnere mich nur, dass du gesagt hast, du hast die Sachen an einem Stand gekauft. Ich wusste nicht, dass es eine Farm war.«

»Doch, war es. Und ab Samstag kann man dort auch selbst pflücken. Es findet anscheinend sogar eine große Eröffnungsfeier statt.« Er hatte am Straßenrand ein riesiges buntes Plakat gesehen, und daran hatten ein paar rote und rosafarbene Ballons gehangen.

»Cool. Gibt's da dann auch noch was anderes als nur Erdbeeren?«

»Lass es uns herausfinden.«

»Okay.« Astor nahm das Glas mit der Schokomilch entgegen und trank es in einem Zug aus. Sie hinterließ einen Schokobart. Carter reichte seiner Kleinen ein Stück Küchenpapier und bedeutete ihr, ihn wegzuwischen. »Können wir dann auch noch mal den leckeren Sirup kaufen?«, fragte sie.

»Klar.«

»Kommt Sam dann auch mit?«

»Das weiß ich nicht. Ich denke aber, eher nicht. Am Samstag ist doch ein Lacrosse-Spiel, oder?« Außerdem hatte sie sich wieder mit Jeremy vertragen und würde ihre Zeit bestimmt lieber mit ihm verbringen wollen. Er musste zugeben, dass er sehr froh war, dass die beiden ihre Probleme aus der Welt geschafft zu haben schienen. Viel länger hätte er sich nicht angucken können, wie sein Liebling litt.

Astor zuckte die Achseln. »Kann sein. Hat diese Frau ihn nicht selbst gemacht?«

»Welche...« Kurz war er verwirrt. Ach, es ging wieder um den Sirup. Astor sprang manchmal von einem Thema zum anderen und wieder zurück, es war nicht immer leicht, ihr zu folgen. »Die Verkäuferin am Stand, meinst du? Die Erdbeerfarmerin?«

»Ja. Du meintest doch, du hast ihr von mir erzählt, oder?«

Er nickte. Astor vergaß nie etwas, das man preisgab. »Also, ja, ich habe dich ihr gegenüber erwähnt. Und am Samstag kannst du sie ja dann persönlich kennenlernen, und ich muss ihr keine Geschichten mehr über dich erzählen.« Ihm fiel ein, dass er das ja auch in der Gruppe getan hatte. Doch er würde seiner kleinen Tochter nicht sagen, dass er die Erdbeerfarmerin auch daher kannte. Das brauchte sie nicht zu wissen, und Amanda gegenüber wäre es unfair, vor allem, da sie ja selbst noch nicht ganz sicher zu sein schien, welchen Weg sie gehen wollte.

»Okay. Hat sie nun?«

»Hat sie was?«

»Den Sirup selbst gemacht?«

»Ich denke schon.«

»Krieg ich noch mehr Schokomilch?«, fragte Astor dann, und er schenkte ihr ein.

»Das ist aber genug für heute. Übrigens passt heute Abend Mrs. Haymond auf dich auf, weil Sam Musikprobe hat. Ich hoffe, das ist okay für dich?«

»Au ja. Mrs. Haymond erzählt die besten Geschichten. Sie war mal in einen jüdischen Jungen verliebt, der ihr weggenommen und in irgendein Lager gesteckt wurde. Sie hat ihn nie wiedergesehen. Dann hat sie, als sie mit ihren Eltern nach Amerika gekommen ist, ihren Mann, Mr. Haymond kennengelernt, und weil ihr Dad nicht mit ihm einverstanden war, sind sie zusammen fortgelaufen und haben heimlich geheiratet.«

Er konnte Astor nur sprachlos anstarren. Das alles hatte Mrs. Haymond ihr erzählt? Er hoffte nur, sie war nicht zu sehr ins Detail gegangen. Vielleicht würde er mal unter vier Augen mit ihr sprechen müssen. Besser früher als später.

Andererseits freute er sich ja, dass die Mädchen so gut mit ihrer älteren Nachbarin auskamen. Zumal sie zu Jodies Mutter überhaupt keinen Kontakt mehr hatten. Seine eigenen Eltern, die heute in Südkalifornien lebten, kamen zwar hin und wieder zu Besuch, doch die verhielten sich mit Ende sechzig keinesfalls so, wie man sich Großeltern vorstellte. Dafür waren sie viel zu jung geblieben. Sein Dad hörte Pink Floyd und CCR, und seine Mom legte ihren Freundinnen die Karten und sagte ihnen die Zukunft voraus. Nein, die beiden waren wirklich nicht die typische Grandma und der typische Grandpa mit weißem Haar und Geschichten aus der Vergangenheit, die sie ihren Enkeln erzählten. Deshalb freute es ihn umso mehr, dass Mrs. Haymond direkt gegenüber wohnte und diese Rolle eingenommen hatte.

Als er Astor also anderthalb Stunden später zu ihr rüberbrachte, versprach er, nicht später als halb zehn wieder zurück zu sein. Astor gab der alten Dame eine stürmische

Umarmung, und die beiden verschwanden im Haus. Jetzt hatte er Mrs. Haymond gar nicht gebeten, dass sie Astor keine allzu schrecklichen Geschichten über das Deutschland ihrer Jugend erzählen sollte, doch er hoffte, dass ihr guter Menschenverstand ihr schon sagen würde, wann es zu viel für eine Neunjährige war.

Auf dem Weg überlegte er, wie alt Ilse Haymond wohl sein mochte. Wenn sie sich damals im Zweiten Weltkrieg schon verliebt hatte, musste sie heute um die neunzig sein, oder? Wow, dafür war sie aber noch ziemlich fit, körperlich wie mental. Er hoffte, sie würde ihnen noch eine ganze Weile erhalten bleiben.

Als er auf den Parkplatz vor dem Gemeindezentrum fuhr, sah er einen dunkelroten Ford Explorer einparken – und Amanda saß am Steuer. Er konnte nicht anders, als zu lächeln und parkte gleich neben ihr. Dann stieg er mit pochendem Herzen aus und zwang sich, ihr ganz locker entgegenzutreten.

»Hi, Amanda. Wie schön, dass du tatsächlich wiedergekommen bist.«

Stirnrunzelnd sah sie ihn an. Heute trug sie eine Jeansjacke über einem dunklen Kleid und hatte ihr Haar zu einer Art Schlaufe gedreht.

»Du scheinst überrascht zu sein«, sagte sie. »Hast du etwa nicht geglaubt, dass ich wiederkommen würde?«

»Ich hatte es gehofft«, erwiderte er, und sie lächelten einander an. Gemeinsam gingen sie ins Gebäude. Er hatte das Gefühl, es erklären zu müssen, damit sie nicht dachte, er hätte an ihren Worten gezweifelt. »Versteh mich bitte nicht falsch, ich habe das eben nicht persönlich gemeint. Es ist nur so, dass viele Leute nur ein einziges Mal kommen und wir sie nie wiedersehen.«

»Ich hab schon verstanden. Es ist ja auch nicht leicht, sich seinen eigenen Dämonen zu stellen. Ich habe aber ein wirklich gutes Gefühl bei der Gruppe.« Sie sah ihn auf eine Weise an, die sein Herz schmelzen ließ.

Was machte diese Frau nur mit ihm?

Er wusste nicht genau, warum, aber in diesem Moment fasste er sich mit der Daumenkuppe an seinen Ehering, und irgendwie fühlte es sich falsch an. Nicht das Flirten, oder wie auch immer man das nennen konnte. Nein, zum ersten Mal fühlte es sich falsch an, dass er den Ring noch immer trug. Und er fragte sich, wieso er ihn nicht schon längst abgenommen hatte. Weil er ihn bisher davor geschützt hatte, sich auf etwas Neues einzulassen? Weil er damit jede andere Frau davon abgehalten hatte, sich ihm zu nähern?

Doch Amanda schien kein Problem damit zu haben. Zudem trug sie ja selbst einen Ehering. Zumindest glaubte er, dass es einer war. Doch andererseits war er sich ziemlich sicher, dass auch sie nicht mehr verheiratet war, er spürte es einfach.

Er hielt ihr die Tür auf und sofort wurden sie von den schon Anwesenden begrüßt. Hilda hatte heute Muffins mit Macadamianüssen und weißer Schokolade mitgebracht und verriet Melissa gerade das Rezept. Ahmet baute einen Turm aus Baklava auf, und Belinda unterhielt sich mit einer jungen Frau, die schon länger nicht mehr da gewesen war. Ashley war ihr Name, wenn er sich richtig erinnerte.

Amanda setzte sich auf denselben Platz wie letzte Woche und er sich auf seinen, von wo aus er sie gut im Blick hatte. Auch heute gab sie nichts von sich preis, er dagegen ließ die Gruppe daran teilhaben, wie Astor ihn heute wegen des Schulprojekts mit Fragen gelöchert hatte.

»Sie soll einen Elternteil beschreiben und nimmt es dabei

sehr genau. Sie hat mich nach meiner Schuhgröße, meinem Lieblingsgericht als Kind und nach meinem ersten Kuss gefragt. Und wie oft ich im Leben schon verliebt war.« Er senkte den Blick, weil die Antwort darauf ihn selbst noch immer mitnahm. »Ich habe ihr gesagt, dass ich nur ein einziges Mal wirklich verliebt war. In ihre Mom.«

Ein paar in der Gruppe seufzten, Melissa machte »Awww«, und Ahmet sagte: »Die wahre Liebe, es gibt sie nur einmal.«

»Wisst ihr, ich habe Jodie bereits auf der Highschool kennengelernt und war nie mit einer anderen Frau zusammen.« Erst als er die Worte ausgesprochen hatte, begriff er selbst, was sie bedeuteten. Was sie bedeuten könnten. Dass er nie eine andere Frau körperlich geliebt hatte. Und so war es auch gewesen, bis zu Jodies Tod. Danach war er so unglaublich wütend und verzweifelt gewesen, dass er an sehr schlechten Tagen viel zu viel getrunken und sich ein paarmal auch auf einen One-Night-Stand mit irgendeiner Fremden aus der Kneipe eingelassen hatte. Danach hatte er sich jedes Mal schrecklich gefühlt, aber sehr viel mieser hätte er sich eh kaum mehr fühlen können.

Er nahm Amandas Blick wahr, der auf ihm ruhte, und er merkte, wie er errötete. Schnell lachte er und sagte: »Na, wie auch immer, bei uns zu Hause wird es nie langweilig. Was gut ist, denn das lenkt mich von meinen Sorgen ab und davon, zu viel darüber nachzudenken, wie ... wie alles so weit kommen konnte.«

Einige der anderen stimmten ihm zu. Sie alle wussten, was er meinte.

»Und Sam ... wisst ihr, meine Sam, sie sieht Jodie jeden Tag ähnlicher. Was es nicht gerade leichter macht, sie zu vergessen.«

Jetzt schaltete Kelly sich ein. »Aber Carter, du sollst Jodie doch gar nicht vergessen. Sie ist ein Teil von dir und wird es immer bleiben. Bedenke, dass du Astor und Sam nicht hättest ohne sie.«

»Ja, das stimmt wohl. Und dafür sollte ich dankbar sein.« Er setzte sich aufrecht. »Dafür *bin* ich dankbar.«

»Das ist schön«, meinte Kelly. »Falls du fertig bist, möchte sich vielleicht noch jemand mitteilen?« Sie sah in die Runde. Als ihr Blick Amanda streifte, rutschte diese unruhig auf ihrem Stuhl herum. Doch dann meldete sich Ahmet und erzählte, wie sehr er seine Tochter vermisste, die in der kommenden Woche Geburtstag hätte, und er konnte Amanda aufatmen sehen.

Eine Stunde später standen sie beide wieder bei einem Becher Kaffee zusammen und wussten nicht so genau, was sie sagen sollten.

»Wie laufen die Vorbereitungen für deinen U-Pick-Bereich?«, fragte er.

Sie lächelte ihn an, ja, sie schien richtig erleichtert, dass die Zeit der tiefgründigen Gespräche vorbei war. »Die laufen wunderbar. Wir sind so gut wie fertig, und ich freue mich schon richtig auf Samstag.«

»Wir freuen uns auch«, ließ er sie wissen.

»Ihr?«

»Astor und ich. Ich habe ihr von der großen Eröffnungsfeier erzählt. Ich hab das Schild am Straßenrand gesehen.«

»Oh. Das hat meine Tochter gemacht. Eigentlich mehrere davon. Wir haben sie überall in der Gegend verteilt und hoffen, viele Vorbeifahrende auf unser Angebot aufmerksam zu machen.«

»Ich drück die Daumen. Also, Astor freut sich schon riesig aufs Erdbeerpflücken.«

Sie lächelte, sagte aber nichts mehr.

Es entstand wieder eine Stille, die er zu füllen versuchte, weil er auf keinen Fall wollte, dass Amanda sich unbehaglich fühlte und ging.

»Darf ich dich etwas fragen?«

Ein wenig ängstlich sah sie ihn an.

»Oh Gott, nichts Schlimmes«, versicherte er ihr. »Ich wollte eigentlich nur wissen, ob du mir ein einfaches Rezept für einen Kuchen verraten kannst.«

»Für einen Kuchen?«

»Ja. Nächste Woche findet da nämlich so ein Kuchenbasar an der Schule meiner Tochter statt, für einen guten Zweck, und jeder soll einen selbst gebackenen Kuchen beisteuern. Das mit dem Kochen bekomme ich inzwischen einigermaßen hin, aber Kuchenbacken ist mir noch immer nicht geheuer. Jedes Mal, wenn ich es versuche, hole ich entweder einen Stein aus dem Ofen heraus oder etwas, das schon bei der leichtesten Berührung auseinanderfällt.«

Sie musste lachen. »Warum fragst du nicht Hilda?«

Das war eine sehr gute Frage ...

»Die Meisterbäckerin? Weil ich mich nicht traue?« Er zog eine Grimasse und kratzte sich am Hinterkopf. »Die hält mich für total daneben, wenn ich nicht mal einen einfachen Rührkuchen hinbekomme.«

Amanda grinste. »Ich schreibe dir ein Rezept auf und gebe es dir am Samstag mit, okay? Ein ganz einfaches.« Plötzlich schien sie zu überlegen. »Wann, sagtest du, ist der Kuchenbasar?«

»Ich glaube, ich habe noch gar keinen Tag genannt. Der ist am Dienstag.«

»Kommt mir irgendwie bekannt vor. Wird mit den Einnahmen nicht ein Kinderspielplatz restauriert?«

»Genau.«

»Hmmm ... könnte es sein, dass unsere Töchter auf dieselbe Schule gehen?«

»Das könnte gut möglich sein.« Er hatte doch gewusst, dass er sie irgendwo schon mal gesehen hatte. »Sam ist auf der Montgomery High.«

»Meine Jane auch.«

»Was für ein Zufall.«

»Ja, wirklich.«

Eigentlich war es gar kein so großer Zufall, dass ihre Töchter auf dieselbe Highschool gingen, immerhin gab es im Umkreis nur zwei. Doch es war schon ein wenig schräg, dass sie beide Töchter auf der Montgomery High hatten und längst hätten aufeinandertreffen können. Doch das Schicksal hatte seine eigenen Pläne für die Menschen.

»Kommst du denn auch zu dem Basar am Dienstag?«, wollte er wissen.

»Eigentlich hatte ich das nicht vor, weil Jane das bestimmt nicht ... ähm, weil ich dann doch gerade erst das Selbstpflücken neu anbiete. Aber womöglich schaffe ich es ja doch. Mal sehen.«

»Ich würde mich freuen«, sagte er, befürchtete aber im selben Moment, es könnte ihr zu viel werden, wenn sie sich am Samstag und am Dienstag und am Donnerstag schon wieder sahen. Er blickte auf die Uhr. »Es tut mir so leid, aber ich muss leider erneut früh los. Heute ist Astor nämlich bei unserer neunzigjährigen Nachbarin, und die ist sicher schon fix und fertig.«

»Kein Problem, ich muss auch los. Es gibt noch viel zu tun.«

»Schön, dass du es heute trotzdem einrichten konntest herzukommen«, sagte er.

Sie lächelten einander an und verabschiedeten sich von den anderen. Hilda gab ihnen noch ein paar Muffins mit, und sie gingen zu ihren Autos.

»Es war nett, dich wiederzusehen«, sagte er, bevor Amanda einstieg.

»Fand ich auch«, erwiderte sie.

»Wir sehen uns am Samstag?«

Sie nickte, setzte sich auf den Fahrersitz, ließ den Motor an und fuhr davon. Carter blieb noch eine Minute stehen und sah ihr nach, dann zwang er sich, auch einzusteigen und nach Hause zu fahren.

Als er bei Mrs. Haymond klingelte, spielten Astor und sie gerade Scrabble. Er gab der alten Dame einen von Hildas Muffins ab und fragte, ob er im Gegenzug fürs Babysitten irgendetwas für sie tun könne.

Sie lächelte ihm zu und schüttelte den Kopf. »Ach, nein, ich mache das doch gerne. Astor und ich haben immer viel Spaß zusammen. Ich freue mich, wenn ich Gesellschaft habe.«

»Am Samstag fahren wir zu einer Erdbeerfarm, wo es ein Fest gibt und wo man selbst pflücken kann. Haben Sie Lust, uns zu begleiten?«, schlug er vor, weil er plötzlich großes Mitleid verspürte.

»Das ist sehr nett, danke schön, aber am Samstag bin ich mit meiner Freundin Mildred zum Bingo verabredet.«

Er lächelte, da er sich wohl völlig grundlos Sorgen gemacht hatte. Mrs. Haymond wusste sich anscheinend zu beschäftigen.

»Alles klar, dann vielleicht ein andermal. Und falls wir uns bis Samstag nicht mehr sehen: Viel Spaß beim Bingo!«

»Danke, mein Lieber. Gute Nacht, meine Kleine«, verabschiedete sie sich von Astor.

»Gute Nacht, Mrs. Haymond.« Astor drückte sie behutsam.

Carter und seine Tochter, die eigentlich längst im Bett hätte sein sollen, überquerten die Straße. »Na, was hat sie dir heute für Geschichten erzählt?«, fragte er beiläufig.

»Sie hat davon erzählt, wie sie im Krieg den Soldaten Pakete an die Front geschickt hat mit leckeren Sachen und selbst gestrickten Socken. Und wie sie daraufhin zwölf Heiratsanträge bekommen hat.«

Er musste lachen. Ach, gute Mrs. Haymond, vielleicht sollte sie ein Buch über all ihre Erlebnisse schreiben. Gutenachtgeschichten für Kinder waren es zwar nicht gerade, aber eine spannende Autobiografie könnte es auf jeden Fall werden.

»Wie war's heute, Daddy?«

»Es war sehr gut, danke der Nachfrage«, antwortete er und hatte sofort wieder ein Lächeln auf den Lippen, als er an Amanda dachte.

Amanda, die er schon in zwei Tagen wiedersehen würde. Er war gespannt, was Astor von ihr halten würde. Aber was machte er sich eigentlich für Gedanken? Die Frau besaß eine Erdbeerfarm und stellte den besten Erdbeersirup der Welt her – Astor würde sie lieben, anders konnte es gar nicht sein.

Kapitel 23

Amanda

August 2019

»Wir werden das schaffen, Tom. Wir haben diese verfluchte Krankheit einmal besiegt, wir werden sie auch ein zweites Mal besiegen«, sagte sie zuversichtlich, obwohl es sie innerlich zerriss, seit sie heute Morgen beim Arzt gewesen waren und der ihnen mitgeteilt hatte, dass der Krebs zurück war und sogar gestreut hatte.

Welch Ironie, dass ausgerechnet der Lungenkrebs Tom heimgesucht hatte, einen Menschen, der im Leben nie geraucht hatte. Aber so war es wohl manchmal einfach. Er holte sich, wen er wollte, und diesmal hatte er sich eben für ihren wunderbaren Ehemann entschieden – zum zweiten Mal.

Sie saßen auf der Bank auf der Veranda, von wo aus sie einen fantastischen Blick auf ihre Erdbeerfelder hatten und weit darüber hinaus. Tom sah abwesend in die Ferne und gab ihr keine Antwort, was sie ein wenig beunruhigte. Doch es war ja auch eine schlimme Nachricht, die er erst einmal verdauen musste, sie verstand das schon. Es war für sie alle nicht leicht, für ihn, für sie und ganz besonders auch für

Jane. Sie hatten einiges durchstehen müssen die letzten zwei Jahre, seit der Feind zum ersten Mal in Erscheinung getreten war. Die Chemotherapie, die Dialyse, die Tage, an denen Tom aufwachte und sich nicht nur wie ein ausgesaugtes Häufchen Elend fühlte, sondern auch so aussah. Als hätte man ihm alles genommen, seinen Mut, seine Kraft, sein fröhliches Wesen. Doch eines blieb, und zwar die Liebe zu seiner Familie und damit auch sein Kampfgeist, und zusammen schafften sie es durch diese schwierige Zeit, die Monate, in denen Tom übel war wie nie zuvor, in denen ihm die Haare ausfielen und er sich eine Glatze scheren musste. Wochen, in denen er kaum aus dem Bett kam, weil er sich zu schwach fühlte. Doch eines Tages gingen sie wieder zu Dr. Hopkins, und der teilte ihnen mit einem vorsichtigen Lächeln auf den Lippen mit, dass der Tumor um achtzig Prozent geschrumpft war. Dass sie nun auf eine vollständige Genesung hoffen durften.

Heute hatte Dr. Hopkins nicht gelächelt.

Tom war doch schon gesund gewesen! Ein Dreivierteljahr lang war er wieder er selbst gewesen, die Haare waren sogar wieder gewachsen. Er hatte wieder gelacht, sie hatten einen Sommerurlaub geplant und tatsächlich mal alle zusammen die Farm verlassen, hatten sie in Sergios Hände gegeben und waren zum Yosemite Nationalpark gefahren, um dort zu campen. Das war Toms Traum gewesen, seit sie denken konnte. Zehn Tage nur die Familie, die Natur und wunderbare Gedanken an die Zukunft. Jane hatte ihnen erzählt, dass sie davon träumte, eines Tages Kunst zu studieren. Und Tom sagte, dass sein nächstes Ziel der Grand Canyon sein sollte. Wenn er sich wieder richtig stark und gesund fühlte. Amanda erinnerte sich, wie sie ihren tapferen Mann angelächelt und gesagt hatte: »Da bin ich dabei.«

Und jetzt waren sie wieder da angelangt, wo sie schon einmal gewesen waren. Am Abgrund. Doch auch diesmal würden sie es zurück an die Oberfläche schaffen, ans Licht, da war sie sich ganz sicher. Sie mussten nur zusammenhalten, wie sie es immer taten.

Tom allerdings schien weit weniger hoffnungsvoll zu sein. Denn diesmal gab er bereits auf, bevor er überhaupt angefangen hatte, aus dem Abgrund herauszuklettern.

Er nahm jetzt den Blick vom Horizont und wandte ihn ihr zu. »Ich glaube nicht, dass ich das noch einmal kann«, *sagte er, und ihr Herz blieb stehen.*

»Was meinst du damit, Tom?«, *wagte sie zu fragen.*

»Die Chemo, die absolute Übelkeit, der Schwindel und das überwältigende Schwächegefühl. Wieder mit einer Glatze herumlaufen zu müssen. Das bin nicht ich, Amy. Ich möchte aber als ich selbst von dieser Welt gehen, möchte, dass ihr mich so in Erinnerung behaltet.«

Tränen stiegen ihr in die Augen. »Tom, was redest du denn da? Du wirst doch nicht von dieser Welt gehen. Du wirst wieder gesund werden, wie beim ersten Mal.«

»Hast du denn nicht bemerkt, wie Doc Hopkins uns angesehen hat? Voller Mitleid? Diesmal ist es einfach nicht wie beim ersten Mal.« *Tom sah zu Boden und beobachtete einen Marienkäfer, der sein Hosenbein hinaufkletterte.*

Wenn der verdammte Marienkäfer es sogar schaffte hochzuklettern!

»Nein, Tom! Das kann ich nicht akzeptieren. Du hast noch einen Schock von der Nachricht, dass der Krebs zurück ist. Das kann ich verstehen. Aber wir werden nicht so einfach aufgeben, sondern kämpfen und siegen, wie wir das schon einmal erfolgreich getan haben.«

Tom schüttelte den Kopf. »Der Krebs hat gestreut, die

Chancen der Genesung sind sehr gering, das hat der Doc doch gesagt, nicht wahr?«

»Eine geringe Chance ist aber besser als gar keine Chance, oder? Oder etwa nicht, Tom?« Sie war jetzt richtig aufgebracht. Wie könnte sie es zulassen, dass ihr geliebter Mann, ihr Partner in allen Lebenslagen, ihr Seelenverwandter so einfach aufgab?

Doch Tom hatte schon aufgegeben, und in diesem Moment wusste sie, dass sie nichts, rein gar nichts dagegen tun konnte.

Denn er nahm jetzt ihre Hände in seine und sagte ihr: »Amy, du und Jane, ihr seid das Beste in meinem Leben. Das Beste, was mir je hätte passieren können. Ich liebe euch beide mehr als alles andere, ja, mehr als mein Leben. Und ich möchte euch das nicht noch einmal antun, wenn ich doch weiß, dass es am Ende doch nichts gebracht haben wird. Ich möchte die Zeit, die ich noch mit euch habe, in vollen Zügen genießen. Wir könnten noch mal zum Disneyland fahren, solange ich mich einigermaßen gesund fühle. Vielleicht machen wir sogar unsere Reise zum Grand Canyon.« Traurig lächelte er sie an, und sie legte den Kopf an seine Brust und weinte verzweifelte Tränen.

Wie sollte sie das nur ihrer Tochter beibringen, wie ihr sagen, dass sie ihren Vater im Alter von vierzehn Jahren verlieren sollte? Und das würde sie, wenn Tom eine Behandlung verweigerte. Dr. Hopkins hatte gesagt, ohne erneute Chemotherapie hätte er keine sechs Monate mehr.

Am Ende waren es nicht einmal drei.

Anfang November ging Tom von ihnen. In einer Sonntagnacht schlief er friedlich ein und wachte am nächsten Morgen nicht mehr auf. Nach Disneyland hatten sie es nicht mehr geschafft und erst recht nicht zum Grand Canyon. Alles, was sie gehabt hatten, waren gemeinsame Stunden, in denen sie viel geredet und sich an alte Zeiten erinnert hatten, in denen alles noch voller Hoffnung und Wunder gewesen war. Und sie hatten von der Zukunft gesprochen. Tom hatte sie gebeten, sich gut um Jane zu kümmern, sie dann und wann daran zu erinnern, wie sehr er sie geliebt hatte und dass der Tag ihrer Geburt der schönste in seinem Leben gewesen war. Darauf zu achten, dass sie einen guten Weg einschlug, sich mit den richtigen Leuten umgab und etwas aus ihrem Leben machte.

Und er bat Amanda um noch einen Gefallen. Sie musste ihm das Versprechen geben, dass sie nicht in Trauer versinken, sondern eines Tages der Liebe eine zweite Chance geben würde.

»Wie kann ich dir so etwas versprechen, Tom?«, hatte sie ihn gefragt. »Du bist meine einzig wahre Liebe. Ich glaube nicht, dass es die im Leben ein zweites Mal gibt, und ich will auch überhaupt niemanden an meiner Seite haben, wenn du es nicht sein kannst.« Sie weinte bei diesen Worten, in diesen Zeiten flossen sehr viele Tränen.

Tom legte eine Hand an ihr Kinn und zwang sie, ihm in die Augen zu blicken. Sie saßen zusammen auf der Couch und sahen sich alte Videos an, in denen Jane als Zweijährige durch die Erdbeerfelder lief und die reifen Früchte ihrer ersten Ernte pflückte.

»Amy, du musst es mir versprechen. Ich will nicht, dass du den Rest deines Lebens allein verbringst. Du bist noch viel zu jung…«

»Du auch, Tom! Du bist viel zu jung zum Sterben!«, hatte sie voller Bitterkeit gerufen.

»Schhhh!«, hatte er gemacht und zu Janes Zimmer gedeutet. Sie sollte nicht wissen, wie schlimm es wirklich um ihn stand. Allerdings war ihre Tochter nicht dumm, das war ihnen beiden klar. Sie hatte doch längst erkannt, dass es diesmal anders war als beim ersten Mal. Dass ihnen nicht mehr viele Tage blieben. Auch sie verbrachte besonders viel Zeit mit Tom, und er genoss jede Sekunde davon.

»Tom, ich kann nicht …«, sagte sie erneut.

»Bitte, Amy. Es ist das Einzige, um das ich dich bitte.«

Sie sah ihn an, diesen Mann, der nur noch ein Schatten seiner selbst war. Der in den letzten drei Monaten ein Drittel seines Gewichts verloren hatte und der nicht einmal mehr wie Tom aussah. Und dabei war es doch das gewesen, was er unbedingt gewollt hatte, er selbst bleiben, damit sie ihn so in Erinnerung behalten konnten.

In seinen Augen allerdings sah sie noch immer dieselbe Liebe, die sie dort schon immer gesehen hatte. Auch wenn sie ansonsten krank und fahl und glanzlos wirkten, war tief in ihnen doch noch all das, was er einmal gewesen war. Und da wusste sie, dass sie ihn nicht enttäuschen konnte.

»Na gut, mein Liebling. Wenn es dein einziger Wunsch ist, dann verspreche ich es dir.«

»Sag es, Amy. Sag mir, dass du nicht allzu lange um mich trauern wirst. Sondern dass du der fröhliche, freundliche, herzliche Mensch bleiben wirst, in den ich mich vor achtzehn Jahren verliebt habe.«

»Der werde ich sein, Tom. Ich verspreche, dass ich mein Bestes geben werde, um immer dieser Mensch zu bleiben. Für dich.« Ihr rannen die Tränen über die Wangen, und Tom wischte sie ihr mit zittrigen Fingern weg.

»Gut.« Er schenkte ihr ein Lächeln. »Und jetzt musst du mir nur noch sagen, dass du auch wieder nach der Liebe

suchen wirst und dass du kein schlechtes Gewissen haben wirst, dich auf sie einzulassen, wenn du sie gefunden hast.«

Jetzt weinte sie nur noch viel mehr. Schluchzend sagte sie: »Ich werde nach der Liebe suchen und kein schlechtes Gewissen haben, wenn ich sie finde.« Sie wusste überhaupt nicht, wie sie diese Worte hatte herausbekommen können, doch sie wusste, dass Tom es nur gut mit ihr meinte. Dass er nichts wollte als ihr Glück. Er wollte wissen, dass es ihr gut ging, wenn er sie für immer verließ. Und da ihr klar war, dass ihr nicht mehr viel Zeit mit ihm blieb, versprach sie ihm, was immer er wollte.

Sie hätte ihm alles versprochen.

Zufrieden lächelte er sie an, nahm sie in den Arm, und zusammen sahen sie der kleinen Jane weiter beim Erdbeerenpflücken zu.

Nur Tage später war Tom nicht mehr da. Das Video steckte noch heute im Player, und Toms Duft hing noch immer in der Luft. Doch er hinterließ so eine tiefe Lücke in ihrem Leben, dass sie kaum glaubte, sie jemals wieder füllen zu können.

Kapitel 24

Jane

»Tut es noch weh?«, fragte Cal, mit dem sie seit geschlagenen vier Stunden am Tisch saß, den Leuten Körbe aushändigte, dafür zwölf Dollar kassierte und ihnen sagte, dass sie, wenn sie bis zum Ende der Saison noch einmal mit ihren Körben wiederkamen, sich diese für nur zehn Dollar erneut füllen durften. Ihre Mom bestand darauf, dass sie das extra noch mal erwähnte, obwohl es doch schon auf den ungefähr fünfzigtausend Schildern stand, die sie überall aufgestellt hatten.

Zuerst hatte sie sich gefragt, ob sich das Ganze überhaupt lohnen würde oder ob sie nicht sogar Verluste dabei machen würden. Denn klar, die Leute zahlten zwölf Dollar für drei Pfund Erdbeeren, aber würden sich während des Pflückens nicht alle heimlich den Bauch vollschlagen? Sie hätte es gemacht. Doch zu ihrer Überraschung schienen die Leute ehrlich zu sein, denn sie nahmen teilweise sogar mehr als nur einen Korb. Ab und zu kamen mehrere befreundete Personen oder ganze Familien, und jeder nahm sich einen, was wirklich gute Einnahmen brachte. Ihre Mutter könnte tatsächlich recht damit haben, dass das eine lukrative Idee war. Sie hoffte es sehr, denn die Farm aufgeben wollte sie auf gar keinen Fall. Das hätte ihrem Dad das Herz gebrochen. Nun mussten sie natürlich abwarten, ob es die kommenden Tage und Wochen so weitergehen würde, oder ob nur die Eröffnungsfeier die Leute herbeigelockt hatte.

Es waren echt viele gekommen, damit hatte sie gar nicht gerechnet. Vielleicht lag es ja sogar doch ein bisschen an den einladenden Schildern, die sie gefertigt hatte. Zumindest hatte ihre Grandma sie so genannt. Die hatte sie am Montag nach der Schule auf der Farm angetroffen, wie sie zusammen mit ihrer Mom den Stand vor dem Haus herrichtete. Und danach war sie beinahe jeden Tag gekommen, so auch heute, und sie betonte immer wieder, dass sie nur hier war, um zu helfen. Jane allerdings ahnte, dass sie auch noch aus einem anderen Grund hier war. Sie hatte wohl das Gefühl, dass es zwischen ihrer Tochter und ihrer Enkelin nicht so perfekt lief, wie sie es sich wünschte, und wollte vermitteln, sich einmischen, und sie ständig mit guten Ratschlägen bombardieren – zumindest versuchte sie es. Jane hatte allerdings nicht das Gefühl, dass es etwas brachte. Sie und ihre Mom waren sich keinen Schritt näher gekommen, obwohl da neulich, am Sonntagabend, so ein winziger Moment gewesen war, wo sie fast vergessen hätte, was vorgefallen war. Wo sie sich wieder wie früher gefühlt hatte, geborgen und geliebt. Doch der war ganz schnell wieder verflogen gewesen.

»Tut nicht mehr weh«, sagte sie und sah auf ihren Arm, der in einem langen Sweatshirtärmel steckte. In dem Teil schwitzte sie zwar bei dieser Hitze ganz schön, aber sie wollte nicht, dass ihre Mom oder noch schlimmer ihre Grandma es entdeckten.

»Hast du deiner Mom noch immer nichts davon erzählt?«,

fragte Cal und reichte zwei kleinen Mädchen Körbe, während sie bei deren Müttern abkassierte.

Sie schüttelte den Kopf.

»Und wann willst du es tun?«

»Niemals?«, erwiderte sie und gab einer älteren Dame drei Dollar raus.

Cal reichte ihr einen Korb und sagte: »Viel Spaß! Und denken Sie daran, nur die richtig roten zu pflücken, da Erdbeeren nicht nachreifen.«

»Danke, mein Junge«, meinte die Frau und spazierte mit ihrem Korb in der Hand los.

Jetzt wandte Cal sich wieder ihr zu. »Hm, kapier ich nicht. War das nicht der Sinn und Zweck des Ganzen? Dass du deine Mom damit treffen wolltest?«

Sie starrte ihren besten Freund an. Also, wenn er wirklich dachte, sie hätte sich das Tattoo nur stechen lassen, um ihre Mutter zu provozieren, dann kannte er sie weit schlechter, als sie geglaubt hatte. Dabei hätte er es besser wissen müssen, schließlich war er dabei gewesen, als sie zwei Tage zuvor zu dem Tätowierer gegangen war, den Aiden ihr empfohlen hatte. Thunder. Er hatte tatsächlich keinen Ausweis sehen wollen und ihr für hundert Dollar genau das auf die Innenseite ihres Unterarms gestochen, was sie im Sinn gehabt hatte.

»Ich hab es nicht deswegen gemacht, Cal.«

»Schon klar. Ich meine, ich weiß, warum du es getan hast, aber sei ehrlich«, er senkte seine Stimme. »Du hattest doch die ganze Zeit im Hinterkopf, dass du es deiner Mom damit ein wenig heimzahlen könntest, oder?« Er sah sich um, um sicherzustellen, dass auch niemand etwas von ihrem Gespräch mitbekam.

Sie zuckte die Achseln. »Vielleicht.«

»Na, ihr beiden Süßen, kommt ihr zurecht?«, hörte sie die Stimme ihrer Grandma, die sich sogleich zu ihnen gesellte. Sie musste gestehen, dass sie es ein wenig peinlich fand, dass ihre Grandma sie und vor allem Cal ständig »süß« nannte.

»Alles gut, Grandma.«

»Wie sieht es mit den Einnahmen aus?«, fragte sie gerade, als schon wieder ein paar Kunden kamen.

»Sehr gut«, erwiderte Jane und deutete zu dem Tisch auf der anderen Seite der Haustür, an dem Grandma Patty bis eben gestanden hatte, um Eis in rosa Pappbecher zu füllen und Erdbeerstückchen darüberzugeben; auf Wunsch konnte man auch noch Sahne, Sirup oder Streusel haben. Die Kinder waren ganz aus dem Häuschen.

Grandma Patty sah hinüber und eilte zurück, als sie die zwei jungen Frauen entdeckte. »Huhu, ich komme schon!«, rief sie winkend, und Cal lachte.

»Deine Grandma ist echt witzig.«

»Ja, vor allem mit dem T-Shirt.« Sie trug passend zur Eröffnungsfeier eins mit einer großen roten Erdbeere darauf, die ein Gesicht hatte.

Plötzlich sah sie jemanden aus der Richtung des Parkplatzes kommen und verdrehte die Augen. »Was wollen die denn hier?«, fragte sie genervt.

Cal sah ebenfalls hinüber. »Wen meinst du?«

»Siehst du diesen Typen da mit dem U2-T-Shirt?«

Calvin nickte. »Ich kenn ihn nicht. Wer ist das?«

»Das ist der Daddy vom Cheerleading-Captain höchstpersönlich.«

»Von Cassidy Jackson?«

»Nein, von der anderen. Sam. Die Freundin von dem Idioten Jeremy.«

»Samantha Green? Die ist Co-Captain.«

Stirnrunzelnd sah sie Cal an. Schon ein bisschen merkwürdig, dass er sich so gut bei den Cheerleaderinnen auskannte. Wahrscheinlich hatte er ein paarmal zu oft die *Gomery* gelesen. Sie musste schmunzeln.

»Bist du sicher, dass das ihr Dad ist?«, fragte er.

»Klar. Hast du ihn noch nie an unserer Schule gesehen? Der ist doch ständig überall anwesend. Bei jedem ihrer Konzerte, jedem Cheerleading-Wettbewerb, jeder Weihnachtsfeier, jedem Kuchenbasar ...«

»Da fällt mir ein, dass am Dienstag einer ist«, meinte Cal.

»Ja, ich weiß. Willst du da etwa hin?«

Er zuckte die Achseln. »Ich mag Kuchen.«

»Ich weiß. Ich hab da aber keinen Bock drauf. Meiner Mom wollte ich gar nichts davon erzählen, aber sie hat anscheinend in der Rund-E-Mail der Schule davon erfahren. Gestern hat sie mich nämlich gefragt, ob sie einen Kuchen backen soll.«

»Ich mag Kuchen«, entgegnete Cal erneut.

»Oh, Cal.« Sie stieß ihn mit der Schulter an. »Wir können auch gerne irgendwo Kuchen essen gehen, aber doch nicht auf so 'nem langweiligen Basar in der Schule.«

»Da ist der aber ziemlich billig, oder?«

Sie seufzte. »Ich backe dir einen ganzen Kuchen nur für dich allein, okay? Wenn du den blöden Basar ganz schnell wieder vergisst.«

Er grinste sie an. »Du willst mir einen Kuchen backen? Hast du jemals einen gebacken? Weißt du überhaupt, wie das geht?«

»Kann doch nicht so schwer sein.« Und falls sie es nicht hinbekam, würde sie eben Grandma Patty fragen.

»Okay, abgemacht.«

Sie schenkte ihm ein Lächeln. Sein Auge war jetzt nicht mehr geschwollen und die Farbe ziemlich verblasst.

»Danke, J. P.«

»Ich danke dir. Dafür, dass du mich das heute nicht allein durchmachen lässt. Hast du je so viele fröhliche Gesichter gesehen?« Die Leute schienen echt völlig begeistert zu sein von der Eröffnungsfeier, dem Erdbeerpflücken, dem selbst gemachten Eis, der Musik, die aus den Lautsprechern ertönte, den Picknicktischen, dem Spielplatz und dem Glücksrad, das ihr Grandpa noch gebastelt hatte. Jeder durfte einmal drehen, und wenn das Rad bei dem goldenen Streifen stehen blieb, konnte man sich ein Glas Marmelade oder eine Flasche Sirup aussuchen. Für die Kinder gab es eine Tüte süße Gummierdbeeren.

»Ist doch schön, dass es so gut läuft«, sagte er und holte ein paar Stapel Körbe von der Veranda. »Kannst du nicht auch mal versuchen, ein bisschen positiv zu sein? Das hier könnte immerhin eure Farm retten.«

Sie hatte ihm erzählt, dass sie kurz vor der Pleite standen – natürlich hatte sie das, immerhin war Cal ihr bester Freund, sie erzählte ihm alles! Aber dass er sie jetzt bat, positiver zu sein, gefiel ihr überhaupt nicht. Sie gab doch ihr Bestes, lächelte alle Kunden an. Na okay, vielleicht hatte er ja recht, vielleicht sollte sie wirklich ein bisschen fröhlicher sein, ein bisschen mehr mit den Leuten reden. Dem Geschäft schaden würde es sicher nicht.

Sie wollte Cal gerade etwas antworten, als sie Sams Vater jemandem zuwinken und kurz darauf ihre Mom auf ihn zugehen sah. Sie hatte ein lächerliches Strahlen im Gesicht, und dann umarmte sie Sams Dad auch noch! Der schien das ziemlich zu genießen, denn er strahlte mindestens genauso sehr, und dann stellte er ihr seine kleine Tochter vor.

Jane konnte nicht anders, als die drei angeekelt anzustarren. »Siehst du das?«, fragte sie Cal.

Er sah hin und zuckte die Achseln. »Die scheinen sich zu kennen.«

»Und woher bitte?«

»Keine Ahnung. Von irgendeiner Schulveranstaltung vielleicht?«

»Mom war seit Ewigkeiten auf keiner.«

»Dann vielleicht aus der Trauergruppe? Sams Mom ist doch vor einer Weile gestorben, oder?«

Verdammt, das konnte angehen. Oh Gott, das durfte doch nicht wahr sein! Wie die beiden miteinander lachten und flirteten! Sie hielt das keine Sekunde länger aus, ihr wurde richtig schlecht.

»Ich geh mal kurz aufs Klo. Kommst du allein klar?«

»Logo.«

Sie ging ins Haus, ließ im Bad das Leitungswasser laufen, legte die Hände darunter und machte sich das Gesicht nass. Dann schob sie ihren Ärmel hoch, holte die kleine Cremetube aus der Hosentasche und gab ein wenig davon auf ihr Tattoo. Auf den Schriftzug *Dad,* der in fünf Zentimeter großen, kursiven schwarzen Buchstaben auf ewig ihre Haut zieren würde.

Die Tür wurde geöffnet, und ihre Grandma stieß einen Schreckensschrei aus, schneller, als sie gucken konnte. Schneller, als sie realisieren konnte, dass sie dummerweise vergessen hatte, die Badezimmertür abzuschließen. Das war nur passiert, weil sie so schockiert gewesen war über das Verhältnis zwischen ihrer Mom und Sams Dad – oder was auch immer es war.

»Jane, Kind!«, hörte sie ihre Grandma jetzt sagen. »Was, um Himmels willen, hast du getan?«

»Ich ... ich wollte ihn auf meinem Arm verewigen. Damit er immer bei mir ist«, sagte sie und zeigte Grandma Patty das Tattoo.

Die hatte sofort Tränen in den Augen. »Ach, mein Liebling.« Sie nahm sie in den Arm und hielt sie eine ganze Weile. Dann sagte sie jedoch: »Wir müssen das aber deiner Mom erzählen.«

»Kannst du das nicht machen? Ich hab echt Angst davor, wie sie reagiert.«

»Na, ich kann es mir vorstellen«, entgegnete Grandma Patty. »Wir werden schon eine Lösung finden. Aber erst morgen. Heute wollen wir ihr den schönen Tag nicht verderben, ja? Ich habe meine Amanda lange nicht so glücklich gesehen.«

Bei Jane machte sich ein dicker Kloß im Hals bemerkbar. Ja, so kam es ihr auch vor. Vor allem schien sie wegen einer Person so glücklich zu sein, und das war ausgerechnet der Dad von Sam. Samantha Green, das Mädchen, das sich für besser als alle anderen hielt. Das Mädchen, das mit dem Kotzbrocken Jeremy zusammen war und nur dumm dagestanden und dabei zugesehen hatte, wie er Cal zusammenschlug. Sam, das Mädchen, das für all die blöden Girlies der Montgomery High stand und das sie mehr verabscheute, als sie es mit Worten ausdrücken konnte. Sie konnte nur hoffen, dass das alles ein mieser Albtraum war und Sams Dad da draußen sich in Luft auflösen würde, sobald sie wieder rauskam. Doch als sie zusammen mit ihrer Grandma durch die Haustür trat, war er noch immer da, und ihre Mom stand noch immer bei ihm. Die beiden lachten ausgelassen, und ihre Mom schien ihren Dad völlig vergessen zu haben. Und in diesem Augenblick war das Tattoo eine richtige Genugtuung. Am liebsten würde Jane auf der Stelle auf sie zugehen und es ihr zeigen und dem blöden Typen auch, damit er wusste, dass sie einen Vater gehabt hatte, den ihre Mutter noch immer liebte. Zum Beweis trug sie noch immer ihren Ehering!

Und jetzt sah sie, dass Sams Dad auch noch einen Ehering am Finger hatte. Das war doch krank! Am liebsten hätte sie sie beide angeschrien, damit sie damit aufhörten, sich so widerwärtig zu verhalten. Doch alles, was sie tun konnte, war sie anzustarren, während ihr Herz entzweibrach.

Kapitel 25
Amanda

Die Eröffnungsfeier war ein voller Erfolg. Sie war schon mit einem Lächeln aufgewacht und konnte es den ganzen Tag nicht abstellen. Und warum sollte sie auch? Es gab doch jede Menge Gründe, um sich zu freuen.

Die Farm war voller Besucher, Familien, die gekommen waren, um frische, reife Erdbeeren zu pflücken und Spaß zu haben. Und es schien ihr wirklich gelungen zu sein, ihnen einen schönen Tag zu bereiten. Der Spielplatz kam bei den Kindern gut an, das Glücksrad war eine super Idee von ihrem Dad gewesen, der versprochen hatte, nach seinem Angelausflug auch noch vorbeizukommen, das Eis war der absolute Verkaufsschlager, und sie musste ständig neues herstellen beziehungsweise Nachschub aus der Kühltruhe holen. Und die Leute tanzten sogar zu der Musik, die sie für diesen besonderen Tag zusammengestellt hatte: fröhliche Songs für ein fröhliches Event.

Sie sah Jane beinahe bei jedem neuen Lied, das über die Lautsprecher erklang, die Augen rollen, doch heute machte ihr das überhaupt nichts aus. Ganz im Gegenteil, sie freute sich sogar richtig, dass ihre Tochter dabei war an diesem

Tag, der hoffentlich die Wende bringen würde. Jane saß schon seit Stunden gemeinsam mit Calvin am Verkaufstisch und beklagte sich kein einziges Mal, dass es ihr zu viel wurde. Ja, sie lächelte die Kunden sogar freundlich an, und Calvin war sowieso nett und hilfsbereit wie immer. Amanda war richtig angetan von den beiden.

Dann war da ihre Mutter. Die war einfach unglaublich gewesen, war an beinahe jedem Tag der Woche gekommen, um zu helfen. Und sie hatten wirklich Großartiges geschaffen. Sogar der Parkplatz sah aus wie ein richtiger Parkplatz mit Abgrenzungen und einem Schild, das ebenfalls Jane gezeichnet hatte.

Und den größten Einsatz zeigten die fleißigen Erntehelfer, die gratis Überstunden machten und heute so wunderbar Anteil nahmen. Felicitas half ihr mit dem Eis und dem Schneiden der vielen, vielen Erdbeeren, Esmeralda stand am Glücksrad und begrüßte die Besucher mit einem riesigen Lächeln im Gesicht, und Sergio und Romeo hatten so viele rote und rosafarbene Luftballons aufgehängt, dass man denken konnte, die Farm würde gleich davonfliegen. Amanda war rundum glücklich, das war sie schon die letzten Tage gewesen und heute ganz besonders.

Und dann war Carter gekommen.

Zusammen mit seiner entzückenden Tochter Astor, die er ihr gleich vorstellte und die von ihrem Erdbeersirup schwärmte, war er gegen Mittag eingetroffen. Jetzt war es bereits halb drei am Nachmittag, und die beiden waren noch immer da.

Mit einem Lächeln im Gesicht ging sie ihre Runde, fragte die Besucher, ob sie Spaß hatten und ob sie eine kleine Flasche Wasser haben wollten, die sie zu Hunderten im günstigen Supermarkt eingekauft hatte. Als sie Carter und Astor inmitten der Erdbeeren auf dem Feld entdeckte, schlenderte sie zu ihnen.

»Hey, ihr beiden. Wie gefällt es euch?«, erkundigte sie sich.

»Das macht sooo Spaß!«, ließ Astor sie wissen, und Carter nickte zustimmend.

»Ich kann dich wirklich nur beglückwünschen zu deiner tollen Idee.«

»Na ja, eigentlich war es ja nicht meine Idee. Viele Farmer der Gegend bieten einen Pick-your-own-Bereich an.« Das sah man an den vielen Einträgen auf der Internetseite *www.pickyourown.org*, in die sie sich auch eintragen lassen hatte.

»Na, dann dafür, dass du das alles so wunderbar umgesetzt hast. Und dann auch noch in so kurzer Zeit und mit so vielen coolen Extras. Ich frage Astor schon die ganze Zeit, ob wir nicht endlich mal zum Glücksrad wollen. Ich liebe die Dinger nämlich, musst du wissen.«

»Das stimmt«, sagte Astor mit einem Augenrollen und einem Kichern. »Und er gewinnt ehrlich immer!«

»Ach ja?«, fragte sie nach und sah ihn an.

»Jedes Mal. Mach dich drauf gefasst, dass du gleich ein Glas Marmelade los bist.«

Einer ihrer Lieblingssongs erklang: *Dancing in the Dark* von Bruce Springsteen. Ganz automatisch begann sie, dazu zu wippen.

»Coole Songauswahl«, meinte Carter und wippte mit.

»Danke.«

»Bruce ist der Beste«, ließ die kleine Astor sie wissen.

Überrascht sah sie sie an. »Du kennst *The Boss* Bruce Springsteen?«

»Klar. Daddy hört ihn rauf und runter.«

»Wow, ich bin beeindruckt.« Sie konnte Carter nur erstaunt anstarren. Dieser Mann war genau nach ihrem Geschmack. Ein Vater, der seinen Kindern gute alte Musik vorspielte, ihnen Eis selbst machte, einen Kuchen für die Schulveranstaltung backen wollte ... Da fiel ihr ein, dass sie das Rezept ja für ihn aufgeschrieben hatte. Sie fischte es aus der hinteren rechten Jeanstasche und reichte es ihm.

»Was ist das?«, fragte er. »Ein Liebesbrief?« Normalerweise hätte sie das unpassend, vielleicht sogar aufdringlich gefunden, doch bei Carter war das anders. Da war es einfach nur witzig.

Sie musste lachen. »So was Ähnliches.«

Er faltete den Zettel auseinander. »Ein Kuchenrezept! Perfekt, danke.«

»Oh nein, willst du etwa backen?«, fragte Astor erschrocken.

Carter nickte. »Für den Kuchenbasar an der Montgomery am Dienstag.«

»Ach du heilige Kuh! Das wird bestimmt wieder ein dicker, fetter Stein.«

Amanda musste abermals lachen. Dieses Vater-Tochter-Gespann machte einfach gute Laune. Sie sah zu ihrer Mutter hinüber, die ihr ein erfreutes Lächeln zuwarf.

»Es ist ein ganz einfaches Rezept«, versicherte sie der Kleinen. »Das kriegt bestimmt sogar dein Daddy hin.«

»Ich weiß nicht ... Vielleicht sollten wir auf das Preisschild einen Hinweis schreiben, dass einem beim Essen des Kuchens ein Zahn ausfallen könnte.«

»Haha!«, sagte Carter, nahm Astor den Erdbeerkorb ab, bat Amanda, ihn kurz zu halten, und dann kitzelte er seine Tochter durch, dass sie sich kaputtlachte.

Allein den beiden zuzusehen bewirkte schon, dass Amanda sie besser kennenlernen wollte. Dass sie *Carter* besser kennenlernen wollte, sich eventuell sogar mit ihm zu einem

Date verabreden wollte. Sie hatte in letzter Zeit oft an das Versprechen denken müssen, das sie Tom gegeben hatte. Es war jetzt anderthalb Jahre her, dass er von ihr gegangen war. Vielleicht war es nun an der Zeit, dass sie an die Zukunft dachte. Tom hätte bestimmt mit ihr geschimpft, dass sie so lange gewartet hatte.

Doch sie konnte wirklich und ohne schlechtes Gewissen sagen, dass sie jetzt bereit war. Natürlich würde sie Tom immer vermissen und war sich sicher, nie wieder jemanden so lieben zu können wie ihn, und wahrscheinlich würde sie auch weiterhin Momente haben, in denen sie sich so fürchterlich nach ihm sehnte, dass ihr das Atmen schwerfiel, doch es war an der Zeit, nach vorn zu blicken. Sie spürte eine Veränderung in sich, und sie war froh, dass sie eingetroffen war. Nur gab es da natürlich noch ein ziemlich großes Problem. Jane wäre bestimmt nicht einverstanden, wenn sie einen neuen Mann in ihrer beider Leben ließ. Sie hatte ihre Blicke gesehen, als Carter eingetroffen war und sie ihn umarmt hatte. Und dabei hatte sie das gar nicht bewusst getan. Doch sie war heute einfach in diesem Umarmmodus, sodass sie sich nichts weiter dabei gedacht hatte und ihn ganz automatisch auch auf diese Weise willkommen geheißen hatte. Es waren so viele Freunde und Bekannte gekommen, die sie eingeladen hatte, dass er einfach zu einem von ihnen geworden war.

Jane hatte das nicht gefallen. Doch Amanda gefielen auch viele Dinge nicht, die ihre mürrische Tochter tat, und sie konnte doch nicht immer nur Rücksicht auf sie nehmen. Es war ja auch noch gar nichts zwischen Carter und ihr passiert, und vielleicht würde es das auch nie. Doch allein der Gedanke daran war schön.

Und als Astor und Carter jetzt zu dem Song mitsangen,

stimmte sie einfach ein und fühlte sich ausgelassen wie lange nicht mehr.

»Jetzt können wir zum Glücksrad gehen, Daddy«, sagte Astor eine kleine Weile später, als sie genug gepflückt und gesungen hatte. Es war wirklich spaßig gewesen, und einige Leute hatten ihnen lächelnd zugesehen, wie sie zu dritt – die neue Erdbeerband – abgefeiert hatten. Vielleicht sollten sie öfter gemeinsam auftreten, dachte Amanda lachend und führte Carter und seine Tochter zur Einfahrt hin, die heute als Festplatz herhielt.

»Krieg ich ein Eis, Daddy?«, fragte Astor, und Amanda packte die Gelegenheit beim Schopf und brachte die beiden zuerst zu ihrer Mom und dann an den Tisch zu Jane, die vorhin, als sie für den Korb bezahlt hatten, im Haus gewesen war. Wenn sie eh schon alle anwesend waren, wollte sie sie auch gleich einander vorstellen.

»Hey, Jane«, sagte sie und hoffte, sie würde sich nicht wieder aufführen, wie sie es in letzter Zeit leider so oft tat. »Wie läuft es bei euch?«

»Gut«, grummelte sie.

»Alles bestens, A. P.«, meinte Calvin lächelnd.

»Sehr schön.« Sie sah kurz zu Carter und Astor, die ihren Korb so voll bepackt hatte, dass er beinahe überquoll. Carter hatte angeboten, ihn ihr abzunehmen, doch sie wollte ihn unbedingt selbst halten – ihre eigene Ernte. Dann wandte Amanda sich wieder an Jane und Cal. »Ich würde euch gerne einen Bekannten von mir vorstellen. Das ist Carter, und das Mädchen hier mit dem Erdbeervorrat für eine ganze Woche ist Astor. Und diese beiden Helden sind meine Tochter Jane und ihr bester Freund Calvin«, richtete sie ihre Worte dann an ihre Besucher. Und sie meinte das mit den

Helden ganz ernst. Sie wusste nicht, was sie heute ohne die beiden getan hätte.

»Hi«, sagte Cal, weil Jane gar nichts sagte. »Schön, euch kennenzulernen.«

»Carter hat eine Tochter, die auf eure Schule geht, vielleicht kennt ihr sie. Ihr Name ist...«

»Sam Green, richtig?«, fragte Calvin.

Verblüfft sah sie ihn an. Auch Carter schien überrascht, doch Astor antwortete gleich: »Stimmt!«

»Seid ihr Freunde von Sam?«, fragte Carter.

»Kann man eigentlich nicht sagen, C. G.«

Als Carter jetzt nur noch verdutzter dreinblickte, klärte Amanda ihn auf. »Calvin nennt alle Leute bei ihren Initialen.«

»Ah, klar«, erwiderte er nickend und ein wenig schmunzelnd und nahm einen Löffel Eis mit Erdbeeren – ohne irgendwelche Extras.

Astor stellte jetzt ihren überquellenden, ziemlich unhandlichen Korb vor Jane ab, damit sie sich ihrem Eis – mit viel Sahne, einem großen Schuss Sirup und einer ganzen Hand voll Streusel – widmen konnte.

»Eure Erdbeeren sind voll lecker«, sagte sie.

Jane starrte die Kleine nur an. Kein freundliches Lächeln, kein nettes Wort, kein »Hat es euch Spaß gemacht?«, nicht einmal ein »Danke«.

Eindringlich sah Amanda sie an, doch sie beachtete sie gar nicht.

»Ich hoffe, das Pflücken hat dir Spaß gemacht?«, fragte Calvin dann zum Glück.

»Total. Ich würde das am liebsten jeden Tag machen.«

»Oh Gott«, meinte Carter. »Wer soll denn all die Erdbeeren essen?«

»Sam freut sich bestimmt auch über selbst gepflückte Erdbeeren«, meinte Astor, und Amanda nahm wahr, wie Jane und Cal sich einen merkwürdigen Blick zuwarfen. Sie hatte keine Ahnung, was der zu bedeuten hatte, aber sie musste gestehen, sie war ziemlich enttäuscht von Janes Verhalten.

Als Carter noch einmal zum Eisstand zurückging, weil sie vergessen hatten, sich Servietten mitzunehmen, ergriff sie die Chance.

»Würde es dich umbringen, ein bisschen höflicher zu unseren Kunden zu sein?«, flüsterte sie Jane mit zusammengebissenen Zähnen zu, sobald er außer Hörweite war.

»Ja«, antwortete sie patzig.

»Zu den anderen Kunden ist sie freundlicher, keine Sorge«, mischte Calvin sich ein und erntete gleich einen bösen Blick von Jane.

Hätte Astor nicht noch immer bei ihnen gestanden, hätte Amanda jetzt noch was gesagt, doch sie befürchtete, dass dieses gesprächige kleine Mädchen es ihrem Daddy weitererzählen würde, wenn sie jetzt eine Szene machte. Und eigentlich wollte sie das auch gar nicht, denn der Tag war viel zu schön, um ihn damit zu ruinieren. Das war es einfach nicht wert.

Allerdings sah Jane das anscheinend anders. Denn plötzlich verschränkte sie die Arme vor der Brust und funkelte sie verachtend an. »Wieso sollte *ich* denn auch noch nett zu ihm sein, wenn *du* schon nett für zwei bist?«, fauchte sie.

»Wie bitte?« Schockiert sah sie sie an.

»Na, wie du dich aufführst, total peinlich! Wie du mit fremden Männern herumflirtest, ich könnte kotzen!«

Jetzt wurde es aber wirklich zu viel. Sie sah sich um und musste feststellen, dass ein paar Leute zu ihnen herübersahen.

»Es reicht, Jane«, sagte sie so ruhig wie möglich. »Wenn

du ein Problem damit hast, wie ich mit unseren Kunden umgehe und dass ich im Gegensatz zu dir ein wenig lächle und freundliche Worte mit ihnen spreche, dann können wir da gerne später drüber reden. Hier und jetzt ist weder der richtige Ort noch der richtige Zeitpunkt. Okay?« Sie blickte ihr direkt in die Augen und hoffte nur, dass sie es gut sein ließ, fürs Erste zumindest.

»Von mir aus«, erwiderte sie. »Trotzdem ist das voll unangemessen, Mom. Ehrlich. Dad ist erst seit einem Jahr tot!«

Amandas Herz pochte schneller, so schnell, dass es herauszuspringen drohte. Sie wusste gar nicht, wie sie reagieren, was sie machen sollte, dass die Situation nicht eskalierte. Und dann bemerkte sie auch noch, dass Carter längst wieder neben ihr stand. Am liebsten wäre sie davongelaufen.

Doch sie atmete ein paarmal tief durch und riss sich zusammen. »Danke, dass du mich daran erinnerst, Jane. Und jetzt reicht es. Wenn du nicht hier sitzen und dich mit einem Lächeln im Gesicht um unsere Kunden kümmern kannst, dann darfst du gerne aufstehen und reingehen.«

Genau das tat Jane. Cal sah ihr nach und schenkte Amanda dann einen entschuldigenden Blick, als hätte er irgendetwas mit Janes Verhalten zu tun, dabei konnte der arme Junge doch überhaupt nichts dafür. Astor starrte Jane ebenfalls hinterher, nur Carter sah Amanda verständnisvoll an.

»Tut mir ehrlich leid, wie sie sich verhalten hat. Es ist alles nicht so leicht für sie«, sagte sie ihm.

»Ich verstehe das«, meinte er. »Mach dir keine Gedanken.«

Sie nickte. Atmete noch einmal durch. »Okay, wollen wir jetzt zum Glücksrad gehen?«

Astor war sofort dabei, und Carter streifte im Hinübergehen wie zufällig ihre Hand mit seinem kleinen Finger. Ein Blitz durchfuhr sie, und sie lächelte ihn schüchtern an. Janes zickiges Benehmen war sofort vergessen, und sie genoss einfach nur die Nähe dieses Mannes, der sie wirklich glücklich machte, mit dem sie gerne zusammen war und den sie so liebend gern in ihr Leben lassen wollte. Und dieses eine Mal würde sie nicht danach gehen, was Jane wollte, sondern auf ihr Herz hören. Und auf Tom – das war sie ihm schuldig.

Kapitel 26

Carter

Sie war perfekt.

Nicht nur hatte sie einen super Musikgeschmack, mochte Bruce Springsteen, liebte ihren Beruf und lebte für ihre Erdbeerfarm, war leidenschaftlich, witzig und wunderschön, sie war auch einfach unglaublich mit Astor und hatte die Sache mit ihrer Tochter besser geregelt, als er es je gekonnt hätte. Jeder andere Mensch wäre wohl ausgerastet, doch sie hatte tief durchgeatmet und die Situation mit ruhigen Worten und einem Ausweg für Jane gerettet, bevor sie ausufern konnte. Und er hatte nicht nur sie bewundert, sondern war auch unendlich dankbar gewesen, dass er mit seinen eigenen Töchtern solch ein Glück hatte. Dass sie sich ihm gegenüber nicht so respektlos benahmen und ihn vor anderen beleidigten und bloßstellten. Am liebsten hätte er Amanda tröstend in die Arme genommen, und er hoffte nur, dass er ihr mit Blicken und Worten hatte zeigen können, was er empfand: Mitleid und Verständnis. Und er hoffte, sie wusste, dass er da war, wenn sie reden oder sich ausweinen wollte, wenn sie eine Schulter zum Anlehnen brauchte. Nicht, weil er Mitglied der Trauergruppe war, sondern weil er sie mochte.

Mehr mochte, als er in sehr langer Zeit irgendeine Frau gemocht hatte. Er hoffte so, dass sie spürte, was er für sie empfand, und er wünschte sich von Herzen, dass es ihr genauso erging.

Da waren solche Momente ... als sie inmitten der Erdbeerfelder zusammen gesungen hatten zum Beispiel. Er hätte niemals geglaubt, je wieder so einen ausgelassenen Augenblick mit einer Frau zu erleben. Und dann, als die Ausgelassenheit vorbei gewesen war und er ihre Hand berührt hatte, waren da Funken gewesen – zumindest er hatte sie wahrgenommen.

Sie auch?

Amanda. Wie traurig sie sein musste. Denn jetzt kannte er endlich den Grund, weshalb sie die Trauergruppe aufsuchte. Sie hatte ihren Mann verloren, und es war nicht einmal annähernd so lange her wie bei ihm. Nur ein Jahr, zumindest hatte Jane das gesagt. Er verstand auch sie, wie schwer musste es sein, wenn der Vater gestorben war und die Mutter sich mit einem anderen Mann auch nur fröhlich unterhielt? Bei Astor war es etwas anderes, sie war noch so klein gewesen, als Jodie gestorben war, aber was Sam anging, machte er sich schon Gedanken. Wie würde sie darauf reagieren, wenn er ihr sagte, dass es da eine Frau gab, die er gernhatte? Er wusste, er musste es bald tun, noch vor dem Kuchenbasar, denn Sam war nicht dumm, und er war sich sicher, dass sie etwas bemerken würde. Und sei es nur ein Blick, den er Amanda zuwarf. Sie sollte es nicht auf diese Weise erfahren, es war nur fair, dass er es ihr beichtete.

Es war komisch, dabei von Beichten sprechen zu müssen. Als wäre es etwas Verbotenes. Dabei wollte er doch einfach nur wieder glücklich sein, wie alle anderen Menschen auch. Sam hatte ihren Jeremy und Astor hatte ihre vielen kleinen

Freundinnen, doch er hatte niemanden neben seinen Töchtern, niemanden, mit dem er Erwachsenengespräche führen oder dem er seine Sorgen und Ängste anvertrauen konnte. Niemanden, dessen Nähe er genießen konnte. In den letzten drei Jahren war ihm gar nicht so richtig bewusst gewesen, wie sehr er das doch brauchte. Jetzt aber, da Amanda in sein Leben getreten war, sah er ganz klar und wusste, er wollte endlich nach vorn blicken.

Und deshalb fuhr er an diesem Montagmorgen, nachdem er Astor an der Schule abgesetzt hatte, zur Farm.

Er fand den kleinen Verkaufsstand am Straßenrand, an dem er sie zum ersten Mal erblickt hatte, leer an. Wahrscheinlich würde sie hier zukünftig auch nicht mehr sitzen, da sie ja nun alle Hände voll zu tun hatte mit ihrer U-Pick-Farm und dem Verkauf von Erdbeeren und Eis und was sonst noch alles dazugehörte. Er fuhr also die Einfahrt rein, parkte auf dem Parkplatz und ging zum Haus rüber, vor dem er Amanda an ihrem Tisch entdeckte. Es war ein hübsches Haus, noch ziemlich neu und mit massiven weißen Säulen, die ein bisschen an alte Herrenhäuser auf Baumwollplantagen erinnerten. Nur war das Haus nicht sehr hoch gebaut, sondern bestand nur aus dem großen Untergeschoss und einem kleineren Dachgeschoss, in dem sich lediglich ein oder zwei Zimmer befanden, wenn er es richtig sah. Er fragte sich, wo sie wohl ihr Zimmer hatte …

»Guten Morgen!«, begrüßte Amanda ihn, als sie ihn auf sich zukommen sah. Sie strahlte ihn richtig an, was sein Herz hüpfen ließ.

»Guten Morgen.« Er lächelte zurück.

»Sag nicht, euch sind die Erdbeeren schon ausgegangen«, meinte sie.

»Doch, die sind tatsächlich schon alle«, ließ er sie wissen.

»Wir hatten viele Erdbeershakes und Smoothies die letzten beiden Tage.«

»Hört sich lecker an. Ich habe auch eine Schwäche für Smoothies.«

»Ja? Was ist deine Lieblingssorte?«, erkundigte er sich.

»Erdbeer-Banane-Minze.«

»Oh. Außergewöhnlich.«

»Hat Jane sich ausgedacht. Ist wirklich gut, musst du unbedingt ausprobieren.«

»Das mache ich vielleicht. Oder du machst mir mal einen. Irgendwann«, fügte er hinzu, weil er nicht aufdringlich klingen wollte.

»Gerne.« Sie lächelte ihn an. Dann jedoch wirkte sie ein wenig nervös und strich sich immer wieder eine lose Haarsträhne hinters Ohr, als würde sie sie dort festkleben wollen.

»Alles okay?«, fragte er.

Sie hob eine Schulter an. »Ich muss zugeben, dass es mir noch immer ziemlich unangenehm ist, wie das Ende unseres schönen Zusammentreffens am Samstag abgelaufen ist.«

Er erinnerte sich zurück. Nachdem Jane sich wütend ins Haus verzogen hatte, hatte er das Glücksrad gedreht, wie angekündigt ein Glas Marmelade gewonnen, und sie hatten sich noch eine Weile an einen der Picknicktische gesetzt, wo Astor die Reste ihres geschmolzenen Eises aufgegessen hatte und sie sich zu dritt noch ein wenig unterhalten hatten. Klar, die Stimmung war nach dem Vorfall zwischen Mutter und Tochter ein wenig getrübt gewesen, aber er hatte es nicht als unangenehm empfunden. Es war ja nichts zwischen Amanda und ihm gewesen. Ganz im Gegenteil.

»Da brauchst du dir ehrlich keine Gedanken zu machen«, versuchte er sie nun zu beruhigen. »Ich fand den Tag wirklich schön.«

»Ja, ich auch. Bis ... weißt du, Jane ist seit dem Tod ihres Dads manchmal ziemlich schwierig. Wir haben so unsere Probleme.«

»Das ist verständlich. Es ist nie leicht für ein Kind, wenn ein Elternteil ... nicht mehr da ist. Ich weiß doch am besten, wie das ist.«

»Haben deine Töchter sich auch so benommen?«

Er mochte ihr nicht sagen, dass es bei ihnen das genaue Gegenteil war. Dass seine Töchter wahre Engel waren. »Weißt du, ich glaube, jedes Kind geht da anders mit um. Und jeder zurückgebliebene Partner auch. Ich glaube, bei uns war sogar ich es, der die meisten Probleme hatte und alle in den Abgrund zog. Eine Weile. Glücklicherweise hab ich diese Phase überwunden.«

»Mithilfe der Trauergruppe?«, wollte sie wissen.

Er nickte. »Sie war ein wahrer Segen für mich. Und auch für meine Töchter. Denn dadurch habe ich mich zusammengerissen und bin zu dem Vater geworden, den sie brauchen.«

»Es freut mich wirklich für dich, dass du jetzt besser mit allem klarkommst.«

»Das werdet ihr auch. Ganz sicher.« Er lächelte ihr zuversichtlich zu. Da er selbst gut wusste, dass Beileidsbekundungen überhaupt nichts brachten, versuchte er es damit: »Du musst nur geduldig sein. Mit der Zeit wird es leichter, versprochen.«

»Ich hoffe es.« Sie blickte zum Horizont, und erst jetzt bemerkte er, dass man von hier aus sogar das Meer sehen konnte. Das war ihm vorher gar nicht aufgefallen. Wahrscheinlich, weil er nur Augen für Amanda gehabt hatte. »Weißt du«, fuhr sie fort, »es ist nicht erst ein Jahr her, wie Jane meinte. Sondern bereits anderthalb.«

Er wusste, warum sie das sagte. Weil es sich besser anhörte, dass man sich anderthalb Jahre nach dem Tod des Ehepartners statt nur nach einem mit jemand Neuem anfreundete. Jeder einzelne Tag machte da schon etwas aus. Und nur wer selbst seine große Liebe verloren hatte, konnte das nachvollziehen. Nur der wusste, dass ein Tag sich wie ein Monat und ein Jahr sich wie hundert Jahre anfühlten. Doch das, was sie versuchte, war gar nicht nötig. Vor ihm brauchte sie sich nicht zu rechtfertigen – ganz besonders nicht vor ihm.

Doch weil es ihr sicher schwerfiel, sich ihm gegenüber zu öffnen, sagte er: »Diese anderthalb Jahre müssen hart gewesen sein.«

»Das waren sie.«

Er nickte, und sie nickte ebenfalls. Und dann sagte er, einfach, weil er nicht anders konnte: »Weißt du, Amanda, eigentlich bin ich gar nicht hier, weil ich solch einen großen Bedarf nach Erdbeeren habe.«

»Bist du nicht?«

Er sah ihr an, dass ihr innerlich genauso warm wurde wie ihm.

Er schüttelte den Kopf und trat verlegen von einem Bein auf das andere, steckte sich die Daumen in die vorderen Jeanstaschen und presste die Lippen aufeinander. Dann nahm er all seinen Mut zusammen. »Ich bin hier, weil ich Bedarf hatte, dich zu sehen.«

Und dann waren da nur noch Sonnenstrahlen und Musik und Herzen, die zueinanderfanden. Keine weiteren Worte waren nötig – sie wussten beide, dass dies der Beginn von etwas Wunderbarem war.

Kapitel 27

Samantha

Mit gemischten Gefühlen begrüßte Sam ihren Dad, als er mit Astor zusammen auf den Schulhof spazierte, den Kuchen in der Hand, den sie beide am Abend zuvor gebacken hatten, während Astor das Puzzle endlich fertiggestellt hatte.

Sie dachte daran zurück, wie fröhlich ihr Dad gewesen war und wie sie sich für ihn gefreut hatte, dass er einen so schönen Tag gehabt zu haben schien – bis er ihr den Grund für seine außergewöhnlich gute Laune genannt hatte. Und dieser Grund war eine Frau!

Es handelte sich dabei um die Erdbeerfarmerin, bei der ihr Dad und ihre Schwester Erdbeeren pflücken gewesen waren. Er erzählte ihr, dass er sie aus der Trauergruppe kannte. Sie hatte erst zweimal teilgenommen, und er kannte sie noch nicht allzu gut, doch er schien sie sehr zu mögen, das sah Sam ihm deutlich an. Und sie wusste nicht, was sie davon halten sollte. Ob es ihr gefiel, dass ihr Dad nach dem Tod ihrer Mom einer anderen Frau näherkam. Andererseits war er nun bereits seit drei Jahren allein, und sie hatte natürlich gewusst, dass der Moment früher oder später kommen würde. Ein bisschen bereute sie jetzt sogar, nicht mit zu der Farm gekommen zu sein. Sie hätte nach dem Spiel dazustoßen können, doch ihr war klar gewesen, dass Jeremy den zu erwartenden Sieg gegen die Salinas Racoons feiern wollen würde – und so war es dann natürlich gekommen. Die Lions hatten die Racoons fertiggemacht, und sie waren feiern gegangen – diesmal nicht in den Stardust Diner, sondern an den Strand, wo eine richtige Party stattfand mit Musik, jeder Menge Alkohol und einem Lagerfeuer, über dem Marshmallows geröstet und Würstchen gebraten wurden. Jeremy hatte sie mit einem Hot Dog in der Hand angestrahlt, als wäre er gerade zum Präsidenten gekürt worden, und er hatte sie vor allen Leuten geküsst, als wäre es der letzte Kuss der Menschheit.

Es war ein schöner Tag gewesen. Sie war froh gewesen, wieder voll dabei zu sein: als Cheerleaderin, als Teil der angesagtesten Clique der Schule und als Jeremys Girl. Ein bisschen aber wünschte sie sich doch, sie hätte diese Frau sehen können, von der ihr Dad mit glitzernden Augen erzählte und deren Kuchenrezept er nachbackte.

Als hätte er ihre Gedanken gelesen, sagte er wie nebenbei: »Du wirst sie übrigens morgen kennenlernen, beim Kuchenbasar. Sie hat auch eine Tochter an der Montgomery.«

»Ehrlich? Wen denn?«

»Hübsches Mädchen, sie ist in deinem Alter. Ihr Name ist Jane Parker. Ich glaube, ihr kennt euch?«

Ihr fiel die Kinnlade herunter.

Jane Parker?

Zombie-Jane?

Das konnte doch nicht wahr sein!

Völlig schockiert versuchte sie sich allerdings, nichts anmerken zu lassen und nickte nur. »Ja, ich kenne sie flüchtig. Wir haben ein paar Kurse zusammen.«

»Das ist doch nett.«

»Ja. Nett.«

»Oh, wow, der ist ja tatsächlich was geworden!«, hatte ihr Dad dann begeistert ausgerufen, als er den Kuchen aus dem Ofen geholt hatte.

Und jetzt stand er strahlend vor ihr.

Sie konnte sehen, dass er sich auf diese Frau freute. Auf Jane Parkers Mutter. Amanda hieß sie, hatte er ihr verraten. Sie konnte sich nicht erinnern, sie je auf einer Schulveranstaltung gesehen zu haben, wieso auch, Jane war weder Mitglied in einer der Bands noch in einem der Sportteams. Sie war also sehr gespannt, wie diese Amanda aussah und wie sie wohl so war. Sie musste ja wirklich was Besonderes sein, wenn ihr Dad für sie seine Zeit als einsamer Ritter aufgab und zudem ihre Mom hinter sich lassen wollte. Bei dem Gedanken daran fühlte sie einen Stich in ihrem Herzen. Denn es schmerzte, ihn sich mit einer anderen Frau vorzustellen. Sie nahm ihm den Kuchen ab und stellte ihn auf den Verkaufstisch zu den anderen. Kaum einer kaufte jedoch ein Stück von dem schlichten Zitronengugelhupf, viel beliebter waren der Lava-Kuchen mit dem flüssigen Schokokern des Koch- und Backkurses, die dreistöckige Mangotorte, die Cassidys Mutter beigesteuert hatte, die aber sicher nicht mit Liebe selbst gebacken, sondern aus einer überteuerten Konditorei war, und die rosa Glitter-Cupcakes, die Tammy und Holly selbst gemacht hatten, wie Holly ihr stolz erzählt hatte.

Tammy verhielt sich noch immer komisch. Total abweisend, sie sah ihr nicht mal mehr ins Gesicht, wenn sie mit ihr redete, sondern irgendwo anders hin, zu Boden oder auf den Saum ihres T-Shirts. Und sie sprach nur das Nötigste mit ihr, nur um sich danach schnell wieder zu verziehen.

Und Cassidy benahm sich auch nicht normal und nicht

nur sie! Sam bemerkte, als sie nun am Küchentisch stand und auf zahlende Kundschaft wartete, dass Cassidy und Jeremy sich' merkwürdige Blicke zuwarfen. Sie konnte sie nicht deuten, hatte aber ein eigenartiges Gefühl. Doch sie kam gar nicht dazu, sich weitere Gedanken zu machen, denn in dem Moment sah sie zwei Personen auf den Hof kommen und ihren Dad, der sich zuvor mit Principal Curry unterhalten hatte, auf sie zugehen. Er begrüßte die Frau, umarmte sie sogar leicht und richtete ein paar Worte an Jane, die er ebenfalls schon persönlich zu kennen schien.

Wann bitte hatte er sie denn kennengelernt? Etwa auf der Farm? Und wenn er sie schon mal in natura gesehen hatte, wieso, um Himmels willen, hatte er sie dann als »hübsch« bezeichnet?

Okay, vielleicht war sie es mal gewesen, aber in diesen schrecklichen schwarzen Outfits, mit den wirren Haaren und ungeschminkt wie eine Zehnjährige, konnte man sie doch nicht ernsthaft hübsch nennen.

Sie konnte das Dreierpack nur anstarren und noch immer nicht begreifen, dass diese Amanda wirklich Jane Parkers Mutter war. Warum musste ihr Dad sich ausgerechnet in sie verknallen? Warum mussten ausgerechnet die beiden Montgomery-Elternteile, deren Ehepartner gestorben waren, in einer Trauergruppe in Monterey aufeinandertreffen? Was zum Teufel dachte sich das Schicksal nur dabei?

Als die drei jetzt auf sie zukamen, merkte sie, wie sie sich versteifte. »Hallo«, sagte sie trotzdem freundlich lächelnd, denn das hatte sie nun mal drauf.

»Hallo«, sagte auch Amanda, die wirklich hübsch war, wie Sam jetzt erkannte. Ganz anders als ihre Tochter. Sie trug ihr braunes Haar zu einem hohen Pferdeschwanz gebunden und hatte ein niedliches gelb-weiß geblümtes Sommerkleid an. »Du musst Samantha sein. Ich habe schon viel von dir gehört.«

Sie schüttelte die Hand, die Amanda ihr über den Tisch reichte. »Sam«, stellte sie richtig. »Ich meine, so werde ich von allen genannt. Freut mich sehr, Sie kennenzulernen.«

»Ich freue mich ebenso. Das ist meine Tochter Jane. Aber ihr kennt euch ja anscheinend schon.« Sie sah zuerst zu ihr, dann zu Jane, dann wieder zu ihr und lächelte dabei freundlich.

Sam versuchte, ihr Lächeln ebenfalls aufrechtzuerhalten, obwohl ihr speiübel wurde. »Ja, wir haben ein paar Kurse zusammen.«

Jane grummelte auch irgendetwas in der Art.

Jetzt kam Astor dazu, die mit irgendwelchen anderen Kindern gespielt hatte. Sie warf sich Amanda in die Arme, als würden sie sich seit Jahren kennen. Sam sah Jane an, dass sie sich ebenfalls am liebsten übergeben hätte, weil ihre Eltern was am Laufen hatten.

»Guck mal, wie gut unser Kuchen geworden ist. Willst du ihn probieren?«, fragte Astor aufgeregt.

»Aber natürlich, das lasse ich mir nicht entgehen. Ein Stück, bitte«, sagte sie zu ihr und wandte sich an Jane. »Willst du auch etwas?«

»Nein, danke«, antwortete die angewidert. »Kann ich jetzt zu Cal gehen?«

»Na gut. Wir treffen uns nachher am Eingang und fahren zusammen nach Hause, okay?« Amanda warf ihrer Tochter einen eindeutigen Blick zu, und Sam spürte, dass die beiden Ärger gehabt hatten.

Sie schnitt ein großes Stück vom Kuchen ab, legte es auf einen Pappteller, kassierte einen Dollar ein und wünschte guten Appetit.

Sie sah Amanda, ihrem Dad und Astor nach, wie sie über den Hof gingen, und versuchte, Jane ausfindig zu machen, die sie beim Waffelstand mit Calvin entdeckte. Jedes Mal, wenn sie ihn sah, überkam sie sofort wieder ein schlechtes Gewissen. Denn seine Nase und sein Auge schienen zwar so einigermaßen wieder in Ordnung zu sein, doch die Bilder, wie Jeremy auf ihn eingeprügelt und wie er wimmernd am Boden gelegen hatte, und wie Jane verzweifelt auf die Knie gegangen war und sich über ihn gebeugt hatte, wollten ihr einfach nicht aus dem Kopf gehen. Und dieser Blick, den Jane ihr zugeworfen hatte ... ein Blick, der sie fragte, warum zum Teufel sie nichts unternahm!

Und das hatte sie sich seitdem selbst sehr häufig gefragt. Nun, die offensichtliche Antwort kannte sie, und die war, dass sie es sich nicht mit Jeremy verscherzen wollte. Dass es ihr gereicht hatte, einmal ausgeschlossen und von der Clique ignoriert zu werden, allein zu sein und sich erneut verlassen zu fühlen. Doch da war irgendwo tief in ihr noch eine andere Stimme, die ihr sagte, dass das alles nicht richtig war. Erstens, dass sie sich immer auf Jeremys Seite stellen musste, egal, was er auch tat und ob sie es als richtig oder falsch erachtete, und zweitens, dass eine Clique, eine Gruppe von Freunden, einfach so jemanden ausschloss, nur weil er etwas Dummes getan hatte.

Und was, verdammt noch mal, hatte sie denn überhaupt getan, das so dumm gewesen sein sollte? Dass sie nicht mit Jeremy ins Bett gehüpft war? Dass sie nur einmal für das eingestanden war, an das sie glaubte?

Das konnte es doch nicht sein, das Leben, das sie führen wollte.

Sie nahm jetzt Janes und Calvins Blicke wahr, die auf ihr lagen. Sie redeten über sie, das wusste sie. In ihr kam wieder die Scham zum Vorschein, und am liebsten wäre sie rübergegangen und hätte ihnen gesagt, wie leid ihr alles tat. Doch natürlich machte sie das nicht. Jeremy oder Cassidy oder Richie oder Tammy hätten es sehen können, und dann hätte sie sich wieder rechtfertigen müssen.

Nur wusste sie plötzlich überhaupt nicht mehr, vor wem sie sich überhaupt noch rechtfertigen wollte.

Kapitel 28

Jane

»Guck sie dir an«, meinte sie und war so was von genervt. Die letzten Tage waren der Horror gewesen. Erst hatte sie am Samstag erfahren, dass ihre Mom sich für einen neuen Mann interessierte, dann kam ihre Grandma ständig damit an, dass sie ihrer Mutter von dem Tattoo erzählen sollten, und nachdem sie sich am Sonntagabend endlich dazu durchgerungen hatte, es ihr zu gestehen, war ihre Mom total ausgerastet. Was ja auch nicht anders zu erwarten gewesen war. Zum Glück war Grandma Patty dabei gewesen, um ein wenig zu schlichten. Allerdings hatte Jane ihre Mom noch nie so wütend erlebt. Sie hatte wohl ziemlichen Mist gebaut, und so sehr sie sich innerlich auch freute, ihrer Mutter eins ausgewischt und ihr – besonders jetzt – gezeigt zu haben, dass *sie* ihren Dad nicht so einfach vergessen würde, hatte sie doch nicht so richtig an die Konsequenzen gedacht.

Sie hatte nicht nur zwei Wochen Hausarrest und für die kompletten Sommerferien Erdbeerstand-Dienst aufgebrummt bekommen, sie hatte auch mit zu diesem dämlichen Kuchenbasar gehen müssen, zu dem ihre Mom unbedingt wollte, obwohl sie seit Ewigkeiten bei keiner schulischen

Veranstaltung gewesen war. Der Grund dafür war klar: Carter war hier. Carter mit seinem lässigen Rockeraussehen und seinen coolen Band-T-Shirts (heute trug er eins mit The Police drauf), Carter, der Supervater mit seiner perfekten Tochter Samantha, die in allem so viel besser war als sie. Sie konnte das Mädchen nicht ausstehen. Es nervte schon, sie in der Schule zu sehen, und jetzt sollte sie womöglich sogar privat mit ihr zu tun haben?

Cal sah zu Sam rüber, die an ihrem Kuchentisch stand und in ihrem rosa Kleid so perfekt aussah.

»Was hast du eigentlich für ein Problem mit ihr?«, wollte er wissen. »Ich meine, schon klar, sie ist mit dem Arsch Jeremy zusammen, aber ansonsten ist sie doch eher unauffällig, oder hat sie dir irgendwas getan?«

Sie sah ihren besten Freund an, als hätte er sie gerade gefragt, ob sie an den Strand gehen und sich bei Britney-Spears-Musik in einem pinken Bikini in die Sonne legen wollte. Und genauso absurd hatte sich seine Frage auch angehört.

»Cal! Hast du etwa schon vergessen, wie sie neulich dabeigestanden hat, als Jeremy dich zusammengeschlagen hat? Und einfach überhaupt nichts getan hat? Du weißt genauso gut wie ich, dass sie ihn hätte stoppen können. Aber sie hat gar nicht dran gedacht. Warum auch? Diese Kids, diese scheißreichen Kids, die so aussehen, als wären sie einem Tommy-Hilfiger-Werbespot entsprungen, machen doch immer nur, was sie wollen – und mit allem kommen sie durch! Jeremy musste nicht mal ins Schulbüro wegen dem, was er dir angetan hat, obwohl es sogar in der *Gomery* stand und Principal Curry ganz sicher davon erfahren hat.«

»Doch, doch, er musste ins Schulbüro. Hab ich zumindest gehört.«

»Ehrlich?« Überrascht sah sie ihn an. »Warum hast du mir das nicht erzählt?«

»Hab ich wohl vergessen, sorry.«

Wie hatte er denn so etwas Wichtiges vergessen können? Wo war Cal in letzter Zeit nur mit seinen Gedanken?

»Und was ist dabei rausgekommen? Hat er eine Strafe erhalten? Wurde er von den Lacrosse-Spielen ausgeschlossen?«

Cal schüttelte den Kopf. »Nein. Er hat nur eine Verwarnung gekriegt und musste einen Nachmittag lang auf dem Schulhof Müll sammeln. Hab ich gehört.«

»Siehst du? Genau das meine ich. Und das alles nur, weil er der Lacrosse-Star schlechthin ist. Hätte sich aber jemand wie du das Gleiche erlaubt, wäre er sicher schon von der Schule geflogen.«

Cal zuckte die Achseln. »Kann sein. Es ist aber, wie es ist, J. P., daran können wir nichts ändern. Und mal ehrlich? Ich will gar nicht wie Jeremy sein. Klar ist es cool, bei allem bevorzugt zu werden, aber das sind doch alles Idioten. Die halten sich für was Besseres, sie sind es aber nicht. Ich bleibe lieber ich selbst und bin mit dir befreundet statt mit denen.«

Sie musste zugeben, dass seine Worte sie berührten, doch sie hätte es niemals laut ausgesprochen. Stattdessen sagte sie: »Ich hätte dich auch geschlagen, wenn du jetzt was anderes gesagt hättest.« Sie grinste ihren besten Freund an. »Also, ich hab jetzt erst mal Hausarrest. Vielleicht kann ich meine Mom aber irgendwie überreden, dass du trotzdem mal vorbeikommen kannst. Bestimmt hat sie nichts dagegen, wenn du mit mir am Verkaufsstand sitzt. Hab ich schon erwähnt, dass ich das die ganzen Sommerferien machen muss?« Sie rollte die Augen.

»Oh Mann, das klingt ätzend. Für dich, meine ich. Ich hab eigentlich kein Problem damit, da mit dir zu sitzen.

Am Samstag hat es sogar irgendwie Spaß gemacht. Und die Pizza, die wir uns danach bestellen durften, war der Hammer.«

Schon klar, Cal tat alles für was Gutes zu essen.

»Okay, dann ist das abgemacht. Unsere Hauptbeschäftigung für die Sommerferien wird es sein, dumm herumzusitzen und Erdbeeren zu verkaufen.« Sie stupste ihn mit der Schulter an.

»Falls deine Mom es erlaubt.«

»Lass das mal meine Sorge sein.«

»Sie ist also so richtig ausgerastet, hm?«

»Oh ja.«

»Und, ist es das nun wert gewesen?«, wollte Cal wissen.

»Ja«, gab sie zur Antwort. »Das ist es.« Sie berührte vorsichtig ihren Arm, wo sich unter einem weiten dunkelgrauen Sweatshirt das Tattoo befand. Sie bedeckte es nur noch wegen der Sonne – der Tätowierer hatte ihr gesagt, sie solle es in den nächsten Wochen keinem direkten Sonnenlicht aussetzen –, und nicht etwa, weil es ihr unangenehm wäre, es allen zu zeigen. Ganz im Gegenteil, sie freute sich schon richtig darauf, die Leute zu schockieren. Wahrscheinlich war es auch genau das, was man von ihr, dem Zombie, dem Freak erwartete. Dass sie sich im Alter von fünfzehn Jahren ihr erstes Tattoo stechen ließ. Wahrscheinlich schloss man schon Wetten darüber ab, wie lange es wohl brauchen würde, bis sie so aussah wie Aiden.

Manchmal fragte sie sich, ob ihre Mitschüler wohl glaubten, dass sie mit Aiden zusammen war. Aber das war mindestens genauso absurd wie die Annahme, mit Cal würde mehr laufen. Und wenn sie ehrlich sein sollte, wusste sie nicht einmal genau, auf welches Geschlecht Aiden überhaupt stand. Er war heute natürlich nicht hier, der Glückliche, doch sie musste noch eine Weile aushalten. Sie hoffte nur, dass ihre Mom sie bald auffordern würde, nach Hause zu fahren, so, wie es aussah, würde das aber nicht in allzu naher Zukunft geschehen. Denn die stand noch immer bei Carter und strahlte ihn an, und bevor Jane wirklich noch kotzen musste, sagte sie zu Cal: »Komm, ich lade dich zu einem Stück Kuchen ein. Oder auch zwei oder drei. Such dir aus, was du willst.«

»Ehrlich?«, fragte er begeistert, und ihr brach wieder mal das Herz, weil er ständig so pleite und vor allem so hungrig war.

Sie nickte, nahm seine Hand und führte ihn zu dem Kuchenstand mit der Torte, die aussah wie ein großer gelber Minion. Darauf würde Cal sicher abfahren. Sie lächelte ihn an, ihren allerbesten Kumpel, der immer für sie da war, der sogar seine Sommerferien dafür hergeben wollte, um mit ihr am Erdbeerstand zu sitzen. Und plötzlich empfand sie noch etwas anderes, das sie gar nicht richtig beschreiben konnte, das aber ganz schnell wieder verschwinden sollte, da es einfach fehl am Platz war in ihrer freundschaftlichen Beziehung.

Sie ließ seine Hand los und stupste ihn lieber noch mal spielerisch an, und als Cal sie zurückschubste und dabei lachte, wusste sie, dass alles okay war.

Leider war es nicht lange okay. Denn als ihre Mutter eine Stunde später zu ihr kam und sie sich drauf freute, endlich diesem Fest der falschen Fröhlichkeit zu entfliehen und nach Hause zu kommen, hatte diese noch ein Anliegen.

»Jane, du weißt, worum ich dich gebeten habe. Darf ich dich daran erinnern, dass du dich noch immer nicht bei Carter entschuldigt hast?«

Sie stöhnte. »Ist das dein Ernst?«

»Und ob das mein Ernst ist.«

Oh Mann, wie peinlich war das denn? Ja, klar, sie wusste, dass sie sich nicht korrekt verhalten hatte am Samstag. Aber sich jetzt vor allen Leuten bei ihm entschuldigen zu müssen, war echt scheiße. Doch ihre Mutter beharrte darauf, und ihr Blick sagte ihr, dass sie nicht lockerlassen würde, bis sie das geregelt hatte. Also stapfte Jane jetzt genervt auf Carter zu und sagte so leise wie möglich: »Tut mir leid wegen Samstag.« Mehr würde er von ihr nicht bekommen.

»Ist in Ordnung, wirklich«, erwiderte er. Und sie hoffte, dass das jetzt erledigt war.

Doch sie hatte nicht mit Astor gerechnet. Das nervige kleine Ding, das nie mit dem Lächeln aufzuhören schien, sagte nämlich sogleich: »Daddy hat uns versprochen, nach dem Basar noch essen zu gehen. Wir wollen zu Bubba Gump fahren. Kommt ihr auch mit? Biiitte?«

Während ihr Innerstes aufschrie, sah sie, wie ihre Mom Carter einen fragenden Blick zuwarf. Der hob die Schultern an und meinte: »Klar, wenn ihr wollt, kommt gerne mit.«

Nein, nein, nein! *Bitte, sag nein!*, schickte sie ihrer Mutter einen telepathischen Hilferuf. Doch die dachte gar nicht daran, sie zu hören. Ganz im Gegenteil. Sie sah sie strahlend an und sagte: »Hört sich gut an, oder was meinst du? Wir waren schon lange nicht mehr bei Bubba Gump.«

Sie sah zu Sam, die sich soeben zu ihnen gesellt hatte und auch nicht allzu begeistert aussah.

Als ihr Vater sie jetzt aber ebenfalls ansah, nickte sie nur fröhlich zustimmend.

»Von mir aus«, sagte Jane also, obwohl sie absolut keine Lust auf einen Abend mit dieser Happy Family in 'nem Fischrestaurant hatte. Andererseits konnte sie auf diese Weise vielleicht herausfinden, wie ernst es zwischen ihrer

Mom und Carter war. Und zugleich konnte sie ihre Mutter vielleicht ein wenig besänftigen. Die schien richtig glücklich, dass sie dabei war, und bald darauf fuhren sie in getrennten Autos nach Monterey, wo sie in der Nähe des Aquariums parkten und zu Fuß das Stück zu Bubba Gump gingen.

Jane war genervt. Sie sprach kaum und bestellte extra viel und extra teuer – frittierte Shrimps und eine doppelte Portion Pommes, dazu einen alkoholfreien Cocktail – und sie blieb still, wenn die anderen über irgendwelche unlustigen Dinge lachten.

Und irgendwann, als sie es nicht mehr aushielt, ging sie zum Klo und blieb eine ganze Weile fort. Auf dem Weg zurück begegnete sie Sam, die vor ihr stehen blieb, ihr direkt in die Augen sah und sagte: »Lass uns wenigstens so tun, als ob wir miteinander klarkommen würden, okay? Für unsere Eltern.«

»Von mir aus. Glaub aber nicht, dass wir irgendwann Freunde werden oder so was.«

»Keine Sorge, daran habe ich absolut kein Interesse.«

»Dann ist ja gut.«

»Gut.« Sam ließ sie stehen und ging zu den Toiletten, und Jane setzte sich wieder an den Tisch.

Wenigstens das wäre geklärt.

Kapitel 29

Carter

März 2018

»Du verstehst das nicht, Carter«, sagte seine Frau und sah ihn mit Augen an, in denen er Scham und Schuld sah, jedoch keine Reue.

»Oh doch, ich verstehe sehr gut«, sagte er. »Du hast dich für den anderen entschieden. Du liebst mich nicht mehr.«

Sie wagte es nicht, ihn anzusehen. Sie saß auf dem Bett, während er davor auf und ab ging, völlig fertig und nicht in der Lage, seine Gefühle zu kontrollieren.

Er war nicht dumm. Schon vor einer Weile hatte er bemerkt, dass etwas nicht stimmte. Dass Jodie öfter als sonst unterwegs war, zu ihrer Schwester fuhr, sich mit Freundinnen traf, zumindest war es das, was sie ihm sagte. Und zuerst hatte er geglaubt, dass sie einfach ein bisschen Zeit für sich brauchte oder vielleicht auch ein wenig Abstand zu ihm. Dass sie sich darüber klar werden musste, was sie vom Leben noch erwartete.

Für ihn war es immer sonnenklar gewesen, er wollte nichts als seine Familie: Jodie, Sam und Astor, mehr brauchte *er nicht zum Glücklichsein. Doch Jodie war schon immer anders gewesen. Der Job als Grundschullehrerin schien sie nicht zu erfüllen, das Kleinstadtleben schien ihr nicht zu gefallen, das hübsche Einfamilienhaus mit dem weißen Zaun, in das sie noch vor Sams Geburt gezogen waren, war nicht der Ort, an dem sie alt werden wollte. Immer hatte er Verständnis aufgebracht, hatte sie ziehen lassen, wenn sie an größere Orte mit mehr Menschen und mehr Action reisen wollte. Allein. Er hatte sie gelassen, die Kinder gehütet und sich nicht ein einziges Mal beklagt. Doch irgendwann schien auch er ihr nicht mehr genug gewesen zu sein.*

Und dann hatte er es irgendwann nicht mehr ausgehalten. Als sie eines Morgens unter der Dusche gestanden hatte, hatte er ihr Smartphone in die Hand genommen, und ihm war bewusst geworden, dass er nicht einmal ihren persönlichen Zahlencode kannte, um es zu entsperren. Er hatte es mit ihrem Hochzeitstag und dann mit den Geburtstagen der Mädchen versucht. Schließlich hatte er 2015 eingegeben, das Jahr, in dem sie mit ihrer Schwester nach New York gereist war – »den besten Urlaub ihres Lebens« hatte sie die Woche genannt. Und da war das Handy geöffnet gewesen, und er hatte all die Nachrichten lesen können, die sie mit einem anderen Mann ausgetauscht hatte.

Als sie aus dem Bad gekommen war, hatte er sie mit Tränen in den Augen angesehen. »Wie konntest du uns das antun?«, hatte er gefragt und dabei wie immer zuallererst an Sam und Astor gedacht.

Angewidert hatte sie ihn angestarrt. Nicht ertappt, sondern, als hätte er irgendwas Schlimmes angestellt. Dabei war sie doch diejenige, die ihn betrog seit – wer weiß, wie lange schon!

»Du durchsuchst mein Handy?«, hatte sie ihn angeschrien.

»*Du betrügst mich mit einem anderen?*«, hatte er die Gegenfrage gestellt.

Und alles, was sie geantwortet hatte, war: »*Ja.*«

Tja, und nun, ein paar Wochen später, waren sie wieder in ihrem Schlafzimmer, und er versuchte, ihre Ehe, ihre Familie, ihre gemeinsame Zukunft zu retten.

Doch sie saß einfach nur da und starrte auf den Boden.

»*Du verstehst das nicht*«, sagte sie noch einmal.

»*Nein, Jodie. Das tue ich nicht, ehrlich nicht. Ich verstehe nicht, was dir in unserer Beziehung fehlt. Ich habe wirklich immer geglaubt, dass wir glücklich wären.*«

»*Ich bin aber nicht glücklich, Carter*«, antwortete sie.

»*Dann sag mir, was ich tun kann, um das zu ändern.*« *Er ging vor ihr auf die Knie und legte seine Hände flehend in ihren Schoß.* »*Jodie, bitte, sag mir, wie wir das wieder hinbekommen können. Wir sind eine Familie, das kann dir doch nicht egal sein. Du kannst das alles doch nicht einfach so wegwerfen wollen.*«

Sie konnte ihm nicht in die Augen sehen. Stattdessen starrte sie zum Fenster und sagte: »*Ich weiß nicht, ob wir es wieder hinbekommen können. Du verstehst einfach nicht, was ich brauche.*«

Wenn sie ihm noch einmal sagte, dass er sie nicht verstand, würde er durchdrehen!

»*Dann sag es mir! So sag es mir doch!*«

Sie schüttelte den Kopf und stand vom Bett auf. »*Ich kann nicht. Ich weiß nicht ... was ich will. Ich muss es erst herausfinden.*« *Sie ging hinüber zum Schrank und holte die kleine Reisetasche heraus, mit der sie in den letzten Monaten so oft davongefahren war. Sie schien sie bereits gepackt zu haben.* »*Ich fahre direkt nach dem Unterricht und bin Sonntagabend zurück. Dann können wir reden, okay?*«

»Und dann weißt du, was du willst?«, fragte er.
»Vielleicht. Ich muss jetzt gehen.«
»Gehst du zu ihm?«
Jetzt sah sie ihn endlich an. »Carter, bitte, mach es doch für uns beide nicht noch schwerer.«
»Ich mache es…?« Er fühlte sich, als wäre sein ganzes Leben vorbei, als hätte sie es in tausend Einzelteile zerrissen wie ein Puzzle. »Jodie, bitte bleib«, flehte er.
Sie schüttelte den Kopf, hatte nun ebenfalls feuchte Augen. »Ich kann nicht, Carter. Es tut mir leid.« Mit diesen Worten ging sie aus dem Zimmer und aus dem Haus und ließ ihn ohne Antworten zurück. Er wusste nicht, wohin sie fuhr oder zu wem, wusste nicht, wer der andere Mann in ihrem Leben war und ob sie ihn mehr liebte als ihn. Aber eines wusste er: Er würde nicht so einfach aufgeben. Wenn sie am Sonntag zurückkam, würde er sie an all die wunderbaren Momente erinnern, die sie zusammen erlebt hatten. Ihre Traumhochzeit am Strand von Carmel, die Geburt von Sam und die von Astor, die gemeinsamen Ausflüge, die Tage im Garten, an denen sie in der Sonne faulenzten und die Welt stillzustehen schien. Er würde kämpfen! Ja, das würde er.
Es sei denn, er hatte den Kampf bereits verloren, und sie hatte sich längst entschieden. Dann wüsste er nicht, was er tun sollte. Er konnte sich ein Leben ohne Jodie und seine Töchter überhaupt nicht vorstellen. Und er wusste, dass die Stunden bis Sonntagabend ihm wie Jahre vorkommen würden.

Er hatte ein paar Stunden lang an einem Bücherregal gearbeitet, das ein Professor Murphy für seine Sammlung an Nachschlagewerken über den amerikanischen Unabhängigkeitskrieg haben wollte. Er hatte das Regal bei ihm in Auftrag gegeben und ihn gefragt, ob er es binnen zwei Wochen fertig haben könnte, da dann sein Umzug in eine Altbauwohnung in Monterey stattfinden sollte, und Carter hatte ihm zugesagt, dass er es bis dahin schaffen würde. Allerdings war er sich jetzt sicher, dass er schon weit früher fertig werden würde. Fünf Tage noch, maximal, dann würde er Professor Murphy das gute Stück übergeben können. Der würde sich sicher freuen, er war ein angenehmer Kerl, ein älterer Geschichtsprofessor, der dabei war, sich zur Ruhe zu setzen. Carter lächelte und legte sein Werkzeug beiseite. Er musste sich mit diesem Stück nicht beeilen, und für die anderen Aufträge konnte er sich auch Zeit lassen. Und das war gut. Denn er konnte sich momentan gar nicht so richtig auf seine Arbeit konzentrieren, weil sich da immer eine bestimmte Person in seine Gedanken schlich. Und er hatte auch nicht vor, sie zu verscheuchen.

Er musste an die letzte Woche zurückdenken. Nach dem Kuchenbasar waren sie alle zusammen essen gegangen, was er als wirklich nett empfunden hatte. So hatten sie sich alle ein bisschen besser kennenlernen können, und sogar die Teenager hatten sich zivilisiert verhalten, obwohl er das Gefühl gehabt hatte, als wären die beiden nicht gerade Freunde. Doch als er Sam später darauf angesprochen hatte, hatte sie ihm versichert, dass alles bestens war. Sie und Jane hätten bisher einfach nicht sehr viel miteinander zu tun gehabt, sie würden aber sicher gut miteinander auskommen. Da war er sehr beruhigt gewesen, da er sich wirklich schon Sorgen gemacht hatte. Immerhin musste es für alle Familienmitglieder in Ordnung sein, wenn Amanda und er sich zukünftig öfter treffen wollten. Und das hatte er vor. Er überlegte seit Tagen, wie er sie um ein Date bitten konnte, ein Date zu zweit, nur sie allein. Doch bisher hatte er sich nicht so richtig getraut. Erst recht nicht, nachdem Amanda sich am Donnerstag in der Gruppe ein wenig geöffnet hatte. Sie hatte den anderen erzählt, dass sie ihren Mann durch Lungenkrebs verloren hatte und dass sie noch immer nicht so richtig mit der Trauer zurechtkam. Und das hatte ihn ein wenig abgeschreckt. Er fühlte zwar, dass sie auch etwas für ihn empfand, jedoch wollte er nichts übereilen und womöglich alles kaputt machen. Das, was sie miteinander verband, war so unglaublich zerbrechlich, er musste jetzt einfach geduldig und sensibel sein, und am Ende würde hoffentlich etwas wirklich Gutes dabei herauskommen.

Auf jeden Fall war er froh, dass alle Kinder von Anfang an mit einbezogen waren, denn er wollte nichts vor ihnen verheimlichen. Sie hatten auch ein Recht darauf mitzuentscheiden, wie ihr zukünftiges Leben aussehen sollte. Jodie hatte es ihnen nicht gewährt, doch er würde es immer tun. Weil seine Töchter ihm das Allerwichtigste waren. Und deshalb schloss er jetzt auch die Garage ab und stieg in seinen Pick-up, und er fuhr zu Walmart, wo es diese Woche Astors Lieblingstiefkühlpizza im Angebot gab.

Eine halbe Stunde später stand er gerade vor den Tiefkühlschränken und fischte mit viel Geschick die letzten Mozzarellapizzen heraus, als er jemanden seinen Namen rufen hörte. Mit einem breiten Lächeln drehte er sich um.

Amanda stand vor ihm und sah bezaubernd aus in einem Outfit, das so schlicht war und nur aus Jeansshorts und einem hellblauen T-Shirt bestand, doch in seinen Augen war sie einfach das hübscheste Wesen auf Erden.

»Pass auf, dass du da nicht stecken bleibst«, sagte sie und lachte.

»Amanda, hi«, sagte er. »Keine Sorge, ich habe Übung

darin. Die Mozzarellapizzen befinden sich immer ganz hinten.«

»Darf ich raten? Es ist die Lieblingssorte einer deiner Töchter, und du fährst extra den weiten Weg zu Walmart, um sie zu besorgen?«

»Gut geraten. Na ja, und weil sie diese Woche im Angebot ist.«

Amanda deutete auf ihren Wagen, in dem sich vier Sixpacks Cola light und etliche Tüten Tiefkühlpommes befanden.

»Oh. Na, dann muss ich mir ja nicht ganz so doof vorkommen, weil ich ein paar Dollar sparen will«, sagte er und kratzte sich verlegen am Hinterkopf.

»Wir sind alleinerziehend, da müssen wir auf jeden Cent achten, oder?«, sagte sie, und er war unendlich froh, dass es ihr genauso erging. Natürlich war er nicht froh, dass sie wusste, was es bedeutete, jeden Cent zweimal umdrehen zu müssen. Doch er war froh, weil jetzt keiner von ihnen zu hohe Erwartungen haben würde, was teure Restaurants oder andere Date-Möglichkeiten betraf.

»Ganz genau.« Er legte den Stapel Pizzapackungen, den er noch immer wie ein Idiot in den Händen hielt, endlich in den Wagen und fragte: »Wie geht es dir?«

»Mir geht es gut, danke. Und dir?«

»Auch gut.«

»Du warst eine Weile nicht bei mir. Hast wohl deine Erdbeeren im Supermarkt gekauft, hm?«

Er merkte sofort, dass sie versuchte, scherzhaft rüberzukommen, obwohl sie doch eigentlich nur wissen wollte, wieso er seit dem letzten Donnerstag nicht zur Farm gekommen war und sich auch sonst nicht gemeldet hatte, obwohl sie inzwischen ihre Handynummern ausgetauscht hatten.

»Ich war ziemlich beschäftigt«, ließ er sie wissen. »Ich habe da einige neue Aufträge reinbekommen.«

»Oh. Okay.«

Er sah ihr ihre Unsicherheit an, und er konnte auf keinen Fall zulassen, dass sie sich so fühlte. So, als hätte sie irgendetwas falsch gemacht, wobei das doch überhaupt nicht der Fall war.

»Wenn ich ehrlich sein soll, hatte ich ein bisschen Angst, mich bei dir zu melden. Nach dem, was du am Donnerstag in der Gruppe gesagt hast.«

Sie sah verwirrt aus. »Was genau meinst du? Dass ich noch immer trauere?«

Er nickte.

»Aber, Carter, was erwartest du? Dass ich meinen Mann so einfach vergesse? Er ist gerade mal seit anderthalb Jahren tot und ich...«

»Nein! Oh Gott, nein, Amanda. Du verstehst mich total falsch. Du hast jedes Recht zu... Ich wollte nur nicht, dass...« Er seufzte und schloss die Augen. Atmete einmal tief durch. »Ich glaube, ich hatte einfach Angst, dass ich dich verschrecken könnte, wenn ich dir zu nahekomme. Obwohl ich das wirklich gern würde«, fügte er hinzu. »Ich bin mir nur nicht sicher, ob es der richtige Zeitpunkt ist. Ob du schon so weit bist.«

Jetzt war es raus. Zweimal hatte er nun gesagt, dass er Angst hatte, und anders konnte man es auch gar nicht ausdrücken. Das war es, was er fühlte. Mehr als nur ein wenig nervös sah er sie an.

»Oh«, war aber alles, was sie sagte. Doch dann kam sie plötzlich – völlig unerwartet – auf ihn zu und küsste ihn.

Sie küsste ihn!

Und er war starr vor Überraschung.

Dann verabschiedete sie sich genauso plötzlich und war weg, ehe er begreifen konnte, was gerade geschehen war.

Sie hatten sich geküsst. Neben dem Tiefkühlpizzafach. Er sah ihr verdutzt nach und musste lachen, vor Erleichterung und vor Freude. Er hatte nie geahnt, wie romantisch eine Begegnung im Supermarkt sein konnte. Von nun an würde er Tiefkühlpizzen wohl mit völlig anderen Augen sehen.

Kapitel 30

Amanda

»Ich habe ihn geküsst, Mom! Im Supermarkt!«, wiederholte Amanda, weil sie glaubte, ihre Mutter habe es beim ersten Mal nicht richtig verstanden. Denn sie reagierte ganz anders, als sie es erwartet hatte. Keinesfalls erstaunt oder gar schockiert. Nein, sie lächelte sie breit an.

»Das habe ich gehört, mein Schatz. In welchem Gang war es denn?«, wollte sie wissen.

»Was spielt denn das für eine Rolle?«

»Das spielt sogar eine große Rolle.«

»Es war im Gang mit den Tiefkühlpizzen.«

»Ein sehr guter Gang für einen ersten Kuss«, befand ihre verrückte Mutter, und in dem Moment kam auch noch ihr Vater in die Küche.

»Wer küsst sich im Supermarkt?«, erkundigte er sich.

»Amanda und Carter«, informierte ihre Mom ihn sogleich, als wäre sie überhaupt nicht da.

»Oh. Wer war noch mal Carter?«

»Du hast ihn gesehen. Bei der Eröffnungsfeier. Netter Kerl mit ungepflegten Haaren, wie diese Rockstars sie alle tragen. Hatte ein niedliches kleines Mädchen dabei.«

»Ah! Der mit dem U2-T-Shirt?«

»Genau der.«

»Ja, der sah nett aus. Ich habe nichts dagegen, wenn er unsere Amy im Supermarkt küsst.«

Sie konnte ihre Eltern nur verblüfft anstarren. Die waren doch völlig irre!

»Hallo? Ich sitze direkt hier. Seht ihr mich?«, fragte sie.

Ihre Mutter drehte den Kopf in ihre Richtung. »Aber natürlich sehen wir dich, mein Kind.«

»Könnt ihr mich dann bitte mit einbeziehen, wenn ihr über mich und mein Liebesleben sprecht?«

»Liebe?«, meinte ihr Dad überrascht. »Oh. Liebe.«

»Na ja, ich ... so meinte ich das natürlich nicht. Carter und ich sind nur ...«

»Freunde?«, fragte ihre Mom.

»Nun, wir sind schon etwas mehr als das.«

»Na, das weiß ich doch, meine Süße. Freunde küssen sich schließlich nicht mitten im Supermarkt.«

Herrje. Sie bereute schon, es ihrer Mutter erzählt zu haben. Sie hoffte nur, dass Jane nicht irgendwie davon erfahren würde. Dann würde sie sie sicher auf ewig hassen. Sie war nämlich nicht allzu begeistert von Carter, das war ihr bewusst. Das lag aber nicht an Carter. Sie hätte auch jeden anderen Mann verabscheut, den Amanda in ihr Leben gelassen hätte.

Ihre Mutter allerdings war ganz angetan, wie ihr schien. Genauso erfreut war Sally am Tag zuvor gewesen, als sie direkt vom Supermarkt zu ihrem Blumenladen gefahren war und ihr berichtet hatte, was passiert war.

»Hach, ich freu mich für dich«, hatte ihre beste Freundin gesagt. »Und jetzt musst du mir alles ganz genau erzählen. Ich will alle Details hören, okay?«, hatte sie gebeten, und

Amanda hatte damit angefangen, Carter äußerlich zu beschreiben, da Sally ihn noch überhaupt nicht gesehen hatte. Sie hatte ihn nämlich bei der Eröffnungsfeier verpasst. Da Sally ab mittags im Blumenladen stehen musste, waren sie, Neil und Davie schon früh am Vormittag gekommen, und so hatte sie Carter und Astor zeitlich knapp verfehlt.

Als sie Sally dann aber alles erzählt hatte, hatte die sie umarmt und dazu beglückwünscht, dass sie endlich einen Schritt in Richtung Zukunft tat. Und obwohl sie noch immer ziemlich schockiert über sich selbst und ihre spontane Aktion war, war Amanda auch froh darüber.

Sie hatte es überhaupt nicht kommen sehen. Aber er hatte dagestanden und so unglaublich gut ausgeschaut, und er hatte sie angesehen, als würde er sie wirklich gernhaben. Und als er dann ganz verlegen die Worte herausgebracht hatte, die sie so sehnlichst hatte hören wollen, nämlich, dass er ihr gerne näherkommen wollte, da war sie, ohne überhaupt zu überlegen, ein paar Schritte auf ihn zugegangen und hatte ihn geküsst.

Vor allen Leuten! Mitten im Supermarkt! Im Tiefkühlpizzagang!

Ob sie wohl für den Rest ihres Lebens an diesen Kuss würde denken müssen, wenn sie eine Pizza aß?

Den ganzen restlichen Tag hatte sie gestern nur noch Carter im Kopf gehabt, und dann waren ihr Zweifel gekommen. Hatte sie vorschnell gehandelt? War sie denn total verrückt geworden? Was, wenn Jane Wind davon bekam? Was würde Tom wohl sagen, wenn er wüsste, dass sie einfach fremde Männer in Supermärkten küsste?

Doch es war nur ein Mann gewesen und noch dazu einer, den sie unglaublich gernhatte. Und das war ja das Dilemma. Sie war völlig durcheinander. Ihre Gefühle spielten Achterbahn mit ihr, und heute, am Donnerstag, war sie so am Ende, dass sie sich sogar mit ihrem Problem an ihre Mutter gewandt hatte. Was sie, wie gesagt, inzwischen bereute. Denn da konnte doch gar nichts Gutes bei rauskommen.

»Nachher wirst du ihn wiedersehen, hm?«, fragte ihr Vater jetzt.

Ja, das würde sie. Denn heute stand ein Treffen mit der Trauergruppe an. Sie nickte und dachte an später und freute sich richtig auf Carter. Je näher der Abend aber rückte, desto unruhiger wurde sie. Gegen fünf Uhr ereignete sich jedoch etwas auf der Farm, was sie kurz von ihren Gedanken an Carter ablenkte. Sie bekam von ihrem Stand aus mit, wie Romeo und Chino einander anschrien, und ihr mittelgutes Spanisch sagte ihr, dass sie stritten, weil Chino Romeos Cousine Felicitas angebaggert hatte. Oder belästigt? Sie wurde noch nicht ganz schlau aus dem wilden Mischmasch an Worten, vor allem, weil die beiden jungen Männer auch ein paar Ausdrücke benutzten, die sie noch nie im Leben gehört hatte und bei denen es sich ziemlich sicher um Schimpfwörter handelte.

»*Ya está bien!*«, hörte sie Sergio rufen. Es reicht!

Die beiden Streithähne, die sich vor der Halle befanden, hielten inne, funkelten einander aber immer noch böse an, bis Sergio erneut etwas zu ihnen sagte und sie endlich voneinander abließen.

Sie gingen auseinander und starrten beide beschämt zu Boden. Und Amanda, die sich nicht einmischen, sondern Sergio so viel Respekt entgegenbringen wollte, das allein zu regeln, wartete, bis jeder wieder an seine Arbeit gegangen war. Dann ging sie auf ihren Vorabeiter zu.

»Sergio, hallo.«

»Hallo, *Señora*.« Er sah ein wenig ertappt aus, anscheinend hatte er nicht gewusst, dass sie alles mitbekommen hatte.

»Was war denn da eben los zwischen den beiden?«, erkundigte sie sich.

»Ach, Chino mag Felicitas wohl mehr als sie ihn und wurde ein wenig aufdringlich.«

»Ich hoffe, er hat sie nicht belästigt?«, fragte sie besorgt.

»Nein, nein. Ehe es so weit kommt, werde ich mich schon einmischen und Chino notfalls auch entlassen.«

»Okay. Ich will nämlich, dass sich meine Angestellten wohl bei mir fühlen. Ein aufdringlicher Mitarbeiter ist da ganz fehl am Platz.«

»Ja, ja, auf jeden Fall. Machen Sie sich keine Sorgen, *Señora* Parker, ich habe ein Auge auf ihn.«

»Gut. Dann ist alles wieder unter Kontrolle, und ich kann gleich unbekümmert losfahren? Ich habe nämlich heute Abend etwas vor.«

»Natürlich, natürlich. Fahren Sie nur.«

Sie nickte und ging ins leere, ruhige Haus, stieg die Stufen hoch und betrat ihr Schlafzimmer, das sich zusammen mit dem Büro im oberen Stockwerk befand. Sie öffnete den Kleiderschrank und nahm sich das erstbeste Kleid heraus – ein dunkelbraunes mit kleinen rosa Punkten –, zog es sich aber nicht an, sondern legte es samt Bügel aufs Bett und setzte sich auf den Sessel am Fenster. Sie sah hinaus und konnte in der Ferne das Meer erkennen. Den Pazifik, der ihr an diesem Tag ganz wunderbar blau erschien. Und plötzlich überlegte sie es sich anders. Sie würde heute nicht zur Gruppe fahren, sondern zum Strand. Dort würde sie spazieren gehen und sich endlich darüber klar werden, was sie wollte. Was sie schon bereit war zu geben.

Sie blieb in den legeren Klamotten vom Vormittag und

stieg in ihren Wagen. Sie fuhr ein Stück weit nach Süden, parkte ganz in der Nähe des Strandes, zog ihre Schuhe aus und setzte einen Fuß in den Sand. Diese Ecke hatte sie schon vor einer ganzen Weile entdeckt, hier war es weit ruhiger und nicht so voll mit Touristen und Einheimischen, die sich in der Sonne aalten. Und auch heute war der Strand fast menschenleer, nur ab und zu kam ihr mal jemand entgegen, als sie nun barfuß am Ufer entlangspazierte. Während die Abendsonne auf dem Wasser glitzerte und die Möwen quer über den Himmel flogen, bildete sich ein dicker Kloß in ihrem Hals, und sie sah auf ihren Ehering.

Wieso konnte sie ihn nicht einfach abnehmen? Warum war das nur so schwer? Der Tod von Carters Frau war schon über drei Jahre her, und er konnte sich noch immer nicht von seinem Ring lösen. Würden sie es jemals können? Neu anfangen? Ihr Leben weiterleben ohne den einen Menschen, dem sie die ewige Treue geschworen hatten?

Sie glaubte es nicht. Und deshalb schrieb sie Carter jetzt eine Nachricht.

Lieber Carter,
ich werde heute nicht kommen. Und ich weiß nicht, ob ich je wieder an der Gruppentherapie teilnehmen werde. Es tut mir schrecklich leid, was gestern passiert ist, wie ich mich verhalten habe ... Ich dachte, ich wäre so weit, doch das bin ich einfach nicht. Vielleicht werde ich es niemals sein.
Leb wohl. Ich hoffe, dass du dein Glück findest.
Amanda

Sie starrte noch eine Weile auf den Text, bevor sie ihn losschickte. Es war bereits nach sieben, Carter saß jetzt sicher schon im Kreis und wunderte sich, wo sie blieb. Bestimmt hatte er sich Hoffnungen gemacht nach dem, was gestern geschehen war. Nach diesem wunderbaren Kuss. Der Kuss, von dem sie auch noch Sally und ihrer Mutter erzählt hatte. Wie demütigend das alles war, wie falsch. Sie wünschte, sie wäre nicht so dumm gewesen und es wäre nie passiert. Sie wünschte, sie wäre nie zu Walmart gefahren, wünschte, sie hätte genügend Geld, damit das nicht nötig gewesen wäre. Wünschte, sie müsste sich keine Sorgen machen und könnte die Farm genauso weiterführen, wie Tom es gewollt hätte.

Sie wünschte, sie würde besser mit Jane klarkommen. Wünschte, sie wüsste, wie ihre Zukunft aussehen sollte.

Wünschte, sie müsste nicht immerzu an Carter denken.

Doch jetzt war es vorbei. Sie hatte einen Schlussstrich gezogen, bevor es ausufern konnte, und sie würde keinen Rückzieher machen.

»Versprich es mir«, hörte sie Tom sagen. »Versprich mir, dass du der Liebe eine zweite Chance gibst.«

Sie setzte sich in den Sand und weinte, und dort blieb sie sitzen, bis es dunkel wurde und sie vor Kälte zitterte. Bis sie eine Nachricht von Carter bekam, die lautete:

Liebe Amanda,
es tut mir sehr leid, dass du dich wegen unserer Begegnung gestern so schlecht fühlst. Ich fand den Kuss wirklich schön und besonders, aber wenn du noch nicht so weit bist, verstehe ich das natürlich. Ich möchte nur, dass du weißt: Ich bin für dich da, wann immer du mich brauchst. Als Freund oder mehr, das überlasse ich dir. Doch du bedeutest mir sehr viel, und ich würde dich gern weiterhin in meinem Leben haben. Ich hoffe, du kommst vielleicht doch nächsten Donnerstag in die Gruppe, oder

wir sehen uns einfach mal wieder auf einem Kuchenbasar, im Supermarkt oder auf der Farm, wenn du erlaubst, dass ich weiterhin deine leckeren Erdbeeren kaufe.
Lass mich wissen, ob das okay ist.
Liebe Grüße
Carter

Sie sah hinauf zu den Sternen, die so hell leuchteten, als würden sie ihr den Weg weisen wollen. Leider erkannte sie nicht, in welche Richtung sie gehen sollte. Also fuhr sie wieder nach Hause und hoffte, sie würde dort irgendeinen Ausweg aus ihrem Gefühlschaos finden.

Kapitel 31

Samantha

»Könnte irgendjemand Janes Hausaufgaben mitnehmen und ihr vorbeibringen?«, fragte Mrs. Jacobsen, die Biolehrerin, bei der Sam und Jane einen gemeinsamen Kurs hatten.

Die Hausaufgaben waren nicht wichtig, alle Tests waren geschrieben, und doch hob Sam eine Hand und meldete sich freiwillig. Natürlich konnte sie sie der kranken Jane vorbeibringen, sie war doch immer für alle da. Und damit konnte sie ihrem Dad zeigen, dass es für sie okay war, wenn er sich mit Amanda traf. Dass er eine neue Frau in sein Leben – in ihrer aller Leben – ließ.

Sam war in den letzten Tagen aufgefallen, dass er nicht mehr von ihr gesprochen und dass er sich auch nicht mehr mit ihr verabredet hatte, und sie hoffte nur, dass es nicht an ihr oder an Jane lag. Das hatte sie nämlich wirklich nicht gewollt. Sie mussten sich einfach ein bisschen mehr Mühe geben, und hiermit könnte sie den Anfang machen und auch gleich noch mal mit Jane reden. Sie hatten keinen guten Start gehabt, wie hätten sie auch? Wer hätte ahnen können, dass ausgerechnet Janes Mom und ihr Dad miteinander anbandeln würden, kurz nach dem Vorfall mit Jeremy und Calvin?

Jeremy... Es war nicht mehr wie früher zwischen ihnen. Irgendwas war kaputt, und sie konnte nicht richtig fassen, was es war. Manchmal fragte sie sich aber auch, ob ihre Beziehung schon eine ganze Weile kaputt gewesen war und sie es nur nicht hatte sehen wollen.

In der Mittagspause, als sie gerade ihre Bücher im Schließfach verstaut hatte und in die Cafeteria gehen wollte, stand plötzlich Tammy neben ihr.

»Hey«, sagte sie.

»Ich muss dir was sagen«, meinte Tammy.

»Okay.«

»Aber nicht hier.« Ihre Freundin zog sie mit sich, in die Mädchentoilette, wo sie sich mit ihr in eine Kabine einsperrte und flüsterte: »Ich kann das nicht länger vor dir verheimlichen, das ist einfach nicht richtig.«

Sams Herz pochte schneller. Sie wusste überhaupt nicht, wie ihr geschah. Ohne etwas zu erwidern, blickte sie Tammy ängstlich an und wartete ab, was sie ihr sagen wollte.

»Vor ein paar Wochen, als du und Jeremy diesen Streit hattet... da ist was zwischen ihm und Cassidy gelaufen.«

Sie starrte Tammy an. Obwohl sie sich selbst wunderte, warum sie überhaupt so überrascht war. Denn im Grunde hatte sie doch so etwas schon geahnt, nachdem, wie die beiden einander immer wieder ansahen.

»Woher weißt du das?«, fragte sie trotzdem nach.

»Von Cassidy. Außerdem war ich dabei, als sie angefangen haben rumzumachen. Am Strand, an dem Abend, als du nicht dabei warst, Samstag, war es, glaube ich.«

Samstag? Nur ein Tag, nachdem sie weinend aus Jeremys Haus gelaufen war, weil sie noch nicht bereit zum Sex gewesen war? Nur einen Tag danach hatte er sich von Cassidy geholt, was sie ihm nicht geben konnte?

»Also weiß es jeder?«, fragte sie, und das nahm sie am meisten mit. Dass die beiden sich nicht mal zurückgehalten und vor den anderen am Strand »rumgemacht« hatten, wie Tammy es genannt hatte. Dass jeder es gewusst hatte und trotzdem mit ihr geredet, gelacht hatte, als wäre nichts gewesen. Waren deshalb alle so komisch zu ihr gewesen? Hatten sie ausgeschlossen? Sie ignoriert? Weil sie ihr nicht in die Augen hatten sehen können?

»So ziemlich alle«, antwortete Tammy, und das war alles, was sie wissen musste.

»Danke, Tammy. Für deine Aufrichtigkeit und dass du ehrlich zu mir warst – als Einzige.«

Tammy nickte und öffnete das Türschloss. Während sie aus dem Waschraum ging, trat Sam zum Spiegel. Sie konnte sehen, wie das Mädchen, das ihr entgegenblickte, weinte. Die Tränen flossen ihr in Strömen über die Wangen.

Wie hatte Jeremy ihr das nur antun können? Sie hatte ihn geliebt, so sehr geliebt.

Und auch wenn es eigentlich nichts mehr zu sagen gab, nichts mehr zu retten war, musste sie es doch aus seinem eigenen Mund hören. Wie in Trance ging sie ihn suchen und fand ihn in der Essensschlange der Cafeteria. Heute gab es Hähnchenbrustfilet, Kartoffelpüree und Erbsen.

Sie tippte ihm auf die Schulter.

»Hey, Sam, was gibt's?«, fragte er, sah aber anscheinend sofort, dass etwas nicht stimmte. »Alles okay?«

»Hast du mit Cassidy geschlafen?«, fragte sie frei heraus.

Er starrte sie an. Kniff die Augen zusammen, wandte sich dann wieder seinem Essen zu, ließ sich Erbsen auffüllen.

»Ignorierst du mich jetzt, Jeremy? Ich will wissen, ob da was dran ist«, sagte sie, noch immer leise und besonnen. Es würde nichts bringen, ihn anzuschreien, sie wollte nur die Wahrheit wissen.

Er sah ihr nun direkt ins Gesicht. »Wo hast du denn den Schwachsinn gehört?«, fragte er und lachte ein komisches kleines, nervöses Lachen.

Sie sah ihm sofort an, dass es stimmte. Er war zwar ein guter Lügner, doch da konnte er sich nicht rausreden. Dafür wusste sie schon zu viel.

»Lüg mich nicht an, bitte«, sagte sie nun und merkte, dass sie ihre Stimme nicht mehr unter Kontrolle hatte. Die nächsten Worte schrie sie schon fast hinaus: »Sag mir einfach die Wahrheit, das bist du mir schuldig, nachdem ich dir zwei Jahre meines Lebens gegeben habe.«

Er stellte sein Tablett ab, packte sie beim Arm und ging mit ihr durch die Tür, die in den Pausenhof führte. Ihr war bewusst, dass ihnen die halbe Schule hinterherblickte. Und sie wusste auch, dass Sookie oder Eleanor sicher nicht weit waren und ihr Name das Titelblatt der nächsten *Gomery* zieren würde. Doch das war ihr in diesem Moment egal.

Jeremy zog sie in eine stille Ecke.

»Was ist denn los mit dir? Du kannst mir doch nicht vor allen Leuten so eine Szene machen!« Böse funkelte er sie an.

»Hab ich das? Ich bin weder ausgerastet, noch habe ich irgendwen zusammengeschlagen, wie du es sicherlich gemacht hättest.«

Er streckte den Arm lang, stützte sich mit der Hand an der Backsteinwand ab und schüttelte ungläubig den Kopf.

»Wir waren getrennt, Sam. Wir waren nicht mehr zusammen. Es war also eigentlich kein Fremdgehen, oder?«

Sie spürte wieder Tränen aufsteigen.

»Oh Gott, Sam! Du solltest dich sehen. Dein Augen-Make-up ist total verwischt.«

»Ach, echt?« Sie ballte ihre Hände zu Fäusten und rieb an ihren Augen herum, verwischte ihre Wimperntusche nur noch ein bisschen mehr.

»Bist du jetzt völlig verrückt geworden?«, fragte er und trat einen Schritt zurück, als wäre sie irre und er fürchtete sich vor ihr.

»Wie konntest du mir das antun, Jeremy?«, fragte sie voll Bitterkeit.

»Ich bin doch zu dir zurückgekommen, oder etwa nicht? Ich habe mich für *dich* entschieden. Können wir das nicht einfach vergessen? Es ist nur einmal passiert, ein Ausrutscher. Kannst du mir den nicht verzeihen?«

Erst jetzt wurde ihr – schlagartig – etwas klar. Sie trat ebenfalls einen Schritt zurück von ihm, sah ihn mit all dem Schmerz an, den sie fühlte.

»Wie könnte ich dir verzeihen, dass du dein erstes Mal mit einer anderen als mit mir erlebt hast, Jeremy?«

Er konnte nur noch resigniert die Schultern fallen lassen. Er wusste, sie würde ihm nicht verzeihen. Es war nicht wiedergutzumachen. Es war aus.

»Es tut mir leid, Sam«, sagte er. »Ehrlich.«

Sie nickte. »Das sollte es auch.«

Dann ging sie von ihm.

Irgendwie stand sie den restlichen Unterricht und die Bandprobe durch und fuhr nach Schulschluss direkt zur Erdbeerfarm, nach deren Adresse sie ihren Dad per SMS gefragt hatte. Glücklicherweise hatte sie heute Morgen das Fahrrad genommen und brauchte gar nicht so lange, wie sie gedacht hatte. Sie bog in die Einfahrt ein, stellte das Rad ab und ging auf das Haus zu.

Amanda saß an einem Stand davor, auf dem Tisch jede

Menge Erdbeerschalen, Marmeladengläser, Sirupflaschen, eine Kasse, eine Kühlbox und eine Schüssel mit Erdbeerstückchen darin. Hinter ihr, auf der Veranda, stapelten sich diese hübschen Bastkörbe, von denen auch Astor einen mit nach Hause gebracht hatte. Als Amanda sie erkannte, sah sie überrascht auf.

»Sam!«

»Hallo, Amanda. Ich wollte nur kurz Hausaufgaben für Jane vorbeibringen. Wie geht es ihr denn?«

»Nicht so gut, um ehrlich zu sein. Sie liegt im Bett, die Grippe hat sie erwischt. Ich hoffe nur, sie steckt mich nicht auch noch an, denn wie soll ich mich dann um meine Farm kümmern?«

Ihr Dad hatte ihr erzählt, dass es mit der Farm nicht allzu gut lief und Amanda deshalb den neuen U-Pick-Bereich eingerichtet hatte.

»Tut mir leid, das zu hören. Dann hoffe ich, dass Jane bald wieder gesund wird, und dass du dich nicht ansteckst.«

»Ich danke dir, Süße. Am besten gibst du mir die Hausaufgaben, dann reiche ich sie an Jane weiter. Das ist wirklich lieb von dir, dass du dich extra auf den Weg gemacht hast.«

»Das mache ich gerne. Wünschst du Jane gute Besserung von mir?«

»Aber natürlich, danke.«

Sie merkte, dass Amanda ein wenig stiller war als beim letzten Mal, zurückhaltender. Und ihr fiel auf, dass sie sich gar nicht nach ihrem Dad erkundigte.

Doch gerade hatte sie wirklich keine Kraft, sich darüber Gedanken zu machen. Sie blickte hinaus aufs weite Feld, wo sie ein paar Erntehelfer sich über die vielen grünen Pflanzen beugen sah.

»Alles okay, Sam?«, hörte sie Amanda fragen.

Erst nach einigen Sekunden schaute sie sie wieder an. »Dürfte ich vielleicht ein bisschen spazieren gehen? Über die Felder?«, fragte sie, weil sich das in diesem Moment einfach nur gut anhörte. Weit hinaus, weg von allem und von allen.

»Ja, na klar. Hier, nimm einen Korb mit und pflück dir gerne ein paar Erdbeeren, wenn du schon mal rausgehst. Die gehen auf mich. Knipse sie am Stiel ab, dann halten sie länger.«

»Danke.« Sie nahm den Korb entgegen und machte sich auf. Ging durch die Wege zwischen den Feldern, erst in dem abgetrennten Bereich, dann weit darüber hinaus. Und dabei machte sie sich keinerlei Gedanken, ob sie das überhaupt durfte. Sie wollte nur weg, weit weg. Und hier, fernab vom Rest der Welt und auch ziemlich weit entfernt von den Arbeitern, fand sie endlich Stille. Die Gedanken, die sie schon den ganzen Tag begleiteten, verschwanden, und sie fühlte sich richtig friedlich.

Wie wundervoll es sein musste, auf so einer Farm aufzuwachsen, dachte sie. Jane hatte es echt gut. Bestimmt hatte sie schöne Erinnerungen an ihre Kindheit, gemeinsame mit ihrem Dad, der ihr sicher genauso sehr fehlte wie ihr ihre Mom.

Sie spazierte weiter, bevor sie irgendwann umkehrte und sich schließlich auf einen Baumstamm setzte, der sich neben einer Halle befand. Sie holte ihr Smartphone heraus, betrachtete zum wahrscheinlich millionsten Mal die Fotos, die ihre Mom ihr geschickt hatte. Niemals würde sie sie löschen, manchmal hatte sie es gewollt, in Momenten, in denen sie böse gewesen war, dass ihre Mutter sie so früh verlassen hatte. Wäre sie an diesem Wochenende nicht zu Tante Brenda gefahren, wäre sie nicht verunglückt. Wäre ihr Auto nicht mit dem anderen zusammengestoßen. Wäre sie noch am Leben!

Doch sie konnte die Vergangenheit nicht ändern, sondern nur immer wieder diese Fotos ansehen, die sie an ihre Mutter erinnerten. Fotos von ihrer Mom und ihrem Dad, von ihnen allen im Freizeitpark oder am Strand, Fotos ihrer Mom mit Astor oder allein mit ihr. Und dann die Selfies und die Bilder vom Essen, die sie ihr von ihren Reisen geschickt hatte. Das allerletzte Bild stammte vom Samstag, dem Tag vor ihrem Tod, und es zeigte sie in einem Restaurant in Santa Barbara, wahrscheinlich hatte Brenda es geschossen. Darauf hielt ihre Mom einen riesigen Eisbecher mit einem Berg Schlagsahne und einer Kirsche obendrauf in der Hand und lächelte in die Kamera. Zum wohl hundertsten Mal an diesem Tag ließ Sam den Tränen ihren Lauf, als sie plötzlich eine Stimme hörte.

»Geht es dir gut?«

Sie blickte auf. Vor ihr stand ein Junge, der nur ein paar Jahre älter war als sie. Er war mexikanischer Herkunft, und sie kannte ihn. Als sie in der Neunten als Freshman auf die Highschool kam, war er in seinem Senior Year. Das heißt, er hatte im letzten Sommer seinen Abschluss gemacht, und jetzt war er ... Erdbeerpflücker hier auf der Farm? Verwundert sah sie ihn an, wischte sich verlegen die Tränen weg und nickte.

»Alles gut«, brachte sie mühsam heraus.

»Das hier ist der Lieblingsplatz von Jane. Bist du eine Freundin von ihr?«

Sie schüttelte den Kopf. »Nein, eigentlich nicht. Unsere Eltern daten einander. Ehrlich gesagt, kann Jane mich nicht ausstehen.«

Der Junge runzelte die Stirn. »Das kann ich mir gar nicht vorstellen. Du wirkst doch nett.«

»Du kennst mich gar nicht, Romeo«, rutschte es ihr

heraus. Ihr war bis eben gar nicht klar gewesen, dass sie seinen Namen wusste.

»Oh. Du scheinst aber mich zu kennen.« Überrascht sah er sie an.

»Ich ... äh ... du warst auch auf der Montgomery, oder? Ich geh da auch hin, in die Zehnte, nach dem Sommer in die Elfte.«

»Aaah. Na, schön, dass man sich an mich erinnert.« Er lächelte sie an und zeigte dabei wunderschöne, gerade weiße Zähne.

Romeo. Was war das für ein Name? Außer dem Romeo aus *Romeo und Julia* hatte sie noch nie einen Romeo kennengelernt. Beim Gedanken an die zwei Liebenden musste sie schon wieder weinen. Romeo setzte sich neben sie und legte ihr einen tröstenden Arm um die Schulter, als würden sie sich ewig kennen.

»Wer auch immer dich verletzt hat, er ist es nicht wert, dass du wegen ihm weinst«, meinte er.

Jetzt war sie dran mit erstaunt gucken. »Woher weißt du, dass mich jemand verletzt hat?«

»Ich habe es so im Gefühl.«

»Mein Freund hat mich betrogen«, sagte sie und fragte sich im selben Augenblick, warum sie sich nur einem Fremden öffnete und ihm etwas erzählte, das sie nicht einmal ihrem Vater erzählen würde. Oder einer ihrer Freundinnen – nun, die wussten es ja anscheinend sowieso alle schon. Und im Moment würde sie keine Einzige von ihnen – außer vielleicht Tammy – mehr als ihre Freundin bezeichnen.

»Dann ist er ein ziemlicher Idiot«, sagte der Junge, dessen Nähe sich so gut und beruhigend anfühlte.

»Ja, das ist er«, stimmte sie ihm zu.

»Na, dann sind wir uns ja einig.« Er lächelte sie an und

stand kurz auf, um ihr ein Taschentuch und eine Wasserflasche vom schattigen Tisch vor der Halle zu holen. Dann setzte er sich wieder neben sie. Sie nahm das Taschentuch, schnäuzte sich und trank einen Schluck kühles Wasser. Und schon ging es ihr ein bisschen besser.

»Danke, das war wirklich nett von dir«, sagte sie ihm und wischte noch immer an ihren Augen herum. Wie sie inzwischen aussah vom vielen Weinen, wollte sie gar nicht wissen. »Tut mir ehrlich leid, dass ich hier herumheule und dich von deiner Arbeit abhalte.«

»Kein Problem. Ich hab gerade eine Viertelstunde Pause. Willst du auch noch Erdbeeren pflücken?«, fragte er und deutete auf den Korb, der neben ihr auf der Bank stand.

Sie nickte. »Meine Schwester freut sich bestimmt über ein paar Erdbeeren. Sie ist ganz verrückt danach.«

»Komm, ich zeig dir, wo du die besten findest.«

Er stand auf, und sie folgte ihm zu einer Ecke, in der noch alle Pflanzen vollhingen. Dicke, saftige Erdbeeren, wohin man nur blickte. Und während Romeo sich bückte und anfing zu pflücken, konnte sie die Frage nicht länger zurückhalten. »Romeo, darf ich dich was fragen? Wieso machst du das hier? Wieso bist du nach der Highschool nicht aufs College gegangen wie die meisten anderen?«

Er sah sie an, schien sich kein bisschen dafür zu schämen, nur ein Erntehelfer zu sein. »Weil ich noch nicht so richtig weiß, was ich mit meinem Leben anfangen will. Ein Studium ist teuer, und meine Mutter ist Alleinverdienerin. Hier verdiene ich zwölf Dollar die Stunde, ich habe also beschlossen, eine Weile mitzuarbeiten und das Geld beiseitezulegen, bis ich mir klar darüber bin, was ich möchte. Vielleicht studiere ich eines Tages Musik oder Literatur, oder ich erkunde einfach nur die Natur, reise...« Er zuckte die Schultern. »Es stehen einem doch so viele Möglichkeiten offen.« Er sah sie an. »Was willst du später mal machen?«

Das war eine sehr gute Frage. So weit hatte sie noch gar nicht vorausgedacht, sie war ja auch erst sechzehn. Eigentlich war ihr nächstes Vorhaben gewesen, im Herbst auf dem Homecoming-Ball die Junior-Homecoming-Prinzessin zu werden – und Jeremy sollte der Homecoming-Prinz sein und an ihrer Seite glänzen. Doch diese Pläne waren ja nun wohl dahin.

Vielleicht war es an der Zeit, neue Pläne zu machen.

»Ich glaube, ich sollte jetzt gehen. Mein Korb ist schon voll«, sagte sie.

Romeo stellte sich wieder gerade, er war ein ganzes Stück größer als sie. »Ich hoffe, du kommst über ihn hinweg«, meinte er noch.

»Das hoffe ich auch«, sagte sie und wandte sich zum Gehen.

»Hey, ich kenne nicht mal deinen Namen«, rief er ihr hinterher.

»Sam«, sagte sie und drehte sich noch einmal um, und da sah sie, dass Romeo ihr eine Erdbeere entgegenhielt.

»Hier, Sam. Alles wird gut«, sagte er und lächelte sie an.

Sie nahm ihm die rote Frucht ab und erkannte, dass sie die Form eines Herzens hatte.

Sie lächelte zurück und merkte, wie sie dabei errötete.

Wie verrückt das Leben manchmal doch spielte. Da brach ihr ein Junge das Herz, und am selben Tag schenkte ein anderer ihr ein neues.

Wenn es doch so einfach wäre, gebrochene Herzen zu heilen …

Kapitel 32

Amanda

Sie konnte einfach nicht aufhören, an ihn zu denken. Die ganze Zeit an ihn zu denken. So sehr sie sich auch bemühte. Und sie fühlte sich schrecklich, weil sie Sam, als sie gestern auf der Farm gewesen war, nicht einmal nach Carters Befinden gefragt hatte. Ihr keine Grüße für ihn mitgegeben hatte. Als würden sie sich überhaupt nicht kennen, als würde da nicht dieses Band zwischen ihnen existieren, das sie doch ununterbrochen spürte und das ihr beinahe den Atem nahm.

Carter. Er war einzigartig. Hinreißend. Perfekt. Warum hatte sie ihm nur begegnen müssen? Es war ihr doch gut gegangen in ihrer Trauer, in ihrem Selbstmitleid. Wieso war er nur dahergekommen und hatte ihr gezeigt, wie es sich anfühlte, wieder lieben zu wollen?

Ja, sie hatte Tom ein Versprechen gegeben, und doch fühlte es sich einfach wie Betrug an. Als würde sie ihn hintergehen, als würde sie ihn vergessen.

Doch sie wusste eins: Sie wollte auch Carter nicht vergessen. Dafür bedeutete er ihr jetzt schon viel zu viel.

In den letzten Tagen hatte sie sich des Öfteren gefragt,

wie es denn nur möglich war, jemanden so gern zu haben, den man kaum kannte. Waren es vielleicht die Gemeinsamkeiten, die sie verband? Sie hatten beide ihren Lebenspartner verloren, wussten beide, wie es war, plötzlich ganz allein dazustehen mit dem Schmerz und mit der Verantwortung und mit der Frage nach der Zukunft, und dazu noch mit Kindern. Wie viel leichter es doch wäre, all dies gemeinsam durchzustehen.

Oder?

Sie saß an diesem Dienstagmorgen an ihrem Küchentisch und telefonierte mit ihrer Schwester Ella, als sie plötzlich merkte, dass sie total abwesend war. Sie konnte sich überhaupt nicht auf das konzentrieren, was Ella ihr erzählte und hatte nicht den blassesten Schimmer, wovon diese in den letzten zehn Minuten geredet hatte. Ihre Gedanken drifteten immer wieder ab, hin zu Carter, den sie jetzt schon so sehr vermisste, dass es körperlich wehtat.

Und deshalb sprang sie nun auf, sagte Ella, dass sie Schluss machen musste, weil sie etwas Wichtiges vorhabe. Dann lief sie zu ihrem Auto, rief auf dem Weg Esmeralda, die an diesem Vormittag am Stand saß, zu, dass sie kurz wegmüsse, setzte sich hinein und fuhr so schnell sie konnte zu Carter.

Sie wollte ihre Gefühle nicht länger zurückhalten. Konnte ihrem Herzen nicht noch mehr Schmerzen zufügen. Es musste endlich wieder heil werden.

Sie hatte Carters Adresse längst herausgesucht, immerhin hatte er seine eigene Schreinerei, und die befand sich direkt neben seinem Zuhause, wie er ihr erzählt hatte.

Sie parkte in der Einfahrt und sah ihn sofort. Er stand in seiner offenen Garage und war damit beschäftigt, an einem großen dunklen Möbelstück zu arbeiten.

Er blickte auf und erkannte sie – und lächelte unsicher.

»Amanda. Was für eine Überraschung«, sagte er, als sie aus dem Auto stieg.

Er hatte sich nicht gemeldet, seit sie am letzten Donnerstag diese schwerwiegenden Nachrichten ausgetauscht hatten. Und sie war ihm dankbar, dass er ihre Entscheidung, Abstand zu halten, respektierte. Doch insgeheim hatte sie sich gewünscht, er hätte ihre Dummheit einfach ignoriert und wäre zu ihr gekommen, hätte sie in seine starken Arme genommen und ihr gezeigt, was Liebe ist.

Doch nun war sie ja hier. Und sie wusste beim besten Willen nicht, wie es weitergehen sollte.

Also blieb sie in der Einfahrt stehen und fragte ihn schlicht: »Wie geht es dir?«

»Nicht so toll, um ehrlich zu sein.«

»Es tut mir leid«, sagte sie.

»Ich verstehe das. Wirklich. Es ist nicht einfach, jemand Neues in sein Leben zu lassen. Auch für mich nicht.« Er sah sie so unglaublich traurig an.

»Oh, Carter, dabei will ich doch gar nicht... Ich... ich vermisse dich.«

Mit großen Augen sah er sie an. »Ich vermisse dich auch«, erwiderte er und hielt ihr eine Hand hin.

Sie ging ein paar Schritte auf ihn zu und nahm sie. Sie fühlte sich sanft und warm, aber auch rau und ein bisschen schwitzig an.

»Was machst du da?«, erkundigte sie sich.

»Ein Bücherregal für einen älteren Professor.«

»Oh.« Sie betrachtete das Stück und bewunderte die hübschen Verzierungen, die Carter gerade dabei war zu schnitzen. Wobei sie nicht eine Sekunde seine Hand losließ. Mit ihrer anderen Hand fuhr sie über das raue Holz, das er sicher noch schleifen und lackieren würde. »Es ist wunderschön.«

»*Du* bist wunderschön«, sagte er mit so viel Wärme in seiner Stimme, dass sie innerlich zu schmelzen begann. Sie musste zu Boden sehen, so verlegen war sie. So ungewohnt war das alles.

Doch sie wollte nicht, dass es aufhörte.

Und als Carter sie jetzt an sich zog und ihre Lippen mit seinen berührte, ließ sie ihn gewähren. Seit sehr langer Zeit hatte sich nichts mehr so gut angefühlt.

Der Kuss dauerte vielleicht fünf Sekunden, doch er fühlte sich bahnbrechend an.

Sie merkte, wie ihr ganzes Gesicht glühte. Wie ihr Körper in Wallung geriet. Dann fiel ihr etwas auf, als sie auf seine Hände sah, die ihre umfassten.

Überwältigt sah sie ihn an. »Du trägst ja deinen Ring gar nicht mehr.«

»Es war einfach an der Zeit, ihn abzunehmen«, meinte er und sah ihr ganz tief in die Augen.

Jetzt konnte sie ihre Gefühle nicht länger zurückhalten. Sie küsste ihn mit all ihrem Sein, und sie wehrte sich nicht, als Carter sie – wie in ihren Träumen – hochhob und sie auf seinen starken Armen ins Haus und in sein Schlafzimmer trug, wo sie endlich wieder erfahren durfte, was es hieß, geliebt zu werden.

Kapitel 33

Jane

»Cal, wir können uns doch nicht immer nur *The Walking Dead* angucken«, sagte Jane am Donnerstagabend, an dem ihre Mom wieder mal beim Treffen der plaudernden Hinterbliebenen war. Calvin war vorbeigekommen – ein Krankenbesuch, obwohl es ihr Gott sei Dank schon weit besser ging. Diese Grippe hatte sie voll ausgeknockt, und sie fühlte sich, als hätte sie einen ganzen Monat lang im Bett gelegen. Seit Sonntag hatte sie so gut wie gar nichts gegessen, und Cal hatte ihr eine Instantnudelsuppe gemacht – das Einzige, was er wirklich draufhatte.

»Warum nicht?«, fragte er.

»Weil ich mich selbst langsam schon wie ein Zombie fühle.« Sie lachte und tunkte ihren Löffel in die Schüssel, in die Cal den Inhalt des Plastikbechers netterweise umgeschüttet hatte. Nie hatte Instantnudelsuppe so gut geschmeckt.

Cal, der mit einer Tüte Chips neben ihr auf dem Bett saß, den Rücken an das hölzerne Kopfende gelehnt, zuckte die Achseln. »Was willst du denn dann gucken?«

»Keine Ahnung. Vielleicht endlich mal die zweite Staffel

von *Tote Mädchen lügen nicht*?« Sie hatten sich vor einer Weile die erste angesehen, dann aber nicht weitergeschaut. Warum, wusste Jane gar nicht so genau. Aber jetzt hatte sie richtig Lust drauf.

»Die Serie ist so depri«, meinte Cal, und jetzt fiel ihr wieder ein, weshalb sie es bei einer Staffel belassen hatten. Genau das Gleiche hatte er nämlich damals schon gesagt.

»Ach, und *The Walking Dead* ist nicht depri? Da stirbt ständig jemand.« Sie hatten die komplette Serie bereits zweimal durchgesuchtet, obwohl ihre Mom es gar nicht gerne sah, wenn sie sich mit nicht einmal sechzehn Jahren eine Serie ab achtzehn anguckte. Anfangs hatte sie auch ständig gemeckert, es dann aber irgendwann aufgegeben.

Auf jeden Fall war Tyreese gerade von einem Beißer erwischt worden, und man wusste ja, wie das für ihn endete.

Cal stöhnte, auch wenn ihr klar war, dass er das nur tat, um noch ein bisschen glaubwürdig seinen Widerwillen zu verdeutlichen. Am Ende gab er ihr eh immer das, was sie wollte. »Na gut, wenn's unbedingt sein muss. Aber nur, weil du krank bist.«

»Danke.« Sie nahm die Fernbedienung in die Hand und verschüttete dabei fast ihre Suppe, weshalb Cal sie ihr abnahm und das Einschalten übernahm. Innerhalb weniger Sekunden erschien Clay auf dem Bildschirm. Jane war gespannt, ob er wohl in der zweiten Staffel endlich über den Tod von Hannah, seiner großen Liebe, hinwegkam.

Sie aß ihre Suppe auf, ließ sich von Cal das Kissen zurechtrücken und kuschelte sich an ihn.

»Wie läuft's zu Hause?«, erkundigte sie sich.

»Mom hat den Job im Diner verloren«, erzählte er. »Sie hat ständig ihre Arbeitszeiten verpennt.«

»Scheiße.«

»Allerdings. Tja, dann wird es wohl eine Zeit lang wieder nur Instantnudeln geben. Ich hatte mich gerade an die alten Pommes gewöhnt, die sie immer aus dem Diner mitgebracht hat.«

Cal tat ihr schrecklich leid. Kalte, abgestandene Pommes zum Frühstück? Was war das für ein Leben?

»Cal, darf ich dich was fragen?«

»Klar.«

»Du hast doch mehrere Aushilfsjobs. Wieso kaufst du dir von dem Geld kein richtiges Essen?«

»Weil ich fast alles, was ich verdiene, meiner Mom geben muss. Für die Miete. Die könnten wir sonst nicht bezahlen. Mein Blödmann von Dad denkt nämlich nicht daran, Unterhalt rauszurücken.«

Das mit seinem Dad hatte er ihr schon früher mal erzählt. Dass er sich einen Scheiß kümmerte, keinen Cent hergab und dass er Cal seit Ewigkeiten nicht besucht hatte. Aber dass seine Mom nicht mal genug Geld für die Miete hatte, war ihr nicht klar gewesen.

»Das ist echt nicht fair«, sagte sie.

»Was ist im Leben schon fair?«, fragte Cal und verzog den Mund. »Es ist, wie es ist. Ich versuche, ein bisschen was beiseitezulegen. Ich will eines Tages ein besseres Leben.«

Das konnte sie gut verstehen. Sie beließ es dabei und sagte nichts weiter, weil sie Cal nicht nerven wollte. Es tat ihr leid, die Sache überhaupt angesprochen zu haben. Sie sahen sich weiter die Serie an und schwiegen.

»Irgendwie blöd, dass Hannah da quasi als Geist weitermitspielt, oder?«, sagte sie irgendwann. »Ich meine, wenn man tot ist, ist man tot.« Das wusste sie selbst leider am allerbesten.

»Ja, aber Clay kriegt sie halt einfach nicht aus seinen

Gedanken. Geht dir doch mit deinem Dad genauso, oder? Er ist ein Teil von dir und wird es immer sein.«

»Ja, vielleicht hast du recht«, sagte sie und legte ihren Kopf an seine Schulter. Und dann bemerkte sie plötzlich, dass Cal sie merkwürdig ansah. »Was ist denn mit dir los?«, fragte sie stirnrunzelnd.

»Mir ist nur gerade wieder einmal deutlich geworden, wie viel du mir bedeutest und dass ich dich niemals aus meinen Gedanken kriegen würde, wenn du nicht mehr da wärst.«

»Oh Gott, Cal, nun werd doch nicht so schmalzig.«

»Ich meine es ernst«, sagte er und sah sie immer noch so komisch an.

Sie hätten weiter *The Walking Dead* gucken sollen.

»Du brauchst dir keine Sorgen zu machen. Ich werde immer da sein. Okay?«, meinte sie dann und hoffte, dass er seinen Blick nun wieder auf den Fernseher richten würde, statt ihr auf diese Weise in die Augen zu schauen. Was suchte er nur darin?

Und dann ... dann küsste er sie.

Es kam völlig unerwartet und fühlte sich unglaublich an. In diesem einen Kuss lagen Liebe und Geborgenheit und Vertrautheit und ...

»Lass das, Cal!«, schrie sie ihn an, sobald sie sich von ihm gelöst und ihn von sich gestoßen hatte. »Was ist nur in dich gefahren? Spinnst du?«

»Ich kann es einfach nicht länger verbergen, Jane. Ich liebe dich.«

Sie starrte ihn erschrocken an. »Das ist doch Bullshit, Cal! Wir sind die allerbesten Freunde.«

»Ich will aber mehr als das. Ich bin schon so lange in dich verliebt, Jane. Hast du das denn nie bemerkt?«

»Aber...« Sie war völlig perplex. Das L-Wort hatte ihr noch nie jemand gesagt außer ihrer Eltern und Großeltern, und das war nicht dasselbe. »Seit wann denn?«, wagte sie zu fragen.

»Schon vorher. Bevor dein Dad... schon sehr lange. Seit der Siebten?«

Seit vier Jahren???

Das konnte doch alles nicht wahr sein!

»Warum, Cal? Ich kapier das nicht. Warum bist du ausgerechnet in mich verliebt?«

»Weil du der traurigste Mensch bist, den ich kenne und...«

»Du liebst mich also aus Mitleid?«, unterbrach sie ihn.

»Nein.« Er nahm ihre Hand, wie er es schon hunderttausendmal gemacht hatte, doch jetzt fühlte es sich komplett anders an. »Ich liebe dich, weil du trotz allem stark bist und tapfer, weil du trotzdem deinen Humor nicht verloren hast. Weil du dir ständig mit mir *The Walking Dead* ansiehst, auch wenn du eigentlich gar keine Lust hast, und weil du mich nie verurteilst oder ausquetschst, obwohl du weißt, wie es bei mir zu Hause aussieht. Jane, du bist mein Lieblingsmensch auf dieser großen weiten Welt – wie könnte ich dich nicht lieben?«

Sie hätte heulen können, so falsch fühlte sich das alles an. So, als wäre sie dabei, noch einen Menschen zu verlieren. Den vielleicht wichtigsten.

»Ich will das nicht, Cal.« Sie entriss ihm ihre Hand.

Er zuckte wieder mal die Achseln, wie er es so häufig tat, und sagte: »Ich kann es nicht ändern, und ich will es auch nicht. Das ist das, was ich für dich empfinde.«

»Schalte es ab!«

»So einfach ist das nicht.«

Sie legte ihr Gesicht in ihre Hände und schüttelte den Kopf. Dann sah sie ihn an. »Du bist der beste Freund, den ich je hatte. Ich will dich nicht auch noch verlieren. Dann hab ich nämlich niemanden mehr.«

»Aber du verlierst mich doch nicht, Jane.«

»Kannst du mich bitte wieder J. P. nennen?«, flehte sie.

»Du wirst mich nicht verlieren, J. P.«, wiederholte er seine Worte.

Sie konnte ihn nicht mehr ansehen, stand vom Bett auf und ging zur Tür, um sie zu öffnen.

»Und warum fühlt es sich dann so an, als hätte ich dich schon verloren?«

Er durchquerte das Zimmer. »Ich kann gehen, aber ich werde nicht aufhören, dich zu lieben, J. P.«

Sie schloss die Tür hinter ihm, ließ sich auf den Boden gleiten und weinte um ihren besten Freund. Von jetzt an würde alles anders sein. Er hatte gerade alles kaputt gemacht, was sie gehabt hatten, und sie glaubte nicht, dass sie es wieder reparieren konnten.

Kapitel 34

Carter

Er saß in der Schulaula und wartete gespannt darauf, dass seine Tochter die Bühne betrat. Sie hatte sich seit Wochen auf diesen besonderen Freitagabend vorbereitet, an dem sie mit ihrer Musikgruppe den Auftritt des Jahres hinlegen würde. Die Monty Lightnings waren keine gewöhnliche Schülerband, sondern eher eine Art Orchester, in dem Sam seit Beginn der Highschool vor zwei Jahren Flöte spielte. Carter war bereits bei einigen Konzerten dabei gewesen und hatte es ziemlich cool gefunden, wie sie moderne Songs im Orchesterstil spielten.

Während jetzt noch der Schuldirektor sprach und die Monty Lightnings ankündigte, warf Carter einen Blick zur Seite und konnte nicht anders, als zu lächeln. Denn neben ihm saß Amanda, und sie hielt seine Hand, was sich einfach nur großartig anfühlte. Dann sah er zu seiner Rechten und entdeckte ein glückliches kleines Mädchen. Astor strahlte vermutlich noch mehr als er selbst, und immer wieder schielte sie zu ihm und Amanda und zu ihren Händen rüber, die sich so perfekt ineinanderschmiegten, als wären sie als Einheit gegossen worden.

Er freute sich, dass Astor Amanda so gernhatte und sie sich so darüber freute, dass sie nun offiziell ein Paar waren. Die Kleine wünschte sich so sehr eine neue Mom, das hatte er schon lange erkannt. Und nun sollte sie diese eventuell sogar bekommen. Wenn alles gut ging. Er hoffte es so sehr.

Auch mit Sam hatte er noch am vergangenen Abend darüber gesprochen, dass er sich in Amanda verliebt hatte und sie es miteinander versuchen wollten. Dass sie einander guttaten und er sich von Herzen wünschte, seine Töchter würden diese Beziehung gutheißen. Er hatte Sam quasi um ihren Segen gebeten, und ihm war natürlich bewusst gewesen, wie schwer es ihr fallen musste, eine neue Frau in seinem Leben zu akzeptieren. Doch wie immer hatte sie gelächelt und ihm gesagt, dass sie ihn unterstützen würde in allem, was er tat. Dass sie sich für ihn freue. Gute Sam. Manchmal fragte er sich, ob sie wohl niemals böse Gedanken hatte oder traurige oder wütende. Es konnte doch nicht immer alles Sonnenschein sein, oder?

Ja, manchmal wünschte er sich, sie würde zu ihm kommen und ihm anvertrauen, wie es wirklich in ihr aussah. Doch vielleicht gab es da ja tatsächlich nur gute Gedanken und nichts, das Sam aus der Fassung bringen konnte. Vielleicht war sie einfach so ein positiver Mensch. Was ja auch gut war. Denn wenn er vergleichsweise an Jane dachte, die weder mit dem Tod ihres Vaters noch mit der neuen Beziehung ihrer Mutter auch nur annähernd so gut zurechtkam wie Sam, sollte er wohl einfach nur dankbar sein.

Jane war heute Abend nicht dabei, und das lag sicher nicht nur daran, dass sie die Woche über krank gewesen war. Er war sich ziemlich sicher, dass sie auch nicht bei dem Konzert erschienen wäre, wenn sie topfit gewesen wäre. Er wusste nicht, wie sie die Situation in den Griff bekommen konnten, wie sie es schaffen sollten, alle zusammen zu funktionieren. Denn Sam und Jane schienen sich nicht sehr gut zu verstehen, und Amanda hatte ihm erzählt, dass Jane seit dem Tod ihres Vaters eine ziemlich schlimme Phase durchmachte. Ihm war klar, dass die neue Beziehung ihrer Mom das alles nicht gerade besser machte. Doch sie würde irgendwie damit klarkommen müssen, so leid es ihm tat, ihr erneute Schmerzen zuzufügen. Mit der Zeit würden die Dinge bestimmt leichter werden. Er würde sich halt besonders anstrengen, um sich mit ihr anzufreunden, und vielleicht würden sie ja eines Tages eine große, glückliche Patchworkfamilie sein.

Er sah wieder zu Amanda, die den Kopf zu ihm gedreht hatte und ihn strahlend anlächelte. Er war so glücklich wie lange nicht. Seit sie vor drei Tagen wie aus dem Nichts in seiner Einfahrt gestanden hatte, hatte sich sein ganzes Leben verändert. Sie war nicht nur plötzlich da gewesen, sie war voll da gewesen, und als sie sich geliebt hatten, hatte er sich zum ersten Mal seit Langem wieder wie ein Mann gefühlt. Nicht nur wie ein Vater und der Versorger seiner Familie, sondern wie ein richtiger Mann, begehrt und geliebt. Seitdem schwebte er auf Wolke sieben.

Das Konzert begann, und sie sahen dabei zu, wie Sam mit den anderen die Bühne betrat. Sie spielten zuerst *Paparazzi* von Lady Gaga und danach *Counting Stars* von One Republic. Er war begeistert. Und als sie das Konzert mit *Empire State of Mind* von Alicia Keys abschlossen, war der ganze Saal am Applaudieren und am Pfeifen, als wären die Rolling Stones höchstpersönlich aufgetreten.

Er bat Amanda, kurz bei Astor zu bleiben, da er schnell zur Toilette wollte, bevor die ganze Menge dorthin strömte, und schlich sich davon, während die Leute nach einer Zugabe verlangten.

Als er dann jedoch durch den Schulflur eilte, erhaschte er etwas und blieb abrupt stehen. Was er sah, war Jeremy – zusammen mit einem anderen Mädchen. Er drückte sie an die Wand, und sie küssten sich wild und leidenschaftlich.

Sofort versteckte er sich hinter einer Ecke, sah noch einmal genauer hin, um sicherzugehen, dass er sich nicht verguckt und Jeremy mit einem anderen Jungen verwechselt hatte. Doch er hatte richtig gelegen. Es war der Freund seiner Tochter, der eine andere küsste.

Beinahe verlegen machte er sich davon, suchte eine Toilette in einem anderen Gang und überlegte dabei die ganze Zeit, wie er das nur Sam beibringen sollte. Denn er musste es ihr sagen, oder? Das war doch seine Pflicht als Vater, nicht? Wie könnte er ihr verheimlichen, dass der Junge, mit dem sie seit zwei Jahren zusammen war, sie hinterging? Und dann auch noch in aller Öffentlichkeit? So ein Schwachkopf! Am liebsten hätte er ihn hier und jetzt zur Rede gestellt.

Doch er wollte keine Szene machen. Nicht an diesem Abend, der so ein großer Erfolg für Sam war. Und deshalb würde er ihr das auch heute nicht antun. Sie sollte den Augenblick genießen und sich wie ein kleiner Star fühlen. Doch morgen würde er es ihr sagen müssen – und ihr damit das Herz brechen. Es schmerzte ihn jetzt schon, ihr das antun zu müssen, doch das war leider Teil dieses Lebens. Manche Menschen waren so, sie betrogen dich und traten deine Gefühle mit Füßen. Ja, im Fall von Jeremy war es vielleicht sogar besser, dass er es herausgefunden hatte und seine Tochter vor noch mehr Kummer bewahren konnte. Der Typ war es doch überhaupt nicht wert. Sam verdiente Besseres, weit Besseres, er hoffte nur, sie würde das verstehen.

Kapitel 35

Sam

Es war der letzte Samstag des Schuljahres und auch das letzte Lacrosse-Match. Die Saison war bereits zu Ende, die Lions waren als Gewinner herausgegangen, alles, was jetzt noch stattfand, waren Freundschaftsspiele. Sam stand in ihrem Cheerleading-Outfit am Rande des Feldes und feuerte zusammen mit den anderen Cheerleaderinnen die Lacrosse-Spieler an, die heute noch ein bisschen mehr zu geben schienen als sonst – weil sie aller Welt beweisen wollten, dass sie den Siegertitel nicht ohne Grund gewonnen hatten.

Jeremy war auch auf dem Feld. Als Attackman war er einer der wichtigsten Spieler, doch für sie war er rein gar nicht mehr von Bedeutung.

Heute Morgen, noch vor dem Frühstück, hatte ihr Dad sie aufgesucht und ihr etwas erzählt, mit schwerem Herzen, das konnte sie sehen. Am Abend zuvor, beim Konzert, hatte er Jeremy mit einem anderen Mädchen im Gang erwischt. Die beiden hatten sich geküsst. Sie war sich ziemlich sicher, dass das Mädchen Cassidy gewesen war, vielleicht hatte Jeremy aber auch schon wieder eine Neue am Start. Es war ihr egal. *Er* war ihr egal. Nachdem er sich nicht mehr bei ihr gemeldet hatte, hatte sie ihn abgehakt. Und selbst eine erneute Entschuldigung hätte keinen Unterschied gemacht.

Nach ihrem öffentlichen Streit in der Cafeteria waren sie ein paar Tage lang das Gesprächsthema Nummer eins gewesen. In der wöchentlichen Ausgabe der *Gomery* war es um kaum etwas anderes gegangen als darum, dass der Cheerleading-Co-Captain dem Lacrosse-Star eine Riesenszene in der Schulcafeteria gemacht hatte. Dass er sie betrogen hatte. Dass sie sich getrennt hatten. Dass es aus war mit dem Traumpaar der Montgomery High.

Wer sind also die neuen Anwärter auf den Titel der Homecoming-Prinzessin und den des Homecoming-Prinzen im neuen Schuljahr?

So viel Drama kurz vor Schuljahresende. Was werden wohl die Sommerferien alles bereithalten?

Sie konnte die blöden News nicht mehr lesen. Hatte genug davon, Klatschthema zu sein. Und jetzt hatte auch noch ihr Dad Jeremy mit der anderen ertappt und sah sie so mitleidig an, als wäre sie ein kleines ertrinkendes Kätzchen.

»Dad, vielleicht solltest du wissen, dass es zwischen Jeremy und mir schon eine ganze Weile nicht mehr gut lief«, sagte sie ihm. »Ich habe mich vor ein paar Tagen von ihm getrennt.« Zwar war es nie wirklich ausgesprochen worden, doch die ganze Schule schien es so zu sehen und Jeremy anscheinend erst recht. Sollte er doch mit Cassidy zusammen sein, mit diesem Mädchen, das keine Skrupel hatte, mit 'nem Typen ins Bett zu hüpfen, der mit jemandem ging, den sie als ihre Freundin bezeichnete. Die beiden passten perfekt zusammen.

Das, was wehtat, war eigentlich nur, dass sie nicht nur ihren festen Freund und eine ihrer besten Freundinnen verloren hatte, sondern auch schon wieder aus der Clique ausgeschlossen wurde. Allerdings fragte sie sich, ob sie nicht ohne sie viel besser dran war. Falsche Freunde waren etwas, was sie wirklich nicht gebrauchen konnte.

»Das tut mir sehr leid«, sagte ihr Dad. »Das wusste ich nicht.«

»Tut mir leid, dass ich es dir nicht früher erzählt habe.«

»Du weißt, du kannst mit allem zu mir kommen. Ich bin immer für dich da.«

»Ja, das weiß ich. Diese Sache musste ich nur mit mir selbst ausmachen.«

»Okay, das verstehe ich. Mir tut es trotzdem leid. Ich weiß, wie viel Jeremy dir bedeutet hat.«

Sie schüttelte den Kopf. »Das hat er mal. Er ist es aber nicht wert, dass ich meine Zeit für ihn verschwende. Es ist das Beste so.«

»Ach, Sam...« Ihr Dad nahm sie in seine Arme und streichelte ihr über den Rücken. »Ich bin froh, dass du erkennst, dass du so viel mehr wert bist.«

Ja, das war sie. Und erst jetzt erkannte sie so richtig, wie abhängig sie von Jeremy gewesen war. Sie hatte ihm nicht nur ihr Herz geschenkt, sie hatte sich auch ständig nach ihm gerichtet, sich ihm angepasst. Sie war kaum noch eine eigenständige Person gewesen. Es war gut, dass das ein Ende hatte. Und auch wenn sie zum ersten Mal seit zwei Jahren wieder allein war, freute sie sich auf das, was die Zukunft für sie bereithielt.

Da Astor heute mit einer Freundin und deren Familie einen Ausflug ins Aquarium von Monterey machte, führte Sam nach dem Lacrosse-Spiel für sie den Hund der Nachbarin aus, während alle anderen im Stardust Diner den Sieg der Lions feierten. Sie spazierte durch die Gegend und ganz bis zum Strand hin. Heute brauchte sie das einfach, ein bisschen Zeit für sich, Zeit zum Nachdenken. Womit sie nicht gerechnet hatte, war, dass sie unterwegs jemandem begegnen sollte. Und dieser jemand war ausgerechnet Romeo.

Auf seinem Fahrrad kam er ihr entgegen und lächelte ihr zu, sobald er sie von Weitem erkannte. Sie lächelte zurück.

»So schnell sieht man sich wieder«, sagte er und blieb neben ihr stehen.

»Hey. Wie geht's dir?«

»Gut, danke, und dir?«

»Auch gut.«

Er musterte sie. »Ehrlich? Alles wieder okay?«

Sie nickte. »Danke noch mal für neulich.«

»Kein Problem. Ist das dein Hund?« Er stellte sein Rad ab und ging in die Hocke, um den Kleinen zu streicheln, der es ihm mit ein paar Zungenschleckern dankte.

»Nein, der gehört meiner Nachbarin, sein Name ist Winston. Eigentlich führt meine kleine Schwester ihn Gassi, heute hat sie aber was anderes vor, und ich übernehme es für sie.«

»Das ist aber nett von dir. Hat deine Schwester sich über die Erdbeeren gefreut?«

»Sie hat sie innerhalb von zehn Minuten aufgegessen.«

Er lachte und stellte sich wieder aufrecht. Unter dem kakifarbenen T-Shirt konnte sie seine Armmuskeln erkennen.

»Bist du heute nicht auf der Farm?«, fragte sie, weil ihr nichts Besseres einfiel.

»Nein. Samstags habe ich frei.«

Sie nickte, und dann wusste sie wirklich nicht mehr weiter. Sie war richtig verlegen. Es war komisch, sich mit einem anderen Jungen als mit Jeremy zu unterhalten. Natürlich hatte sie auch immer mit Richie, Joaquin und Gareth geredet, aber da war Jeremy stets dabei gewesen.

»Wollen wir ein Stück zusammen gehen?«, fragte Romeo jetzt, und sie war erleichtert.

»Gerne«, sagte sie und lief neben ihm her, während er sein Fahrrad schob. Winston zog wie ein Verrückter an der Leine, weil er zum Strand wollte. Als sie dort ankamen, ließ sie ihn los und suchte nach einem Stock, den sie werfen konnte.

»Der ist ja wirklich süß, der Kleine«, meinte Romeo, der sein Rad angeschlossen hatte und sich jetzt zu ihr in den Sand setzte.

»Ja.«

»Du bist nicht so gesprächig, oder?«, fragte er.

»Tut mir leid. Eigentlich bin ich ein total fröhlicher Mensch.«

»Man kann nicht immer fröhlich sein.«

»Nein.« Sie sah zum weiten Meer hinaus, wo sie ein paar Boote ausmachen konnte. Wie schön es wäre, jetzt einfach eines besteigen und damit ganz weit hinaus fahren zu können.

»Wir müssen nicht reden«, ließ Romeo sie wissen und beobachtete ebenfalls die Boote.

»Tut mir leid.«

»Dir muss echt nichts leidtun. Ich kann auch gehen, wenn du lieber allein sein willst.«

»Nein, bitte bleib. Ich will nicht allein sein.« Sonst würden ihre Gedanken sie noch auffressen.

»Okay. Dann sitzen wir einfach nur hier und schweigen, ja?«

Sie schüttelte den Kopf. »Ich hab Schluss gemacht. Mit meinem Freund«, erzählte sie ihm. Denn er wusste ja schon, dass der sie betrogen hatte.

»Da hast du das einzig Richtige gemacht. Ich bin wirklich froh darüber.«

Sie sah ihn an. »Ja?«
Er sah ihr ebenfalls in die Augen. »Ja.«
Und sie spürte ein Kribbeln, das sie schon sehr lange nicht gespürt hatte.

Als sie wieder zu Hause war, war die Leere wieder da. So schön die Zeit mit Romeo gewesen war, konnte sie doch nicht aufhören, an all die schlimmen Dinge zu denken, die ihr in den letzten Wochen zugestoßen waren. Sie wünschte so sehr, ihre Mom wäre jetzt da. Ihr hätte sie das alles erzählen können, und vielleicht hätte sie ihr ein paar Tipps geben können, wie sie besser damit zurechtkam.

Doch ihre Mutter war nicht da.

In diesem Moment fehlte sie ihr so schrecklich, dass es kaum auszuhalten war. Sie holte ihr Smartphone heraus und scrollte durch die Fotos, wie sie es schon so oft getan hatte. Doch diesmal fiel ihr plötzlich etwas auf. Das letzte Bild von ihrer Mom, das mit dem riesigen Eisbecher, das sie ihr aus Santa Barbara geschickt hatte... irgendwas stimmte damit nicht.

Sie war selbst schon mehrmals bei Tante Brenda in Santa Barbara gewesen. Die Stadt hatte keine Hochhäuser, doch auf dem Bild waren im Hintergrund eindeutig welche zu erkennen – wenn man ganz genau hinsah.

Völlig verwirrt starrte sie das Foto an. Eine halbe Ewigkeit lang. Und ihr wurde etwas klar: Ihre Mom war gar nicht in Santa Barbara gewesen! Zumindest nicht an diesem Samstag.

Nur, wo war sie dann gewesen?

Sie verließ ihr Zimmer mit dem Handy in der Hand und ging zu ihrem Dad, der mit Astor auf dem Sofa saß und einen

Film guckte. Ihre Schwester war längst eingeschlafen nach ihrem abenteuerlichen Tag im Aquarium und schnarchte leise vor sich hin. Ihr Vater lachte gerade über Adam Sandler, der in dem Film irgendwas Lustiges machte.

»Dad?«

Er drehte den Kopf in ihre Richtung. »Oh. Hey, Sam. Alles gut?«

»Ja. Oder ... ehrlich gesagt, weiß ich das nicht. Ich bin da gerade auf etwas gestoßen.«

»Ach ja? Auf was denn? Geht es um Jeremy?«

»Nein, um Mom.«

Das Gesicht ihres Dads verzog sich sofort. Seine Lachfalten glätteten sich, und er sah sie beunruhigt an. »Um was geht es?«

»War Mom wirklich in Santa Barbara? An diesem letzten Wochenende, bevor sie ... den Unfall hatte?«

»Ja, natürlich. Wie kommst du darauf, dass es nicht so gewesen sein sollte?«

»Wegen des Fotos, das sie mir damals geschickt hat. Das im Hintergrund sieht nicht aus wie Santa Barbara.«

»Ach, das bildest du dir sicher nur ein, Süße. Sie war in Santa Barbara.«

»Ganz sicher?«

Er nickte. »Ganz sicher.« Dann wandte er sich wieder dem Fernseher zu, und sie wusste, sie sollte nicht weiter nachhaken. Und deshalb ließ sie es und ging zurück in ihr Zimmer.

Ihr Vater hatte gesagt, dass ihre Mom in Santa Barbara gewesen war, und er würde sie doch nicht belügen, oder?

Nur fühlte es sich an, als wäre sie gerade belogen worden. Schon wieder! War denn hier überhaupt niemand mehr ehrlich mit ihr?

Nun gut, wenn das so war, dann musste sie die Dinge eben in die eigene Hand nehmen. Denn sie wusste, dass etwas faul war. Dass vielleicht alles ganz anders gewesen war, als man ihr erzählt hatte. Doch sie würde sich auf die Spur begeben. Etwas anderes hatte sie die nächsten Wochen eh nicht zu tun, und deshalb nahm sie sich vor, es sich zur Mission zu machen, die Wahrheit über ihre Mutter herauszufinden. Was auch immer dabei herauskommen würde.

Kapitel 36

Amanda

Singend stand sie in der Küche und bereitete das Abendessen zu. Es war Memorial-Day-Wochenende, und sie war ziemlich aufgeregt, denn sie hatte Carter und seine Töchter zum ersten Mal zu sich nach Hause eingeladen. Ein wenig unsicher war sie gewesen, was Jane anging, hatte sie dann aber frei heraus gefragt, ob es okay wäre, und zu ihrer Überraschung hatte sie keine Einwände gehabt, sondern einfach nur ein »Von mir aus« gemurmelt.

Und jetzt pochte ihr Herz von Minute zu Minute schneller, während sie die getrockneten Tomaten für das Pesto aufkochte, eine Weile einweichen ließ und sie dann klein schnitt, um sie im Zerkleinerer zu pürieren. Zusammen mit Mandeln, Knoblauchzehen, Balsamico, Tomatenmark, Olivenöl, ein wenig Zucker und einigen Kräutern und Gewürzen würde die Mischung ein wirklich köstliches und erfrischendes Pesto ergeben, das sie öfter mal zubereitete. Sie hatte immer gern ein Glas davon im Kühlschrank, um es sich einfach unter ein paar Nudeln zu mischen oder es auf Brot zu essen. Leider gehörten die gemeinsamen Abendessen mit Jane ja der Vergangenheit an, und selbst wenn sie mal zusammen aßen, dann wollte ihre Tochter nichts als Pommes oder Pizza oder irgendein anderes Fast Food essen, und das war gar nicht Amandas Ding. Sie mochte es frisch und gesund, mit viel Gemüse und Kräutern aus dem kleinen Garten hinterm Haus. Das Rezept für dieses Pesto hatte sie von einer guten alten Bekannten namens Hattie, die leider nicht mehr unter ihnen weilte. Sie war Mandelfarmerin gewesen, und sie hatten sich über das Internetforum der »Farmers of California« kennengelernt, in den letzten Jahren hatten sie sich richtig angefreundet, einander E-Mails geschickt und sogar Weihnachtskarten ausgetauscht. Im Oktober 2019 dann hatte sie eine Mail von Hatties Enkelin bekommen, die ihr mitteilte, dass die Gute von ihnen gegangen war. Die junge Frau namens Sophie hatte ihr geschrieben, dass sie die Mandelfarm übernommen habe, und Amanda wusste, dass das Hattie sehr glücklich gemacht hätte. Denn sie hatte ihr oft erzählt, wie sehr sie ihre Enkelin vermisste, die Kalifornien schon vor einer ganzen Weile verlassen hatte.

Liebe, alte Hattie. Sie war bereits achtundachtzig gewesen, und Amanda wusste ja, dass sie ein gutes Leben gehabt hatte, und doch hatte es sie sehr mitgenommen. Ja, es war ein trauriges Jahr gewesen, der Tod hatte sie damals eingeholt und schien ihr alle lieben Menschen nehmen zu wollen. Noch heute dachte sie mit einem Lächeln an Hattie zurück, jedes Mal, wenn sie eine Mandel aß oder eben dieses besondere Pesto zubereitete.

Zur Sicherheit wollte sie auch noch eine Tomatensoße machen, falls die Kinder das Pesto nicht mochten, und dazu würde es einen großen Salat geben. Fürs Dessert hatte sie einen Erdbeerkuchen und ihre allseits beliebte Erdbeerwolke, eine erfrischende Quarkcreme, geplant – was würde sich mehr anbieten bei all den reifen Früchten, die direkt vor ihrer Haustür wuchsen?

Am Morgen war sie im Supermarkt gewesen, dem kleinen hier in Carmel, und dort hatte sie mitbekommen, wie zwei der anderen Erdbeerfarmerinnen der Gegend sich darüber beklagten, dass ihre Früchte in diesem Jahr besonders stark vom Ungeziefer befallen waren. Amanda selbst hatte dieses Problem noch nie gehabt, und sie fragte sich des Öfteren, ob es wohl an den Zwiebeln lag. Denn bekanntlich hielten Zwiebeln, wenn man sie zwischen die Erdbeeren pflanzte, das Ungeziefer fern, und früher war die Farm ja mal eine Zwiebelfarm gewesen. Vielleicht befanden sich ja immer noch ein paar davon in der Erde, auf jeden Fall aber schien die Tatsache nachhaltig etwas zu bewirken, worüber sie einfach nur dankbar war. Tom hatte damals wirklich alles richtig gemacht mit dem Kauf des Grundstücks, anders konnte man es nicht sagen.

Sie probierte das Pesto, pfefferte noch ein wenig nach und stellte es in den Kühlschrank. Dann machte sie sich daran, die frischen Tomaten klein zu schneiden.

»Oh Gott, was machst du denn für einen Aufwand?«, hörte sie es und schloss die Augen. Oh bitte, dachte sie, lass sie sich wenigstens heute mal benehmen.

Sie drehte sich um und sagte ihrer Tochter: »Das mache ich gar nicht. Es gibt etwas ganz Schlichtes: Spaghetti.«

»Aber du machst extra 'ne Tomatensauce, oder? Warum nimmst du nicht einfach die aus dem Glas?«

»Weil die selbst gemachte besser schmeckt.«

»Wenn du meinst. Wann kommen die nachher?«

»Um halb sechs.«

»Ich hoffe, sie bleiben nicht allzu lange.«

»Jane ...« Sie atmete tief ein. »Sie werden sicher nicht allzu lange bleiben, da Astor erst neun Jahre alt ist und irgendwann ins Bett muss, auch wenn morgen Feiertag ist.« Sie sah ihre Tochter an, deren Haar wie immer völlig verwüstet war und die ein *The-Walking-Dead*-T-Shirt trug. Jane sah aus, als würde der Weltuntergang kurz bevorstehen, vor allem ihr Gesicht drückte genau dies aus. »Bist du immer noch böse auf mich?«, fragte Amanda nach. Sie hatte es so satt. »Ich hab dir doch gesagt, dass Carter und ich uns einfach nur ein bisschen besser kennenlernen wollen. Wir werden nicht gleich heiraten, okay?«

Sie verstand Jane ja, das tat sie so gut, und doch konnte sie für sie nicht immer zurückstecken. Sie wollte sich ihr Glück einfach nicht nehmen lassen.

Doch Jane schüttelte den Kopf und hatte auf einmal ganz feuchte Augen. »Das ist es nicht. Hat nichts mit dir zu tun«, sagte sie nur, und Amanda glaubte, sie würde gleich anfangen zu weinen.

Wie gerne wäre sie jetzt auf Jane zugegangen und hätte sie umarmt. Doch sie wusste ja, dass sie sie nur wieder weggestoßen hätte.

»Oh. Okay«, war also alles, was sie sagte. Dann hatte sie eine Idee, wie Jane der Abend vielleicht ein wenig besser gefallen würde. »Du kannst gerne Calvin auch zum Dinner einladen, falls er Zeit hat.«

Jetzt drehte Jane sich um und ging ohne ein Wort davon. Kurz darauf hörte sie wieder mal ihre Tür zuknallen.

Sie presste die Lippen aufeinander und spürte selbst Tränen aufsteigen. Womit hatte sie das nur verdient? Wieso musste ihre Tochter sich ihr gegenüber immer so verhalten? So, als wäre sie überhaupt keine Bezugsperson mehr für sie – dabei war doch alles, was sie wollte, einfach nur ihre Mutter zu sein.

Sie musste das Messer ablegen, weil ihre Sicht so verschwommen war. Sie riss sich ein Stück von der Küchenrolle ab und setzte sich an den Tisch, wo sie sich für einen kurzen Moment gehen ließ, ihren Kopf in ihre Arme legte und ein paar Tränen vergoss.

Wie sollte sie sich etwas mit Carter aufbauen, wenn Jane so absolut dagegen war? Was war sie für eine Mutter, wenn sie eine Beziehung einging, die ihre Tochter so unglücklich machte? Oh, wie sie hoffte, dass Jane Carter eine Chance geben würde, sehen würde, wie wunderbar er war und was für eine Bereicherung für ihr Leben. Dass er sie so unglaublich glücklich machte. Und Sam und Astor – sie könnten alle Freundinnen werden. Keine Schwestern, darauf war Amanda gar nicht aus, falls Jane das befürchtete, doch sie könnten einander wirklich guttun. Schließlich hatten sie alle das Gleiche durchgemacht und wussten, wie es sich anfühlte, wenn plötzlich die heile Welt zusammenbrach, die man kannte.

Sie atmete ein paarmal tief durch und fasste sich wieder. Nein, sie würde Carter nicht aufgeben. Denn *ihre* heile Welt war ebenfalls zusammengebrochen, und zum ersten Mal seit Langem fühlte sie sich wieder hoffnungsvoll. Dieses Gefühl sollte nicht gleich wieder verschwinden – es fühlte sich viel zu schön an.

Und vor allem konnte sie wieder atmen. Die Tage, in denen sie vor Schmerz und Hoffnungslosigkeit nach Luft gerungen hatte, gehörten der Vergangenheit an.

Sie stellte sich wieder an die Arbeitsplatte und nahm das Messer in die Hand. Dabei fiel ihr Blick auf ihren Ringfinger, auf dem noch immer ihr Ehering steckte.

Vielleicht war es für sie auch an der Zeit, ihn abzunehmen.

Im Radio lief *I Still Haven't Found What I'm Looking For* von U2, und ihr Mund verzog sich zu einem Lächeln, als sie dabei an Carter und sein U2-T-Shirt dachte.

»Ach, ich glaube, ich habe schon gefunden, wonach ich gesucht habe«, sagte sie dem Radio oder dem Schicksal oder Tom. Oder wer auch immer gerade zuhörte.

Kapitel 37

Jane

Sie lag auf ihrem Bett und hörte Musik über ihre Kopfhörer. Zum wohl tausendsten Mal lauschte sie dem Song *Daddy* von Coldplay und sang dazu leise mit.

»*Daddy, if you're out there, Daddy, all I want to say ... You're so far away, oh, you're so far away ... That's okay, it's okay ... I'm okay ...*«

Die Tränen liefen ihr unaufhaltsam. Denn nichts war okay. Sie war nicht okay.

Ihr Daddy war weg. Cal war weg. Sie hatte niemanden mehr.

Wozu war dieses Leben also überhaupt noch gut?

Am Tag zuvor hatte sie all ihren Mut zusammengenommen und war auf Cal zugegangen, hatte ihn zu Hause besucht. Ihn gefragt, ob sie nicht einfach weitermachen konnten wie bisher. Ob sie nicht wieder Freunde sein konnten.

Er hatte geantwortet, dass er das nicht wolle. Dass er mehr wolle. Doch das konnte sie ihm nicht geben, denn sie liebte ihn einfach nicht auf dieselbe Weise, wie er sie liebte, das würde sie niemals, und das sagte sie ihm. Das war es dann für Cal gewesen und für ihre Freundschaft auch.

Seitdem weinte sie ununterbrochen. Wieso war das Leben nur so unfair? Warum nahm es ihr einfach jeden Menschen, der ihr etwas bedeutete? Klar, da war noch Romeo, mit dem sie auch reden konnte, aber das war nicht dasselbe. Cal war immer da gewesen, seit Ewigkeiten, und besonders in der Zeit, in der es ihr so schlecht gegangen war. Er hatte sie aufgefangen.

Wie weit würde sie fallen, jetzt, wo er nicht mehr da war?

Natürlich gab es da auch noch ihre Mutter. Doch das Verhältnis zwischen ihnen war schwierig geworden. Während sie sich früher ganz super verstanden hatten, war da jetzt eine Barriere. Eine Mauer, die keine von ihnen durchbrechen konnte, wie es schien. Manchmal fragte sie sich, wer wohl die meiste Schuld daran trug, dass es war, wie es war, und meistens kam sie zu dem Schluss, dass es ihr eigenes Verschulden war. Doch dann kam ihre Mom daher und brachte so Sachen, wie diesen Kerl anzuschleppen, und dann war sie sich doch nicht mehr so sicher.

Wieso hatte sie sich von allen Männern Kaliforniens nur in Sams Vater verknallen müssen? Was für einen blöden Scherz hatte sich das Schicksal da erlaubt?

Da sie die ganze Woche nicht in der Schule gewesen war, hatte Cal sie auf dem Laufenden gehalten, zumindest bis zum Donnerstag. Er hatte ihr erzählt, was in der Montgomery Gesprächsthema Nummer eins war, und das war die Tatsache, dass Sam sich von Jeremy getrennt hatte. Cal hatte ihr Screenshots von der *Gomery* geschickt, wo es schwarz auf weiß stand. Sie konnte es noch immer kaum glauben, hatte aber zum ersten Mal ein wenig Respekt für Sam übrig, denn mit dem prügelnden, snobistischen Idioten Jeremy Schluss zu machen war das absolut Größte gewesen, was dieses Mädchen hatte tun können.

Heute Abend würde sie herkommen. In ihr Haus. Zusammen mit ihrem Dad und ihrer kleinen Schwester. Sie würden in ihr Heim eindringen und es verseuchen – und sie hatte dem Ganzen auch noch zugestimmt! Als ihre Mom sie gefragt hatte, ob es okay wäre, hatte sie Ja gesagt, aber auch nur, weil ihr zu dem Zeitpunkt einfach alles egal gewesen war. Und im Grunde war es das auch jetzt noch.

Das Dumme war, dass sie angefangen hatte zu heulen, als ihre Mom vorgeschlagen hatte, Cal auch einzuladen. Sie hatte vor ihrer Mutter geweint, das hatte sie nicht vorgehabt. Vor ihr wollte sie stark sein, der Zombie sein, der sie eh schon für alle war, der, dem niemand mehr etwas antun konnte, weil er eh schon tot war. Innerlich zumindest.

Manchmal wünschte sie, sie wäre mit ihrem Dad gestorben. Und nun gab es hier auch gar nichts mehr, das lebenswert war.

Sie stand auf, wischte sich die Tränen ab und ging ins Wohnzimmer, wo sie sich ans Klavier setzte. Ihr Dad hatte eine ganze Zeit lang versucht, ihr das Spielen beizubringen, doch damals hatte sie einfach keine Lust dazu gehabt, es zu lernen. Viel lieber hatte sie sich draußen aufgehalten und die Natur erkundet. Unglaublich, dass sie jetzt so ein Stubenhocker geworden war.

Sie legte die Finger auf die Tasten und drückte sie herunter, eine nach der anderen. Vor ihr auf dem Notenständer lagen die Noten von *Your Song*, den sie seit Tagen übte. Doch es wollte ihr noch immer nicht gelingen, einigermaßen gute Töne herauszuholen. Es hörte sich einfach nur schief an, und sie hatte es auch echt nicht drauf, sich auf mehrere Finger gleichzeitig zu konzentrieren, geschweige denn auf beide Hände. Sie würde es wohl nie lernen.

Sie wusste nicht, wie lange sie am Piano saß und an ihren

Dad dachte, der so wundervoll gespielt hatte. Er war einfach perfekt gewesen – in so vielerlei Hinsicht. Doch plötzlich klingelte es, und der schrille Ton riss sie aus ihren Erinnerungen.

Sie hörte, wie ihre Mom, die schon den ganzen Tag total aufgeregt war, die Tür öffnen ging. Dann vernahm sie eine tiefe Männerstimme und ein kleines Mädchen, das aufgeregt erzählte, von Fischen im Aquarium und von einem Puzzle, das sie beendet hatte, und von Erdbeeren, die sie pflücken wollte. Sie redete ohne Pause, und Jane musste widerwillig lächeln. So wenig sie Sam und Carter mochte, hatte sie die Kleine irgendwie in ihr Herz geschlossen. Manchmal fragte sie sich, wie ihr Leben wohl aussehen würde, wenn sie Geschwister hätte. Ob sie sich dann weniger einsam fühlen würde?

Sie erhob sich und ging zur Tür, weil sie wusste, dass ihre Mom das von ihr erwartete. Und weil sie, ehrlich gesagt, heute nicht schon wieder so eine Szene wie bei Carters letztem Besuch machen wollte. Einmal reichte.

»Hi«, sagte sie aus drei Metern Entfernung, und Sam hob ebenfalls eine Hand zur Begrüßung.

»Hallo, Jane. Wie geht es dir?«, fragte Carter.

Sie zuckte nur die Achseln. Und dann wurde sie plötzlich von Astor umarmt, was sich so unerwartet schön anfühlte, dass sie sich beinahe wünschte, sie würde nie aufhören.

»Hey, Süße«, sagte sie zu ihr.

»Ich hab mein Puzzle fertiggeschafft. Ganz ohne Hilfe. Das mit Dorie. Es hatte fünfhundert Teile.«

Sie erinnerte sich, dass Astor ihnen während des Essens bei Bubba Gump davon erzählt hatte. Sie wusste nicht, wie lange man normalerweise für ein Puzzle mit fünfhundert Teilen brauchte, weil sie seit ewigen Zeiten nicht gepuzzelt hatte, aber weil Astor so stolz wirkte, sagte sie ihr: »Das ist cool. Ich gratuliere.«

Als sie in Richtung ihrer Mutter schaute, sah sie, wie die sie ganz bewegt anblickte. Wahrscheinlich hatte sie gedacht, dass sie alle Herzlichkeit verloren hatte.

»Kommt doch herein«, sagte ihre Mom schnell zu ihren Gästen, als sie ihren Blick wahrnahm. »Ich führe euch herum.«

Die nächsten zehn Minuten wurde ein Rundgang durch das Haus gemacht, wobei Jane schon mal in die Küche verschwand und die Gläser aus dem Schrank holte. Sie brachte sie zum Tisch im Esszimmer, das sich unten neben ihrem Zimmer befand und sonst nie benutzt wurde. Dort angekommen sah sie, dass der bereits gedeckt war, in der Mitte standen ein Blumenstrauß und zwei Kerzen.

Also brachte sie die Gläser wieder zurück und traf auf dem Weg auf ihre Mom.

»Ich wollte den Tisch decken, aber das hast du ja schon.«

Ihre Mom musterte sie wieder so ... gerührt. Dann sagte sie: »Das war wirklich lieb von dir. Vielleicht magst du gleich das Essen rüberbringen?«

»Okay.«

Ihre Mom legte eine Hand auf ihren Oberarm und sagte: »Danke.«

»Schon gut.«

Die nächste Stunde schlugen sie sich die Bäuche voll, und Jane probierte zum ersten Mal das Pesto, von dem ihre Mom immer so schwärmte. Normalerweise aß sie jegliche Art von Pasta mit Ketchup, aber sie musste zugeben, dass es wirklich lecker schmeckte. Das schienen auch Carter und Sam zu finden, die ihrer Mom Komplimente machten. Nur Astor hatte lieber die Tomatensoße haben wollen. Ihre Mom sah total zufrieden aus, und sie wirkten fast wie eine happy Family, wie sie so dasaßen und redeten und lachten und sich gegenseitig lobten. Jane jedoch sagte kaum ein Wort, und sie bemerkte, dass auch Sam auffällig ruhig war. Wahrscheinlich ging es ihr nicht allzu gut wegen der Trennung, was verständlich war. Sie fragte sich, ob Carter wohl wusste, was mit seiner Tochter los war. Eltern waren die meiste Zeit über doch so verdammt ahnungslos.

Irgendwann hatte sie genug, und deshalb fragte sie, sobald sie das Dessert aufgegessen hatte, ob sie in ihr Zimmer gehen dürfe.

Ihre Mom sah Carter an, der nickte, wofür sie ihm fast dankbar war, und sie bekam das Okay.

»Ja, gut. Aber vielleicht magst du mir vorher noch mit dem Abwasch helfen?«

»Das kann ich doch übernehmen«, sagte Carter.

Ihre Mom sah ihn an. »Gerne, wenn du möchtest.«

»Klar.«

Die beiden schmachteten einander an, dass es ihr echt too much wurde. Sie stand vom Tisch auf und wollte gerade aus dem Esszimmer gehen, als sie Astor fragen hörte, ob sie zum Spielen nach draußen gehen dürfe.

»Oh. Ja, von mir aus«, sagte Carter.

»Ich komm mit«, hörte sie Sam sagen. »Vielleicht hast du ja auch Lust, Jane?«

Sie drehte sich zu ihr um und sah sie stirnrunzelnd an. Warum sollte sie mit rausgehen? Doch Sam schaute ihr eindringlich in die Augen und deutete unauffällig mit dem Kopf in Richtung Haustür. Wenn sie sich schon solche Mühe gab, das alles so geheimnisvoll zu machen, dann steckte wohl wirklich mehr dahinter. Also seufzte sie und stimmte zu.

»Klar, warum nicht?«

Astor freute sich richtig und zog jede von ihnen an einer Hand vor die Tür. Draußen lief sie gleich zur Schaukel, und Jane sah, dass Esmeralda am Verkaufstisch saß.

»Hallo, Mädchen«, rief diese ihnen zu. »Wärt ihr so lieb, kurz für mich zu übernehmen? Ich muss mal ganz dringend wohin«, sagte sie mit ihrem starken lateinamerikanischen Akzent.

Jane sah auf ihr Handy. Es war fünf nach sieben. Um halb acht schlossen sie den U-Pick-Bereich und die Kasse, also sagte sie der Mexikanerin, die sie schon ihr Leben lang kannte, dass sie jetzt übernehmen würde und dass sie Feierabend machen könne, wenn sie wolle.

»Du bist ein Schatz, Janie. Dilara hat doch heute Geburtstag, dann hab ich noch ein bisschen mehr Zeit mit ihr.«

»Grüß sie von mir.« Esmeraldas Tochter war fast genauso alt wie sie, wusste Jane, und es tat ihr leid, dass Esmeralda ihren ganzen Geburtstag verpasst hatte.

»Das mache ich, danke.«

Sobald Esmeralda aufgestanden war, hockte Jane sich auf ihren Platz und sagte Sam, dass sie sich auf den freien Stuhl daneben setzen konnte.

Das tat sie, sagte jedoch kein Wort, beobachtete nur ihre kleine Schwester. Eine Weile schwiegen sie. Die letzten Kunden bezahlten ihre Erdbeeren, und dann war da nichts als Stille, nur ab und zu unterbrochen von Astor, die ihnen irgendwas zurief.

Irgendwann hörte sie Sam laut ein- und wieder ausatmen. Dann sagte sie: »Ich bin nicht mehr mit Jeremy zusammen.«

»Ich weiß«, erwiderte Jane.

»Oh.« Sam schien überrascht.

»Es stand in der *Gomery*.«

»Ich dachte nicht, dass du die liest. Oder dass du dich für Klatsch und Tratsch interessierst.«

»Tu ich auch nicht. Jemand hat mir ein paar Screenshots geschickt.« An Cal zu denken machte sie nur wieder traurig. Doch Sam schien es nicht besser zu gehen.

»Na ja, ich wollte es dir nur erzählt haben«, meinte Sam.

Sie nickte. »Ich finde es gut, dass du den Typ aus deinem Leben gestrichen hast.«

»Ja, ich auch. Und es tut mir alles schrecklich leid. Was er getan hat. Und dass ich nichts getan habe.« Sam fühlte sich schuldig, das konnte sie ihr ansehen.

»Okay«, sagte sie, weil ihr nichts Besseres einfiel.

Sam holte ihr Smartphone aus der Hosentasche. »Kann ich dir was zeigen?«

»Ähm…« Bevor sie antworten konnte, hielt das Mädchen ihr schon ihr Telefon hin. Auf dem Display sah Jane eine blonde Frau, die einen riesigen Eisbecher in der Hand hielt und in die Kamera lachte. Sie sah Sam unglaublich ähnlich.

Sam sah kurz zu Astor rüber, wohl um sicherzugehen, dass sie beschäftigt war und nichts mitbekam, dann wandte sie sich wieder ihr zu und sprach sehr leise. »Das ist meine Mom. Sie ist vor etwas über drei Jahren gestorben, bei einem Autounfall, als sie von Santa Barbara zurückkam, wo meine Tante wohnt«, erzählte sie, und Jane fragte sich, worauf sie wohl hinauswollte. Einfach nur chatten wollte sie sicher nicht. Sie ließ sie weiterreden. »Wir hatten so ein Ding, haben uns immer Fotos voneinander und von unserem Essen geschickt, wenn wir getrennt waren. Sie war ziemlich oft verreist.« Sam machte eine Pause, dann wurde sie, wenn möglich, noch ein wenig ernster und zeigte mit dem Finger auf das Display. »Siehst du das da im Hintergrund?«

Sie musste ganz nah herangehen. »Wolkenkratzer«, sagte sie.

»Genau.« Sie sah ihr ins Gesicht. »In Santa Barbara gibt es keine Wolkenkratzer.«

»Shit.«

Sam nickte. »Ich glaube, ich wurde von allen belogen. Meine Mom war gar nicht in Santa Barbara bei Tante Brenda, bevor sie gestorben ist.«

»Und was denkst du, wo sie dann war?«

»Ich hab wirklich keine Ahnung.«

»Sam, warum erzählst du ausgerechnet mir das alles? Wir können einander nicht ausstehen.«

Sam steckte das Handy weg und sah wieder zu Astor. Ohne ihren Blick abzuwenden, sagte sie: »Weil du der stillste und in dich gekehrteste Mensch bist, den ich kenne. Weil ich einfach hoffe, dass du es für dich behältst.«

Sie schwiegen gut zwei Minuten, dann fügte Sam hinzu: »Und weil ich nicht ganz allein herausfinden kann, was damals passiert ist. Ich bitte dich um deine Hilfe, Jane.« Als sie sie jetzt ansah, hatte Sam ganz feuchte Augen.

Sie verspürte den Drang, sie in den Arm zu nehmen, aber sie hassten sich doch, oder?

Dennoch, es war sehr mutig von Sam, mit dieser Sache zu ihr zu kommen. Und vor allem fühlte sie zum ersten Mal Solidarität. Sie wusste, wie mies es für Sam sein musste, nicht einmal zu wissen, wie genau ihre Mutter umgekommen war. Das musste einen völlig fertigmachen.

Und in diesem Moment waren sie keine Feindinnen mehr, sondern Verbündete.

»Okay, ich helfe dir«, sagte sie ihr also und legte ihr einen Arm um die Schulter, obwohl sie das überhaupt nicht vorgehabt hatte. »Ich kenne jemanden, der gut darin ist, solche

Sachen herauszufinden. Der hat die richtigen Tools, um Hintergründe zu erforschen und so weiter.« Sie wusste, dass Aiden ihr helfen würde, wenn sie ihn nett bitten würde. Vielleicht sollte sie ihm nicht unbedingt sagen, wem sie damit einen Gefallen tun wollte.

Sam nickte und sah sie dankbar an. »Das werde ich dir nie vergessen.«

Sie nickte ebenfalls, und dann sahen sie Astor dabei zu, wie sie hoch in die Lüfte schwang. Sie wusste, dass Carter bald kommen und sagen würde, dass es Zeit war aufzubrechen, doch bis dahin war sie das unbeschwerteste und glücklichste Mädchen auf der Welt.

Kapitel 38

Sam

Am Dienstag, dem Tag nach dem Memorial Day, kam Jane in der Schule auf sie zu. Sie stand gerade an ihrem Spind und regte sich innerlich ganz fürchterlich darüber auf, dass Jeremy und Cassidy Händchen haltend durch die Schulflure gingen, und war froh über die Ablenkung. Vor allem, weil Jane ein Lächeln im Gesicht hatte.

»Hey«, sagte sie, heute ganz schlicht in einer schwarzen Jeans und einem engen schwarzen Top. Sie hatten sich schon in der Mittagspause gesehen, und zwar in der Cafeteria, wo Jane mit diesem langen Punk an einem Tisch gesessen und – hoffentlich über ihr Problem – geredet hatte. Sie hatte ihr nur kurz zugewunken und war dann mit ihrem Tablett nach draußen gegangen, wo sie jetzt immer aß. Allein. Manchmal, wenn sie Glück hatte, setzte sich eine der anderen Cheerleaderinnen zu ihr. Aus Mitleid vermutlich. Sie war so froh, wenn das Schuljahr vorbei war. Und sie überlegte ernsthaft, ob sie im nächsten Jahr mit dem Cheerleading weitermachen sollte. Sie hatte so viele Verpflichtungen, da wollte sie sich auf die Sachen konzentrieren, die sie wirklich weiterbrachten. Das Cheerleading an sich machte ihr ja

Spaß, aber das ganze Drumherum nervte sie mehr und mehr, und erst jetzt erkannte sie, was für Snobs die anderen alle waren – genau wie die Mitglieder des Lacrosse-Teams. Sie wollte Abstand von denen gewinnen, sie waren nicht der richtige Umgang für sie – nicht mehr.

Wie auch immer, Jane, die nun zwischen zwei Kursen im Gang auf sie zukam, blieb bei ihr stehen und sagte: »Ich glaube, ich hab was herausgefunden. Kannst du nachher zur Farm kommen?«

Sie nickte, ihr Herz pochte wie irre, und sie ließ fast ihr Algebra-Buch fallen.

»Okay. Ich warte dann auf dich.« Und schon war Jane wieder weg.

Während der letzten beiden Stunden konnte Sam sich überhaupt nicht auf den Unterricht konzentrieren, und sie war froh, als es zum Schulschluss klingelte. Sie musste noch die Nachhilfestunde hinter sich bringen, die sie einem Neuntklässler gab, und dann rannte sie aus dem Gebäude. Sofort lief sie zu ihrem Fahrrad und sprang auf. Innerhalb von fünfzehn Minuten war sie auf der Farm und begrüßte Amanda, die lächelnd an ihrem Stand saß.

»Hallo, Amanda«, sagte sie mit einem freundlichen Lächeln.

»Hallo, Sam. Ich bin ein bisschen verwirrt. Willst du Jane wieder Hausaufgaben bringen? Sie war doch in der Schule, oder?« Sie sah ein wenig besorgt, nein, misstrauisch aus.

»Ja, klar, war sie. Ich bin nur hier, weil wir ... etwas zu besprechen haben.« Erst wollte sie sagen, weil sie zusammen lernen wollten, doch sie konnte einfach nicht lügen. Das tat *sie* doch nie!

»Oh. Okay, dann geh ruhig rein. Sie ist in ihrem Zimmer.«

Noch immer ein wenig verwirrt sah Amanda ihr nach,

wie sie das Haus betrat. Sie wusste, wo Janes Zimmer sich befand, auch wenn sie es neulich bei der Besichtigung ausgelassen hatten. Man konnte es außerdem gar nicht verfehlen, denn daraus ertönte ziemlich laute Musik. Lady Gaga, wenn sie sich nicht täuschte.

Sie klopfte an, hörte aber kein »Herein« und stand ein wenig unsicher da. Dann klopfte sie noch einmal, lauter. Noch immer nichts. Also drückte sie einfach den Türgriff herunter und steckte ihren Kopf ins Zimmer.

Jane saß auf ihrem Bett, mit Schuhen, den Rücken an das Kopfteil gelehnt. Überrascht blickte sie auf, als hätte sie sie überhaupt nicht erwartet.

»Darf ich reinkommen? Sorry, ich hab geklopft, aber du hast es wohl nicht gehört.«

Jane stellte die Musik leiser. »Die war wohl zu laut«, sagte sie. »Komm rein und mach die Tür zu.«

Sam trat ein und war verwundert. Sie hatte sich Janes Zimmer völlig anders vorgestellt, mit schwarzen Wänden und Totenköpfen und so. Aber die Wände waren in einem warmen Terracotta gestrichen, und wo man nur hinsah hingen und standen Familienbilder. Sie deutete auf eines davon, das eine jüngere Jane mit Minnie-Mouse-Ohren neben einem herzlich lächelnden Mann zeigte.

»Ist das dein Dad?«

Jane nickte.

»Wart ihr im Disneyland?«

»Ja, ist schon ewig her. Setz dich!«, sagte sie ihr.

Das tat sie und sah sich weiter um. Starrte auf den CD-Player und fragte: »Ist das Lady Gaga?«

»Ja, genau.«

»Ich wusste nicht, dass sie auch so langsame Songs singt. Ich kenne nur die schnellen von ihr.« Sie musste überlegen.

»*Pokerface* und *Paparazzi* zum Beispiel. *Paparazzi* haben wir am Freitag beim Konzert sogar gespielt.«

»Ehrlich?«

Sie nickte.

»Vielleicht sollte ich mal zu einem eurer Konzerte kommen. Meine Mom war total begeistert.«

»Das musst du nicht.«

»Mal sehen. Was Lady Gaga angeht, gibt es so einige langsame Songs von ihr. Traurige. Die mag ich am liebsten.«

»Hört sich schön an. Wie heißt der?« Sie deutete zum Player.

»*Angel Down*.«

Sie hörte sich eine halbe Minute den Text an. »Wirklich schön.«

»Hör zu, Sam, wir müssen keinen Small Talk machen. Du bist doch aus einem bestimmten Grund hier.«

»Ja. Du hast gesagt, du hast etwas herausgefunden?« Sie merkte wieder, wie ihr Herz schneller klopfte und wie sie innerlich ganz hibbelig wurde.

»Na ja, eigentlich hab ich das Foto nur meinem Kumpel Aiden gezeigt, und der hat es durch so eine Suchmaschine geschickt, die er auf dem Smartphone hat. Aiden ist der totale Technikfreak.«

»Und er hat was herausgefunden?«

Jane nickte und sah ihr dann direkt ins Gesicht. »Willst du es wirklich wissen?«

»Ja, das will ich.«

»Und wenn dabei irgendwas richtig Heftiges rauskommt? Etwas, das du lieber doch gar nicht wissen wolltest?«

»Jane, ich will es wissen. Unbedingt! Egal, was es ist. Es macht mich nämlich noch wahnsinnig.«

»Okay. Also... der Hintergrund auf dem Foto ist nicht

Santa Barbara, wie du schon richtig vermutet hast. Es ist ... San Francisco.«

Sie starrte Jane an. »San Francisco? Ganz sicher?« Das lag in der entgegengesetzten Richtung!

»Ganz sicher. Da auf dem Foto ...« Sie holte ihr eigenes Handy heraus und öffnete das Bild, das Sam ihr gleich noch am Sonntagabend geschickt hatte. »Siehst du das? Das ist die Transamerica Pyramid.«

»Und die ist in San Francisco? Und es gibt kein anderes Gebäude, das so ähnlich aussieht?«

»Nein, Sam, so leid es mir tut. Aiden ist sich zu hundert Prozent sicher.«

»Aber ... aber was hat meine Mom denn in San Francisco gemacht?«

»Das kann ich dir leider auch nicht sagen. Ich weiß aber noch etwas, das dir vielleicht weiterhelfen könnte. Aidens Programm hat nämlich auch noch herausgefunden, von wo aus es aufgenommen wurde.«

Sie machte große Augen. »Das kann es?«

»Ja. Das Foto wurde im Dachrestaurant des Ebony Hotels geschossen. Nur von da hat man anscheinend diesen Blickwinkel oder so.«

»Oh mein Gott, ich kann das gar nicht glauben. Meine Mom war in ihren letzten Tagen in San Francisco.« Sie war völlig durcheinander. Eine Million Fragen schossen ihr gleichzeitig durch den Kopf.

Wieso war sie in San Francisco?

Was hat sie da gemacht?

War sie die ganze Zeit in San Francisco oder zuerst wirklich in Santa Barbara und erst danach?

Hat sie etwa im Ebony Hotel übernachtet?

Mit wem ist sie in San Francisco gewesen?

Mit Brenda oder etwa mit jemand ganz anderem? Einem Mann?

Hat Brenda es gewusst und sie gedeckt? Ist sie deshalb seitdem so abweisend?

Hat ihr Dad es gewusst?

Wenn sie nicht auf dem Heimweg von Santa Barbara, sondern von San Francisco verunglückt ist, muss er es doch wissen, oder?

Hat er sie die ganze Zeit belogen?

Haben alle sie belogen? Ihr Dad, Tante Brenda, ihre Großeltern – alle?

»Ich muss da hin«, sagte sie zu Jane.

»Nach San Francisco?«

»Wohin denn sonst?«, blaffte sie Jane an, entschuldigte sich aber gleich. »Tut mir leid, ich wollte nicht patzig sein. Ohne dich hätte ich das niemals herausgefunden. Das ist nur alles gerade so... irreal.«

»Kann ich verstehen. Aber könntest du nicht stattdessen einfach mal in dem Hotel anrufen?«

»Die würden mir keine Auskunft geben«, war sie sich sicher. »Ich muss da persönlich hin. Und außerdem will ich den Ort sehen, an dem dieses letzte Foto entstanden ist. Es gibt so viele offene Fragen.«

»Klar. Wann willst du denn hin? Und wie?«

»Das weiß ich noch nicht. Aber am Samstag fangen die Sommerferien an. Ich werde mir irgendwas einfallen lassen.«

»Und du willst ganz allein fahren?«, fragte Jane.

»Ich hab niemanden, den ich fragen könnte, ob er mitkommen will.« Für einen Augenblick hoffte sie, dass Jane sich anbieten würde, doch das war wohl wirklich zu viel verlangt.

»Hmmm... hast du schon deinen Führerschein? Du bist doch schon sechzehn, oder?«

»Ja, den hab ich. Ich bin aber noch nicht allzu oft Auto gefahren, weil wir nur den Pick-up haben und mein Dad den meistens selbst braucht. Ich denke auch nicht, dass er mir den für einen ganzen Tag überlassen würde.«

»Kennst du niemanden, der dir seinen Wagen leihen könnte?«

Sie überlegte, und ihr kam Mrs. Haymond in den Sinn, die noch ihren alten Buick in der Garage stehen hatte, den sie seit Jahren nicht gefahren hatte.

»Vielleicht«, sagte sie.

»Okay. Finde du ein Auto, und ich bin dabei.«

»Soll das heißen...?« Sie sah Jane voller Dankbarkeit an. Zombie-Jane, von der sie so etwas niemals erwartet hätte.

»Das soll heißen, dass ich mitkomme, Sam. Ich will schon die ganze Zeit mal wieder nach San Francisco. Mir die Seelöwen am Pier 39 ansehen. Das hab ich mal mit meinem Dad gemacht. Die sind voll cool. Warst du je da?«

»Nein.«

»Können wir dahin, wenn wir schon mal in der Stadt sind?«

»Alles, was du willst.« Sie war überglücklich und hätte Jane gerade jeden Wunsch erfüllt.

»Okay, dann haben wir einen Plan. Soll ich dir auch was zeigen?«

»Wenn du willst.«

Jane schob den Ärmel ihres Longsleeveshirts hoch. Zum Vorschein kam ein ziemlich großes Tattoo. *Dad*.

»Ist das etwa echt?«, fragte sie erstaunt.

»Japp.«

»Wow, wie cool.«

»Ehrlich?«

»Ehrlich.« Sie stand zwar normalerweise nicht auf Tattoos, aber das hier war wirklich etwas Besonderes. Fast wünschte sie sich, sie wäre so mutig, sich auch eins stechen zu lassen. Ein Mom-Tattoo. »Hat deine Mutter dir das etwa erlaubt?«, fragte sie.

»Nein, oh Gott, das würde sie nie im Leben. Ich hab's mir heimlich stechen lassen. Mit Cal.« Auf einmal sah Jane ganz traurig aus. Dann lächelte sie aber wieder. »Meine Mom ist total ausgeflippt.«

»Kann ich mir vorstellen.«

Jane zog den Ärmel wieder runter und tippte etwas in ihr Handy. »Hundertzweiundzwanzig Meilen von hier bis San Francisco.«

»Das sind zwei bis drei Stunden Fahrt, oder?«

»Ich denke schon.«

»Hast du Samstag Zeit?«

Jane nickte. »Was für ein cooles Vorhaben für den ersten Ferientag.«

»Finde ich auch«, sagte sie. Und sosehr Jane sich auf ihre Seehunde freute, wollte sie herausfinden, mit wem ihre Mom damals in dem Hotel gewesen war. Vielleicht würde das ein paar Antworten mit sich bringen. Sie hatte zwar noch keine Ahnung wie, aber sie wusste, dass sie es unbedingt nach San Francisco schaffen musste. Damit sie endlich loslassen konnte und damit sie herausbekam, wer die letzten Stunden mit ihrer Mutter hatte verbringen dürfen. Jemand anderes als sie. Sie hasste ihn jetzt schon von ganzem Herzen.

Kapitel 39

Amanda

Noch immer völlig erstaunt bediente sie Kunden, händigte Körbe aus, kassierte Geld ein, füllte Eis in rosa Becher und gab frische Erdbeeren darüber. Sie hielt dem kleinen Jungen, dem sichtlich schon das Wasser im Mund zusammenlief, das Glas mit den verschiedenfarbigen Plastiklöffeln hin. Er nahm sich einen blauen heraus.

»Die kann man gut wiederverwenden«, sagte sie wie jedes Mal, denn die Löffel waren viel zu schade zum Wegwerfen. Außerdem konnte man so etwas für die Umwelt tun.

Die Mutter des Jungen nickte und bedankte sich. »Ihre Erdbeeren sind wirklich köstlich. Wir sind jetzt schon zum dritten Mal zum Pflücken hier.«

»Wow, das freut mich«, erwiderte sie strahlend. Sie winkte den beiden nach, als sie nun zu den Picknickplätzen gingen, die aus ein paar zusammengesammelten Tischen und Stühlen bestanden, aber ihren Zweck erfüllten. Und sie musste wieder an Samantha denken, die so unerwartet aufgetaucht war und sich jetzt im Haus befand. Was sie wohl bei Jane wollte? Ob es um Schulaufgaben ging oder einen Jungen? Niemals hätte sie geglaubt, dass die beiden sich so schnell anfreunden würden, vor ein paar Wochen waren sie noch wie Katz und Maus gewesen. Doch sie war richtig glücklich darüber, und das würde sie Jane später auch sagen. Oder sollte sie es lieber lassen? Nicht dass sie gerade damit alles wieder kaputt machte. Denn Jane tat leider doch so oft genau das Gegenteil von dem, was Amanda guthieß. So wie das Tattoo. So langsam hatte sie sich daran gewöhnt, doch sie war froh, dass Jane noch immer lange Ärmel trug. Wie sollte sie das bloß den Leuten erklären?

Andererseits – ein bisschen stolz war sie schon auch auf ihre Tochter, dass sie ihren Vater auf diese Weise ehren wollte. Ihn in Erinnerung behalten wollte. Vielleicht sollte sie ihr das auch irgendwann mal sagen.

»Mrs. Parker?«, hörte sie es und blickte auf. »Haben Sie meinen Vater gesehen?«

Felicitas stand vor ihr und sah ganz aufgewühlt aus.

»Nein. Was ist denn los? Ist etwas passiert?«

»Es ist ... ich muss dringend meinen Vater sprechen.«

Leider wusste sie nicht, wo Sergio sich im Augenblick aufhielt. »Vielleicht macht er gerade eine Pause? Oder er ist in der Kühlhalle?«

»Okay, danke, ich seh mal nach.«

Jetzt bemerkte sie, wie die arme junge Frau zitterte. »Felicitas, setz dich doch einen Moment zu mir. Möchtest du ein Wasser? Oder ein Eis?«

»Nein, danke«, sagte sie, doch sie setzte sich.

»Magst du mir nicht sagen, was geschehen ist? Geht es etwa wieder um Chino?«

An Felicitas' Blick sah sie sofort, dass sie richtiglag.

»Was hat er gemacht?«

»Er wollte ... er hat versucht, mich in die Ecke zu drängen. Ich habe gerade meine Pause gemacht und mir ein

Wasser geholt, und da ist er zu mir gekommen und wurde zudringlich.«

Amanda merkte, wie sie wütend wurde. »Hat er dir etwas angetan?« Sie hoffte so sehr, dass es nicht so war.

Gott sei Dank schüttelte Felicitas den Kopf und ließ sie wissen: »Nein. Aber er wollte. Ich habe ihn jedoch weggestoßen und bin davongerannt.«

Sie legte Felicitas einen schützenden Arm um die Schultern und sagte ihr, dass sie sich sofort darum kümmern würde. »Bleibst du einen Moment hier? Ich hole kurz Jane und bitte sie, den Stand zu übernehmen. Dann suchen wir deinen Vater und gehen gemeinsam zu Chino. Ich sehe mir das nicht länger mit an.«

Sie eilte ins Haus und klopfte an Janes Tür. Von drinnen hörte sie Musik und Stimmen, und es tat ihr schrecklich leid, die beiden Mädchen stören zu müssen. Doch es ging leider gerade nicht anders.

»Jane? Könntest du mir einen Gefallen tun und ganz kurz draußen übernehmen? Ich muss mich dringend um etwas kümmern.«

»Klar«, sagte Jane ohne Widerworte, und sie war dankbar. Wahrscheinlich erkannte ihre Tochter, wie ernst es war.

Sofort kamen Jane und Sam mit nach draußen, und Amanda nahm die völlig verängstigte Felicitas bei der Hand und ging mit ihr aufs Feld hinaus.

Sergio fanden sie tatsächlich in der Kühlhalle. Er trug die dicke Jacke, die dort immer am Haken hing, damit man drinnen bei zwei Grad Celsius nicht fror, und wirkte gleich ganz besorgt.

»Chino wieder?«, fragte er, noch bevor sie ihm etwas erzählen konnte.

Sie nickte. »Wir müssen ihn entlassen, Sergio.«

Er nickte ebenfalls und stapfte wütend davon. Dann überlegte er es sich anders und kam noch mal zurück zu ihnen, sah seine Tochter an und fragte sie auf Spanisch, ob es ihr gut gehe. Als diese ihm geantwortet hatte, dass ihr nichts passiert sei, ging er Chino suchen.

Sie konnten es von Weitem mit ansehen. Sergio blieb unerwartet ruhig, doch seine Frau Ricarda bekam ebenfalls mit, was vor sich ging, und sie beschimpfte Chino aufs Übelste. Als der sie auch noch auslachte, hatte Sergio genug und schubste den jungen muskulösen Mann mit den volltätowierten Armen in Richtung Einfahrt. Chino schien kurz verblüfft, sammelte dann aber seine Sachen zusammen und marschierte an ihr und Felicitas vorbei, ohne sie anzusehen oder ein Wort zu sagen. Felicitas atmete auf, und Amanda merkte, dass sie das ebenfalls tat.

»Danke, Mrs. Parker«, sagte Felicitas.

»Oh, Liebes, dafür brauchst du dich doch nicht zu bedanken. Ich hätte ihn schon längst feuern sollen. Mir tut es leid, dass ich nicht früher eingeschritten bin.«

»Es ist ja nichts passiert. Gott sei Dank.«

»Ja. Wenn du willst, kannst du für heute Schluss machen oder dir eine längere Pause genehmigen. Entscheide du, ja?«

»Ich brauche das Geld, ich spare für eine eigene Wohnung und ein Auto«, erzählte Felicitas ihr. Und da Amanda wusste, dass die Erntehelfer nur sechs Monate im Jahr Einnahmen hatten – zumindest bei ihr –, verstand sie das natürlich.

»Okay. Aber setz dich ein bisschen in die Sonne, komm zur Ruhe und gönn dir ein Eis, ja? Sag Jane, ich würde dir eins ausgeben.«

»Danke, das ist wirklich nett.« Felicitas ging davon, und Amanda machte sich auf zu Sergio und Ricarda, um sich zu vergewissern, dass sie okay waren, und um mit ihnen zu besprechen, wie es ohne Chino weitergehen sollte. Ricarda kannte zum Glück eine junge Frau, die auf der Suche nach Arbeit war und die sie fragen wollte, ob sie gleich am nächsten Tag anfangen könnte. Das war gut, denn inzwischen arbeiteten alle wieder ihre vollen Stunden, Amanda war in der Lage, sie zu bezahlen. Nicht nur wegen des U-Pick-Angebots und wegen des Eisverkaufs, sondern auch weil sie sich endlich dazu durchgerungen hatte, sich Geld von ihrer Mutter zu leihen. Sie hatte eingesehen, dass sie über ihren Schatten springen musste. Dass ihre Arbeiter wichtiger waren. Schließlich waren es Menschen, für die sie verantwortlich war, da war einfach kein Platz für falschen Stolz.

Ihre Mom war toll gewesen. Ohne lange Reden oder irgendwelche Bedingungen hatte sie ihr einen Scheck über zehntausend Dollar ausgestellt. Sie könne ihr das Geld wiedergeben, wann immer sie dazu in der Lage war, hatte sie ihr gesagt. Und auch was die Beziehung zu Carter anging, war ihre Mutter superunterstützend und verständnisvoll. Sie hatte sogar vorgeschlagen, dass sie Carter doch mal donnerstags zum Mittagessen mitbringen könnte. Amanda hatte das Carter noch nicht erzählt, weil es ja auch immer ein wenig heikel war, die Eltern des anderen kennenzulernen. Es bedeutete doch, dass es ernst wurde, oder? Und sie wusste noch nicht, ob Carter dafür bereit war. Denn sie wollten es ja langsam angehen, und das bekamen sie ziemlich gut hin.

Sie fasste sich an ihren Ring, den sie endlich vom Finger genommen hatte und nun an einer Kette um den Hals trug. Langsam waren die Dinge so, wie sie sein sollten.

Als sie zu ihrem Stand zurückkehrte, fand sie die Mädchen lachend vor, was sich einfach nur wundervoll anhörte. Felicitas saß mit ihrem Eis auf einer der Holzbänke in der

Sonne. Die hatte übrigens Carter beigesteuert. Er war vor ein paar Tagen mit seinem Pick-up vorgefahren und hatte drei Bänke auf der Ladefläche gehabt. Er sagte, sie wären nichts Besonderes, er hätte sie nur aus ein paar alten Holzplatten zusammengebastelt, doch sie fand allein die Geste schon überwältigend. Er war einfach ein Schatz. Sie hatte so ein Glück, ihm begegnet zu sein.

»Hey, ihr beiden. Alles gut?«, fragte sie die Mädchen.

Die nickten beide.

»Sehr schön. Danke noch mal, dass ihr eingesprungen seid.«

»Hast du Chino gefeuert?«, fragte Jane. »Er ist total wütend abgezogen.«

»Ja, es musste sein. Ich erzähle dir später Näheres, okay? Ich kümmere mich jetzt langsam mal um das Dinner. Sam, möchtest du mitessen?«

»Gerne, danke. Ich muss nur kurz meinem Dad Bescheid sagen.« Sie holte ihr Handy heraus und tippte etwas hinein.

»Was haltet ihr von Veggieburgern und Pommes?«, fragte sie, weil sie Jane etwas Gutes tun wollte. Die hatte es ehrlich verdient.

Ihre Tochter strahlte sie an. »Du weißt, dass ich für Pommes immer zu haben bin«, antwortete sie.

»Ich auch«, meinte Sam.

»Na, perfekt. Ich rufe euch, wenn das Essen fertig ist, ja? Und ich sage Felicitas, dass sie den Stand übernehmen soll.«

»Okay«, erwiderte Jane, und Amanda konnte gar nicht glauben, wie glücklich sie wirkte. So hatte sie sie schon sehr lange nicht mehr gesehen. Vielleicht hatte es ja nicht nur ihr etwas Wunderbares beschert, auf die Familie Green gestoßen zu sein. Vielleicht hatte auch Jane endlich eine Seelenverwandte gefunden.

Sie lächelte den beiden noch einmal zu, ging dann zu Felicitas rüber, bat sie, die Mädchen abzulösen, und spazierte ins Haus, um Pommes in den Ofen zu schieben. Dabei überlegte sie, welches Outfit sie am Freitag anziehen sollte, denn da waren Carter und sie mit Sally und Neil verabredet. Ihr erstes Doppeldate seit einer Ewigkeit, und sie war aufgeregt wie ein junges Mädchen.

Wie Sally Carter wohl finden würde? Ob Neil sich auch mit ihm anfreunden konnte? Und was Carter wohl zu ihren besten Freunden sagen würde? Sie war nervös ohne Ende, doch es war ein kribbeliges, gutes Gefühl, eins, das hoffentlich nicht so bald wieder verschwinden würde.

Kapitel 40

Jane

Sie konnte ihn nur anstarren. Calvin. Denn er trug eine Bluejeans und ein kunterbuntes Hemd dazu. Blau und grün und weiß kariert. Und er hatte einen neuen knallgrünen Rucksack!

Wo war denn nur der Calvin hin, den sie kannte? *Ihr Cal?*

Und dann kamen auch noch zwei Mädchen daher, die sich an ihn ranschmissen – und er flirtete mit ihnen!

Sie verspürte nichts als Abscheu. Und Schmerz. Und Traurigkeit. Und dann war da noch etwas, das sie nicht kannte. Ein ganz komisches Gefühl, das sich irgendwo in ihrer Magengegend ausbreitete und ihren ganzen Körper einzunehmen schien. Verdammt, was war das nur?

Etwa Eifersucht?

Aber sie hatte Cal doch immer nur als Freund betrachtet!

War es so bitter für sie, weil er jetzt andere Mädchen um sich hatte, und dann auch noch so normale mit rosa Kleidern und blonden Haaren? Nun, die eine trug ein rosa Kleid und hatte langes, seidiges blondes Haar. Die andere, eine Brünette, trug eine lila Leggins und ein weißes Longshirt.

Und an ihren Ohren hingen Ohrringe in Form von riesigen Eiswaffeln.

Eiswaffeln!

Am liebsten hätte sie ihm zugerufen: »Was tust du denn da, Cal? Noch vor Kurzem haben wir uns über solche Mädchen lustig gemacht!« Doch sie blieb still, konnte nichts tun, als wie erstarrt dazustehen und dabei zuzusehen, wie Blondie eine Hand auf Cals Arm legte und über irgendetwas lachte – und er lachte mit.

Als spürte er, dass er beobachtet wurde, sah er in ihre Richtung. Doch er lächelte sie nicht an und winkte ihr auch nicht zu. Er sah nur wieder weg, als würde er sie überhaupt nicht kennen, und dann ging er mit den beiden Mädels davon wie einer der bescheuerten Footballer oder Lacrosse-Spieler, an jeder Seite eine Trophäe.

Sie konnte es nicht glauben. Was war nur mit ihrem besten Freund geschehen? Hatte ihn jemand einer Gehirnwäsche unterzogen? Oder war ihm etwas passiert wie den Frauen von Stepford? Sie hatte diesen Film mal zusammen mit Cal gesehen, und sie hatten noch geschwärzt, dass die Cheerleaderinnen wahrscheinlich auch alle Roboterinnen waren oder einen Chip eingebaut bekommen hätten oder sonst was in der Art. Da sie *alle* schlank und blond waren und *alle* immer ein Lächeln im Gesicht hatten. Inzwischen wusste sie, dass auch diese Mädchen ihre Sorgen hatten und nicht immer nur lächelten, doch kein Kummer konnte dem hier gleichkommen.

Es tat so weh.

Wie sollte sie sich das zukünftig jeden Tag angucken und nicht jedes Mal in Tränen ausbrechen? Gerade konnte sie sie nicht zurückhalten, und deshalb rannte sie aus dem Schulgebäude und radelte nach Hause. Sie sagte ihrer Mutter, dass der Englischunterricht heute ausgefallen sei, und die hakte zum Glück nicht weiter nach. Sie konnte sich also getrost in ihr Bett legen und sich in Selbstmitleid suhlen.

Eine gefühlte Ewigkeit lag sie einfach nur da und weinte um ihren verlorenen Freund, ihren Seelenverwandten. Irgendwann hörte sie eine Melodie und erschrak. Da spielte jemand *Your Song*! Und es klang genau so, wie ihr Dad es immer gespielt hatte.

Langsam stand sie auf, trat aus ihrem Zimmer und sah ein wenig ängstlich um die Ecke ins Wohnzimmer, wo das Klavier stand.

Dann spürte sie eine Wut aufsteigen, die kaum zu beschreiben war. Sie war außer sich vor Erschütterung. Zuerst hatte ihre Mom ihren Ehering vom Finger genommen wegen ihm – und nun das!

»Was machst du da?«, schrie sie Carter an, der am Klavier saß, auf dem Hocker ihres Dads, und *seinen* Song spielte. »Hör sofort auf, das zu spielen!«

Erschrocken nahm er die Finger von den Tasten und blickte sie an. »Oh, ich ... äh ... entschuldige bitte, hab ich etwas falsch gemacht?«

»Das hat mein Dad immer für mich gespielt. Es war *unser* Lied!«, ließ sie ihn in wütendem Tonfall wissen, noch immer unglaublich aufgebracht.

Er stand vom Hocker auf und trat ein paar Schritte vom Klavier weg. »Das wusste ich nicht, Jane. Es tut mir ehrlich leid. Ich habe die Noten hier gesehen und einfach drauflos gespielt, ohne groß drüber nachzudenken.«

Plötzlich sah sie Astor im Zimmer stehen, und die sah genauso verstört aus wie Carter. Sie versuchte sich zu beruhigen, doch das war gar nicht so leicht.

Er hat es nicht gewusst, er hat es nicht gewusst, sagte sie sich immer wieder, doch ihr Innerstes war völlig aufgewühlt.

»Okay, schon gut«, brachte sie schließlich heraus. »Bitte spiel es nur nie wieder, ja?«

»Kein Problem.«

»Alles gut?«, fragte Astor leise.

»Alles gut, Süße. Ich hab nur einen Song gespielt, den ich nicht hätte spielen sollen. Du kannst wieder schaukeln gehen.«

»Okay.« Astor sah sie an und schenkte ihr ein vorsichtiges Lächeln. »Hallo, Jane.«

»Hallo, Astor«, erwiderte sie.

So ein Mist! Die arme Kleine, das hätte sie nun echt nicht mitansehen müssen.

»Was macht ihr denn eigentlich hier?«, fragte sie, da sie sich nicht erinnern konnte, dass ihre Mutter ihr von dem Besuch der beiden erzählt hätte.

»Du wolltest doch auf mich aufpassen«, meinte Astor.

Verwirrt sah sie Carter an.

»Es ist Donnerstag«, erinnerte er sie.

Ach, wirklich? Das hatte sie tatsächlich völlig vergessen, und auch, dass sie versprochen hatte, heute Abend auf Astor aufzupassen, während ihre Mom und Carter zur Trauergruppe fuhren, da Sam nicht konnte, weil sie bei einer Feier im Kinderhospiz aushalf. Wie hatte ihr das entfallen können?

Für sie war, seit Cal nicht mehr da war, jeder Tag wie der andere, da konnte man schon mal den Überblick verlieren. Sie hatte keine Ahnung, wie sie die Sommerferien überstehen sollte. Ganz allein. Von nun an würde sie *The Walking Dead* allein gucken, und sie würde ihre Pommes allein essen müssen. Ohne einen Partner an ihrer Seite, der die Szenen kommentierte und der die Nase darüber runzelte, dass sie ihre Pommes in Erdbeermarmelade eintunkte.

»Wenn es dir nicht passt, dann kann ich die Gruppe heute auch mal ausfallen lassen«, meinte Carter.

»Nein, nein, ich war nur ein bisschen durcheinander. Ich spiele natürlich wie versprochen den Babysitter«, versicherte sie ihm.

»Ich bin doch kein Baby mehr«, protestierte Astor.

»Natürlich nicht. Also lass uns die Nachrichten ansehen, eine politische Diskussion führen und dabei einen Kaffee trinken«, scherzte sie, und Astor lachte.

»Du bist lustig«, sagte die Kleine und verschwand wieder nach draußen.

Jane war froh, die Situation gerettet zu haben. Carter sah sie jetzt ernst an. »Es tut mir ehrlich leid. Sei nicht böse, ja?«

Sie nickte. »Tut mir auch leid. Dass ich so ausgerastet bin.«

»Das war verständlich, irgendwie. Ich möchte dir aber eins sagen, Jane, ich habe nicht vor, deinen Vater zu ersetzen. Bitte glaub mir, ja? Es ist nur so, dass ich deine Mom gern hab. Sehr. Und ich wünsche mir, dass du mir eine Chance gibst. Ohne deine Zustimmung habe ich nämlich schon verloren.« Er sah jetzt wirklich aufrichtig aus, was sie irgendwie berührte.

Sie sah ihn lange an, bevor sie antwortete.

»Okay.« Ihr Blick wanderte zum Piano. »Würdest du es mir beibringen?«

»Das Klavierspielen?«, fragte er überrascht.

»Ja. Ich hab es nie richtig gelernt und würde es gerne können.«

»Sehr gerne, Jane.«

»Danke.«

Dann stand plötzlich ihre Mom im Raum, und es ging alles ganz schnell. Sie verabschiedeten sich und fuhren davon. Astor kam zurück ins Haus und fragte, was es zu essen geben würde.

»Hmmm ... magst du Pommes?«

»Klar.«

»Hast du jemals welche mit Erdbeermarmelade gegessen?« Sie erwartete jetzt, dass Astor das Gesicht verzog oder »Eklig!« sagte, doch zu ihrer Überraschung meinte sie: »Das hört sich superlecker an! Können wir das ausprobieren?«

Sie holte eine Packung Tiefkühlpommes aus dem Gefrierschrank, schüttete den Inhalt auf ein Blech und schob es in den Ofen. Sie stellte den Timer und befüllte zwei kleine Schälchen mit Marmelade.

»Ich bin gespannt, wie es dir schmeckt. Mein Freund Cal findet es abartig, ich liebe es aber total. Weißt du, es ist ein Geheimtipp von meinen Dad. Ich habe es früher immer mit ihm zusammen gegessen«, vertraute sie ihr an.

»Als dein Dad noch am Leben war?«, fragte Astor frei heraus, wie Kinder das so taten.

»Ja.«

»Vermisst du ihn?«

»Sehr sogar.«

»Ich vermisse meine Mom auch.«

»Es tut mir leid, dass du sie verloren hast«, sagte sie der Kleinen.

»Mein Daddy zeigt mir immer Videos von ihr, vor dem Einschlafen oder wenn ich traurig bin.«

Sie hatte einen Kloß im Hals. »Das ist wirklich schön. So wirst du niemals vergessen, wie sie ausgesehen oder geklungen hat.«

»Weißt du noch, wie dein Dad geklungen hat?«, wollte Astor wissen.

»Ja, das tue ich. Ich erinnere mich immer, wie er für mich

gesungen hat. Er hat so gerne gesungen. Und er hat richtig super Klavier gespielt. Deshalb bin ich vorhin so ausgetickt. Dein Dad hat nämlich sein Lieblingslied gespielt, an seinem Klavier, und das war irgendwie zu viel für mich. Tut mir echt leid, dass du mich so sehen musstest. Ich hoffe, du hast jetzt keine Angst vor mir oder so.«

Astor schüttelte den Kopf und lachte. »Ich könnte niemals Angst vor dir haben.«

»Dann ist ja gut. Also, was wollen wir uns gleich ansehen?«

»Kennst du *Frozen*?«

»Kenne ich. Kennst du *The Walking Dead*?«

Astor starrte sie mit großen Augen und offenem Mund an. »Das darf ich nicht gucken«, sagte sie.

Jane lachte. »Das war ein Scherz, kleine Prinzessin. *Frozen* soll es sein.«

Astor kicherte und fragte sie, wen sie lieber mochte, Elsa oder Anna.

»Ich mag die Rothaarige. Welche ist das, Anna?«

Astor nickte. »Die mag ich auch am liebsten.«

»Na, perfekt, dass wir uns da schon mal einig sind. Wenn du jetzt noch Pommes mit Erdbeermarmelade genauso lecker findest wie ich, können wir echte Freundinnen werden.«

»Oder Schwestern«, meinte Astor. »So wie Elsa und Anna.«

Sie atmete einmal tief ein und wieder aus. Damit könnte Astor sogar recht haben, dachte sie. Und der Gedanke daran, Teil einer neuen Familie zu werden, mit einem neuen Vater, fühlte sich noch immer merkwürdig und falsch an. Doch es lag leider nicht in ihrer Macht, das zu verhindern, und irgendwie wollte sie das auch gar nicht mehr. Denn sie begann wirklich, Sam und Astor gern zu haben. Vielleicht würde sie ja eines Tages das Gleiche für Carter empfinden. Irgendwann in ganz weit entfernter Zukunft. Wer wusste schon, was die bereithielt? Noch vor zwei Wochen hätte sie im Traum nicht daran gedacht, ausgerechnet Samantha Green bei der Suche nach der Wahrheit zu helfen und ein Leben ohne Cal führen zu müssen.

Oh, Cal ... Er fehlte ihr so sehr.

Bevor sie wieder zu traurig werden konnte, sah sie nach den Pommes. Die könnten zwar noch ein oder zwei Minuten länger drinbleiben, sie holte sie aber trotzdem jetzt schon raus. Denn gerade brauchte sie nichts mehr als ein paar Pommes mit Erdbeermarmelade.

Kapitel 41

Samantha

Ihr Herz pochte wie wild, und sie konnte sich nicht erinnern, jemals in ihrem Leben so nervös gewesen zu sein, als sie in Mrs. Haymonds Auto auf dem Weg zu Jane war. Die alte Dame hatte sofort zugestimmt, ihr den Buick für einen Tag zu leihen, als Sam sie darum gebeten hatte. Zum Glück hatte sie gelernt, mit Gangschaltung zu fahren, denn der alte Pick-up ihres Dads hatte die ebenfalls noch. Sie hatte in den letzten Tagen immer mal wieder die Gelegenheit zum Fahren ergriffen, einfach um ein bisschen sicherer hinterm Lenkrad zu sitzen. Als ihr Dad am Dienstagabend noch meinte, die Milch sei alle, hatte sie angeboten, neue kaufen zu fahren. Am Mittwoch hatte sie Astor zum Ballett und wieder nach Hause gebracht und sie am Freitag bei ihrer Freundin Nicole abgeholt. Und jetzt war schon Samstag, die Tage waren verflogen wie nichts, heute war es endlich so weit: Sie würde sich auf die Spur ihrer Mutter begeben.

Was sie dabei wohl herausfinden würde?

Sie konnte ihre Aufregung kaum verbergen, als sie Amanda begrüßte. Zum Glück kam dann auch schon Jane herbei, eine Strandtasche über der Schulter, denn Amanda hatten sie das Gleiche erzählt wie ihrem Dad. Dass sie zum Baden zum Sunset State Beach wollten, der sich etwa eine Dreiviertelstunde von Carmel entfernt befand. Jane hatte zuerst vorgeschlagen, dass sie sagen könnten, sie wollten nach Big Sur fahren, doch das lag südlich von Carmel, der Sunset State Beach dagegen nördlich, in Richtung San Francisco. Das erschien ihr sicherer, für den Fall, dass sie unterwegs jemandem begegneten, der sie kannte.

»Wollen wir?«, fragte Jane.

»Ja. Hast du alles?«

»Ich hoffe. Sollen wir was zu essen mitnehmen?«

Sofort mischte sich Janes Mom ein. »Ihr habt vor, den ganzen Tag unterwegs zu sein und habt keinen Proviant eingepackt?«

»Wir können uns auch unterwegs was kaufen«, meinte Jane.

»Ich hab was dabei. Cracker und ein bisschen Obst«, ließ Sam die beiden wissen.

Amanda rümpfte die Nase. »Dann wartet bitte noch fünf Minuten, damit ich euch wenigstens schnell ein paar Sandwiches machen kann.«

»Das ist ehrlich nicht nötig, Mom.«

Amanda sah Jane an, die ein wenig genervt ausschaute. »Okay, dann lasst mich euch aber ein bisschen Geld mitgeben.« Sie nahm ihre Handtasche vom Haken und suchte in ihrem Portemonnaie nach ein paar Scheinen. Die reichte sie Jane mit der Bitte: »Holt euch irgendwas Anständiges, ja?«

»Okay. Danke, Mom. Wir müssen jetzt los.«

Es war schon halb neun, und sie hatten gut zwei Stunden Fahrt vor sich, wenn sie nicht in den Stau kamen, was am ersten Ferientag natürlich möglich war. Eigentlich hatte sie auch noch früher losgewollt, aber Jane hatte gemeint, das wäre zu verdächtig. Denn wer fuhr schon um sieben Uhr morgens zum Strand? Und sie hatte ja recht. Jetzt sollten sie sich aber wirklich beeilen.

»Viel Spaß euch. Meldet euch zwischendurch mal, damit ich weiß, dass ihr gut angekommen seid.«

»Das machen wir, Amanda«, versprach Sam ihr.

»Und fahrt vorsichtig!«, rief sie ihnen hinterher.

Sie liefen zum Auto, und Jane begann zu lachen. »Was ist das denn für 'ne alte Kiste? Wenn wir damit herumfahren, denkt jeder, drinnen befinden sich zwei alte Omas.«

»Mit weißer Dauerwelle und dritten Zähnen«, fügte Sam lachend hinzu.

»Und Gehwagen im Kofferraum.«

»Könnte sogar sein, dass wir da drin so etwas finden.« Sie zwinkerte Jane zu, als sie sich ins Auto setzten und sie den Zündschlüssel reinsteckte.

»Oh Gott. Müssen wir jetzt etwa auch Alte-Leute-Musik hören?«

»Keine Ahnung. Wie es aussieht, gibt es nicht mal einen CD-Player oder so was. Nur einen ... was ist das, ein Kassettenrecorder?«

Jane beäugte das Ding und drückte ein paar Knöpfe. Eine alte, staubige Kassette schoss heraus, und sie erschrak. Beide lachten, dann schob Jane sie wieder hinein, und es ertönte ein steinalter Song, den keiner von ihnen kannte. Darin sang ein Typ mit schnulziger Stimme von spanischen Augen.

Sie saßen beide eine Minute sprachlos da und folgten den Worten des Sängers. Sie schmunzelten, verdrehten belustigt die Augen und schlugen sich dann die Hände vors Gesicht.

»Oh Gott, das ist ja grauenvoll«, rief Sam aus.

»Nicht auszuhalten«, meinte Jane und stellte es aus. Stattdessen drehte sie das Radio an und suchte nach einem guten Song. Als sie auf *Raise Your Glass* von Pink stießen, bat Sam sie, ihn anzulassen, da er der perfekte Song für ein Abenteuer wie ihres war.

»Du hast recht«, stimmte Jane zu. »Der ist perfekt.«

Sam fuhr aus der Einfahrt und die Straße entlang, die sie hoffentlich dorthin führen würde, wo all die Antworten auf sie warteten, nach denen sie sich so schmerzlich sehnte.

Die Fahrt ging superschnell herum und machte richtig Spaß. Die ganze Zeit über hörten sie coole Songs, sangen sogar mit und unterhielten sich über dies und das. Sam musste zugeben, dass sie Jane all die Jahre über völlig falsch eingeschätzt hatte. Die schwarze Kleidung, die sie auch heute trug, die ungekämmten Haare, die sie zu einem wirren Zopf gebunden hatte, das ungeschminkte Gesicht, das sie inzwischen für ziemlich mutig hielt, und das stille Auftreten sagten rein gar nichts über sie als Menschen aus. In Wahrheit war Jane richtig intelligent, humorvoll und vor allem ehrlich. Sie sagte, was sie dachte, und das wusste Sam zu schätzen, nachdem alle sie immer nur angelogen hatten, wie es schien.

»Was denkst du? Schminke ich mich zu viel?«, fragte sie Jane auf halbem Weg. Sie waren gerade durch Santa Cruz gefahren. Den Sunset State Beach hatten sie längst hinter sich gelassen.

»Soll ich ganz ehrlich sein?«, fragte Jane.

»Immer«, antwortete sie.

»Okay. Also, ich finde, eine Zeit lang hast du dich hinter all der Schminke irgendwie versteckt. So, als wärst du gar kein eigenständiger Mensch, sondern würdest nur mit der Masse laufen. Mit den anderen Cheerleaderinnen. Ich meine, du musst zugeben, dass ihr euch alle ganz schön ähnelt.«

»Ja, darüber hab ich in letzter Zeit auch oft nachgedacht.

Jetzt fühle ich mich aber gar nicht mehr, als wäre ich eine von ihnen.«

»Das ist gut. Ich glaube nämlich, dass du so viel mehr bist.«

Sie war berührt, zutiefst. Als eigenständigen Menschen mit eigenen Vorlieben und Ansichten und Gefühlen hatte sie lange niemand mehr gesehen. Viel zu lange war sie einfach nur Jeremys Freundin oder eine von den Cheerleaderinnen gewesen.

»Weißt du, ich glaube, du bist ein bisschen daran schuld, dass ich mich verändert habe«, sagte sie ihr.

Jetzt lächelte Jane sie an. »Gern geschehen.«

Sie lächelte zurück.

»Hättest du gedacht, dass wir uns mal anfreunden würden?«, fragte sie sie, weil sie einfach immer noch total erstaunt darüber war.

»Also, ich würde jetzt nicht so weit gehen, uns als Freundinnen zu bezeichnen«, erwiderte Jane, und sie fühlte schon, wie ihr das Herz in die Hose sackte. Doch da begann Jane auch schon zu lachen. »War nur ein Scherz, Sam.«

»Oh. Na, zum Glück.« Erleichterung pur!

Im Radio erklang *Bad Guy* von Billie Eilish, und sie fingen beide an, lauthals mitzusingen. Jane tanzte sogar ein bisschen mit, doch das traute Sam sich nicht, da es ihr noch immer ein wenig schwerfiel, sich aufs Fahren zu konzentrieren. Dann aber konnte sie dem Beat einfach nicht mehr widerstehen und wippte ebenfalls zum Takt mit. Sie konnte sich nicht daran erinnern, wann sie sich jemals so ausgelassen gefühlt hatte. Und hoffnungsvoll. Und selbst wenn dieser Tag sonst überhaupt nichts bringen würde, so hätte sie doch wenigstens eine gute Zeit gehabt.

Drei Stunden später erreichten sie endlich San Francisco. Sam hatte den Verkehr am ersten Ferientag völlig unterschätzt. Zum Glück fingen die nicht auch noch in jedem County gleichzeitig an, doch es schienen sich wirklich viele Menschen auf nach San Francisco gemacht zu haben.

Ob die wohl alle jemanden suchten?

»Sollen wir wirklich mit dem Auto in die Stadt reinfahren?«, fragte sie ein wenig ängstlich. Die Straßen waren hier so überfüllt mit Autos und Menschen, das verunsicherte sie total. San Francisco war schon etwas ganz anderes als Carmel-by-the-Sea.

»Wir können es auch irgendwo abstellen und dann den Bus ins Zentrum nehmen. Oder die Straßenbahn«, schlug Jane vor.

Und genau das taten sie dann auch. Sie parkten den Buick in einer Seitenstraße und machten sich auf die Suche nach der nächsten Bushaltestelle. Dabei fotografierte Jane ein paar Straßenschilder.

»Damit wir nachher wieder zurückfinden«, erklärte sie.

»Gute Idee.«

Mit dem Bus fuhren sie dann zur Market Street, und von dort aus machten sie sich zu Fuß auf. Jane gab das Ebony Hotel bei Google Maps ein, und sie folgten den Anweisungen.

Zuerst überquerten sie den Union Square mit seinen Palmen, den die ganzen großen Kaufhäuser und Hotels praktisch einrahmten. Dies war einer der Touristen-Hotspots überhaupt, und schon gleich sollten sie zum nächsten kommen. Bereits von Weitem sahen sie das rote Tor, durch das man Chinatown betrat, und sobald sie darunter durchgegangen waren, staunten sie über die vielen asiatischen Menschen, die Restaurants und die chinesischen Klänge, die aus den Läden und von den Straßenmusikern kamen.

»Mein Gott, man fühlt sich, als wäre man in China«, meinte sie.

»Allerdings. Wollen wir mal in einen der Läden gehen?«

»Klar.«

Zehn Minuten später kamen sie beide mit einem großen Plastiktrinkbecher mit Deckel und Strohhalm wieder heraus, auf dem I ♥ SAN FRANCISCO stand. Jane hatte sich einen schwarzen, sie sich einen weißen ausgesucht.

»Oh Shit«, sagte Jane, als sie wieder auf der Straße waren. Sam entdeckte Schweißperlen auf ihrer Stirn; es war wirklich heiß an diesem Tag.

»Was ist denn?«

»Was sagen wir unseren Eltern, wo wir die herhaben?«

»Erica hat sie uns von ihrem San-Francisco-Trip mitgebracht, den sie mit ihren Großeltern unternommen hat«, sagte sie, ohne groß zu überlegen.

Jane runzelte die Stirn. »Wer ist Erica?«

»Eine Mitschülerin an der Montgomery. Sie ist schon einen Jahrgang über uns.«

»Oh. Cool. Du hast dir also schon ein paar Ausreden überlegt?«

»Jede Menge. Normalerweise lüge ich nämlich nie. Ich dachte mir, ich sollte mir ein gutes Alibi zurechtlegen. Spontan kriege ich das nämlich sicher nicht hin.«

»Du lügst sonst nie?« Erstaunt sah Jane sie an.

Sie schüttelte den Kopf. »Nein.«

»Du solltest dringend ein bisschen lockerer werden«, riet ihre neue Freundin ihr. »Versteh mich nicht falsch, ich will dir nichts vorschreiben, aber ...«

»Du hast ganz recht. Also ...« Sie sah sich um. »Wollen wir hier irgendwo was essen gehen? Auch auf die Gefahr hin, dass wir Katze oder Meerschweinchen serviert bekommen?«

Jane lachte. »So locker ist dann doch nicht gut. Außerdem esse ich kein Fleisch. Aber wir können gerne gucken, ob wir was Leckeres finden. Da vorn, siehst du? Da steht *Büfett für 6,99* auf dem Schild. Da finden wir bestimmt was Genießbares.«

»Alles klar. Auf geht's!«

Sie fanden tatsächlich ein Büfett mit den köstlichsten Speisen vor und befüllten sich die Teller. Nachdem sie sich die Bäuche mit Bratnudeln, Wan Tan und Frühlingsrollen vollgeschlagen hatten, gingen sie weiter ihres Weges, und Sam wurde still.

»Bald sind wir da, oder?«, fragte sie ein wenig ängstlich.

Jane sah auf ihr Handydisplay. »Es ist nicht mehr weit.« Dann sah sie sie besorgt an. »Wir müssen das nicht machen, Sam. Wir können auch einfach wieder nach Hause fahren und das Ganze nur als coolen Ausflug betrachten.«

Doch sie schüttelte vehement den Kopf. Kneifen kam nicht infrage!

»Nein! Jetzt sind wir so weit gekommen, da will ich nicht einfach aufgeben. Lass uns das Hotel finden.«

»Da vorn ist es schon«, sagte Jane und deutete mit dem Finger zur anderen Straßenseite.

Ja, da stand es: *Ebony Hotel*. Es handelte sich um ein ziemlich schickes, neumodisches Gebäude mit gläsernen Fahrstühlen an den Außenwänden, einer dunkelblauen Fassade und sicher fünfzehn Stockwerken.

In dem Gebäude war ihre Mutter kurz vor ihrem Tod gewesen. Auf dieser Straße war sie entlanggelaufen. Sam merkte selbst, wie sie vor Aufregung fast den Halt verlor. Ihre Beine schienen wegsacken zu wollen, doch sie atmete ein paarmal tief durch und überquerte dann die Straße, Jane immer an ihrer Seite.

Keine von ihnen sagte mehr ein Wort. Sie gingen in Richtung Eingang und wurden von dem Portier, der davorstand, schief angeguckt. Sie wusste nicht, ob das der Fall war, weil Jane aussah wie ein Grufti und sicher nicht wie jemand, der in solch einem Hotel nächtigte, oder weil sie selbst so nervös aussah. Vielleicht dachte der Typ, sie hätte eine Maschinenpistole im Gepäck oder etwas Ähnliches.

Sie versuchte ihn anzulächeln und sagte: »Guten Tag.«

Da lächelte er plötzlich zurück und wünschte ebenfalls einen guten Tag. Sie kamen also ohne Probleme rein und gingen direkt auf die Rezeption zu. Eine Frau um die dreißig mit kinnlangem dunklem Haar und einer Brille lächelte sie freundlich an und hieß sie willkommen.

»Hallo«, begann Sam, doch danach brach ihre Stimme ab. So sehr sie sich auch anstrengte, sie kriegte doch kein weiteres Wort heraus.

»Wie kann ich Ihnen helfen?«, fragte die Angestellte.

Sie hörte selbst, wie sie ein paar krächzende Laute von sich gab und wäre am liebsten im Erdboden versunken. Was hatte sie sich dabei gedacht herzukommen? Hatte sie denn wirklich geglaubt, sie könnte hier einfach so hereinspazieren und man würde ihr Auskunft geben?

Zum Glück sprang Jane schnell ein. »Hi. Wir sind auf der Suche nach jemandem«, ließ sie die Frau wissen. »Um genauer zu sein, suchen wir die Mutter meiner Freundin. Der Name ist Jodie Green. Sie war vor etwas über drei Jahren hier in diesem Hotel. Wir wissen, dass sie in Ihrem Restaurant in der Dachetage gegessen hat und sind uns ziemlich sicher, dass sie auch hier übernachtet hat. Und jetzt wollten wir Sie bitten, uns das zu bestätigen. Und vielleicht können Sie uns ja auch sagen, mit wem sie hier war?«

Die Rezeptionistin lächelte jetzt nicht mehr. »Es tut mir leid, aber ich darf Ihnen keine Auskunft über unsere Gäste erteilen.«

»Auch nicht, wenn es ihre Mutter war? Ich meine, sogar Ärzte im Krankenhaus dürften der Tochter Auskunft erteilen, oder? Wenn die Mutter krank wäre oder einen Unfall gehabt hätte«, warf Jane ihr die Fakten hin.

»Das mag sein. Aber ich kann das leider nicht.«

»Bitte«, brachte Sam jetzt endlich heraus, und sie hörte selbst, wie elendig es klang.

Die Frau sah sie an. »Das war vor über drei Jahren?«, fragte sie nach.

»Ja. Kurz vor ihrem Tod. Ich muss wissen, was damals genau passiert ist.« Ihr stiegen Tränen in die Augen.

»Oh. Das tut mir sehr leid. Aber ... ich weiß ja gar nicht ... Kannst du denn nachweisen, dass du ihre Tochter bist? Warst?« Sie schien sich ziemlich unwohl zu fühlen. In solch einer Situation hatte die Arme wahrscheinlich auch noch nie gesteckt.

Sam holte ihren Personalausweis heraus und ein Foto ihrer Mutter. »Das war sie. Jodie Green«, wiederholte sie den Namen. »Und sie muss hier gewesen sein am zweiten Wochenende im März 2018. Können Sie sich an sie erinnern?«

»Erinnern kann ich mich nicht, tut mir leid.« Sam sah die Frau, die Adriana hieß, wie sie jetzt erst auf ihrem Anhängeschild las, grübeln und dann tief einatmen. Sie blickte sich nach links und rechts um. »Gut, hört zu. Eigentlich dürfte ich das nicht. Aber ich schau mal kurz nach, okay? Ihr dürft aber niemandem verraten, dass ihr die Infos von mir habt, ja?«

Sie nickten beide, und Sam war unendlich dankbar.

Leider brachte es rein gar nichts. Adriana konnte nichts herausfinden. Im System gab es keinen Übernachtungsgast namens Jodie Green.

»Und was ist mit dem Restaurant?«, wollte Jane wissen. »Gibt es da vielleicht irgendwelche Aufzeichnungen? Eine Reservierungsliste oder irgendwelche Kreditkartenabrechnungen?«

»Nichts, das drei Jahre zurückreicht«, meinte Adriana und sah sie mitleidig an. »Es tut mir leid, dass ich euch nicht weiterhelfen konnte.«

»Schon okay«, meinte Jane. »Trotzdem danke.«

»Ja. Danke«, meinte auch Sam.

»Kleine, du siehst ganz blass aus. Geht es dir gut?«, fragte Adriana besorgt.

Das konnte sie leider nicht beantworten. Denn nun sackten ihre Füße wirklich weg. Wenn Jane sie nicht gehalten hätte, wäre sie sicher auf dem Boden gelandet.

»Bring sie dort zur Couch«, gab Adriana Jane die Anweisung und kam um den Tresen herum, um ihr dabei zu helfen. Dann brachte sie ihr ein Glas Wasser.

»Soll ich irgendwen anrufen?«, fragte sie dann unsicher.

»Nein, danke, es geht schon«, meinte Jane.

»Wirklich?« Adriana sah Sam ins Gesicht.

»Ja«, antwortete sie und nickte, wobei ihr Kopf dröhnte. »Ich glaube, ich muss nur an die Luft.« Sie stand langsam wieder auf.

»Okay. Pass auf dich auf, ja?«

In Janes Arm eingehakt ging sie nach draußen.

»Und Aiden war sich ganz sicher, dass es das Ebony Hotel war?«, fragte sie, ziemlich verzweifelt.

»Ganz sicher.«

»Und was machen wir jetzt?«

Jane überlegte, holte spontan ihr Handy heraus und hielt es dem Portier hin. »Kennen Sie diese Frau?«, fragte sie ihn.

»Nein, tut mir leid«, gab er zur Antwort.

»Können Sie es sich bitte noch mal genauer ansehen?«, bat sie.

Das tat der Mann. »Ich bin mir nicht sicher. Ich sehe hier täglich so viele Menschen. Da kann ich mich unmöglich an alle erinnern.«

»Diese Frau war vor circa drei Jahren hier.«

Der Typ lachte. »Drei Jahre? Oh, Mädchen, das ist, als würdest du mich fragen, ob ich noch weiß, was ich vor drei Jahren zum Frühstück gegessen habe.«

»Komm, Jane, das bringt uns nicht weiter«, sagte sie. Inzwischen hatte sie alle Hoffnung verloren.

Sie entfernten sich ein paar Schritte. »Was ist mit dem Restaurant? Wollen wir da mal hoch und die Kellner fragen? Vielleicht erinnert sich jemand an sie«, schlug Jane vor.

»Ach, das ist doch alles völliger Schwachsinn. Es ist drei Jahre her. Keiner kann sich an sie erinnern. Wie habe ich nur denken können, dass ich hier etwas herausfinde?«

»Es ist echt komisch, dass sie hier nicht angemeldet war. Oder ... vielleicht hat sie einen falschen Namen benutzt.«

»Warum sollte sie?«

»Na, damit man eben nicht herauskriegen kann, dass sie hier war«, meinte Jane und biss sich sogleich auf die Zunge. »Sorry.«

»Alles gut. Lass uns gehen. Es war dumm herzukommen.« Sie marschierte los.

Jane zog sie am Arm, hielt sie fest, sah ihr in die Augen. »Nein, Sam, es war nicht dumm. Du musstest das tun.«

Sie seufzte. »Ja, ich weiß.« Sie sah die Straße hinunter, weit hinten konnte man eine Brücke erkennen. »Also, wo sind jetzt deine Seelöwen?«

Jane lächelte, tippte wieder was in ihr Handy, streckte einen Arm aus und sagte: »Da entlang.«

Kapitel 42

Carter

»Gute Nacht, mein Schatz«, sagte er und gab Astor einen Gutenachtkuss.

»Gute Nacht, Daddy«, murmelte sie im Halbschlaf. Er lächelte sie an und verließ das Zimmer, zog die Tür halb zu und sah auf die Uhr. Es war bereits nach neun, und Sam war noch nicht zurück. Noch weigerte er sich, sich Sorgen zu machen. Denn obwohl er Sam gesagt hatte, sie solle nicht zu spät zurückkommen, vor allem, weil sie ja Mrs. Haymond noch das Auto zurückbringen musste, konnte er natürlich verstehen, dass man als Teenager die Zeit auch mal vergaß. Sonst war Sam immer zuverlässig, und sicher würde sie jeden Moment hereinschneien.

Er ging in die Küche, wo er sich einen schwarzen Tee mit Milch machte. Wie immer in letzter Zeit wanderten seine Gedanken dabei zu Amanda, die ihn so glücklich machte. Am Donnerstag waren sie sogar zusammen zur Trauergruppe gefahren, in einem Auto, und sie hatten den Raum Hand in Hand betreten. Die anderen hatten nicht schlecht gestaunt, doch alle hatten sich für sie gefreut und sie beglückwünscht, sogar Kelly, die ja eine Zeit lang selbst ein

Auge auf ihn geworfen hatte. Doch jeder konnte sehen, wie gut sie einander taten, und er durfte es Tag für Tag am eigenen Leib erfahren.

Was er besonders toll fand, war, dass sogar die Kinder sich langsam mit dem Gedanken anfreundeten, dass Amanda und er ein Paar waren und dass sie alle von nun an miteinander verbunden waren. Er fand es großartig, dass Sam und Jane heute zusammen einen Ausflug unternommen hatten, und er hoffte, sie hatten eine schöne Zeit gehabt.

Erneut sah er auf die Uhr, und er überlegte gerade, ob er Amanda anrufen und sich erkundigen sollte, ob sie vielleicht etwas von den Mädchen gehört hatte, als sein Handy klingelte. Er nahm es von der Küchentheke und ging ran.

»Hi«, sagte er erfreut.

»Hi«, hörte er Amandas süße Stimme und musste lächeln.

»Wie geht es dir?«

»Ganz gut. Ich fange nur an, mir ein wenig Sorgen zu machen. Hast du was von Sam und Jane gehört?«, erkundigte sie sich.

»Nicht, seit Sam mir am Nachmittag eine Nachricht geschickt hat.«

»Jane hat sich nur einmal gemeldet, vormittags, als sie am Strand angekommen sind. Sie hat versprochen, gegen neun zurück zu Hause zu sein. Jetzt ist es aber schon ... halb zehn.«

»Ja, ich weiß. Ich denke aber nicht, dass wir besorgt sein müssen. Vielleicht stehen sie nur im Stau oder so und verspäten sich ein bisschen. Oder sie haben einfach nur die Zeit vergessen.«

»Ja, das denke ich auch. Meinst du, wir sollten sie mal anrufen? Ich will nicht wie die nervige Mutter rüberkommen, wo sie sich gerade so gut verstehen.«

»Warten wir noch bis um zehn, ja?«

»Okay. Oh, Moment, ich kriege gerade einen Anruf rein. Ich ruf dich gleich zurück.«

Er wartete. Mehrere Minuten. Wenn Amanda einen Anruf von einer ihrer Schwestern bekommen hatte, würde das sicher eine ganze Weile dauern. Es könnte natürlich auch Jane sein, überlegte er und wurde nun doch ein wenig nervös. Und dann klingelte es erneut.

»Ist alles in Ordnung?«, fragte er.

»Nein, leider ist gar nichts in Ordnung. Die Mädchen sind mit dem alten Buick liegen geblieben und warten auf den Abschleppdienst.«

»Oh Shit. Dann war das vielleicht doch keine so gute Idee, sich den auszuleihen. Und nun? Könntest du sie vielleicht abholen fahren? Astor schläft schon, und ich würde sie ungern allein lassen.«

»Carter ...«

»Ja?«

Stille am anderen Ende. Dann: »Die Mädchen sind mitten auf dem Highway kurz nach Santa Cruz liegen geblieben.«

»Was? Aber das ergibt doch keinen Sinn. Was haben sie denn in Santa Cruz gewollt?«

»Sie waren nicht in Santa Cruz, sondern in San Francisco.«

Und dann ging ihm endlich ein Licht auf. Die Fragen, die Sam ihm neulich gestellt hatte. Sie musste etwas herausgefunden haben.

»Ich komme mit«, sagte er sofort.

»Und was ist mit Astor?«

»Ich lasse mir was einfallen.«

»Okay. Ich fahre direkt los und hole dich ab.«

»Danke«, sagte er und legte auf. Und während er versuchte, einen klaren Gedanken zu fassen und überlegte, was er als Erstes tun sollte, brach sein Herz entzwei. Denn wenn Sam herausgefunden hatte, was damals wirklich vorgefallen war, würde seine wundervolle, liebe, immer fröhliche Tochter niemals mehr dieselbe sein.

Anderthalb Stunden später näherten sie sich auf dem Highway Santa Cruz und hielten Ausschau nach der Raststätte, an der die Mädchen warten wollten. Jane hatte sich noch mal gemeldet, das Auto war abgeschleppt worden, es war nicht mehr zu retten gewesen. Von Sam hatte er noch gar nichts gehört und konnte sich denken, warum.

Er musste gestehen, er hatte Angst, auf sie zu treffen. Andererseits war er einfach nur froh, dass den beiden nichts passiert war. San Francisco! Das war hundertzwanzig Meilen weit entfernt! Sam war nie viel Auto gefahren, er hatte schon die Strecke zum Sunset State Beach für bedenklich befunden, einer so langen Fahrt hätte er nie zugestimmt.

Und dann ausgerechnet San Francisco!

Allein der Name dieser Stadt bereitete ihm immer noch Bauchschmerzen. Er brachte schreckliche Erinnerungen mit sich an diese eine Nacht, in der er einen Anruf von der Polizei bekommen hatte, die Nacht, in der er seine Frau und die Mädchen ihre Mutter verloren hatten. San Francisco, der Ort, dem er nie wieder nahe kommen wollte. Und jetzt war er ihm doch so nah.

Nachdem er von Amanda gehört hatte, dass Jane und Sam festsaßen, hatte er als Erstes überlegt, wen er anrufen könnte, um auf Astor aufzupassen. Eine halbe Stunde hätte er sie auch allein lassen können, doch Santa Cruz lag ein ganzes Stück entfernt, und wer wusste schon, was auf ihn zukam? Womöglich würde er die halbe Nacht weg sein. Er rief in seiner Verzweiflung also Nicoles Mutter an und fragte, ob er Astor vorbeibringen könne, und die willigte sofort ein.

Als er dann jedoch kurz noch bei Mrs. Haymond klingelte, um ihr Bescheid zu geben, dass ihr Wagen liegen geblieben war und dass die Mädchen gestrandet seien, dass sie nicht aufbleiben und warten müsse, war sie ganz entsetzt. Es tat ihr schrecklich leid, dass das alte Auto ihnen solche Probleme verursachte. Und sie bot an, dass er Astor gerne zu ihr rüberbringen könne. Wenn sie bei ihr auf dem Sofa schliefe, könnte er sich unbesorgt auf den Weg machen. Das Angebot nahm er gerne an. Er weckte Astor auf, trug sie rüber und hatte gerade Nicoles Mutter noch einmal am Telefon, um ihr abzusagen, als Amanda auch schon vorfuhr. Er hängte auf und ging auf sie zu. Sie stieg aus dem Wagen und umarmte ihn, als spüre sie, dass mehr an der ganzen Sache dran war, als sie selbst bisher wusste.

»Alles gut?«, fragte sie ihn.

Er seufzte tief und nickte. »Ich glaube, ich sollte dir etwas Wichtiges erzählen.«

»Wir haben ja jetzt ein bisschen Zeit«, antwortete sie und hörte ihm die nächste Stunde zu, wie er ihr alles über Jodie erzählte. Sie hörte einfach nur still zu, ohne zu urteilen, und dafür war er ihr dankbar.

»Das tut mir so leid«, sagte sie, als er fertig war.

»Danke. Es war nicht leicht.«

»Natürlich nicht. Und du glaubst, Sam weiß jetzt ebenfalls Bescheid?«

»Was sollten die Mädchen sonst in San Francisco gemacht haben?«, fragte er.

»Vielleicht ist es etwas ganz anderes. Womöglich kam der Vorschlag auch von Jane. Sie war mal mit Tom in San Francisco und hat danach ewig lange von den süßen Seelöwen am Pier 39 geschwärmt. Es kann doch sein, dass sie die einfach mal wiedersehen wollte.«

Das wäre zu schön, um wahr zu sein, dachte er.

»Warten wir's mal ab.« Er lehnte sich in seinem Sitz zurück und machte sich trotzdem auf das Schlimmste gefasst.

»Ich glaube, da vorn ist es«, sagte Amanda nun und deutete auf ein erleuchtetes Gebäude. Inzwischen war es nach elf und stockdunkel.

Sie fuhr die Auffahrt rein und parkte auf dem großen Platz vor der Raststätte. Als sie diese betraten, entdeckten sie ein paar Fast-Food-Imbisse, von denen die meisten schon geschlossen hatten. Sam und Jane saßen an einem Tisch vor Pizza Hut und hatten beide einen Pappbecher vor sich stehen. Ein paar Pizzaränder zierten außerdem den Tisch.

Er sah Amanda auf Jane zulaufen und sie umarmen. Er war zurückhaltender, und er bemerkte, dass Sam es auch war. Er ging auf sie zu, legte eine Hand auf ihre Schulter und sagte: »Gott sei Dank ist euch nichts passiert.«

»Ist Mrs. Haymond böse wegen des Autos?«, fragte seine Tochter sogleich.

»Nein, überhaupt nicht. Es tut ihr sogar ziemlich leid, dass es nicht mehr mitgemacht hat.«

»Wo ist Astor?«, fragte sie.

»Bei Mrs. Haymond. Geht es euch beiden gut?«

Beide Mädchen nickten, doch man konnte ihnen ansehen, dass überhaupt nichts gut war, und er war sich nicht sicher, ob daran wirklich nur die Panne schuld war. Sicher befürchteten sie auch wochenlangen Hausarrest, doch da war noch etwas anderes, zumindest in Sams Augen.

Sobald sie zu Hause wären, würde er mit ihr reden müssen. Davor graute es ihm schon. Doch was sollte er tun? Vielleicht war es einfach Zeit für die Wahrheit.

»Lasst uns fahren«, meinte Amanda, und sie alle begaben sich zum Auto. Diesmal setzte er sich ans Steuer.

Die Spannung war kaum zu ertragen. Man konnte die gemischten Gefühle förmlich spüren. Da waren Wut und Verzweiflung, Bedauern und Sorge und Angst. Doch das, was ihn am meisten wurmte, war die unausgesprochene Schuld, die von Sam ausging. Die konnte er sogar im Dunkeln und in der tiefsten Stille wahrnehmen, und er hoffte nur, er schaffte es nach Hause, ohne daran zu zerbrechen.

Kapitel 43

Amanda

Die einstündige Fahrt kam ihr vor wie eine nie enden wollende Tour durch die Vorhölle, und es fühlte sich an, als würden sie Carmel niemals mehr erreichen. Sie konnte die Spannung zwischen Carter und Sam spüren, als wäre sie greifbar. Wie gerne hätte sie irgendwie zwischen den beiden vermittelt, doch sie wusste, dass es etwas war, was sie unter sich ausmachen mussten. In aller Ruhe. Und sie war froh, dass Carter sich so gut unter Kontrolle und nicht mit Sam geschimpft hatte, denn die Mädchen waren ohnehin schon sichtlich fertig mit den Nerven. Sicher hatten sie heute einiges durchgemacht, und morgen würde sie Jane auch danach fragen, doch hier und jetzt war es einfach nicht angebracht. Sie alle mussten erst einmal zur Ruhe kommen.

Die Minuten zogen sich dahin, und als sie irgendwann einen Blick nach hinten warf, sah sie, dass Jane ihre Augen geschlossen hatte und vor sich hinschlummerte. Sam dagegen sah aus dem Fenster in die Dunkelheit. Ihr Ausdruck war ernst, sie hatte kein einziges Wort gesagt, seit sie im Auto saßen.

Kurz vor Monterey aber erhob sie plötzlich ihre Stimme,

es war, als müsste alles, was sich angestaut hatte, endlich raus. »Warum hast du uns die ganze Zeit belogen, Dad?«

Sie sah zu Carter und erkannte, wie er in sich zusammenfiel. Er hatte recht gehabt: Sam wusste Bescheid.

»Sam, ich bitte dich...«, war alles, was er sagte.

»Nein, Dad, nein!«, schrie Sam, und Amanda sah im Seitenspiegel, dass Jane wach geworden war.

Dann fiel ihr auf einmal etwas ein. Sie sah auf die Uhr und erkannte, dass es bereits nach Mitternacht war. Gerne hätte sie ihrer Tochter etwas gesagt, doch sie wusste, dies war nicht der passende Moment. Gerade ging es um so viel mehr, und sie beide sollten still ausharren.

»Weißt du, warum wir in San Francisco waren, Dad?«, fragte Sam mit aufgebrachter Stimme.

»Ich habe eine vage Vorstellung«, antwortete Carter, der versuchte, weiterhin ruhig zu bleiben.

»Ich war da, um endlich selbst herauszufinden, was damals geschehen ist. Weil *du* es mir ja nicht sagen willst. Ich hab dich wegen des Fotos angesprochen, das letzte Foto, das Mom mir geschickt hat, weil das darauf ganz sicher nicht Santa Barbara ist! Und weißt du was? Mit Janes Hilfe hab ich herausgefunden, dass es stattdessen San Francisco ist! San Francisco! Was zum Teufel hat Mom damals in San Francisco gemacht?«

Oh, dann hatten sie es also doch nicht herausgefunden, dachte Amanda. Zumindest nicht die ganze Wahrheit.

»Sam, bitte«, sagte Carter. »Nicht hier und nicht jetzt. Nicht vor Amanda und Jane. Wir können da gerne nachher zu Hause drüber sprechen.«

»Ich will aber *jetzt* darüber sprechen! Ich will wissen, warum sie da war. Warum, Dad? Sie war in diesem Hotel, dem Ebony Hotel, aber was hat sie da gemacht? Was, Dad?«

Carter antwortete nicht.

»Mit wem war sie da? Hatte sie eine Affäre? Dad?«

Noch immer Stille seitens Carter.

»Oh Gott, sie hatte eine, oder? Sie war dort mit einem anderen Mann! Sie ist gestorben, weil sie einen verfluchten anderen Mann treffen wollte. Und du hast all die Jahre so getan, als wenn nichts gewesen wäre. Wie konntest du das nur vor uns geheim halten? Was bist du nur für ein Vater?« Sam war jetzt ganz außer sich, und Carter saß da, die Hände so fest ums Lenkrad geklemmt, dass Amanda Angst hatte, er würde es gleich abreißen.

»Fahr rechts ran, Carter. Ich löse dich ab«, sagte sie, doch er schien sie gar nicht zu hören. »Carter!«, sagte sie noch einmal, lauter, vehementer.

Das wirkte. Er sah sie an, seine Augen ganz glasig.

»Bitte fahr rechts ran, okay? Sonst bauen wir noch einen Unfall.«

Er nickte und tat, was sie ihm sagte. Sie stieg aus und ging ums Auto herum. Er rutschte nach rechts. Kurz überlegte sie, ob sie nicht lieber stehen bleiben und die beiden die Sache ausdiskutieren lassen sollte, doch sie standen auf dem Seitenstreifen einer Schnellstraße. Das war wahrlich nicht der richtige und dazu noch ein gefährlicher Ort. Also fuhr sie los.

Nach circa fünf Minuten der Stille schien Carter sich ein wenig gefasst zu haben und sagte zu Sam, die ihre Wut in sich hineinzufressen schien: »Es tut mir leid, Sam. Ich habe es von euch fernhalten wollen. Ich habe es dir und deiner Schwester verheimlicht, damit ihr eure Mutter in guter Erinnerung behalten könnt.«

»Das war nicht okay, Dad. Du hättest es uns sagen müssen.«

»Ich bereue meine Entscheidung nicht. Ich habe immer nur das Beste für euch gewollt«, sagte er. »Und ich möchte dich bitten, Astor nichts davon zu erzählen. Sie soll nicht auch noch schlecht von Jodie denken.«

»Warum? Hä? Könnte es dir nicht scheißegal sein? Sie hat dich doch betrogen, oder? Sie war keine gute Mutter.«

»Sag das nicht, Sam. Sie war eine gute Mutter. Sie wollte nur leider keine Ehefrau mehr sein.«

»Das ist doch dasselbe, oder etwa nicht? Sie wollte uns verlassen, oder?«

»Das weiß ich nicht.«

»Tja, letztendlich hat sie es getan«, meinte Sam, und die Bitterkeit in ihrer Stimme schnürte Amanda die Kehle zu. Sie sah im Rückspiegel, wie Jane Sams Hand nahm und sie festhielt. Dann sagte überhaupt niemand mehr etwas.

Als Amanda wenig später vor Carters Haus hielt, blieb Sam im Auto sitzen. »Ist es okay, wenn ich bei Jane schlafe?«

»Ja, natürlich«, antwortete er, bedankte sich bei Amanda und schlurfte niedergeschlagen zum Haus.

Sie sah ihm voller Mitleid nach, stieg dann aus dem Auto, lief ihm hinterher und umarmte ihn noch rasch. »Es wird alles gut, Carter. Ich kümmere mich um sie, mach dir keine Sorgen.«

Er nickte und verschwand ohne ein Wort im Haus. Dann fuhr Amanda die Mädchen zur Farm.

Eine halbe Stunde nach ihrer Ankunft klopfte sie an Janes Zimmertür. Es war schon nach eins, und Sam schlief bereits in Janes Bett. Sie musste völlig erschöpft sein. Jane war allerdings noch wach. Sie lag mit Kopfhörern da und nahm diese ab, als Amanda eintrat.

»Süße, ich bin noch gar nicht dazu gekommen, dir zum

Geburtstag zu gratulieren. Es tut mir so leid, dass der so mies angefangen hat.«

»Schon okay. Das war echt heftig, oder?«

»Ja, das war es«, flüsterte sie. »Magst du noch kurz mit ins Wohnzimmer kommen, oder bist du zu müde?«

Jane schüttelte den Kopf, wie sie im hereinscheinenden Flurlicht sehen konnte, und stand auf.

»Zuerst einmal Happy Birthday.« Sie wagte es, ihre Tochter zu umarmen, und die ließ sie gewähren.

»Danke, Mom.« Jane hockte sich auf die Couch.

»Willst du deine Geschenke jetzt haben?«

»Nein, alles gut. Das kann bis morgen warten.«

»Okay. Ich wollte dir aber noch etwas sagen. Egal, was heute passiert ist, ich finde es wundervoll, dass du Sam helfen wolltest.«

»Ehrlich?«

»Ja. Sie stand ganz allein da mit ihren Zweifeln, oder? Und du warst für sie da und hast dich mit ihr auf die Suche begeben.«

»Dabei ist aber überhaupt nichts rausgekommen, und es hat nur Ärger mit sich gebracht.«

»Ja, ich weiß. Und das tut mir sehr leid für alle Beteiligten.«

»Glaubst du, Sam und Carter vertragen sich wieder?«

»Ganz bestimmt sogar.«

Jane nickte. Dann lächelte sie plötzlich breit. »Wir waren bei den Seelöwen.«

»Ehrlich? Das freut mich für dich. Als ich San Francisco gehört habe, musste ich gleich daran denken, wie toll du die damals gefunden hast.«

»Sie sind immer noch so toll.«

»Dann hast du ja doch ein schönes Geschenk bekommen.«

»Ja. Und ehrlich gesagt ist die Freundschaft zu Sam auch ein schönes Geschenk.«

Sie lächelte sie an. »So sehe ich das mit Carter auch. Ich glaube, die Familie Green wurde vom Himmel zu uns gesandt.«

»Du magst Carter sehr, oder?«

Sie nickte. »Ich hab ihn unglaublich gern, und ich wünsche mir von Herzen, dass ihr euch mit der Zeit auch anfreunden werdet.«

»Vielleicht. Ich glaub, er ist doch ganz in Ordnung. Er will mir Klavierunterricht geben.«

»Das hat er mir erzählt, und ich finde die Idee großartig.«

»Tut mir leid, dass ich es dir so schwer gemacht hab«, sagte Jane dann. »Nicht nur mit Carter, sondern überhaupt. Du hattest es nicht leicht mit mir, oder?«

»Nein, aber ich habe es verstanden. Es war, es *ist* nicht leicht für dich. Ich möchte nur, dass du verstehst, dass es das für mich auch nicht ist, Jane. Und jetzt einen neuen Mann in mein Leben zu lassen ist wohl das Schwerste von allem. Doch es gibt da etwas, das ich deinem Dad versprochen habe, und heute habe ich erkannt, dass man solche Dinge nicht vor seinen Kindern geheim halten sollte. Weshalb ich dir gerne von den letzten Tagen mit deinem Vater erzählen würde. Wenn du nicht zu müde bist.«

»Ich bin noch überhaupt nicht müde.« Jane setzte sich in den Schneidersitz und sah sie gespannt an.

»Gut…« Sie machte es ihr mit dem Schneidersitz gleich und begann zu erzählen.

Kapitel 44

Jane

Sie konnte nicht schlafen, war viel zu aufgeregt. Irgendwann nickte sie ein wenig ein, doch nach zwei oder drei Stunden war sie schon wieder wach. So viele Dinge gingen ihr durch den Kopf. Das, was gestern passiert war natürlich. Der Ausflug nach San Francisco, der Reinfall mit dem Hotel, die Seelöwen am Pier 39, die sie so sehr an ihren Dad erinnert hatten. Sogar Sams Stimmung hatte sich gebessert, sie hatte die Tiere auch total niedlich gefunden, und dann hatten sie beide noch ein riesiges Eis gegessen und einfach nur in der Sonne gesessen und auf die Bucht und das Wasser geschaut. Am Ende war es doch noch ein wirklich schöner Tag geworden.

Doch sie hatten die Zeit falsch eingeschätzt, hatten viel länger als gedacht zurück zum Auto gebraucht, und dann war das auf halber Strecke einfach stehen geblieben. Mitten auf dem Highway, was ihnen eine Scheißangst eingejagt hatte. Sie hatten gar nicht gewusst, was sie tun sollten. Aussteigen und Hilfe holen? Doch das wäre fast wie Selbstmord gewesen auf der viel befahrenen, mehrspurigen Straße. Dann hatte zum Glück die Highway Patrol sie entdeckt und gehalten, den Wagen an den Straßenrand geschoben und ihn sich angesehen. Leider hatten sie nur feststellen können, dass der alte Buick völlig hinüber war, hatten den Abschleppdienst gerufen und sie dann an der Raststätte rausgelassen. Das alles war unglaublich peinlich gewesen. Und das Schlimmste war, dass sie nicht wussten, wie sie nach Hause kommen sollten. Die Officer hatten darauf bestanden, dass sie vor ihren Augen ihre Eltern anriefen, und so hatte Jane die Nummer ihrer Mom gewählt, was immer noch besser war, als Sams Dad anzurufen.

Die beiden waren richtig sauer gewesen und enttäuscht, auch wenn sie es nicht gezeigt hatten. Doch sie hatte es ihnen angesehen. Besonders Carter war total komisch, und auf dem Rückweg hatte es sich im Auto angefühlt wie in einem Krieg, in dem es jeden Moment zum Ausbruch kommen könnte. Doch keiner hatte ein Wort gesagt, und sie hatte schon geglaubt, sie würden alle heil nach Hause kommen. Sie war sogar eingeschlafen, weil sie echt fertig gewesen war von all den Strapazen. Dann aber war der Krieg zwischen Vater und Tochter doch noch ausgebrochen.

Es war das Richtige gewesen, dass Sam bei ihnen übernachtet hatte. Sie hatte ihr angeboten, mit in ihrem Bett zu schlafen, es war schließlich groß genug, und sie hatte sie getröstet, bis sie eingeschlafen war. Die Arme hatte ehrlich viel zu verarbeiten. Wie schrecklich es sein musste zu erfahren, dass deine Mutter eine ganz andere war als die Person, für die du sie gehalten hast. Und Sam hatte sonst überhaupt niemanden, der für sie da war. Denn ihre blöden Freunde hatten sich von ihr abgewendet. Jane selbst hatte in all den schweren Zeiten Cal gehabt. Es musste schlimm sein, ganz allein dazustehen, aber sie würde Sam nicht im Stich lassen. Das versprach sie ihr, auch wenn sie es nicht mehr hörte.

Ja, und dann – on top auf alles andere – hatte ihre Mom ihr auch noch ein Geheimnis erzählt. Allerdings war es nichts Schlimmes. Vielmehr war es etwas, das es ihr zukünftig leichter machen würde, Carter zu akzeptieren. Als den neuen Mann an der Seite ihrer Mom.

Sie stand auf, weil sie wirklich nicht mehr weiterschlafen wollte. Es war schon hell, ihr Handy sagte ihr, dass es zwanzig nach sechs war. Sie wollte ein bisschen rausgehen in die Erdbeerfelder, sich ihrem Dad nah fühlen. Denn heute war ihr Geburtstag, und da fehlte er ihr ganz besonders.

Als sie an der offenen Küche vorbeikam, sah sie dort einen Kuchen auf dem Tisch stehen, in dem Kerzen steckten. Drum herum lagen ein paar hübsch eingewickelte Geschenke. Sie musste lächeln und freute sich schon auf später. Doch zuerst wollte sie zu den Erdbeeren und die Stille und die Natur auf sich wirken lassen.

Sie schloss die Haustür auf und konnte es noch immer nicht glauben: Endlich war sie sechzehn. Sie brauchte keine Sweet-Sixteen-Party und auch kein Auto, doch sechzehn klang schon ziemlich erwachsen, und so fühlte sie sich plötzlich auch. Als sie die Tür öffnete, bemerkte sie eine Tüte, die von außen am Knauf hing. Eine schlichte dunkelblaue Geschenktüte, in die sie sogleich reinschaute. Von wem sie wohl sein mochte?

Sofort schossen ihr Tränen in die Augen. Denn sie hielt ein Buch in der Hand. *Die Straße* von Cormac McCarthy, das Buch, das sie Cals Meinung nach unbedingt lesen sollte.

Er hatte an ihren Geburtstag gedacht. Er war hier gewesen.

Sie schlug das Buch auf und las die Widmung, die er hineingeschrieben hatte:

Für Jane,
die beste Freundin, die ich je hatte.
Ich hoffe, das Buch gefällt dir
genauso gut wie mir.
Cal

Jetzt liefen ihr die Tränen übers Gesicht, denn ihr wurde etwas klar. Dieses Geschenk bedeutete so viel mehr als alles andere, was sie zum Geburtstag hätte bekommen können. Und sie verstand plötzlich auch, dass Cal und sie längst viel mehr waren als nur Freunde. Verstand diese Gefühle, die sie die letzten Wochen begleitet hatten, wenn er mit anderen Mädchen abgehangen hatte, verstand, was ihr Herz ihr die ganze Zeit zu sagen versucht hatte.

Plötzlich wollte sie überhaupt nicht mehr zu den Erdbeeren, sondern nur noch zu Cal, ihrem besten Freund, dem einzigen Menschen, den sie an diesem Tag wirklich sehen wollte.

Sie sprang auf ihr Rad und fuhr so schnell sie konnte zu ihm. Klingelte, ohne Sorge, dass sie ihn aus dem Schlaf reißen könnte, denn immerhin musste er ja schon wach und unterwegs gewesen sein – oder wie war das Buch sonst zu ihr gekommen?

Er öffnete und sah trotz allem noch ziemlich verschlafen aus. Als er sie sah, lächelte er breit.

»Du hast mein Geschenk gefunden?«

»Hab ich.« Bewegt sah sie ihn an. »Danke, Cal.« Sie hoffte, er wusste, dass sie ihm für so viel mehr dankte als nur für das Buch.

»Happy Birthday, J. P.«

Sie lächelte zurück und betrachtete ihn dann stirnrunzelnd. »Du trägst ja wieder Schwarz!«

Er zuckte die Achseln. »Hab mich in den anderen Sachen nicht wohlgefühlt. Ich hab mich irgendwie an das Schwarz gewöhnt, weißt du?«

Sie nickte, ja, sie wusste genau, was er meinte. Und dann, ohne einen weiteren Gedanken zu verschwenden, trat sie einen Schritt vor und küsste ihn.

Verdutzt starrte er sie an. »J. P.! Was war das denn?«

»Stell keine dummen Fragen, Cal.«

»Okay.« Er sah ziemlich baff aus.

»Also ... gehen wir heute Nachmittag wie geplant ins Kino?«

»Na klar.«

»Ist es okay, wenn ich noch jemanden mitbringe?«

»Alles, was du willst.«

Sie lächelte ihn wieder an, war so unglaublich glücklich und erleichtert, dass sie ihren besten Freund wiederhatte, der von nun an sogar ein bisschen mehr als das sein sollte.

»J. P., ich bin verwirrt. Kannst du mir wenigstens noch kurz sagen, warum du so früh an deinem Geburtstagsmorgen vor meiner Haustür stehst und mich küsst?«

»Hast du das denn noch immer nicht kapiert?«

»Nein.« Er schüttelte den Kopf. »Ich meine, ich schreib dir in das Buch, dass du meine beste Freundin bist, und ich dachte, damit wäre klar, dass ich bereit bin, meine Gefühle irgendwie zu unterdrücken, damit nur alles wird wie früher. Damit wir wieder zusammen Serien gucken und lesen und Pommes essen können. Und du kommst daher und küsst mich einfach. Hast du denn meine Message nicht verstanden?«

»Doch, Cal. Aber ich hab endlich auch etwas anderes verstanden. Dass ich nämlich auch in dich verliebt bin.«

Völlig überwältigt sah er sie an. »Ehrlich? Es ist doch

aber *dein* Geburtstag! Warum machst *du mir* dann das schönste Geschenk auf der Welt?«

»Oh Cal«, meinte sie, »jetzt halt endlich die Klappe und küss mich.«

Das ließ er sich nicht zweimal sagen.

Kapitel 45

Sam

Als sie am Morgen aufwachte, fühlte sie sich wie gerädert. Was für eine schreckliche Heimfahrt das gewesen war nach einem unendlich enttäuschenden Tag. Sie hatte versucht, es nicht so zu zeigen, weil Jane so happy wegen der Seelöwen gewesen war und pausenlos von ihrem Vater gesprochen hatte. Dabei hatte sie immer nur an ihren eigenen Dad denken können und daran, dass er sie drei Jahre lang belogen hatte. Sie war einfach nur froh gewesen, als sie wieder im Buick gesessen hatten – und dann war das blöde Teil stehen geblieben. Was darauf gefolgt war, daran konnte sie sich gar nicht mehr richtig erinnern. Wenn sie jetzt daran zurückdachte, lief es in ihrem Kopf ab wie ein Film. Ein Film mit einer völlig durchgeknallten Hauptfigur, die im Auto herumgeschrien hat, vor Leuten, die erst seit Kurzem Teil ihres Lebens waren, und die ihren Vater völlig zur Sau gemacht hatte. Obwohl der ihr gesagt hatte, dass er das doch alles nur für sie getan hatte. Aus Liebe.

Sie fühlte sich elendig. Geschlagen. Belogen und betrogen. Und doch war auch etwas von ihr abgefallen: die Ungewissheit, die sie über eine sehr lange Zeit verfolgt hatte.

Denn obwohl sie erst kürzlich auf den falschen Hintergrund des Fotos gestoßen war, hatte sie, wenn sie ehrlich mit sich selbst war, doch schon immer so ein Gefühl gehabt, dass nicht alles so gewesen war, wie man es ihr erzählt hatte. Vielleicht hätte sie früher nachhaken sollen, vielleicht war es aber auch ein Segen gewesen, dass sie die Jahre, in denen sie erwachsen geworden war, friedvoll hatte verbringen dürfen.

Sie wusste, wie sie es auch drehte, die Vergangenheit war nicht zu ändern, alles, was sie ändern konnte, war die Zukunft. Und als Erstes musste sie jetzt dringend zu ihrem Dad, um sich zu entschuldigen.

Sie schlich aus dem Zimmer, es war immerhin erst halb zehn, und sie nahm an, dass nach der langen Nacht alle im Haus noch schliefen. Doch zu ihrer Überraschung hörte sie Stimmen und fröhliches Lachen aus der Küche. Sie ging nachsehen, was dort los war. Was sie anfand, waren Amanda und Jane, vor der ein Kuchen stand, in dem sechzehn Kerzen steckten. Er war bereits angeschnitten, und Jane biss gerade von einem großen Stück ab.

»Oh mein Gott«, entfuhr es ihr, und die beiden Parker-Frauen sahen sie an.

»Hey, Sam«, grüßte Jane sie.

»Guten Morgen. Hast du gut geschlafen?«, erkundigte sich Amanda.

»Es geht so«, antwortete sie. »Ist heute etwa dein Geburtstag, Jane?«, wagte sie zu fragen, obwohl es mehr als offensichtlich war.

»Japp.« Jane grinste sie an.

Sofort überkam sie ein schlechtes Gewissen. »Oh nein, das tut mir sooo leid. Das hab ich ehrlich nicht gewusst. Wieso hast du denn nichts gesagt?«

»Weil ich's echt nicht so mit Feierlichkeiten habe. Und dir muss auch überhaupt nichts leidtun.«

»Ich hab aber alles völlig ruiniert.«

»Hast du nicht, mach dir keine Gedanken. Willst du auch ein Stück Kuchen?«

Eigentlich hatte sie es ja eilig, doch wie könnte sie das ablehnen – nach allem?

»Gerne.« Sie ging zu Jane, gab ihr eine Geburtstagsumarmung und wünschte ihr alles Liebe. Dann setzte sie sich an den Tisch und aß zum Frühstück ein riesiges Stück Schokokuchen. »Ich hab gar kein Geschenk für dich«, sagte sie.

»Du hast mich zu meinen Seelöwen gebracht, das ist mehr als genug.«

»Okay.« Sie nahm sich trotzdem vor, ihr später noch ein Geschenk zu besorgen. Vielleicht ein Lady-Gaga-T-Shirt oder Ähnliches, darüber würde sie sich sicher freuen.

»Ich geh heute Nachmittag mit Cal ins Kino. Hast du Lust mitzukommen?«, fragte Jane sie dann.

»Oh«, meinte Amanda. »Heute wollen doch deine Großeltern herkommen.«

»Aber doch schon mittags, oder? Kann ich mich dann nicht irgendwann abkapseln?« Sam sah, wie Jane ihre Mom vorsichtig musterte. Wahrscheinlich hatte sie den gleichen Gedanken wie sie, dass sie beide nämlich Hausarrest verdient hätten.

Doch Amanda schenkte ihrer Tochter ein Lächeln und fragte, bevor sie die Gabel voll Kuchen zum Mund führte: »Du hast also vor, *mit Cal* ins Kino zu gehen, ja?«

»Genau.« Jane grinste ihre Mutter an und strahlte dann total glücklich. Das war wohl eine Sache zwischen den beiden, die sie nicht verstand. »Und mit Sam, wenn sie will.«

»Na, von mir aus geht es klar. Du musst nur deine Grandma und deinen Grandpa auch noch fragen, ob es für sie okay ist, die kommen schließlich extra für dich her.«

»Okay, das mache ich.« Jane wandte sich wieder ihr zu. »Also? Was sagst du?«

»Ich will euch wirklich nicht stören. Ich meine, das klingt ganz nach einem Date.«

Amanda lachte. »Oh nein, Jane und Calvin sind nur Kumpel.«

Jane errötete – und wie!

Ihre Mom sah sie mit großen Augen an. »Hab ich da was verpasst?«

»Vielleicht sind wir ja jetzt ein bisschen mehr als Kumpel«, erwiderte sie.

»Na, das freut mich aber«, sagte Amanda, und sie schien es ehrlich so zu meinen.

»Vielleicht machen wir besser ein anderes Mal was, ja?«, schlug Sam vor, da sie wirklich nicht das fünfte Rad am Wagen sein wollte. Nicht so kurz nach ihrer Trennung von Jeremy.

»Ach, komm schon, Sam. Es ist nicht so, dass wir die ganze Zeit rumknutschen wollen oder so. Wir haben nur vor, uns einen Film anzusehen. Alles ganz locker.«

Da kam ihr eine Idee. »Dürfte ich eventuell auch jemanden mitnehmen? Einen Jungen? Dann wäre es so was wie ein Doppeldate.«

»Klar. Wen denn?«, wollte Jane wissen.

»Romeo«, gab sie schüchtern zur Antwort.

»Welchen Romeo?«

»Na, Romeo. Der bei euch auf der Farm arbeitet.«

»Unseren Romeo?«, fragte Amanda erstaunt, und Jane sah genauso überrascht aus.

»Ich wusste gar nicht, dass ihr euch kennt«, meinte sie.

»Noch nicht allzu lange. Aber wir verstehen uns sehr gut.« Sie hatten in letzter Zeit des Öfteren miteinander Nachrichten ausgetauscht, und sie hatte ihn sehr lieb gewonnen. »Vielleicht hat er ja Zeit mitzukommen. Natürlich nach der Arbeit. Darf ich ihn fragen?«

»Klar.« Jane sah sie noch immer völlig verblüfft an.

»Romeo hat um sechs Uhr Feierabend«, meinte Amanda. »Wann fängt denn euer Film an?«

»Um fünf«, antwortete Jane.

»Ich könnte ihn natürlich heute ein wenig früher gehen lassen und ihm dennoch seine vollen Stunden bezahlen. Als Geschenk für euch beide.« Sie sah erst Sam und dann Jane liebevoll an.

Ja, diese Frau war wunderbar, da hatte ihr Dad ganz recht. Eine tolle Mutter, vielleicht durfte sie das in Zukunft ja noch öfter erfahren.

»Mom, du bist echt cool«, sagte Jane, umrundete den Tisch und umarmte ihre Mutter. Die schien ganz glückselig zu sein. Anscheinend verstanden die beiden sich jetzt besser, was wiederum Sam einfach nur freute.

»Wollen wir gleich raus und ihn fragen?«, meinte Jane.

»Können wir das später machen? Oder magst du das vielleicht übernehmen? Ich möchte jetzt wirklich zu meinem Dad. Ich muss dringend mit ihm reden und ihn um Verzeihung bitten. Und euch beiden schulde ich auch noch eine Entschuldigung. Es tut mir alles sehr, sehr leid.«

»Ach, ist schon alles gut«, meinte Amanda.

»Genau. Wir können total verstehen, dass es gestern nicht leicht für dich war.«

»Ich danke euch«, sagte sie, erhob sich und sagte, dass sie bald zurück sein würde.

»Bis später.« Jane winkte ihr nach und schnitt sich noch ein Stück Kuchen ab.

Sams Herz pochte, als sie das Haus betrat. Sie suchte nach ihrem Dad, traf ihn allerdings nirgendwo an. Also ging sie in ihr Zimmer, nahm sich neue Klamotten aus dem Schrank und stellte sich unter die Dusche. Als sie danach das Badezimmerfenster öffnete, hörte sie Stimmen aus dem Garten.

Mit feuchten Haaren ging sie durch die Hintertür raus und blieb auf den Verandastufen stehen, um ihrem Dad und Astor dabei zuzusehen, wie sie einander einen Ball zuwarfen.

»Sam!«, rief Astor, als sie ihre Anwesenheit wahrnahm. »Wir haben den Ball schon achtundsiebzig Mal hin- und hergeworfen, ohne dass er runtergefallen ist.«

»Das ist ja unglaublich.«

»Willst du mitspielen?«

»Nein, danke. Eigentlich würde ich gerne mit Dad reden. Erst, wenn der Ball runtergefallen ist, natürlich«, stellte sie klar. Sie setzte sich auf die Stufen und wartete und zählte mit.

Beim einhundertdreiundfünfzigsten Wurf ließ ihr Dad den Ball fallen, und Astor jubelte. »Gewonnen!«

»Ist es okay, wenn ich jetzt reingehe und mit deiner Schwester rede?«, hörte sie ihren Dad Astor fragen. »Üb du doch ein bisschen. Wenn ich zurück bin, spielen wir noch eine Runde.«

»Okay, Daddy.«

Ihr Vater kam auf sie zu und sah dabei ziemlich verstört aus. Sie gingen hinein und setzten sich an den Küchentisch.

»Schön, dass du zurück bist«, begann er. »Ich war mir nicht sicher, wie lange du weg sein würdest. Ich hätte es auch verstanden, wenn du noch ein paar Tage bei Jane geblieben wärst, und das kannst du immer noch, wenn du das willst.«

»Nein, Dad, das ist nicht nötig.« Sie sah ihn an und atmete tief ein. »Es tut mir leid, Dad. Ehrlich. Alles. Dass ich nicht lockerlassen wollte, dass ich einfach nach San Francisco gefahren bin und dich deswegen angelogen habe, und vor allem, dass ich dich so angeschrien habe, vor Amanda. Das hätte ich nicht tun dürfen. Ich weiß auch nicht, was mit mir los war.«

»Da hat sich eine ganze Menge angestaut, Sam. Ich kann mir gar nicht vorstellen, wie du dich fühlen musst, wie du dich meinetwegen fühlen musst.« Er sah noch immer ganz zerknirscht aus.

»Nicht deinetwegen, Dad. Ihretwegen.«

»Man kann es sehen, wie man will, hm?« Er versuchte zu lächeln, und es klappte sogar ein bisschen. »Obwohl ich denke, dass ich hier derjenige bin, der sich entschuldigen sollte, möchte ich dir trotzdem danken, dass du es ebenfalls getan hast. Das bedeutet mir sehr viel, und ich nehme dir nichts von all dem übel.«

»Das heißt, du bist mir nicht böse?«

»Wie könnte ich?« Er legte ihr eine Hand auf die ihre. »Bist du mir noch böse?«

»Nein.« Sie lehnte sich zu ihm herüber, legte den Kopf an seine Schulter. »Wer war er, Dad? Der Mann, der Mom so wichtig war, dass sie für ihn gestorben ist?«

»Ich weiß es nicht, Sam«, sagte er, und sie glaubte ihm. »Und vielleicht ist es auch besser so.«

Sie nickte. Sie verstand.

»Bitte verzeih mir und vergiss, wie ich mich gestern verhalten habe, ja?«, bat sie ihren Vater, dem sie so wehgetan hatte.

»Schon vergessen, Kleines. Kannst du mir auch verzeihen?«

»Da gibt es nichts zu verzeihen, Dad. Ich hab inzwischen verstanden, weshalb du so gehandelt hast. Weil du immer nur das Beste für mich und Astor wolltest. Und um auf deine Bitte zurückzukommen ... Ich werde Astor kein Sterbenswörtchen sagen. Sie war damals noch so klein und kann sich eh kaum noch an Mom erinnern. Sie soll sie so in Erinnerung behalten, wie sie sie von den Videos her kennt. Als fröhliche, singende Mom, die sie geliebt hat, und nichts sonst.«

Vielleicht würde Astor eines Tages auch nach Antworten suchen, und vielleicht würde sie ihr dann die ganze Wahrheit erzählen, mit dem Einverständnis ihres Dads natürlich, aber bis es so weit war, sollte ihre kleine Schwester ihre Unbeschwertheit behalten.

»Danke, Sam. Du bist ein großer Schatz, und ich weiß ehrlich nicht, womit ich dich verdient hab.«

»Ach, Dad ... Du bist auch nicht so übel.« Sie zwinkerte ihm schelmisch zu. »Hab dich lieb.«

»Ich hab dich auch lieb. Wollen wir heute alle zusammen etwas unternehmen, oder willst du was mit Jane machen? Schließlich hat sie ja heute Geburtstag.«

»Das wusstest du?«

»Amanda hat es mir gestern erzählt.«

»Wenn es okay für dich ist, würde ich gerne mit Jane und ein paar Freunden ins Kino gehen.«

»Das ist vollkommen in Ordnung. Dann machen wir eben morgen was zusammen. Die Ferien haben ja gerade erst begonnen. Amanda und ich haben überlegt, dass wir auch alle zusammen ein paar Ausflüge machen könnten, vielleicht sogar eine kleine Reise.«

»Klingt echt gut, Dad.«

Er nickte, sah sie an und wirkte dabei richtig zufrieden. »Ja, das finde ich auch.«

Sie trennten sich, ihr Dad ging zu Astor zurück, und Sam machte sich auf ins Bad, um sich die Haare zu föhnen. Danach setzte sie sich an ihren Schminktisch, um sich – heute mal sehr dezent – zu schminken. Sie brauchte sich nicht mehr zu verstecken, Jane hatte recht, das Make-up war wie eine Maske gewesen. Doch die hatte sie jetzt abgelegt und war endlich ganz sie selbst.

Ihr Handy piepte, und sie schaute schnell nach, wer ihr eine Nachricht geschickt hatte. Sie war von Romeo.

Hey, Sam.
Jane hat mich fürs Kino eingeladen. Ich komme gerne mit, vor allem, weil ich dich dann wiedersehe. Bis nachher.
Romeo

Ihr Mund verzog sich zu einem riesigen Lächeln. Endlich war wieder alles in Ordnung. Sie war so richtig glücklich, nun, zumindest war sie auf dem Weg dahin. Doch sie wusste, sie würde es schaffen, und Jane und Romeo würden ihr dabei helfen. Und ihr Dad natürlich auch und Astor, die plötzlich in der Tür stand und ein Gesicht zog.

»Daddy sagt, du gehst heute ins Kino. Ich will auch mit.«

»Da gehen nur die Großen hin, Süße. Ein anderes Mal gehe ich mit dir, ja?«

»Das ist gemein.«

»Sei nicht traurig. Morgen reserviere ich nur für dich. Wir unternehmen was mit Dad, und ich puzzle stundenlang mit dir, okay?«

»Versprochen?«

»Versprochen!«

Astor kam zu ihr und umarmte sie. Dann verkündete sie: »Ich such schon mal ein Puzzle aus«, und lief in ihr Zimmer.

Sam saß noch einen Moment vor dem Spiegel und betrachtete das Mädchen darin. Ein Mädchen, das in den letzten Tagen und Wochen so gereift war, ein Mädchen, auf das sie ehrlich stolz sein konnte.

Sie stand auf, verließ ihr Zimmer, rief ihrem Dad und Astor ein »Bis später!« zu und überquerte die Straße, um sich noch einmal ausführlich bei Mrs. Haymond zu entschuldigen.

»Ach, Kind, du kannst nun wirklich nichts dafür, dass die alte Kiste nicht mehr mitgemacht hat. Wenn sie repariert und mir zurückgebracht wurde, kannst du sie gerne haben. Ich habe keine Verwendung mehr dafür.«

»Oh mein Gott, ist das Ihr Ernst?« Sie machte große Augen.

»Aber ja, Samantha. Ich bin doch schon seit zehn Jahren nicht gefahren. Das hätte ich vielleicht bedenken sollen, bevor ich dir das eingerostete Auto überlassen habe.«

Sie strahlte Mrs. Haymond an und bedankte sich überschwänglich. Jetzt hoffte sie nur noch, dass ihr Dad damit einverstanden war, dass sie den Buick bekam. Doch sie würde im Gegenzug jederzeit Besorgungen für ihre Nachbarin machen, und sie könnte sie auch hinfahren, wohin sie wollte, zum Friseur oder zum Bingo, das wäre doch ein guter Deal, oder?

Sam verabschiedete sich von der netten alten Dame und stieg auf ihr Fahrrad. Mit Wind im Rücken und Sonne im Herzen fuhr sie zur Erdbeerfarm – und sie konnte es kaum erwarten, dort anzukommen.

Leckere Rezepte von der Erdbeerfarm

Amandas Erdbeermarmelade

Zutaten für 6 Gläser Marmelade (mit 200 ml Fassungsvermögen)

1 kg Erdbeeren
500 g Gelierzucker (2:1)
1 Limette
1 Sternanis
1 TL Vanillezucker
1 gestrichener TL Zimtpulver

Die Erdbeeren waschen, das Grüne entfernen, in kleine Stücke schneiden und in einen Topf geben. Den Gelierzucker hinzugeben und alles gut vermengen. Den Saft der Limette, den Sternanis, den Vanillezucker und das Zimtpulver hinzufügen und alles aufkochen. Bei mittlerer Hitze unter ständigem Rühren fünf Minuten köcheln lassen. Den Topf vom Herd nehmen, den Sternanis herausfischen und entsorgen. Die Marmelade in Gläser füllen, sofort verschließen und für zwei Minuten auf den Kopf stellen.

Die Marmelade nach dem Öffnen im Kühlschrank aufbewahren. Geschlossen, kühl und dunkel gelagert ist sie mindestens ein Jahr haltbar. Sie passt besonders gut zu Toast, frischen Brötchen oder auch auf Pfannkuchen.

Amandas Erdbeerwolke

Zutaten für 6 Personen

500 g Erdbeeren
400 ml Sahne
300 g Quark
100 g Puderzucker
1 Zitrone
50 g Kokoschips
Zitronenmelisse

Erdbeeren waschen und das Grüne entfernen, sechs schöne Beeren beiseitelegen, den Rest in kleine Stücke schneiden. Die Sahne steif schlagen, den Quark vorsichtig darunterheben. Den Puderzucker, den Saft der Zitrone und die Erdbeerstückchen unterrühren. Die Creme in Dessertschälchen füllen und mit je einer Erdbeere, ein paar Kokoschips und einigen Blättern Zitronenmelisse dekorieren. Die Erdbeerwolke im Kühlschrank aufbewahren und noch am selben Tag verzehren.

Janes Erdbeer-Bananen-Smoothie

Zutaten für einen Smoothie

ca. 10 große Erdbeeren
1 kleine Banane
Saft einer halben Limette
1 Stiel frische Minze

Die Erdbeeren waschen, das Grüne entfernen und die Früchte klein schneiden, in den Mixer oder Smoothie-Maker geben. Die Banane klein schneiden und mit dem Limettensaft hinzufügen. Die Minzblätter vom Stiel abtrennen und dazugeben. Alles pürieren. In ein Glas füllen und den Glasrand mit ein wenig Minze und einer Erdbeerscheibe garnieren.

Danke

Dieses Mal möchte ich neben meiner Familie, meinen Freunden und allen, die dazu beigetragen haben, dass dieses Buch entsteht (Anoukh Foerg, Maria Dürig, Julia Fronhöfer, Anna-Lisa Hollerbach, Daniela Bühl, Johannes Wiebel und alle anderen wunderbaren Blanvalet-Helden), vor allem und von ganzem Herzen meinen Lesern danken.

Während ich dies schreibe, erobert mein vorheriger Roman die Bestsellerlisten. In Deutschland hat das *Mandelglück* es auf Platz 4, in Österreich auf Platz 3 und in der Schweiz sogar auf die 1 geschafft. Ich bin noch immer sprachlos, überwältigt und voller Dankbarkeit für eure ununterbrochene Unterstützung und Treue. Weder werde ich je vergessen, wie alles begann, noch wo ich heute sein darf – dank euch!

Ihr seid großartig – ihr seid in meinem Herzen. Eine Million Mal Danke.

Leseprobe

MANUELA INUSA

Mandelglück

Sophie hat das ländliche Kalifornien für ein Leben in der Großstadt hinter sich gelassen. Doch dann erbt sie unerwartet die Mandelfarm ihrer Großmutter Hattie, wo sie als Kind viele wunderbare Sommer verbrachte. Soll sie wirklich ihren Job aufgeben und die Farm übernehmen? Nicht nur der Duft der frisch gerösteten Mandeln weckt Erinnerungen an vergangene Tage, auch ihre ehemals beste Freundin Lydia und ihre Jugendliebe Jack tragen dazu bei, dass Sophie bald von alten Zeiten eingeholt wird. Und dann gibt es noch die weisen Worte ihrer verstorbenen Großmutter, die Sophie immer dann helfen, wenn sie nicht weiterweiß – und sie vielleicht sogar zum großen Glück führen ...

Prolog

Davis, Kalifornien, Sommer 2004

»Ich kann kaum glauben, dass es bald so weit ist«, sagte Sophie. »Endlich.«

»Was meinst du?«, fragte Lydia und sah zum Horizont. Die Sonne ging gerade unter, und die vielen Bäume auf der Mandelplantage waren nichts als Silhouetten, Gebilde mit wuchernden Armen, die vor dem roten Hintergrund wie schwarz wirkten.

»Die Frage kannst du nicht ernst meinen.« Ihre beste Freundin sah sie von der Seite an. Sie saßen zusammen auf einem der Baumstämme, die hier und da platziert waren und den Pflückern der Farm einen Ort zum Ausruhen bieten sollten, wenn sie in der Sommerhitze eine kleine Pause einlegten. »Na, ich spreche natürlich davon, dass wir bald die Highschool hinter uns haben und uns die ganze Welt offensteht. Nur noch ein Jahr, dann haben wir's geschafft.«

»Oh«, machte Lydia, die hier in Davis zu Hause war. Im Gegensatz zu Sophie, die stets nur ihre Sommer hier verbrachte, und zwar bei ihrer Grandma Hattie, der Besitzerin dieser Mandelplantage. Als Sophie noch jünger war, brachten ihre Eltern, die sich beide keinen Urlaub nehmen konnten, das kleine Mädchen stets in der ersten Ferienwoche her und ließen es den ganzen Sommer über bei Hattie. Nicht nur diese freute sich, Zeit mit ihrer Enkelin verbringen zu dürfen, auch Lydia war jeden Juni voller Vorfreude, ihre liebste Freundin wiederzusehen, mit der sie die folgenden drei Monate spielen durfte.

Mit den Jahren ließen sie das Versteckspielen, das Kostümieren und die kindischen Streiche hinter sich und rauchten zusammen erste Zigaretten, erzählten sich von Jungen, die sie mochten, und unterhielten sich über die Dinge, die ihnen im Leben wichtig waren. Und auch wenn Sophie die Sommer irgendwann eigentlich allein zu Hause in Sacramento hätte verbringen können, kam sie doch weiterhin nach Davis, zu Hattie, zu Lydia und zu den Mandeln, die ein Teil ihres Lebens geworden waren.

Sophie hielt ihr nun die Papiertüte mit den Mandelplätzchen hin, die Hattie ihnen mitgegeben hatte, und sie griff hinein. Herzhaft biss sie ab und schloss die Augen. Keine Kekse der Welt konnten mit Hatties Mandelplätzchen mithalten.

»Bist du denn nicht froh, hier wegzukommen?«, fragte Sophie sie.

»Nein. Und ehrlich gesagt bin ich erstaunt, wie wenig du mich zu kennen scheinst.« Sie sah ihrer besten Freundin ins Gesicht. »Weißt du denn nicht, dass ich diesen Ort liebe? Ich würde niemals aus Davis weggehen wollen.«

»Ehrlich nicht? Aber Davis ist ein Kaff! Willst du nicht irgendwohin, wo es ... größer ist?«

Lydia schüttelte den Kopf. Dann lachte sie. »Davis ist ein Kaff? Wir haben über sechzigtausend Einwohner! Und Sacramento hat eine halbe Million! Wo willst du denn hin, wo es noch größer ist? Nach L. A. etwa?«

Jetzt schüttelte ihre Freundin den Kopf. »Nein, ich glaube, ich will weg aus Kalifornien. Mal was Neues sehen. Vielleicht mache ich mich auf an die Ostküste. New York muss ein Traum sein. Ich werde mich auf jeden Fall an allen Colleges bewerben, an der Columbia, der Brown, in Harvard und Yale. Wo willst du eigentlich aufs College gehen?«

Lydia schwieg.

»Sag bloß, du willst hier aufs College? Können sich deine Eltern kein Elite-College leisten? Vielleicht könntest du ein Stipendium beantragen, du bist doch so gut in Lacrosse«, schlug Sophie vor.

»Ich werde mich gar nicht fürs College bewerben«, erwiderte sie, bevor Sophie immer weiterreden konnte.

Jetzt starrte ihre Freundin sie an. »Warum denn das? Bist du verrückt?«

Sie atmete tief durch und nahm all ihren Mut zusammen. »Ich bin schwanger«, offenbarte sie und war irgendwie erleichtert, dass es jetzt raus war. Außer ihren Eltern und natürlich Brandon wusste es noch niemand.

»Oh nein, Lydia. Wie konnte denn das passieren?«, fragte Sophie ganz schockiert. »Du Arme, vielleicht gibt es eine Lösung. Vielleicht könntest du es ...«

»Aufgeben? Niemals! Ehrlich gesagt freue ich mich sogar darauf, eine eigene kleine Familie zu gründen. Ich freue mich darauf, eine Mommy zu sein.« Sie lächelte vor sich hin.

»Du bist siebzehn!«, entgegnete Sophie verständnislos.

»Das musst du mir nicht sagen, das weiß ich selbst«, blaffte sie ihre Freundin wütender an als beabsichtigt. »Wenn du dich nicht mit mir freuen kannst, dann kann ich auch gehen.« Sie stand auf.

»Nein, bleib!«, bat Sophie sie und griff nach ihrer Hand. »Setz dich doch bitte wieder, und wir reden über etwas anderes, ja?«

Lydia ließ sich von Sophies Blick besänftigen, der Bedauern ausdrückte. Sie nahm wieder auf dem Baumstamm Platz und sah der Sonne dabei zu, wie sie nun gänzlich verschwand. Keine von ihnen sagte ein Wort. Beide waren in Gedanken ganz woanders als hier auf der Farm. Und während die Dunkelheit sie umhüllte, zog Sophie sie schließlich an sich und sagte: »Wenn du dich freust, dann freue ich mich mit dir.«

Lydia lächelte und war froh, dass ihre Freundin in der Schwärze der Nacht ihre Tränen nicht sah. Denn obwohl sie sich freute, hatte sie auch Angst vor dem, was kommen würde. Schwanger mit siebzehn – so hatte sie sich ihr Leben nicht vorgestellt. Sie hoffte nur, dass das Schicksal es gut mit ihr meinen würde und sie die richtige Entscheidung getroffen hatte.

Sie legte den Kopf an Sophies Schulter. »Wenn du dann aufs College irgendwo an der Ostküste gehst, wirst du die Sommer trotzdem noch auf der Mandelfarm verbringen?«, fragte sie.

»Natürlich. Nichts und niemand könnte mich davon abhalten. Ich werde für den Rest meines Lebens jeden Sommer herkommen, das verspreche ich.«

Zufrieden lächelte Lydia und erschrak, als ein Kojote in der Ferne heulte.

»Hab keine Angst«, sagte Sophie ihr, jedoch war sie sich nicht sicher, ob ihre Freundin den Kojoten oder das Leben meinte.

Kapitel 1

Sophie

»Das Pralineneis mit der Vanillesahne hört sich traumhaft an«, sagte Sophie, während sie die Tageskarte überflog.

Lola lächelte zufrieden. »Und es wird auch so schmecken, das garantiere ich dir.«

»Da habe ich gar keine Zweifel. Denn ich glaube, ich habe noch niemals eine deiner Kreationen probiert, die nicht absolut köstlich geschmeckt hätte«, lobte sie Lola, da sie wusste, dass diese manchmal einfach ein wenig Lob brauchte. Und es war nicht gelogen! Außer den Austern, die Lola ab und an zubereitete, oder dem Wels in Aspik, den sie nun wirklich nicht kosten mochte, waren die Speisen, die Lola sich ausdachte, mit viel Liebe kochte und geschmackvoll anrichtete, jedes Mal aufs Neue eine Freude für Augen und Gaumen.

»Danke für das Kompliment«, erwiderte die Chefköchin, die keinesfalls so aussah, als würde sie den ganzen Tag in der Küche stehen, hier und dort etwas probieren und sich gerne auch mal selbst eine Portion genehmigen. Lola war mit ihren vierundvierzig Jahren und nach drei Schwangerschaften rank und schlank und in Sophies Augen einfach nur zu beneiden. Sie selbst dagegen hatte schon zwei Pfund mehr drauf, wenn sie einen Cupcake einfach nur ansah. Und sie hatte noch nicht einmal eine Geburt hinter sich! Geschweige denn den passenden Mann, der für die Gründung einer Familie infrage kommen würde. Nein, Sophie hatte nicht vor, zum jetzigen Zeitpunkt ihres Lebens eine feste Beziehung einzugehen, viel zu sehr war sie damit beschäftigt, sich eine Karriere aufzubauen. Und tatsächlich hatte sie es als Restaurantleiterin geschafft, das Three Seasons in den letzten fünf Jahren zu einem der angesagtesten Restaurants von ganz Boston zu etablieren. Während in ihrer Anfangszeit dort noch Burger und Pommes serviert worden waren, bekam man heute Köstlichkeiten wie Rigatoni im Hummersud, Shiitake-Risotto mit Calamaritürmchen oder Jakobsmuscheln in einer Proseccosoße auf Glasnudelnestern. Die Leute standen Schlange, um einen Tisch im Three Seasons zu ergattern, und es gab keinen einzigen Tag, an dem sie nicht restlos ausgebucht waren, denn seitdem der Kritiker Lesley Hofman ihr Restaurant als »das Nobelste, was Boston heute zu bieten hat« bezeichnet hatte, konnten sie sich wirklich nicht mehr retten vor Reservierungen.

»Ich sage nur die Wahrheit«, entgegnete Sophie nun. »Du bist eine Meisterin in der Küche, und ich bin froh, dass du dich bisher noch nicht hast abwerben lassen von all den Schmocks, die das versucht haben.«

»Schmocks?«, fragte Lola lachend.

»Das ist nur wieder so ein Wort, das meine Grandma Hattie gerne benutzt.«

»Ah, ich verstehe.« Es war ja nicht das erste Mal, dass Sophie ihre Großmutter zitierte, die sie in ihrer Jugend so geprägt hatte. »Wie auch immer, ich werde mich nicht abwerben lassen. Da brauchst du gar keine Sorge zu haben. Ich glaube nämlich nicht, dass ich mich irgendwo anders so austoben könnte wie hier.«

»Da könntest du recht haben.« Sophie musste grinsen, als sie an die süßen Chilischoten mit Marzipanfüllung dachte, die Lola erst am vorigen Abend auf die Karte gesetzt hatte. Doch das außergewöhnliche Dessert hatte den Gästen wirklich geschmeckt, und Lola hatte einige Komplimente dafür eingeheimst. »Also, die heutige Tageskarte sieht mal wieder super aus. Und mir ist jetzt nach einem schön kühlen Frappuccino bei der Hitze. Ich glaube, ich husch mal kurz rüber zu Starbucks. Soll ich dir was mitbringen?«

»Gerne. Ich nehme einen von diesen Erdbeer-Frappuccinos mit extra Sahnehaube, bitte.«

»Alles klar. Dann bis gleich.« Sie sah kurz auf die Uhr, es war Viertel vor elf. »Und sollte Tony in der Zwischenzeit mit den Miesmuscheln hier sein, nimm du sie bitte entgegen, ja?«

»Aber natürlich.«

Ja, sie wusste, dass der Laden auch mal eine halbe Stunde ohne sie auskam. Aber sie hatte dennoch stets ein schlechtes Gewissen, wenn sie ihn in fremde Hände gab. In den letzten fünf Jahren hatte sie deshalb kein einziges Mal Urlaub gemacht, hatte sieben Tage die Woche gearbeitet und kannte das Wort Freizeit überhaupt nicht mehr. Tja, und nach Hause war sie auch seit über fünf Jahren nicht geflogen. Zuletzt war sie zu Weihnachten 2013 bei ihren Eltern in Sacramento gewesen, und dass sie Grandma Hattie auf ihrer Mandelfarm in Davis besucht hatte, war noch länger her. Und zwar mehr als acht Jahre, da hatte Hattie ihren achtzigsten Geburtstag gefeiert. Es gab Tage, da vermisste Sophie ihre Familie ganz fürchterlich, und es gab Nächte, da träumte sie von Kalifornien, von der Ruhe und der Einsamkeit der Farm und von dem Duft frisch gerösteter Mandeln. Doch wenn sie am nächsten Morgen aufwachte, hatte sie nur noch ihre Lieferungen, die aktuellen Hummerpreise und die Tageskarte im Sinn, außerdem die prominenten Gäste, die sich für den Tag im Three Seasons angemeldet hatten, und dann war Kalifornien schon wieder vergessen und ganz weit weg.

Sie trat vor die Tür und wurde direkt umgehauen von der Hitze, die Boston seit zwei Wochen überfiel. Es war zwar öfter mal warm im Spätsommer, doch dieses Jahr schien es ihr besonders unerträglich. Ja, in Kalifornien hatte sie auch heiße Monate erlebt, aber die Hitze in der Großstadt war doch eine andere als die auf dem Land, wo man den ganzen Tag faulenzen und selbst gemachte Limonade trinken konnte und wo der nächste See zum Hineinspringen gleich um die Ecke war.

Was soll's?, dachte sie sich, da sie es eh nicht ändern konnte, und marschierte die Straße entlang.

Das Three Seasons lag in Beacon Hill, und es gab auch einige Starbucks-Filialen in der Nähe, dennoch entschied Sophie sich, einen kleinen Spaziergang zu machen, denn sie wusste, dass sie bis weit nach Mitternacht nicht mehr aus dem Restaurant rauskommen würde. Heute Abend würde der Bürgermeister ihr Gast sein, und das würde sie auf keinen Fall versäumen.

Und so ging sie ein paar Straßen entlang, vorbei am Massachusetts State House mit der goldenen Kuppel und durch den Boston Common, den ältesten Park der Stadt. Hier lief sie auf ihren High Heels wie immer auf der roten Linie entlang, die sich ungefähr vier Kilometer durch Bostons Old Town zog und den vielen Touristen den Weg entlang der historischen Sehenswürdigkeiten wies. Sie wusste selbst nicht warum, aber es war eine Angewohnheit geworden, dass sie diesem Freedom Trail, wie die rote Linie sich nannte, folgte und nicht davon abwich, egal, was auch kommen mochte. Und so blieb sie jetzt auch stehen und ließ eine asiatische Reisegruppe vorbei, bevor sie ihren Weg fortsetzte.

Sie schlenderte am Granary Burying Ground vorbei, wo berühmte Persönlichkeiten und Helden der Stadt wie Paul Revere, John Hancock oder Samuel Adams ihre Gräber hatten. Dann überquerte sie die Straße und passierte die Old City Hall, vor der der gute Benjamin Franklin in Form einer Statue positioniert war und bei dem sie irgendwie immer den Drang verspürte, ihm zuzuwinken. Heute tat sie es tatsächlich und grinste in sich hinein. Und als sie wenige Schritte später den Starbucks betrat, war sie erleichtert und dankbar, dass die kühle Luft der Klimaanlage ihr entgegenblies. Sie trug ein khakifarbenes Kostüm, dessen Rock zwar relativ kurz war, in dem sie aber trotz allem fürchterlich schwitzte, und für einen Moment wünschte sie sich, sie wäre lediglich in einem Coffeeshop beschäftigt, und es wäre egal, was sie zur Arbeit trug, Hauptsache, es war mehr als ein Bikini. Dann überlegte sie, ob es eventuell sogar irgendeinen Job gab, den man im Bikini ausüben konnte.

Bademeisterin im Freibad vielleicht?

Eisverkäuferin am Strand?

Rettungsschwimmerin wie Pamela Anderson in *Baywatch*?

Bikini-Model?

»Ma'am? Was möchten Sie bestellen?«

Sie sah auf. Hatte der junge Mann mit ihr gesprochen? War sie etwa schon an der Reihe? Und warum zum Teufel hatte er sie Ma'am genannt? Sie hasste es, so genannt zu werden, da kam sie sich immer doppelt so alt vor, wie sie war.

»Ich bin erst zweiunddreißig, Sie können sich das Ma'am für ältere Damen aufheben«, hätte sie am liebsten erwidert, doch alles, was sie sagte, war: »Einen geeisten Soja-Latte und einen Erdbeer-Frappuccino mit extra Sahnehaube, bitte. Beides in der größten Größe.«

»Wie ist Ihr Name, bitte?«

Sie war froh, dass der junge Kerl mit seiner hippen blondierten Frisur diesmal das Ma'am wegließ, und antwortete, nur um extra jung zu wirken: »Miley.«

Sie bezahlte, und der Typ schrieb *Miley* auf die beiden Becher und sagte: »Danke, Ma'am. Warten Sie bitte an der Getränkeausgabe auf Ihre Bestellung.«

Grrr!!!

Sie musste zugeben, Blondie hatte ihr ein wenig die Stimmung vermiest, und während sie zur Ausgabe voranschritt, überlegte sie, ob sie sich auch so eine fesche Frisur zulegen sollte. Seit Jahren drehte sie sich nämlich das lange blonde Haar jeden Morgen zu einem Dutt oder einer Schlaufe und fixierte die losen Enden mit ein paar Haarnadeln. Ein wenig altbacken könnte das auf so junge Leute natürlich wirken, dazu das strenge Kostüm…

»Miley? Miley?«, hörte sie und rüttelte sich wach. Ach, das war ja sie!

Sie lächelte die junge Frau mit dem Bullenpiercing an der Nase an und sagte: »Hier! Das bin ich!«

Die Frau sah sie nur stirnrunzelnd an, als würde sie sie genau durchschauen, und reichte ihr die Plastikbecher rüber.

Sophie nahm ihre Getränke an sich, steckte zwei Strohhalme hinein und sog begierig an ihrem. Das tat gut. Als sie einen freien Stuhl entdeckte, überlegte sie, ob sie die Zeit haben würde, sich kurz hinzusetzen, oder ob Lolas Frappuccino geschmolzen sein würde, bis er sie erreichte. Da es hier drinnen aber schön kühl war und da bei der Hitze draußen wahrscheinlich sowieso nicht viel mehr als eine geschmolzene Masse übrig sein würde, beschloss sie, sich kurz auszuruhen. Als sie dann auch noch eine liegen gelassene Zeitung entdeckte, besserte sich ihre Laune sofort, denn sie fand ein Sudoku, das noch nicht ausgefüllt war.

Sophie liebte Sudokus. Auch hatte sie ein Faible für alle Arten von Rätseln; Kreuzworträtsel waren ihr die liebsten. Quizshows konnte sie auch einiges abgewinnen, und Schnellraterunden bereiteten ihr stets ein aufregendes Gefühl, als würde sie selbst vor der Kamera stehen und so viele Fragen wie möglich in einer Minute beantworten müssen. Ihre beste Freundin Hyazinth hatte ihr schon oft vorgeschlagen, sich doch selbst mal bei einer dieser Fernsehquizsendungen zu bewerben – aber wie sollte sie die Zeit dazu finden?

Als sie an Hyazinth dachte, die morgen Geburtstag hatte, wurde ihr warm ums Herz. Seit damals in Davis hatte sie keine so gute Freundin mehr gehabt, und sie fühlte sich jeden Tag gesegnet, dass Hyazinth und sie sich vor sieben Jahren beim Yoga kennengelernt hatten. Das Yoga hatte sie längst aufgegeben, doch ihre Freundschaft hatte Bestand. Hyazinth war sowieso der einzige Mensch hier in Boston, den Sophie als Familie betrachten würde und dem sie voll und ganz vertraute. Dem sie ihr Herz ausschüttete in schwachen Momenten und dem sie von Jack erzählt hatte.

Jack ...

Nein, um Himmels willen, an Jack wollte sie jetzt wirklich nicht denken.

Sie war mit dem Sudoku fertig, trank den letzten Schluck ihres geeisten Lattes und warf den Becher in den Mülleimer. Sie verließ den Coffeeshop und eilte die Straße entlang, und plötzlich knallte es.

Sie knallte! Und zwar knallte sie mit einem Mann zusammen, der im nächsten Moment den gesamten Inhalt von

Lolas Getränkebecher auf den Schuhen hatte. Und der war rosa!

»Oh mein Gott, es tut mir so leid«, sagte sie, hob den heruntergefallenen Becher auf und wagte es, dem Mann ins Gesicht zu sehen. Sie war überrascht, nicht nur, weil er sehr gut aussehend war, heiß war wohl die bessere Beschreibung, sondern auch, weil er sie breit anlächelte.

»Das passiert uns doch allen mal«, sagte er jetzt mit warmer und ein wenig heiserer Stimme, und ein Kribbeln machte sich in ihr breit. Denn bei näherem Betrachten stellte sie fest, dass er beinahe so aussah wie der sexy Kerl aus der Tiefkühlwaffelwerbung.

Sie musste ebenfalls lächeln. »Ach ja? Ihnen ist das auch schon passiert? Wem haben Sie eine dickliche rosa Flüssigkeit über die Schuhe geschüttet?«

Er lachte. »Bisher noch keinem. Bei mir war die Flüssigkeit immer lila.«

Sie konnte nicht anders, als auch zu lachen. »Sie sind witzig«, stellte sie fest und entledigte sich endlich des leeren Bechers. »Und mir tut es ehrlich schrecklich leid. Sagen Sie mir, wie ich es wiedergutmachen kann.«

Jetzt sah er sie so intensiv an, dass das Kribbeln zu einem Beben ausartete, das sie tatsächlich ihre Standhaftigkeit verlieren lassen könnte.

»Gehen Sie mit mir essen«, sagte Mr. Tiefkühlwaffel.

»Sie kennen mich doch überhaupt nicht«, meinte sie.

»Na, deshalb möchte ich ja mit Ihnen essen gehen. Um Sie besser kennenzulernen. Und um zu sehen, ob das Ihre gewohnte Begrüßung ist, Menschen einen Erdbeershake über die Füße zu schütten.«

Wieder musste sie lachen. »Ich muss leider arbeiten«, sagte sie.

»Immer?«

Sie nickte. »Irgendwie ja.«

»Oh, Sie sind also ein Workaholic, hm?«

»Wie er im Buche steht«, sagte sie mit strahlenden Augen. Er lachte aus dem Bauch heraus. »Und Sie sind da auch noch stolz drauf?«

»Und ob. Die Arbeit ist mein Leben, und ich liebe, was ich tue.«

»Darüber müssen Sie mir mehr erzählen. Bei unserem Date.« Er lächelte sie jetzt so charmant an, dass sie wirklich langsam weich wurde. »Wie heißen Sie?«, fragte er.

»Sophie.«

»Gut, Sophie. Mein Name ist Harrison, und ich würde mich wirklich freuen, wenn Sie mich heute Abend in ein Restaurant Ihrer Wahl begleiten würden.«

Sie sah diesen sympathischen blonden und wirklich gut aussehenden Mann an, der ihr einen Abend anbot, den sie irgendwie auch gerne annehmen würde, da ihr letztes Date schon viel zu lange her war. Aber heute Abend kam doch der Bürgermeister und …

»Na, kommen Sie, Sie müssen doch bei aller Arbeit auch mal was essen, oder?«

Ihre Mundwinkel verzogen sich zu einem Schmunzeln. Er würde ja doch nicht lockerlassen, oder? Aber ein bisschen wollte sie ihn noch zappeln lassen, nur um sicherzugehen, dass er es auch wirklich wert war, die Arbeit für ihn beiseitezustellen.

»Ich bin Restaurantleiterin, ich kann jederzeit essen«, sagte sie augenzwinkernd.

»Oje. Sie haben wirklich gute Argumente. Gibt es denn nichts, womit ich Sie überzeugen könnte?«

»Hmmm …« Sie überlegte und spielte dabei mit ihrem

Perlenarmband, wie immer, wenn sie nervös wurde. Und dieser Typ mit seinen tiefblauen Augen machte sie tatsächlich nervös, aber nur, weil sie sich vorzustellen begann, wo der Abend enden könnte, sollte sie seine Einladung annehmen. »Ich wollte schon immer mal im Substitute essen«, ließ sie ihn wissen. Das war das neue Szenelokal in der Fayette Street, einer ihrer größten Konkurrenten, den sie unbedingt ein wenig ausspionieren wollte. So könnte sie sogar zwei Fliegen mit einer Klappe schlagen.

»Ihnen ist schon klar, dass die Warteliste da ewig lang ist, oder? Wahrscheinlich zieht sie sich bis nach New York hin.«

»Lassen Sie sich was einfallen«, meinte sie, holte einen Stift heraus und griff nach seinem Arm, der in einem hochgekrempelten weißen Hemdsärmel steckte. Sie schrieb ihre Handynummer direkt auf seine braun gebrannte Haut und sagte dem erstaunten Harrison: »Wenn Sie eine Reservierung haben, melden Sie sich gerne bei mir.«

Mit diesen Worten machte sie kehrt und ging noch einmal zurück zu Starbucks, um Lola einen neuen Frappuccino zu holen. Und obwohl sie sich nicht noch einmal umblickte, war sie sich sicher, dass der heiße Harrison noch immer dastand und ihr verdutzt nachblickte. Sie grinste in sich hinein und stellte sich erneut in die Schlange, und sollte der Typ an der Kasse sie wieder Ma'am nennen, würde es ihr überhaupt nichts ausmachen. Denn sie hatte es noch immer drauf und fühlte sich so jung und begehrt wie lange nicht mehr.

Eine Viertelstunde später war sie zurück im Three Seasons und reichte Lola, die gerade Karotten zu Spaghetti verarbeitete, ihr Getränk.

»Rate, was mir gerade passiert ist«, sagte sie.

»Hmmm... deinem Grinsen nach zu urteilen bist du gerade mindestens auf Brad Pitt gestoßen.«

»Knapp daneben. Er heißt Harrison, und ich habe ihm deinen Frappuccino über die Schuhe gekippt«, erzählte sie grinsend.

Lola machte große Augen und starrte auf den Becher in ihrer Hand.

»Nicht den! Ich habe dir natürlich einen neuen besorgt.«

»Oje, der Arme. Jetzt hat er ganz rosa Schuhe.«

»Ja, und ich auch«, erwiderte Sophie, die erst im Nachhinein entdeckt hatte, dass sie auch einige Spritzer abbekommen hatte. Zum Glück hatte sie aber immer Ersatzsachen dabei, und während sie jetzt nach hinten eilte, sich der schmutzigen High Heels entledigte, sich die Füße mit einem feuchten Tuch abwischte und in neue Pumps schlüpfte, rief sie Lola zu: »Er hat mich um ein Date gebeten.«

»Was? Du ruinierst ihm seine Schuhe, und er bittet dich im Gegenzug um ein Date? Das möchte ich auch mal erleben.«

»Du bist doch glücklich mit Marvin verheiratet, schon vergessen?« Sie zwinkerte ihrer Freundin zu.

»Natürlich nicht. Das klingt aber irgendwie so, als könnte es aus einem Film kommen, aus einer dieser romantischen Komödien.«

»Ja, oder?«

»Du hast hoffentlich zugesagt?«

»Das habe ich tatsächlich, zumindest so halbwegs.«

»Halbwegs?«, fragte Lola mit gekräuselter Nase und sog an ihrem Strohhalm.

»Ich habe ihm gesagt, wenn er uns für heute Abend einen Tisch im Substitute besorgen kann, gehe ich mit ihm aus.«

»Das ist so gut wie unmöglich, und das weißt du.«

»Ja, das weiß ich. Und doch bin ich gespannt, wie sehr er sich ins Zeug legen wird. Er wirkte nämlich auf mich wie jemand, der nicht so schnell aufgibt.«

»Na, da bin ich aber auch gespannt.« Lola in ihrer dunkelblauen Kochjacke und mit den neuerdings fransig kurzen dunklen Haaren sah sie nun mit ernsterem Blick an. »Du solltest dir wirklich mal einen freien Abend gönnen. Ich hoffe also für dich, dass er es schafft.«

»Wenn ich ehrlich bin, hoffe ich das auch.« Sie grinste breit.

»Oho! Du hast gleich noch was ganz anderes im Kopf, du kleines verruchtes Luder.« Lola lachte.

»Na, es ist immerhin schon einige Monate her seit meinem letzten Date.«

»Da hast du auch wieder recht. Hm, ich glaube ja, dass das Schicksal dir heute auf die Sprünge helfen wollte. Der Erdbeer-Frappuccino ist dir bestimmt nicht ohne Grund aus der Hand gefallen«, sagte Lola und machte sich wieder daran, Karotten in die Spiralmaschine zu stecken.

»Schicksal? Na, wenn du meinst.«

Sie zuckte mit den Schultern und begab sich ins Büro, um ein paar Bestellungen für die nächsten Tage aufzugeben. Und dabei dachte sie über das Schicksal nach. Ja, vielleicht gab es so etwas wie Schicksal. Vielleicht hatte es sie genau an diesen Ort geführt, an dem sie heute glücklich war. Doch in Sachen Liebe hatte das Schicksal es nur einmal gut mit ihr gemeint, und das war viele Jahre her.

Sie konnte plötzlich nicht anders, als ihr Portemonnaie aus der Handtasche zu nehmen und nach einem bestimmten Foto zu suchen, das sich noch immer darin befand. Sie hatte es nie über sich bringen können, es herauszunehmen. Das Foto zeigte sie zusammen mit ihrer Jugendliebe Jack. Jack, der ihr vor vierzehn Jahren gezeigt hatte, was es bedeutete, so viel für jemanden zu empfinden, dass es wehtat.

Sie starrte eine ganze Weile auf das zerknitterte Bild und steckte es dann zurück zu den anderen. Zu dem Foto, auf dem sie zusammen mit Lydia abgebildet war, in ihrem fünfzehnten Sommer, im Bikini am See, fröhlich und ausgelassen. Und zu dem, das sie gemeinsam mit ihrer Grandma Hattie auf der Plantage zeigte. Inmitten von Bäumen, die in wunderschönem Weiß und Rosa blühten. Die Mandelblüte, in die Hatties Geburtstag fiel, den Sophie in früheren Jahren kein einziges Mal versäumt hatte.

Hattie. In diesem Moment fehlte sie ihr so sehr, dass sie Tränen aufsteigen spürte. Doch dann klingelte das Telefon, und sie war ganz froh, sich auf andere Dinge konzentrieren zu können. Während sie ranging, nahm sie sich jedoch ganz fest vor, Hattie in den nächsten Tagen endlich einmal anzurufen. So, wie sie es sich immer vornahm. Und sie hoffte, dass sie es dieses Mal nicht wieder vergessen würde.

Kapitel 2

Lydia

»Mom, Max hat sich einfach den letzten Pancake geschnappt, obwohl er schon drei hatte!«, rief der achtjährige Randy laut durch die Küche.

Lydia, die dabei war, die Wäsche im Trockner nach dem Baseballtrikot ihrer Tochter zu durchsuchen, seufzte. Es war doch jeden Morgen das Gleiche.

Da war es ja! Sie hatte in dem Klamottenhaufen einen hellblauen Zipfel entdeckt und zog daran. Dann eilte sie den Flur entlang und warf Gracie ihr Trikot zu. Ihre Älteste, schwer beschäftigt damit, mal wieder am Smartphone mit ihren Freundinnen zu chatten, fing es, ohne aufzublicken.

»Mom! Max isst alle Pancakes«, wiederholte Randy, und Max, zwei Jahre älter als er, rollte mit den Augen.

»Ich bin viel größer als du, ich brauche mehr Kohlenhydrate.«

»Was sind Kohlenfydrate?«, fragte Randy.

Gracie lachte, und auch Lydia musste schmunzeln.

»Das ist das, was dein Bruder sich einbildet zu benötigen, weil er der nächste Sumoringer werden will«, meinte sie und zwinkerte ihrem Jüngsten zu.

»Was ist ein Sumoringer?«

»Oh, du bist so unwissend«, sagte Max und erhob sich vom Stuhl, um sein Lunchpaket in den Rucksack zu stecken. Seine rotblonden Haare hatte er sich zur Seite gegelt, und er duftete nach dem Aftershave seines Dads. Man konnte fast denken, er wolle irgendein Mädchen beeindrucken, und das lag tatsächlich im Bereich des Möglichen, denn Max hatte schon immer viel älter gewirkt, als er wirklich war. Manchmal konnte man mit ihm erwachsenere Gespräche führen als mit jedem anderen Familienmitglied, und Lydia war froh, diesen schlauen kleinen Jungen in ihrem Leben zu haben.

»Das ist total zerknittert«, stellte Gracie jetzt fest und sah stirnrunzelnd von ihrem Handy auf.

»Zum Bügeln habe ich leider keine Zeit mehr. Wir müssen los. Hopp, hopp«, scheuchte sie die Kids von ihren Stühlen hoch.

»Ich hab aber noch Hunger«, jammerte Randy und blieb mit verschränkten Armen sitzen.

Lydia sah ihn an. »Wie viele Pancakes hattest du?«

»Nur zwei.«

Sie atmete einmal tief durch. Ihre Kinder wurden größer, sie würde künftig einfach mehr Pancakes machen müssen, oder wonach auch immer die Kids zum Frühstück verlangten.

Sie sah sich schnell in der Küche um, langte dann nach der Schachtel Nutter Butter und reichte sie ihrem Jüngsten. Randys Augen strahlten, als er sie entgegennahm. Sofort sprang er vom Stuhl und rieb seinem Bruder die Erdnussbutterkekse unter die Nase. »Guck, was ich zum Frühstück essen darf.«

»Das ist unfair!«, beschwerte sich nun Max.

Und Lydia konnte es kaum erwarten, dass sie sie alle an

der Schule abgeliefert hatte und endlich ein paar ruhige Stunden verbringen durfte. Sie liebte ihre Kinder über alles, aber manchmal erschien ihr ihr Haus wie ein Schlachtfeld. Und manchmal war sie wirklich kurz vorm Durchdrehen. Warum hatte niemand ihr gesagt, dass Kinder, je älter sie wurden, umso anstrengender wurden? Doch darüber durfte sie jetzt nicht länger nachdenken, denn sie durften nicht wieder zu spät kommen.

»Wer holt mich heute vom Training ab?«, fragte Gracie zehn Minuten später beim Aussteigen vor der Highschool.

»Das macht Rex«, erinnerte sie ihre Tochter, der sie dasselbe schon gestern Abend vorm Schlafengehen gesagt hatte. »Ich muss Randy heute zum Schwimmkurs fahren. Und Max hat Bandprobe.«

»Können Rex und ich dann was von Carl's Jr. mitbringen?«, bat sie.

Gracie wollte schon wieder Burger? Sie hatten bereits vor zwei Tagen welche zum Dinner gehabt.

»Eigentlich wollte ich heute eine leckere Gemüsepfanne machen. Mit Reis«, sagte sie.

»Ich will auch Burger!«, rief Randy.

»Überleg mal, Mom, dann müsstest du nicht kochen«, kam es von Max, der sie breit angrinste.

»Und du hättest kaum Geschirr zum Abwaschen«, meinte Gracie, die genau wusste, wie sehr es Lydia auf die Nerven ging, dass die Geschirrspülmaschine ständig kaputt und diesmal wahrscheinlich auch nicht mehr zu retten war.

Lydia konnte wieder mal nur den Kopf schütteln. Ihre drei Sprösslinge waren echt gut darin, Überzeugungsarbeit zu leisten.

»Na, von mir aus. Ich sag eurem Dad Bescheid.«

»Danke, Mom!« Gracie sprang aus dem Wagen und lief zu ihren wartenden Freundinnen, die sie freudig begrüßten. Küsschen hier und Küsschen da. Lydia hatte seit Ewigkeiten keinen Kuss mehr von Gracie bekommen.

»So, jetzt müssen wir uns aber sputen, damit ich euch beide noch rechtzeitig zum Unterricht bekomme.«

»Das sagst du jeden Morgen, Mom«, meinte Max.

Ja, da hatte er ganz recht. Jeden Morgen waren sie spät dran, was aber ganz bestimmt nicht an ihr lag. Sie stellte sich den Wecker stets auf fünf Uhr und hoffte jeden Tag aufs Neue, dass sie es einmal ohne Eile schaffen würden, doch sie wurde immer wieder eines Besseren belehrt.

Sie fuhr um die Kurve, zurück auf die Hauptstraße, und bog zweihundert Meter weiter links ab, um die Jungs an der Grundschule abzusetzen.

»Steht bitte bereit, wenn ich um halb drei wieder hier bin, okay?«

Beide Jungs nickten, und doch wusste sie, dass sie nachher wieder nach mindestens einem von ihnen würde suchen müssen.

Max und Randy stiegen aus, und Randy kam noch einmal ans Fenster. Sie ließ die Scheibe herunter.

»Ich hab dich lieb, Mommy«, sagte er, und ihr wurde warm ums Herz. Wie sehr sie das gerade gebraucht hatte.

»Ich hab dich auch lieb, mein Schatz. Ich wünsch dir einen schönen Tag.«

Randy lächelte, und seine Zahnlücke kam zum Vorschein. Winkend lief er seinem Bruder hinterher.

Lydia sah ihnen nach, bis sie im Gebäude waren, und atmete aus. Für einen Moment schloss sie die Augen und fuhr dann weiter zur Arbeit. Dabei machte sie kurz halt beim Bäcker, wo ihre beste Freundin Miranda sie sogleich begrüßte. Sie war die Inhaberin des kleinen Ladens, der neben frisch gebackenem Brot und Brötchen auch den köstlichsten Kuchen der Stadt anbot.

»Guten Morgen«, erwiderte sie. »Wie geht es dir?«

Miranda zeigte ihr ein breites Lächeln. »Mir geht es bestens. Ich freu mich schon auf das Almond Festival.«

»Das ist doch erst in anderthalb Wochen«, sagte Lydia und dachte an all die Festivitäten, die mit dem Almond Festival, dem Fest zur Mandelernte, das in jedem September stattfand, zusammenhingen.

»Ja, schon, aber ich habe bereits jetzt ein Date für den Tanzabend.«

»Ach, ehrlich? Mit wem?«

»Mit Müller Eddie.«

»Müller Eddie? Ist der nicht steinalt?« Sie versuchte, sich den Betreiber der Mühle in Gedanken aufzurufen, der Miranda von jeher mit den verschiedensten Sorten Bio-Mehl belieferte.

»Oh Gott, doch nicht Ed senior! Ich spreche von seinem Sohn, Ed junior. Eddie, du kennst ihn. Wir sind zusammen mit ihm zur Highschool gegangen.«

Highschoolzeiten. Die waren gut vierzehn Jahre her, da konnte sie sich doch nicht an jeden Mitschüler erinnern.

»Sieht er denn gut aus?«

»Darauf kommt es mir nicht an«, erwiderte Miranda und steckte sich eine blonde Haarsträhne hinters Ohr, die sich aus ihrer Hochsteckfrisur gelöst hatte.

Das brachte sie zum Lachen. »Also ist er hässlich?«

»Das auch nicht. Er ist Durchschnitt, würde ich sagen. Groß und gut gebaut. Er hat aber eine schiefe Nase und braune Haare.«

»Und du stehst auf rothaarige Männer.«

»Ich glaube, ich könnte damit leben, am Ende doch einen Brünetten abzubekommen, wenn sonst alles stimmt. Es kann ja nicht jeder das Glück haben, mit Prinz Harry verheiratet zu sein. Oder mit Mister Davis«, sagte sie schmunzelnd.

Ja, damit zog ihre Freundin sie gerne auf. Rex hatte vor einigen Jahren wirklich an der Mister-Davis-Wahl teilgenommen, weil er eine Wette mit ein paar Kumpels verloren hatte, und war auch noch zum Gewinner gekürt worden – mit Schärpe und allem Drum und Dran.

»Ja, ja, fang nur wieder davon an. Ich glaube, ich kaufe mein Brot und verschwinde schnell wieder.«

Miranda lachte, wobei ihre Pausbacken noch ein wenig rundlicher aussahen. Jetzt betrat auch noch mehr Kundschaft den Laden, und Lydia wusste, dass ihnen sowieso keine Zeit mehr für private Gespräche blieb. Die würden sie auf ihr wöchentliches Dinner am Mittwoch verschieben müssen.

»Na gut, was darf ich dir denn heute einpacken?«, fragte Miranda also.

»Ein Roggen- und ein Weizenbrot, bitte. Und fünf von den Sesambagels. Und dann darfst du mir gerne noch welche von diesen superlecker aussehenden Schokocookies mitgeben.« Sie deutete auf die runden, mit Schokolade beladenen Kekse in der Vitrine. »Ach ja, und Hattie hat mich gebeten, ihr eins von den Sauerteigbroten mitzubringen.«

»Wie geht es Hattie? Siehst du sie heute?«

»In den letzten Tagen ging es ihr gesundheitlich nicht so gut, deshalb hab ich versprochen, am Nachmittag bei ihr vorbeizuschauen und ein paar Lebensmittel zu bringen.«

»Oh, was hat die Arme denn?«

»Sicher nur eine kleine Erkältung«, versuchte Lydia sich selbst einzureden, da sie gar nicht an etwas Schwerwiegenderes denken mochte. Hattie, Mandelfarmerin und gute Freundin, war immerhin schon achtundachtzig und schwächelte seit Monaten immer mal wieder.

»Dann wünsch ihr bitte gute Besserung von mir und bring ihr doch ein Stück Käsekuchen mit, ich weiß, dass sie den gerne isst.«

»Das ist nett, das mache ich.« Sie steckte ihre Ware ein, bezahlte und verabschiedete sich von Miranda mit den Worten: »Wir sehen uns Mittwoch?«

»Aber natürlich. Was wollen wir essen gehen?«

»Alles, außer Burger«, rief sie beim Verlassen des Ladens über ihre Schulter und setzte sich in ihr Auto. Und dann öffnete sie die Tüte mit den Schokocookies, sog den köstlichen Duft ein und brach sich ein Stück ab. Das hatte sie sich wirklich verdient. Es war erst zwanzig nach acht am Morgen, doch sie fühlte sich, als hätte sie schon den halben Tag hinter sich. Sie steckte sich ihre kleine Belohnung in den Mund und schloss abermals die Augen.

Ja, das war wirklich gut. Solche Momente sollte sie sich viel häufiger gönnen. Momente, die einfach nur ihr gehörten. Manchmal vergaß sie ganz, wie sehr das auch eine Mutter und Ehefrau ab und an brauchte. Sie liebte ihre Familie, konnte sich überhaupt nicht vorstellen, ohne sie zu sein, von Zeit zu Zeit jedoch versuchte sie sich auszumalen, wie ihr Leben aussehen würde, wenn sie damals nicht schwanger geworden wäre. Wenn sie wie Sophie aus Kalifornien weggegangen wäre und irgendwo ein ganz aufregendes Leben führen würde. Von Sophie hatte sie schon so lange nichts mehr gehört. Zuletzt hatte sie sie auf der Feier zu Hatties achtzigstem Geburtstag gesehen, da hatte sie ihr erzählt, dass sie Supervisorin in einem hippen Restaurant in Boston war, in dem ständig irgendwelche Promis zu Gast waren. Central irgendwas, den Namen hatte sie vergessen.

Hipp war Lydias Dasein leider überhaupt nicht. Sie hatte nicht mal mitbekommen, wer bei der letzten Staffel von *America's Got Talent* als Sieger herausgegangen war. Und Gracie sagte ihr ständig, dass sie sich mehr und mehr wie eine Oma kleidete. Sie musste lachen. Was erwartete ihre Tochter denn? Dass sie mit abgeschnittenen Jeans und bauchfreien Tops herumlief wie sie? Selbst wenn sie nach den drei Schwangerschaften nicht gut zwanzig Pfund zugelegt hätte, wäre das wohl nicht sehr passend gewesen. Vor allem wenn man bedachte, wo sie arbeitete. Am Empfang der Firma ihres Mannes nämlich, der Sunny Almond Company. Rex hatte sich ein nettes kleines Unternehmen aufgebaut, eine Fabrik, die die Mandeln der Gegend verarbeitete. Seit gut zwei Jahren, als Lydia beschlossen hatte, dass die Kinder groß genug waren und sie unbedingt auch mal aus dem Haus musste, verbrachte sie ihre Vormittage nun im Büro, wo sie Kunden begrüßte, Anrufe entgegennahm und E-Mails beantwortete. Und sie musste zugeben, dass es ihr richtig Spaß machte. Diese Arbeit, wenn sie auch nur vier Stunden ihres Tages in Anspruch nahm, erfüllte sie, zeigte ihr, dass sie noch etwas anderes konnte als Wäsche zu waschen, Fußböden und Badezimmer zu reinigen, Kinderzimmer aufzuräumen und Essen zu kochen, das keiner mochte. Und sie war Rex unendlich dankbar, dass er ihr die Stelle gegeben hatte.

Die Sunny Almond Company lag am Stadtrand von Davis, und während sie nun an einer der vielen Mandelfarmen der Gegend entlangfuhr, auf denen die Farmarbeiter fleißig am Pflücken waren, musste sie an ihre Kindheit zurückdenken. Ihre Mutter war selbst Mandelpflückerin gewesen, ihr Vater Vorarbeiter auf einer Mandelplantage. Er war ein guter Boss gewesen, hatte seine Arbeitskräfte fair behandelt, was man von den meisten heutigen Farmvorarbeitern nicht mehr behaupten konnte. Erst vor wenigen Tagen hatte Hattie sich vertraulich an sie gewandt und ihr von einigen unschönen Dingen erzählt, die ihr zu Ohren gekommen waren. Und sie hatte sie um Rat gefragt, da sie allein nicht mehr weiterwusste.

Das war neu gewesen, da Lydia sonst immer diejenige war, die um Hilfe bei schweren Entscheidungen bat. Hattie war eine Meisterin darin, die richtigen Antworten zu geben, und das lag nicht nur an der Weisheit, die sie mit den Jahren gesammelt hatte. Hattie war von jeher auch ein wenig übersinnlich und wusste stets, was das Richtige für einen war. Als würde sie mit dem Schicksal Hand in Hand gehen und könnte immer vorhersagen, welcher Weg für einen bestimmt war.

Erst kürzlich zum Beispiel hatte Hattie vorhergesagt, dass Sophie schon sehr bald nach Kalifornien zurückkehren würde, da es ihre Bestimmung war, auf der Farm zu leben. Und auch wenn Lydia stark bezweifelte, dass das wirklich passieren würde, hatte sie Hattie doch das Versprechen gegeben, um das sie sie so sehnlichst gebeten hatte. Sie solle sich dann um Sophie kümmern, sich ihrer annehmen wie damals, als sie noch Kinder waren. Als sie die Sommer zusammen verbrachten und unzertrennlich waren.

Sie musste kurz an das besondere Geschenk denken, das Hattie ihr zur Aufbewahrung gegeben hatte, um es Sophie zum richtigen Zeitpunkt zu überreichen. Schmunzelnd schüttelte sie den Kopf, als sie aus dem Wagen stieg und in Richtung Empfang ging. Sie hängte das *Geöffnet*-Schild in die Tür und setzte einen Kaffee auf. Dann nahm sie auf ihrem Schreibtischstuhl Platz und fuhr den Computer hoch. Es war bereits jetzt sehr heiß, weshalb sie ihr schulterlanges rotes Haar zu einem Pferdeschwanz zusammenband.

»Guten Morgen, Liebling«, hörte sie und drehte sich

herum. Rex steckte seinen Kopf ins Zimmer und lächelte sie an.

»Hallo, Schatz. Heute Morgen bist du aber schon früh losgefahren.«

»Ja, Erntezeit, du kennst das doch. Wenn wir nicht schon früh die Geräte anschalten, kommen wir nicht hinterher.«

Das hätten zwar auch die anderen Mitarbeiter machen können, doch Rex erledigte wichtige Dinge gern selbst, um auf Nummer sicher zu gehen, dass alles so vonstattenging, wie er es sich wünschte. Es gab mehrere Maschinen zur Verarbeitung der Mandeln. So stellten sie nicht nur Mandelstifte und Mandelblätter her, sondern auch gemahlene Mandeln und Marzipan. Alles, was das Herz der Hausfrau begehrte, die gern backte, wenn sie denn die Zeit dazu fand. Lydia kam leider nur sehr selten dazu, wenn zum Beispiel bei einem Kuchenbasar in der Schule alle Elternteile etwas beisteuern sollten, oder zu Geburtstagen. Da fiel ihr mit Schrecken ein, dass Max ja schon in zwei Wochen seinen elften Geburtstag feierte und dass er sich dieses spezielle Fernrohr wünschte, das sie noch im Internet aufspüren musste. Er beobachtete nämlich seit einiger Zeit gerne die Tierwelt, Vögel hatten es ihm im Speziellen angetan.

»Gibt es schon Kaffee?«, fragte Rex und schielte zur Kaffeemaschine hinüber.

»Er müsste gleich fertig sein. In einer Minute oder so.«

»Sehr gut«, sagte ihr Liebster und kam auf sie zu. »Dann bleibt uns noch eine Minute, um zu knutschen.« Er zwinkerte ihr zu, und sie musste lachen.

Sie erhob sich und ließ sich von Rex in den Arm nehmen und küssen. Von diesem wunderbaren Mann, der sie vor zwölf Jahren geheiratet hatte, sie und ihre kleine Tochter, die so dringend einen Vater brauchte. Brandon hatte sich kurz nach Gracies Geburt aus dem Staub gemacht, war nach San Francisco gezogen und führte dort sein Junggesellenleben, als gäbe es kein Morgen. Dennoch war Gracie ganz verrückt nach ihrem Dad und fuhr ihn seit ein paar Jahren jeden Sommer für drei Wochen besuchen. Immer im Juli. Dieses Jahr war sie mit einem Bauchnabelpiercing zurückgekommen, das Lydia ihr ganz schnell wieder entfernt hatte, wenn auch unter Protest. Seitdem war ihre Tochter sauer auf sie, und Lydia war sauer auf Brandon, weil er sie mal wieder in solch eine Situation gebracht hatte.

Jetzt schenkte sie Rex einen Becher Kaffee ein und wünschte ihm einen schönen Tag. Ihr war klar, dass sie ihn vor dem Abendessen nicht mehr sehen würde. Da fiel ihr wieder die Sache mit Carl's Jr. ein.

»Könntest du heute Abend Burger besorgen?«, bat sie ihn.

Er stöhnte. »Schon wieder Burger?«

Sie musste lachen. Schön zu wissen, dass sie nicht die Einzige war, der das Fast Food zum Hals raushing.

»Die Kinder haben mich überredet.«

»Sie sind so gut darin.«

»Oh ja. Von wem sie das wohl haben.« Sie grinste ihren Mann an, da sie beide sich im Klaren darüber waren, dass auch Rex gut darin war, Menschen zu überzeugen. So wie er sie damals davon überzeugt hatte, eine Familie mit ihm zu gründen, obwohl sie sich noch gar nicht lange kannten. Doch seine Argumente waren gut gewesen, er war mit einem Ring vor ihr auf die Knie gegangen und hatte ihren Lieblingssong gesungen. Und als dann auch noch Hattie es für das einzig Richtige befunden hatte, war es beschlossene Sache gewesen. Lydia und Rex gehörten zusammen. Und heute war sie sich sicher, die beste Entscheidung ihres Lebens getroffen zu haben.

Wenn Sie wissen möchten, wie es weitergeht, lesen Sie

Manuela Inusa
Mandelglück

ISBN: 978-3-7341-0789-4
ISBN: 978-3-641-24381-4 (E-Book)
Blanvalet Verlag